우리는 코다입니다

우리는 코다입니다

이길보라 | 이현화 | 황지성 지음

Children of Deaf Adults

소리의 세계와
침묵의 세계 사이에서

교양인
GYOYANGIN

추천의 글

정희진
(여성주의 · 평화 연구자)

　나의 독서 경험에서 깊은 자극과 깨달음을 주는 책들은 (여성주의 책보다) 장애와 관련한 책들이 더 많다. 그래서 이 글은 '추천사'라기보다 독후감에 가깝다. '청인'으로서 내겐 이 책이 무척 소중하다. 나는 무엇을 듣고 있는가, 듣고 말하기는 '능력'인가.

　성별, 계급, 장애, 인종, 국적, 지역 등 흔히 우리가 구조적 모순이라고 부르는 억압은 모두, 몸의 차이에 대한 사회적 해석이다. 차이와 차별은 무관하다. 권력이 차이를 만들어낼 뿐이다. 권력은 언제나 시공간성이라는 특정한 주소, 발신지가 있다. 그런 의미에서 "지구적으로 생각하고, 지역적으로 행동하라"는 언설은, 기존의 보편과 특수의 이분법을 반복하는 위계적 사고다. 모든 곳이 지역이고, 우리는 현장을 통해서만 권력의 성격을 알 수 있다. 그렇다면 '비장애 대 장애'라는 권력을 만들어내는 장소는 어디인가.

장애인 내부의 차이는 장애인과 비장애인의 차이보다 훨씬 크다. 자폐증과 시각 장애, 타인이나 도구 없이도 이동이 가능한 지체 장애인의 상황은 모두 다르다. 장애는 우리가 생각하는 정상몸의 이미지와 '능력'을 기준으로 만들어진 규범이기에 장애로 묶을 수 있는 똑같은 '결함'은 없다.

맹인은 손과 소리로 세상을 본다. 실화를 바탕으로 한 어윈 윙클러 감독의 〈사랑이 머무는 풍경(At First Sight)〉(1999)에서 맹인인 주인공은 시력 회복 수술을 하고 나서 오히려 시각을 잃는다. 인간은 눈으로만 보지 않는다. 농인에게는 수어라는 동등한 언어가 있다. 청인의 언어보다 표현할 단어 수가 적은 것은 문화의 차이이지 언어로서의 결함이 아니다. 더구나 그들은 자신의 상태를 장애라기보다는 비장애인과 다른 정체성이라고 생각한다. 인간은 귀로만 듣지 않는다. 우리는 그저 각자 다른 방식의 몸을 사는 것'뿐'이다. 우리는 그저 언어를 빼앗겼을 '뿐'이다.

여성주의나 탈식민주의는 억압당한 이들에게는 언어가 없다는 인식에서 출발했다. 그래서 듣지 않기, 침묵, 무반응은 일종의 저항이 된다. 무엇을 썼는가보다 중요한 질문은 누가 썼는가이고, 누가 썼는가 못지않게 중요한 것은 누가 듣는가이다. 권력은 말하는 사람이 아니라 듣는 사람에게 있다. 듣는 사람이 수용하지 않으면 그만이다. 권력은 화자와 청자가 의사소통이 될 때 작동할 수 있다. 소통과 대화의 평화로움을 강조하는 사람들은 대개 지배 이데올로기라는 '자기 언어'가 있는 이들이다. 반면 언어가 없는 이들에게 소통은 이르사 데일리워드의 말대로 "20년이 걸리고 간이 망가지는" 일일지도 모른다. 따라서 대화는 무조건 지향해야 할 '좋은' 일이 아닐 수도 있다. 그러나 여기 애써 대화를 시도하는 여성들이 있다.

《우리는 코다입니다》는 한국 사회, 젊은 여성, 코다의 역사를 다룬다. 농인 부모 사이에서 청인으로 태어난 코다의 삶을 전하는 필자들은 정상성이라는 허구의 안팎을 멋지게 횡단하고 돌파해낸다. 이는 "농인과 청인을 다 아는 양날의 검"을 쥔 이들이, 기존의 세계를 상대화함으로써 칼날 대신 칼자루를 잡을 수 있었기 때문이다. 자신을 세상의 중심에 놓고 당당하게! 보편의 반대는 특수가 아니라 차이이며, 차이를 둘러싼 논쟁은 현대 철학의 핵심이다. 이들의 삶은 차이(差異)를 차이(差移/차연差延)로 이동시킨다. 엄청난 실천과 이론의 장이 아닐 수 없다. 나는 이 책의 이야기에 몸을 맡기면서 함께 여행하며 행복했다.

책을 읽다 보면 시각에 기반한 기존의 사고는 급격히 상대화된다. 우리의 앎은 시각에서 소리에 기반한 사고로 확장된다. 코다의 두 가지 정체성은 비장애인의 언어가 얼마나 "얕고 빈약한가"를 말해준다. 장애와 성별은 같은 차원의 모순은 아니지만 비슷한 점이 많다. 여성주의와 농인의 언어는 모두 약자의 언어처럼 보이지만, 기존의 언어보다 넓고 깊고 무한한 가능성을 품고 있다.

모든 범주가 그렇지만, 농인은 농사회에서는 장애인이 아니다.

청인 사회와 만나는 순간 농인이 될 뿐이다. 다수와 소수, 주류와 비주류의 경계가 임의적이라는 사실을 굳이 지적할 필요는 없을 것이다. 문제는 자기 안의 결핍이나 타자성에 무지한 한국 사회다. 이들이 변화시킬 한국 사회, 다음 책을 기대한다.

• 차례 •

추천의 글 _ 정희진

프롤로그 소리의 세계와 침묵의 세계 사이에 서서 • 13

너의 이야기를
우리가 듣고 있다고 _ 이현화

기억의 조각을 줍다 • 19

보호받는 보호자 • 27

통역이라는 짐 • 42

또 다른 시작 • 46

그곳에 코다가 있었다 • 59

우리의 이야기가 부서지지 않기 위해 • 71

새로운 세상을 만나다 • 85

보이는 언어, 수어 • 100

침묵의 세계를
읽어내는_ 이길보라

코다라는 언어를 갖다 • 117

시선들 • 129

우리 부모님은 농인이고 우리는 그게 좋아 • 141

장애인의 자녀 대 코다 • 152

같음과 다름 • 162

경계를 넘나드는 여성들 • 177

코다 월드에 오신 것을 환영합니다 • 186

침묵의 세계를 읽어내는 • 210

나는 지워진 이들의
유물이자 흔적입니다_ 황지성

들을 수 없는 몸, 걸을 수 없는 몸 • 223

수치심, 열등감, 그리고 해방감 • 236

완전한 이방인 • 253

〈도가니〉의 법정에서 • 263

흩어진 파편을 모아, 잃어버린 흔적을 모아 • 269

수많은 차이가 엮여 우리가 된다 • 284

어떤 의존, 어떤 돌봄 • 303

돌아가야 할 집 • 317

깨닫게 된 것들을 온전히 보존하기 위해 • 325

사이의 세계에서
완전한 '나' _ 수경 이삭슨

조각보 같은 나의 삶 • 343

집으로 가는 길 • 357

우리의 공간을 만들어내기 위해 • 373

에필로그 여전히 우리는 코다입니다 • 385

소리의 세계와 침묵의 세계 사이에 서서

나는 코다입니다.

나 자신을 농인 부모 아래서 태어난 청인 자녀, 코다(CODA, Children of Deaf Adults)로 명명하자 사람들은 이렇게 물었다.

"그래서 코다가 뭔데요?"

어렸을 때부터 입술 대신 손으로 사랑하고 슬퍼하는 농인 부모의 세상을 설명해 왔던 나는 또다시 코다를 설명하고 정의 내려야 했다. 그건 다른 코다들도 마찬가지였다. 우리에게는 이름이 생겼지만 사람들은 그것이 무엇인지 잘 알지 못했다.

우리는 각자의 자리에서 농문화와 청문화 사이에서 자란 코다로서의 경험을 풀었다. 강의를 하며, 영화를 만들며, 글을 쓰며, 행사를 열며, 각종 매체와 인터뷰를 하며, 외국 코다 단체를 초청해 이야기를 들어보며…… 그러자 한국 사회에 조금씩 코다가 알려지기 시작했다. 이제야 자신의 경험에 이름을 붙일 수 있게 되었다는 이들이 수면 위로 드러났고, 수많은 연락이 쏟아졌다.

"코다에 대해 알고 싶은데 저희와 만나주실 수 있을까요?"

"농부모 아래 태어난 아이들의 교육과 관련해 조사하고 있는 동아리인데, 자료 살펴보시고 조언 부탁드립니다."

"코다에 관한 방송 프로그램을 제작 중인데 섭외 요청드립니다."

"저의 경험은 조금 다릅니다. 저도 코다인가요?"

한계에 부딪혔다. 코다라는 이름으로 모인 우리는 '코다 코리아(CODA Korea)' 모임을 만들어 여러 활동을 해왔지만 이 모든 요청에 응답할 수 없었다. 정식 단체도 아니었고 직원도 없었고 사무국도 없었다. 코다에 관한 관심은 높아져 갔지만 코다 모임은 우리뿐이었다. 서너 명이 주축이 되어 활동하는 우리가 모든 코다를 대표할 수 없었고, 우리 자신도 코다의 세계가 얼마나 넓고 깊은지 잘 알지 못했다.

그래서 책을 쓰기로 했다. 코다가 무엇인지, 한국에서 태어난 코다들의 삶은 어떤 결을 지니는지, 그 경험들이 어떻게 비슷하고 어떻게 다른지, 각자의 코다 정체성을 기반으로 삼아 어떻게 자기 분야에서 활동하고 있는지 보여줄 수 있는 글. 코다에 관한 책이 있다면 그 책이 바탕이 되어 다양한 콘텐츠가 제작되고, 여러 학문적 연구가 시도될 수 있을 것이었다. 가장 중요하게는 코다가 누구인지 궁금한 이들에게 한국 코다의 삶과 경험, 생각을 폭넓게 보여줄 수 있을 터였다.

언어학 연구자이자 수어 통역사인 이현화, 영화감독이자 작가인 이길보라, 장애인 인권 활동가이자 여성학 연구자인 황지성이 '코다 코리아'를 통해 만나 책을 기획하고 썼다. 글을 쓰는 과정에서 한국계 미국인 코다이자 대학에서 수어 통역을 가르치는 교수 수경을 만났고, 길고 긴 토론 끝에 그의 글을 함께 싣기로 했다.

처음에는 한국 코다의 삶을 다루는 이 책에 미국에서 태어나고 자란 그의 이야기를 싣는 것이 맞지 않다고 생각했다. 그런데 코다에 대해 알아 가면 알아 갈수록 우리는 태생적으로 경계를 가로지르는 존재라는 걸 깨닫게 되었고, 미국으로 이주한 한국 농인 어머니에게서 태어난 그의 삶과 이야기를 더할 수 있다면 이 책은 국적과 문화, 장애, 언어, 젠더/섹슈얼리티의 경계를 넘나드는 작업이 되리라 판단했다. 수경의 글을 넣자고 제안하고, 그와 소통하고, 영어로 쓰인 글을 한글로 번역한 일은 모두 황지성의 노고였다. 자신의 퀴어함과 수경의 문화적 다양성이 뭐가 다르냐고 반문한 그의 발칙함이 이 책을 더욱더 풍성하게 만들었다.

코다는 농부모 아래 태어난 청인 자녀를 일컫는 말이지만 그 단어 하나로 정의될 수 없다. 부모에게서 수어를 배운 코다, 수어를 사용하지 않는 부모 아래서 나고 자란 코다, 홈사인을 배우고 사용하는 코다, 이 모든 이들이 코다다. '코다'가 무엇인지 정의하는 과정 속에서 어떤 이는 상처를 입었고, 누군가는 왜 코다 사이의 다름을 수용하지 않냐며 이견을 제시했다. 그 과정을 거치며 많이 배웠다. 이 책에 실린 코다의 삶과 경험이 코다의 전부는 아니다. 코다는 경계에 서 있는 존재다. 농문화와 청문화, 수화언어와 음성언어 사이에 서 있는 존재. 그래서 이 책은 코다를 대표하지 않는다. 그러나 이 책이 코다, 더 나아가 다양성과 고유성, 교차성에 대해 질문을 던지는 도구가 되기를 바란다. 나의 경험은 이것과 달라, 하고 말하는 코다들이 더 많이 등장하기를 기대한다. 다양성은 코다가 지닌 가장 아름다운 유산이다.

또한 이 책의 부제에 쓰인 '소리의 세계'와 '침묵의 세계'가 단순히 소리가 있고 없고로만 읽히지 않기를 바란다. 내게 있어 엄마, 아빠의 세계는 그 무엇보다 시끄럽고 활발하고 활기찬 곳이고 동시에 '침묵'이기도 하다. 나는 그 드넓은 침묵 속에서 그 누구보다 반짝이는 이들을 만났다. 이 책이 침묵의 세계와 소리의 세계 사이에 서 있는 이들을 발견하고 명명하고 잇고 확장하기를 바란다.

2019년 11월
이길보라

너의 이야기를
우리가 듣고 있다고

이 현 화

기억의 조각을
줍다

나는 어린 시절을 잘 기억하지 못한다. 단지 오래되어 기억이 잘 나지 않는 것인지 아니면 그 시절의 기억을 밀어내고 있는 것인지 알 수 없다. '코다'임을 수용하기 시작한 후부터 내가 누구인지, 어디에서 왔는지, 어떻게 지금의 내가 되었는지를 알고자 끊어진 필름 같은 기억을 하나하나 찾아 연결하고 있다. 2016년 여름, 독일로 떠난 여정도 기억의 한 조각을 줍게 되길 바라는 마음에서였다. 독일 함부르크에서 농인인 전 직장 동료가 새로운 삶을 꾸리고 있었다.

"저 독일에 가려고 해요. 실례가 되지 않는다면 선생님 댁에서 며칠 신세 질 수 있을까요?"

오랜만에 만날 동료의 안부가 궁금했다. 이제 갓 백일이 된 코다와 그 가정의 모습 등 내가 마주하게 될 모든 것에 대한 막연한 기대도 있었다. 곧 답장이 왔다.

"좋아요."

독일 함부르크 공항에서 버스를 타고 직장 동료를 만나기로 한 '이플라츠(EPlatz)'로 갔다. 넓고 조용한 버스 정류장. 혹시 내가 잘못 온 것이 아닌지 걱정이 들 때쯤 저 멀리 아기띠를 둘러매고 서 있는 그가 보였다.

"선생님! 오랜만이에요. 잘 지내셨죠?"

"먼 길 오느라 힘들지 않았어요?"

우리는 짧은 인사를 나누고 그의 집으로 갔다. 집은 조용한 주택가에 있었는데 내부는 불을 켜지 않아 어두웠지만, 자연광이 아름답게 들어오는 곳이었다. 그는 계속 몸을 흔들며 아이를 안고 있었다.

"아이가 있어서 다른 일을 할 수가 없어요. 금방 울거든요."

"아이가 농인인가요? 청인인가요?"

"지금은 청인인데 병원에서는 나중에 자세히 검사를 받아보라고 했어요. 저는 아이가 농인이든 청인이든 상관없어요."

아이는 엄마와 낯선 이가 손으로 나누는 대화를 눈도 깜빡하지 않고 쳐다보았다.

그는 한국에서 온 나를 혼자 내보내기가 미안했는지 여행안내를 해주겠다고 했다. 괜찮다고 사양했지만 그의 마음이 편하지 않은 듯 보여 함께 집을 나섰다. 하지만 버스를 타고 얼마 지나지 않아 아이가 울기 시작했다. 백일 된 아이에게도 갓 엄마가 된 그에게도 이 상황은 낯설고 당황스러웠다. 나 역시 어떻게 도와야 할지 몰라 난감하기는 마찬가지였다. 그렇게 본 듯 만 듯 첫 관광을 마치고 집으로 돌아왔지만 아이는 집에서도 울음을 그치지 않았다. 그때 갑자기 번개가 치듯 집 안 전체가 번쩍거렸다. 대개 농인의 집에는 벨을 눌렀을 때 빛을 깜빡이며 누군가 방문했음을 알려주는 장치가 있기 마련이라 손님이 온 것이라 생각하고 문을 열어 밖을 내다보았다. 하지만 문 앞에는 아무도 없었다. '누가 밖에서 벨을 누른 것도 아닌데 왜 집 안에 불이 들어오지? 내 눈이 잘못된 건가…….' 하루가 지나고 그 이유를 알 수 있었다. 불빛은 농인에게 지원되는 보조 기기에서 나왔는데 가까운 거리에서 소리가 나면 불을 깜빡이며 소리의 존재를 알려주는 것이었다. 보조 기기는 부엌, 화장실을 비롯해 집 안 곳곳에 설치되어 있었고 농부부는 아이의 울음소리나 집 안에서 울리는 벨소리 등을 그 빛을 통해 알 수 있었다. 나는 그 장치를 보며 자연스럽게 나의 부모님을 떠올렸다.

부모님은 둘 다 두세 살 때 열병으로 청력을 잃었다. 엄마는 당시 엎친 데 덮친 격으로 눈까지 멀었는데 엄마를 업고 두 고개를 넘어 치료를 받게 한 할머니의 정성으로 시력은 되찾을 수 있었다. 서울에서 지낸 아빠는 열 살 무렵 서울농학교에 입학했고, 충남에서 지내던 엄마는 열세 살 때 대전원명학교에 입학했다. 그 시절은 가난에 더해 장애인 교육에 관한 인식도 거의 없었기에 농인이 열 살을 훌쩍 넘겨 초등학교에 가는 일이 흔했다.

"너희 외할머니와 외할아버지는 농학교가 있다는 걸 알지 못하셨고, 농인인 나를 교육시킨다는 것도 생각하지 못하셨어. 입학할 시기가 한참 지난 후에 어머니가 대전에 농학교가 있다는 걸 아셨나 봐. 늦었지만 운 좋게 학교에 가게 됐지.

학교는 우리한테 일을 많이 시켰어. 새벽에 일어나 체조를 했고 벽돌을 날랐는데 이게 힘들었어. 그래도 벽돌을 나른 후에는 무언가 배울 수 있어서 좋았어. 수업 시간에 연필 같은 걸로 눈꺼풀에 선을 그려서 쌍꺼풀을 만들기도 했고, 책상에 볼펜으로 낙서도 하며 장난을 쳤지만 공부하는 게 즐거웠어. 특히 한자를 배우는 게 무척 재미났어. 내가 한자를 잘 외웠거든.

중학교를 마치고 고등학교에 진학해서 공부를 계속하고 싶었는데 그때 내 나이가 스물두 살이어서 부모님은 고등학교에 갈 돈으로 내가 시집을 가는 게 좋겠다고 생각하신 것 같아. 지금도 고등학교를 가지 못한 게 너무나 한이 맺혀. 정말 공부하고 싶었는데. 나도 공부만 시켜주면 다른 집 애들처럼 잘할 수 있었는데……."

농인에게는 육체노동을 하는 일 외에 직업 선택의 기회가 없었기에 엄마는 중학교를 졸업하고 친구들을 따라 재봉 공장에 취직했다. 일이 고되어서 살이 많이 빠졌지만 돈을 모아 큰이모가 있는 미국으로 가겠다는 계획이 있어 괜찮았다. 한편 초등학교를 마친 아빠는 기술을 배워야 한다는 할머니 말씀에 따라 목공을 배웠고 가구 공장에 취직해 여러 가구를 만들었다. 장남이 장애인이면 그 역할에서 제외되는 경우가 많지만 아빠의 경우는 달랐다. 할머니는 집안 대소사를 비롯해 어디를 가야 할 일이 있을 때는 무조건 큰아들을 데리고 나갔다. 그러다 보니 집안에서 큰아들 역할을 충실히 해내는 아빠를 형제들 모두 장남으로 인정했다.

엄마와 아빠는 친구 생일 파티에서 만났다. 아빠는 첫눈에 엄마에게 반했지만 엄마는 가난한 아빠가 마음에 들지 않았다. 하지만 아빠의 끈질긴 구애 끝에 둘은 서로를 의지하게 됐다. 여느 때처럼 엄마가 집에서 빨래를 널고 있을 때 엄마를 자주 챙겨주던 집 주인이 생리를 하는지 물었다. 엄마는 넉 달째 생리가 없었는데, 그러면 애가 생긴 거라고 집 주인이 일러주었다. 그 후 둘의 결혼은 빠르게 진행되었고 엄마는 만삭의 몸으로 아빠와 함께 살게 됐다. 하지만 모든 것이 서툴렀던 엄마와 아빠의 첫 아이는 1킬로그램의 미숙아로 태어났고, 며칠 되지 않아 세상을 떠났다.

엄마는 스물여덟 살에 나를 낳았다. 그리고 이틀 후, 손대면 부서질 것 같은 아이를 안고 병원을 나섰다. 이제 육아 전쟁을 온몸으로 맞아야 하는 순간이었다. 그런데 집에는 아기 옷이며 기저귀며 준비된 것이 아무것도 없었다. 옆집 아주머니가 병원에 가면 아기 옷이 있다고 일러주었지만 병원에서는 고작 옷 한 벌만 줄 뿐이었다. 누구도 아이가 태어나면 옷과 기저귀가 필요하다고 일러주지 않았다. 그렇게 엄마는 아기 옷과 기저귀가 필요하다는 것을 알게 됐다.

나는 많이 우는 아이였는데, 울음소리를 들을 수 없는 엄마는 친구에게 보청기를 빌려 왔다(사실 보청기는 개인의 청력에 맞도록 맞춤 제작한다). 부모님은 그 보청기를 서로 번갈아 끼고 나를 돌보았다. 보청기의 출력음을 가장 크게 해놓아도 잠이 들면 소용이 없어 엄마는 나의 작은 발과 자신의 손을 실로 묶고 잠에 들었다. 내가 움직이면 실을 통해 그 움직임이 엄마에게 전해져 나를 한 번 살펴보고 다시 잠들었다. 행여나 알지 못할 이유로 아이가 죽지는 않을까 엄마는 나를 보고 또 보며 길렀다.

"현화는 손을 많이 타서 바닥에 내려놓기만 해도 자지러지게 우는 아이였어. 10분마다 우는데 밤에 잠을 잘 수가 없어서 괴로웠어. 그래도 네가 갑자기 죽을까 봐 너무 불안해서 잠을 참아가며 계속 지켜봤어."

동료의 남편은 독일 농인이었는데 아이가 울면 아이를 안고 가볍게 흔들어주며 목소리를 냈다. 그건 흡사 노래를 부르는 듯하기도 했고 말을 거는 것 같기도 했다. 아빠의 목소리에 아이는 웃었다. 농부모인 그들은 보청기를 사용하고 집 안에 보조 기기도 있었지만 아이가 다른 방에서 울고 있으면 환경음과 아이의 울음소리가 구별이 안 되는 데다, 울음소리가 작으면 보조 기기가 그 소리를 인식하지 못해서 빛을 쏘지 않는 경우가 있었다. 그래서 부부는 아이가 울지 않을 때도 안아주며 모든 신경을 아이에게 쏟았다.

"아이가 배고플 때, 볼일을 봤을 때, 졸릴 때 울음소리가 다르다던데, 그걸 제가 알지 못해서……."

하지만 그는 아이의 작은 움직임에서도 많은 것을 읽어내고 교감하는 엄마였다.

나의 엄마도 얼마 지나지 않아 아이가 대체로 졸리거나 배고 플 때, 그게 아니라면 무언가 불편할 때 운다는 것을 알게 됐다. 그 후로 아이가 울면 기저귀를 만져보았다. 축축하면 기저귀를 갈아주었고 그게 아니라면 모유를 먹였다. 그렇게 아이와 가까 워질 때쯤 아이는 손을 움직이기 시작했다. 아이와 엄마 사이에 는 수어가 있었다. 엄마는 수어를 따라하는 딸이 신기했고, 딸과 수어로 대화를 나눌 수 있는 사실이 너무나 좋았다. 하지만 아이 는 소리의 세계에서도 살아야 하니 엄마는 종종 수어를 하면서 함께 목소리도 냈다.

"엄마(동시에 수어로도 '엄마')"

딸이 수어만 사용하는 엄마처럼 고되게 살지 않기를 바라는 마음이었기에 음성언어도 잘할 수 있으면 좋겠다고 생각했다.

"네가 농인으로 태어나지 않아서 다행이야. 이 사회에서 농인 으로 태어나면 성공할 수도 없고 너무 힘들잖아. 네가 청인이어 서 좋았어. 그런데 어느 날 옆집 아줌마가 네 발음이 부정확하다 고 했어."

엄마는 딸을 데리고 열심히 바깥으로 나갔다. 놀이터에 놀고 있는 아이들이 있으면 그곳에서 함께 놀도록 했고, 자주 옆집으 로 보내 청인과 어울리며 음성언어를 배울 수 있도록 했다. 어느 때부터인가 딸이 엄마에게 다가와 어깨를 톡톡 치고는 손으로 현관문을 가리켰다. 문을 열어보면 누군가 와 있었다.

"너는 두 살 때부터 밖에 누가 와 있는 걸 내게 알려줬어."

그렇게 딸은 엄마와 세상의 연결 고리가 되어 갔다.

독일에서의 하루가 저물어 가고 있었다. 늦은 밤 화장실에 가려고 거실로 나왔을 때 스탠드 불빛 아래서 동료와 그의 남편은 손으로 대화를 나누고 있었다. 고요한 시간에 소리 없이 움직이는 그림자. 나는 평온함을 느꼈다.

보호받는
보호자

부모님, 나 그리고 동생. 우리는 네 식구가 되었지만 그 시절 농인이 안정된 일자리를 얻기란 하늘의 별 따기와 같았다. 생계를 꾸려야 했기에 아빠는 집을 짓는 일을 했고, 엄마는 집에서 어린 두 딸을 돌보았다. 집 짓는 일은 험하고 힘들었지만 아빠는 묵묵히 견뎌냈다. 하지만 어찌된 일인지 월급을 받지 못하는 날이 많았다. 밀린 1년치 월급에서 겨우 일부만 받기도 하고 심한 경우에는 건설사 대표가 계속 월급을 주지 않다가 잠적해버리는 일도 있었다.

엄마는 언제 나올지 모르는 아빠의 월급만 기다리고 있을 수 없었다. 그때 아는 농인이 볼펜을 팔면 돈을 벌 수 있다고 했다. 엄마는 동대문에서 산 볼펜을 가방에 가득 채우고 나갈 채비를 마친 후 이제 여섯 살과 세 살 된 두 딸을 바라봤다.

"엄마 잠깐 나갔다 올 테니까 절대로 집 밖으로 나가지 마. 올

때 맛있는 거 사올게."

집에 두 딸을 두고 나가는 것이 걱정됐지만 어쩔 수 없었다. 딸들에게 집 밖으로 나가지 말라고 이른 뒤 집을 나서며 문을 잠그지는 않았다. 혹시나 집에 불이 나거나 큰 사고가 나면 아이들이 문을 열고 나갈 수 있어야 하기 때문이었다.

볼펜이 든 가방을 메고 집 주변의 상가를 돌아보는데 모르는 회사에 들어가려니 심장이 마구 뛰었다. 조심스레 문을 열고 들어가니 안에 있는 사람들이 모두 엄마를 쳐다봤다.

'그래도 볼펜을 팔아야 해.'

볼펜을 내밀자 어떤 사람이 통 안에 가득 든 볼펜을 보여주었다. 볼펜이 충분히 많다는 것 같았다. 뒤돌아서 그곳을 나오는데 부끄러웠다. 하지만 농인이고, 여성이고, 아이가 있기 때문에 가능한 선택지가 거의 없던 엄마에게 볼펜을 파는 일은 유일한 생계 수단이었다. 엄마는 그대로 집으로 돌아갈 수 없었다. 다시 다른 곳에 들어가 사람들에게 볼펜을 내밀었고 이번에는 사람들이 얼마의 돈을 주며 볼펜을 샀다. 이렇게 사무실과 상점 같은 곳에서는 볼펜을 팔았고 식당에서는 사탕 따위를 팔았다.

처음엔 창피하기도 했지만 금방 적응했다. 물론 엄마도 결혼하기 전에는 길에서 볼펜을 팔게 될 거라고 생각하지 못했다. 공부를 열심히 해서 농사를 짓던 집에서 벗어나 도시로 진출하고 싶었고 나중에는 큰이모가 사는 미국에 가서 자리를 잡겠다는 꿈이 있었다. 하지만 세월은 엄마에게 책임져야 할 두 생명을 안겨주었고 엄마는 아빠와 함께 버텨내야 했다. 엄마의 어린 시절 꿈은 사치가 되어버렸지만 두 딸이 또 다른 꿈이 되었기 때문이다.

어른 같은 아이

나와 동생이 조금 더 크며 우리 가족은 외할머니, 외삼촌과 함께 지내게 됐다. 그 당시 외삼촌은 여관을 운영하고 있었고 엄마는 그곳에서 방 청소와 세탁을 하며 돈을 벌었다. 우리 자매는 함께 놀다가 외할머니가 차려준 밥을 먹었고 밤이 되어야 부모님의 얼굴을 볼 수 있었다. 아빠와 엄마는 쉬는 날도 없이 일을 했기 때문에 내가 다니던 유치원에서 정기적으로 진행한 학부모 참여 수업에 오기가 쉽지 않았다. 나는 어렸지만 부모님이 돈을 벌어야 해서 유치원에 올 수 없다는 것을 알고 있었다.

하지만 어김없이 유치원에서 부모님과 함께 만들기를 하는 날이 다가오고 있었다. 이번에는 꼭 엄마, 아빠와 함께하고 싶어 여러 번 수어로 설명했다.

"엄마 아빠, 이날은 나랑 같이 만들기 하는 날이라서 꼭 유치원에 와야 해."

엄마는 나를 바라보고 고개를 끄덕거리며 손을 가슴 앞에서 위 아래로 두 번 흔들었다.

"알았어."

전날 엄마, 아빠에게 유치원에 오겠다는 약속을 단단히 받아두고는 기쁜 마음으로 집을 나섰다. 시간이 되자 유치원에 친구 엄마들이 오기 시작했다.

'분명히 우리 엄마랑 아빠도 온다고 했는데……'

나는 소리만 나면 문을 쳐다보았다. 그렇게 몇 번쯤 문을 쳐다봤을까. 문이 열리고 아빠가 들어왔다. 나는 아무것도 설명하지 않았지만 워낙에 손재주가 좋은 아빠는 주위를 한번 쓱 둘러보고는 앞에 준비된 재활용 재료로 무언가 만들기 시작했다. 그렇게 요구르트 병에는 포일을 감아 스탠드 기둥을 만들고 컵라면 용기에는 멋진 색종이를 붙여 갓을 만들어 스탠드를 완성했다. 그 스탠드로 정말 불을 켤 수 있을 것 같아 나는 한참을 그것만 쳐다보았다. 이렇게 훌륭한 스탠드를 만들 수 있는 우리 아빠가 그곳에서 제일 멋졌고, 내게 이런 아빠가 있다는 사실에 어깨에 힘이 잔뜩 들어갔다.

한 살을 더 먹고 초등학교에 입학했다. 학교는 유치원과 많이 달랐다. 그곳은 많은 친구들과 여러 규칙이 있었다. 학교에 갈 때는 책가방과 실내화 가방을 챙겨야 했다. 그리고 수업이 끝날 때면 알림장이라는 것도 써야 했다. 선생님이 칠판에 다음 날 필요한 준비물이나 숙제를 적으면 나는 그것을 내 알림장에 열심히 따라 썼고 가방에 알림장을 넣은 후 집을 향해 뛰어갔다. 매일 알림장을 썼지만 정작 왜 써야 하는지는 알지 못했다. 얼마 후 미술 시간에 선생님이 말했다.

"모두 준비해 온 크레파스를 꺼내세요."

나는 그때서야 알림장을 쓰는 이유를 깨달았다.

그 후에는 준비물이 필요할 때마다 엄마에게 돈을 받았다. 하지만 준비물을 구하는 일은 쉬운 문제가 아니었다. 어느 것은 문방구에서 팔고 어느 것은 슈퍼에서 파는 등 물건에 따라 사야 하는 장소가 달라 여러 군데를 들러야 했고 준비해 간 돈이 부족해 물건을 사지 못할 때도 있었다. 비용과 파는 곳을 잘 알고 갔는데도 물건이 이미 다 팔려서 빈손으로 돌아와야 하는 경우가 있었다. 준비물 말고도 내가 챙겨야 하는 일이 하나 더 있었다. 선생님은 가끔 종이를 나누어주며 부모님께 가져다드리라고 했다. 저녁에 그 종이를 엄마에게 내밀자 엄마는 눈을 동그랗게 뜨고 검지손가락을 흔들며 나에게 물었다.

"이게 뭐야?"

"선생님이 주셨어."

가정 통신문에는 가령 행사를 안내하거나 어떤 필요에 의해 비용을 납부하라는 글이 적혀 있었다. 하지만 부모님이 가정 통신문을 읽고 적절한 준비를 해주는 것은 쉽지 않았다. 농인에게 한국어는 외국어와 같다. 한 번도 들어본 적이 없고 제대로 써볼 기회조차 없는 언어를 학교 교육만으로 자유자재로 사용한다는 것은 매우 어려운 일이다. 게다가 부모님이 학교를 다니던 시절의 농교육은 교육적 효과를 기대하기 어려운 수준이었다. 결국 부모님은 한국인임에도 불구하고 한국어를 읽고 쓰는 데 상당한 장벽을 느꼈다.

부모님이 안내문의 내용을 보고 이해할 수 있는 것이면 직접 준비해주었지만 그럴 수 없을 때면 삼촌에게 물어봐서 해결해주었다. 하지만 부모님의 답변을 적어 가야 하는 경우는 난감했다.

처음에는 삼촌들이 필요한 말을 대신 써주었고 내가 나이를 몇 살 더 먹은 뒤로는 직접 답변을 쓰면 엄마나 아빠가 가정 통신문에 내 글을 옮겨 적는 식으로 문제를 해결했다.

"엄마, 이 종이에 내가 쓴 거를 똑같이 옮겨 적어."

'현화가 공부를 더 열심히 하도록 하겠습니다.'

그러면 엄마는 내 글을 그대로 베껴 적고는 멋쩍게 웃으며 나에게 물었다.

"내 글씨 못생겼지?"

나는 주먹을 쥔 손에서 새끼손가락만 펴 턱을 두 번 톡톡 쳤다.

"괜찮아."

엄마는 늘 자신이 공부를 많이 하지 못해 글씨가 못생겼다며 창피해했다. 하지만 누구보다 나를 사랑해주고 자신의 인생에 책임을 다하는 엄마였기에 나는 엄마의 글씨체가 못났다고 생각하지 않았다.

때로는 가정 통신문의 내용이 너무 어려워 부모님도 나도 무슨 내용인지 전혀 모르는 채로 답변을 써 보내야 했지만 별 수 없었다. 이때 내게는 준비된 몇 가지 답변이 있었다.

– "현화가 공부를 더 열심히 하도록 하겠습니다."

– "네, 그렇게 해주세요."

– "감사합니다."

어디에 갖다 써도 어색하지 않을 저 답변들 중에 하나를 선택하면 될 일이었다.

시간이 조금 더 흘러 동생도 초등학교에 입학했다. 동생이 학교에 가게 됐다는 것은 챙겨야 하는 알림장과 숙제가 두 배가 되었다는 의미이기도 했다. 나는 동생보다 먼저 그 과정을 경험해봐서 어떻게 대처해야 하는지 알고 있어 바쁜 부모님을 대신해동생을 돌보는 일은 자연스럽게 나의 몫이 되었다. 학교 수업을마치고 집에 돌아오면 나와 동생의 알림장에 적을 답변을 쓴 후에 엄마나 아빠에게 보여주었고, 부모님은 그 글을 그대로 옮겨하나는 나의 알림장에, 다른 하나는 동생의 안내장에 썼다.

나는 가족 내에서 이런 일을 할 수 있는 사람이 없으니 내가해야 한다는 사실을 머리로도 몸으로도 너무나 잘 아는 어른 같은 아이로 자라났다. 나를 따라다니던 '어른 같은', '철이 빨리든' 등 여러 수식어가 나의 어깨를 으쓱하게 만들어주었지만 때로는 그 역할이 버겁게 느껴졌다. 그럴 때면 마냥 아이처럼 응석부리고 어른들에게 귀엽다며 예쁨받는 동생이 괜히 미워지기도했다. 하지만 그런 동생도 조금 더 크자 문제를 스스로 해결하기시작했다. 동생은 내가 알림장에 써서 엄마에게 보여준 어른스러운 문체의 만능 문장을 기억해 두었다가 필요할 때 종이에 써서엄마에게 보여주었고 엄마는 그 문장을 동생의 안내장에 옮겨 적었다. 비록 내가 한 행동들이 어설프고 부족했을지라도 동생에게나는 답안지 같은 존재였다.

한 해 한 해 시간이 지날수록 내가 결정하고 해결해야 하는 문제들은 더욱 늘어났는데 이는 거의 인생 전반과 관련된 것들이었다. 부모님을 따라가 지금 살고 있는 집의 계약이 끝나면 어디로 이사를 가야 할지, 새집에 들여놓을 가구는 어느 것이 좋은지 등을 통역하다 보면 어느새 나도 부모님과 함께 그 문제를 고민하고 있었다. 조금 더 커서는 진로에 대한 고민도 더해졌다. 어느 학원을 다녀야 하는지, 어느 학교를 가야 하는지, 나중에 커서 무엇을 하고 싶은지 그리고 그것을 위해서 지금 어떠한 준비를 해야 하는지. 내 인생을 바꿀 수 있는 여러 선택지를 앞에 놓고 어쩔 줄 몰라 하다가 조금씩 무기력해졌다. 엄연히 부모님이 계시지만 가장 아닌 가장 같은 역할을 해야 했던 어린 나는 혼란스러웠다. 너무 큰 문제인데도 내 뜻대로 쉽게 할 수 있는 것이 있는가 하면 작은 문제이지만 통제당하고 혼자 결정해서는 안 되는 것들이 있었다. 그 안에서 나는 내가 어른인지, 아이인지를 수없이 되물었다.

두 세계 사이에서

1990년대 말 우리 가족은 영등포의 어느 반지하 집에서 살고 있었다. 집은 좁았고 비가 오면 현관문으로 물이 들어오는 통에 불편한 점도 있었지만 내 인생에서 방이 두 개인 집은 처음이라 모든 것이 괜찮았다. 썩 마음에 들었던 집이었지만 이사 갈 때가 되어 엄마는 집을 보러 다녔고, 우리 가족은 비슷한 크기의 2층에 있는 집으로 이사 가게 됐다. 이사를 가려면 보증금이 더 필요했는데 그즈음 아빠가 일하던 곳에서 월급이 계속 나오지 않았다.

우리가 살던 집에는 다른 사람들이 들어와 살기로 되어 있었으므로 날짜에 맞춰 방을 빼야 했다. 집주인한테 시간을 좀 더 달라고 사정도 해보았지만 달리 방법이 없었다. 결국 우리 가족은 짐을 싸기 시작했고 큰 보따리가 집 밖에 하나 둘 쌓여 갔다. 길 위에 쌓여 있는 짐을 보고 있자니 눈물이 났다. 하지만 우리 가족의 '귀'였던 나는 흐르는 눈물을 연신 닦으면서 주위의 어른들이 얼마의 돈을 내면 짐을 창고에 맡길 수 있다고 하는 이야기들을 하나도 놓치지 않으려고 집중해서 들었다.

'짐은 창고에 맡기면 되고 우리 가족은 당분간 여관에 가서 자면 되나? 그런데 계속 그렇게 지낼 수는 없잖아. 그러면 보증금은 어떻게 구하지?'

내가 울음을 그치고 조금 진정하자 엄마가 말을 걸어 왔다.

"작은아빠한테 전화해서 돈 빌려 달라고 해."

나는 고개를 끄덕이며 일어나서 엄마와 함께 공중전화 부스로 갔다. 떨리는 손으로 전화기에 동전을 천천히 넣었다. 정말이지 전화를 걸고 싶지 않았지만 엄마가 내 옆에서 한 발자국도 움직이지 않고 서 있었다. 벨이 울리기 시작하자 동시에 심장도 더 빨리 뛰기 시작했다. 무섭고 창피한 만큼 절박하기도 했다. 그때 수화기 너머로 작은아빠의 목소리가 들렸다. 이제 입을 열어야 했다.

"작은아빠…… 저 현화인데요……. 우리가 돈이 없어서…… 짐은 길 위에 났는데 집이 없어요……. 이사 가야 하는데……."

"뭐? 현화야 울지 말고 자세히 좀 말해봐."

"돈이 없어요. 내일 사람들 온다고 해서 짐을 뺐는데 엄마가 돈이 부족하대요……. 갈 데가 없어요."

"지금 어디니? 그리로 갈게."

얼마쯤 시간이 지났을까, 멀리서 뛰어오는 작은아빠와 작은엄마가 보였다. 두 분은 급히 찾아온 현금 봉투를 부모님에게 건네며 상황이 왜 이렇게 됐는지, 갈 집은 있는지 묻고 어서 새집으로 가자고 말했다.

성실했지만 안정적인 삶을 꾸리기 어려웠던 부모님에게 이런 예상치 못한 문제들은 언제 어느 때고 발생했다. 그럴 때마다 나는 엄마와 아빠의 입과 귀가 되어 많은 내용을 통역해야 했다. 수어를 할 줄은 알았지만 통역은 다른 차원의 문제였다. 병원에서, 동사무소에서, 법원에서 전문적인 내용을 전달하기에는 내 지식, 어휘력 그리고 수어 실력이 부족했다. 어른들은 부모님을 그곳에 없는 사람 취급하거나 우리를 향해 아무렇지도 않게 차별적인 말들을 뱉어냈다. 그곳에서 나는 그저 '귀머거리 부부'와 함께 온 어리고 불쌍한 아이일 뿐이었고 그 말들을 내 귀에 담아두는 것 말고는 할 수 있는 것이 없었다.

수많은 말이 가슴에 비수가 되어 꽂힐 때, 엄마와 아빠 그리고 내가 부끄러웠다. 하지만 부모님은 내가 무슨 말을 들었는지 정확히 알지 못했기 때문에 내 마음에 생긴 상처를 미처 헤아릴 수 없었고 그 상처는 오롯이 나만의 것으로 남겨졌다. 이런 경험이 쌓이자 자연스럽게 통역을 하는 게 싫어졌다. 부모님을 대신해 아쉬운 소리를 하고, 어떤 말들로 모멸감을 느끼더라도 아무렇지 않은 척하는 것이 고역이었다. 하지만 통역은 내가 태어나자마자 숨을 쉬는 것처럼 자동적으로 주어진 삶 그 자체였다. 사소하게는 음식을 시켜 먹는 일부터 크게는 법원에 가는 일까지. 나는 부모님에게 만능 통역사이자 청인의 세상으로 연결되는 문이었다.

'보통'의 청인

초등학교에 입학하기 전에는 부모님이 세상의 전부였지만 학교를 다니고 여러 친구를 사귀다 보니 가족보다 친구가 더 좋았다. 친구들에게는 부모님에게 이야기하지 못할 고민과 걱정을 털어놓을 수 있었고 그 순간 가족을 잊을 수 있었다. 그 나이대 아이들이 그렇듯 나 역시 친구와 하나가 된 것처럼 모든 것을 공유하고 함께하는 데 기쁨을 느꼈다.

나는 매년 반이 바뀌고 소중한 친구들이 생길 때마다 고민했다. 언제 부모님이 농인이라는 사실을 친구에게 알려야 할까. 사실 어느 정도 사회적 학습으로 인해 부모님의 장애를 알릴 경우 불편한 반응이 온다는 것은 이미 알고 있었지만, 친구에게 이 사실을 숨기는 것은 우리의 중요한 규칙을 어기는 것 같아 마음이 불편했다. 나는 매년 마음에 드는 친구가 생겨 그 친구와 가까워지기 시작할 무렵부터 언제쯤 부모님 이야기를 하면 좋을지 고민했다. 한참을 망설인 끝에 이야기를 꺼낼 때면 사회에서 쉽게 받아들여지지 못할 그런 이야기를 고백하는 것 같은 느낌이 들었다. 친구들은 많이 놀라며 그래도 너는 정상이니 다행이라고 하거나 나는 너를 변함없이 좋아한다고 위로해주었다. 그 위로에 이유도 모른 채 눈물을 흘렸고, 그렇게 울고 나면 조금은 시원한 마음이 들었다.

중학교 3학년 때였다. 어느 날, 아빠는 다리가 불편하다고 했다. 육체노동을 하기에 그러려니 하고 대수롭지 않게 넘겼는데 아빠가 다시 그 이야기를 꺼내며 병원에 가고 싶다고 했다. 아빠는 나에게 통역을 부탁하는 것이 미안하기 때문에 쉽게 말을 꺼내지 못하고 한동안 참은 것 같았다. 지금이라면 수어 통역사를 부르면 되지만 수어통역센터가 생긴 것은 1990년대 후반이었고 아직 서비스가 활성화되어 있지 않을 때였다.

사실 수어 통역사를 부를 수 있더라도 통역은 어떤 특별한 이벤트에만 필요한 것이 아니라 일상 전반에 필요한 것이다. 농인에게는 텔레비전을 볼 때도, 밥을 먹을 때도, 길을 걷다가도 통역사가 필요한 순간들이 생긴다. 하지만 수어 통역사를 매일, 매순간 부를 수는 없는 노릇이다. 그리고 삶의 많은 문제들은 연속성을 띠기에 자신의 역사를 모르는 통역사와 처음 동행하게 되면 아무래도 의사소통의 어려움이 있을 수밖에 없다. 또한 통역을 의뢰하면 삶의 내밀한 부분까지 보여주어야 하므로 농인들은 때때로 통역사 앞에서 발가벗겨진 기분을 느낄 때가 있다.

이런 문제를 보완할 제도적 장치가 갖추어지지 않은 상황에서 농인들은 통역을 가족에 의지할 수밖에 없었다. 하지만 그 당시

아빠와 나에게는 서로의 상황과 마음을 헤아릴 여유가 없었다. 나는 단지 병원을 가는 것이 귀찮았고 병원에서 내가 겪어야 할 고초가 짐작됐기에 병원에 가기 전부터 골이 나 있었다. 집을 나서 병원으로 향하며 우리는 남인 것처럼 서로 말없이 거리를 두고 걸었다. 걷는 내내 속으로 내가 왜 우리 집안의 통역을 다 해야 하는지 불평하며 언제쯤 이런 삶에서 벗어날 수 있을지 생각했다. 의사는 아빠의 왼쪽 몸에 마비 증상이 있다고 했다. 그런데 이상하게도 눈물이 나지 않았다. 그 무렵 나는 부모님을 많이 원망하고 있었다.

의사는 아빠에게 수술이 필요하다고 했지만 부모님에게 그만한 돈이 없다는 것을 잘 알고 있었다. 게다가 아빠는 육체노동자여서 몸이 상한다는 것은 우리 가족의 생계유지에 치명적이었다. 이리저리 생각해보았지만 내가 도움을 요청할 수 있는 곳이 없었다. 연락하고 지내던 몇몇 친척들도 사정이 여의치 않기는 마찬가지였다.

한참을 고민하다가 담임 선생님에게 이 문제를 이야기했고 선생님은 나에게 라디오에 출연해서 사정을 이야기해보는 것이 어떻겠냐고 제안했다. 라디오 출연이 수업 시간과 겹쳐 불가피하게 수업 담당 선생님에게 다시 사정을 설명해야 했다. 나는 또 한 번의 동정 어린 눈길을 받은 후에야 라디오 진행자와 전화 인터뷰를 할 수 있었다. 진행자는 우리 집 사정과 거기에 더해진 아버지의 병 때문에 우리 가족이 얼마나 좌절하고 있는지 설명하고 나와 짧은 대화를 나누었다.

며칠 후 엄마가 정리해 온 통장에서 라디오를 통해 우리 가족의 사연을 들은 사람들이 보내준 후원금을 확인할 수 있었다. 아빠가 치료를 받을 수 있을 만큼의 금액이었다. 통장에 찍힌 많은 응원 글을 보고 있자니 고맙고 안도가 되면서도 마음이 텅 비어버린 것 같았다. 이렇게 나를 비참하게 만드는 부모님이, 이 사회가, 그리고 내가 너무나도 미웠고 끝나지 않을 것만 같은 굴레가 무겁기만 했다.

엄지와 중지를 제외한 나머지 손가락을 모두 접어 손이 아래로 가게 하면 수어로 '목발'을 의미한다. 그리고 이 형태에서 양손의 엄지와 중지 손끝을 맞닿게 하면 '장애'라는 뜻이 된다.

내 눈에는 장애라는 수어처럼 '목발'이 필요한 우리 부모님의 존재가 모든 불행의 시작처럼 보였다. 붕어빵 장사를 하는 엄마가 싫었고, 막노동을 하는 아빠가 싫었다. 텔레비전을 볼 때마다 저게 무슨 내용이냐는 표정으로 나를 바라보는 그 눈이 싫었다. 수어가 싫었고 농인이 싫었다. 어떻게든 이 꼬리표를 떼어내고 싶었지만 그러면 그럴수록 꼬리표는 더 강하게 붙었다. 선생님과의 면담, 집이 어려운 학생들에게만 지급되던 식권과 문제집, 동사무소에서 나눠준 라면 상자와 쌀가마니, 밀린 학원비, 수어를 하는 우리에게 쏟아지던 시선. 이 모든 것이 내가 가난하고 불쌍한 장애인의 딸이라는 것을 증명했다. 나는 이런 상황을 부정이라도 하듯 친구들과 있을 때는 더할 나위 없이 밝고 유쾌했지만 친구가 없는 집에 있을 때면 어두운 방에서 몇 시간이고 누워 있었다. 누구의 시선도 없는 곳으로 숨어들어 내 존재의 이유가 무엇인지, 이대로 내가 사라진다면 어떨지 생각하며 스스로를 잡아먹고 있었다. 하지만 이 정도의 어둠으로는 부족했던 것일까. 더 큰 세상을 만날 때마다 더 많은 시선을 마주해야 했다. 그 시선 속에서 내가 농부모를 두지 않은 '보통'의 청인이 되기를 간절히 바랐다. 하지만 그것을 바라면 바랄수록 나를 숨기면 숨길수록 가면 뒤의 나는 더 괴로워졌다.

통역이라는
짐

대학을 다니고 있을 때였다. 아르바이트를 가려고 신발을 신고 있는데 휴대폰에 진동이 울렸다.

"여보세요."

"네, 여기 경찰서입니다."

경찰서라는 말에 온몸이 긴장으로 굳어졌다.

"네, 그런데요?"

"부모님이 어떤 분들하고 싸우셔서 지금 경찰서에 와 계시거든요. 이쪽으로 좀 오셔야 할 것 같은데요."

전화를 받고서 표정이 안 좋게 변하는 나를 보고 뭔가 사고가 났다는 것을 직감한 동생이 무슨 일이냐고 물었다. 나는 엄마, 아빠가 경찰서에 있으니 다녀오겠다고 말하고 집을 나섰다. 택시를 타고 가며 '이번엔 또 무슨 일일까?' 하는 걱정과 함께 지금까지 해온 수많은 통역 장면이 떠올랐다. 복잡한 마음으로 경찰서의 문을 열고 들어가자 한쪽 의자에 앉아 있던 엄마, 아빠가 눈에 들어왔다. 앞뒤 상황을 떠나 내가 이런 상황에 또 처하게 된 것 자체가 몹시 화가 나서 큰 동작으로 수어를 하며 무슨 일이냐고 물었다. 말도 안 통하는 경찰서에서 답답했던 엄마는 손을 올려 빠르게 이야기를 시작했다.

"내가 술을 먹고 잠깐 남의 집 대문 앞 계단에 앉아 있었는데, 저 사람들이 뒤에서 나를 밀었어. 그래서 나도 화가 나서 저 사람들을 밀었어."

아빠도 말을 보탰다.

"엄마가 조금 취해서 잠깐 계단에 앉도록 한 다음에 친구들을 배웅하고 돌아오는데 저 사람들이 뒤에서 엄마를 민 거야. 왜 사람을 갑자기 밀어. 그래서 싸우게 됐지."

고개를 돌리자 건장한 체격의 아저씨 두 명이 나를 바라봤다. 나는 그 앞으로 걸어갔다.

"아저씨들이 우리 엄마를 밀었어요?"

"아니, 가구를 문밖으로 옮기려고 하는데 계단에 앉아 있더라고요. 비키라고 몇 번을 말해도 안 비키니까 밀었죠."

"그렇다고 사람을 밀어요?"

"비키라고 몇 번을 말했는데 안 비키잖아."

엄마와 아빠는 친구들과 기분 좋게 한잔하고 나와 서로 인사를 나누었다. 엄마는 취기가 오른 상태였고 아빠는 엄마가 안전하게 있도록 계단에 앉힌 뒤 친구들을 배웅했다. 그때 아저씨 둘이 가구를 집 밖으로 옮기려고 들고 나왔다. 무거운 가구를 지고 대문을 나가려는데 엄마가 계단에 앉아 있는 것을 발견하고 비키라고 말했지만 아무 소리도 듣지 못한 엄마가 비켜줄 리 없었다. 화가 난 그들은 엄마를 계단에서 밀어버렸다. 엄마는 영문도 모르고 뒤에서 밀쳐졌기에 화가 나서 달려들었고 아빠도 멀리서 이 상황을 보고 뛰어와서 엄마와 함께 싸웠다.

대충 상황을 파악하고 고개를 돌려 엄마와 아빠를 바라봤다. 내가 오기만을 기다린 엄마와 아빠는 나와 눈이 마주치자마자 항변하기 위해 손을 열심히 움직였다. 그 순간 나는 이 사회에서 받은 멸시와 상처 그 모든 것을 퍼부으려고 작정한 듯 온몸으로 소리를 질렀다.

"왜 취하도록 술을 마셨어!" "왜 그 계단에 앉아 있었던 거야!" "왜 취해서 사람들하고 싸워?" "경찰서에서 딸이나 부르는 게 부끄럽지도 않아?"

경찰서는 조용해졌고 죄인이 되어버린 엄마와 아빠는 가만히 손을 내렸다. 나의 의지와 상관없이 발생하는 사건들에 내가 연루되는 탓과 책임을 부모님에게서 찾고 원망했다. 왜냐하면 이 모든 일은 우리 부모가 농인이 아니었다면 일어나지 않았으리라 생각했기 때문이었다.

나는 뒤돌아 아저씨들 앞으로 걸어갔다. 이제 그들에게 이야기할 차례였다.

"우리 부모님은 청각 장애인이시라 듣지를 못하는데 어떤 사람인 줄도 모르고 그렇게 밀어버리면 어떡해요? 뒤에서 밀치니 놀라고 기분이 나빠서 달려들죠! 저 같아도 뒤에서 누가 밀면 싸우게 될 것 같은데. 이야기를 해도 움직이지 않는다면 앞으로 가서 그 사람이 왜 움직이지 않는지 상황을 좀 살펴볼 수 있는 거 아니에요?"

"죄송합니다."

그들은 사과했지만 내 삶은 또다시 너무나 흔들려버린 후였다. 경찰과 함께 관련 서류를 쓰며 상황을 정리했다. 그 과정에서 엄마와 아빠는 줄곧 나를 바라보고 있었다. 모든 것이 음성언어 중심으로 이루어지는 이 세상에서는 내가 엄마와 아빠의 보호자였다. 나는 모든 절차를 마치고 경찰서를 나와 아무 말 없이 아르바이트를 하러 갔다.

또 다른
시작

고등학교를 다니며 비교적 상위권의 성적을 유지했지만 미래에 대한 고민이 깊어지면서 점차 학업에 손을 놓아버렸다. 공부하는 의미를 찾지 못한 채 진학한 대학에서도 길을 발견하지 못했고 졸업도 겨우 할 수 있었다. 성인만 되면 모든 것이 더 즐거우리라 생각했는데 기대와는 달리 졸업을 하고도 이리저리 헤매는 날들이 이어졌다. 돈이 필요해 여러 아르바이트를 했지만 그것들을 평생의 직업으로 삼기는 어려웠다. 게다가 제대로 된 직장에서 새롭게 시작하는 친구들을 보고 있자니 자리를 잡지 못한 내 상황에 불안이 밀려왔다.

방에 누워서 천천히 내가 할 수 있는 일이 무엇인지 고민해봤다. 고민의 끝은 늘 같았다. '하고 싶은 것도, 할 줄 아는 것도 없다.' 어두운 터널 속에서 혼자 서 있는 것 같은 기분에 결국 현실을 회피하는 악순환이 이어졌다. 그러던 어느 날 우연히 내가 수어를 할 줄 안다는 것이 떠올랐다. 늘 수어를 했지만 이것이 직업이 될 수 있다고 생각하지 못했기 때문에 내가 지닌 능력과 조건이라 생각하지 않고 있었다. 급히 인터넷에서 '수어 통역사'를 검색해보았다. 이 분야가 전망이 좋다는 출처 모를 글이 몇 개 보였다. 찾아본 정보에 의하면 급여가 많지는 않지만 그렇다고 부족한 금액도 아니었다. 수어 통역사는 내가 할 수 있는 몇 안 되는 일 중에 하나였고 수어를 할 줄 아니 어느 정도 가능성이 있다는 판단이 들었다.

그렇게나 싫어하고 피한 일이었지만 우리 부모님이 아니라 다른 사람의 통역이라면 스트레스를 조금 덜 받을 것 같았다. 부모님의 문제는 곧 나의 문제이기도 해서 통역을 하면 너무 많은 문제를 알아버리고 떠맡게 되는 것이 고통스러웠다. 통역사가 되기도 하고 해결사가 되기도 하며 내 능력 범위를 넘어서는 일을 하는 것이 버거웠다. 하지만 그것이 나의 가족이 아닌, 나의 문제가 아닌 일이라면 훨씬 수월할 것 같았다. 그렇게 수어 통역사가 되기로 마음을 먹고 국가 공인 자격증을 취득하기 위해 필기시험에 필요한 교재를 구입했다. 하지만 막상 책을 펴보니 어려운 전문 용어들이 가득했다. 때마침 엄마가 아는 청인 수어 통역사에게 통역사 시험이 어려워서 합격하기가 쉽지 않다는 말을 들었다고 했다. 자신감이 더 떨어져 막막한 마음으로 책을 뒤적이다 다시 컴퓨터를 켰다. 관련 정보를 더 찾아보니 수어 통역은 전문적인 분야이고 대학에 관련 학과도 있다는 것을 알 수 있었다.

몇 날 며칠을 인터넷만 검색했다. 이 공부를 혼자 해낼 자신이 없었지만 그렇다고 다시 대학에 갈 자신은 더 없었다. 수중에 지닌 돈은 얼마 안 되었고 부모님에게 손 벌릴 염치도 없었다. 누군가의 조언이 필요해 먼저 취업한 친구에게 전화를 걸었다.

"그래서 말이야, 내가 수어 통역을 전공으로 다시 대학을 가면 어떨까?"

"대학 등록금이 얼만데. 돈이 너무 많이 들지 않아? 그리고 너 졸업하면 20대 후반이야. 현실적으로 그냥 다른 일을 찾아보는 게 좋을 것 같아."

'그래, 현실적으로 생각해야지.' 나도 현실적으로 생각하고 싶었지만 문제는 내가 그 현실을 무엇이라 정의하지 못하는 데 있었다. 그리고 친구의 현실과 나의 현실이 같지 않다는 것도 고민을 더 길어지게 만들었다.

나는 내 방 침대에 누워 동생을 불렀다. 솔직하고 말하기를 좋아하는 나와는 달리 다른 사람의 말을 들어주고 심사숙고하는 동생은 언제나 좋은 말동무가 되어주었다. 우리는 함께 자라며 많이 다투기도 했지만 서로의 역사와 감정을 나눌 수 있는 유일한 코다 친구였다. 동생이 내 침대 머리맡에 앉았고 나는 괜히 천장만 바라보다 어렵게 말문을 열어 진로에 대한 고민을 털어놓았다. 이야기를 마칠 때쯤 이불은 눈물로 흠뻑 젖어 있었다. 동생은 별 문제가 아니란 듯 그러나 확신에 찬 목소리로 말했다.

"다시 학교 가, 언니."

"그럼 친구들보다 늦어지잖아."

"뭐 어때, 그래봤자 언니 아직 20대야. 인생 이제 겨우 시작이라고."

"돈도 없어."

"학자금 대출 받으면 되지. 주변 말들 신경 쓰지 말고 다시 공부해서 학교 가. 수어 통역은 언니가 누구보다 잘할 수 있는 일이잖아."

같은 인생을 살아서일까. 어느새 동생은 나와 함께 길을 걸어가는 동지가 되어 있었다. 막막함 속에서 나는 자주 걸음을 멈추었지만 조용히 내 옆을 지켜주던 동생은 내가 용기를 잃지 않고 한 발씩 나아갈 수 있도록 해주었다. 나는 동생의 응원에 힘입어 또 다른 시작을 할 수 있었다.

나를 향한 시선

새로 입학한 학교에서 우연히 학과 친구들과 모여 이야기를 나누고 있을 때였다. 초면이었던 한 농인 동기가 나를 가리키며 이렇게 말했다.

"저 사람 코다야."

나는 그가 나를 무언가로 지칭하는 순간 불쾌해졌다. 경험상 '장애인 딸', '벙어리 딸'처럼 나를 부르는 말은 좋은 의미가 아니었기 때문에 '코다' 역시 부정적인 말일 거라고 생각했다. 기분이 상해서 그 친구에게 따지듯이 물었다.

"왜 나한테 '코다'라고 해? '코다'가 뭔데?"

"농부모의 자녀를 코다라고 해요. 바로 누나처럼요."

예상과 달리 '코다'는 나쁜 뜻이 아니었다. 나와 같은 사람을 지칭하는 말이 있다는 사실이 조금 놀라웠지만 당시에는 코다 정체성을 생각해본 적이 없었기 때문에 놀라움은 금방 희미해졌다.

나는 우리 학과에 처음으로 입학한 코다였다. 1학년 때 수화통역학과를 선택한 후 우리 학과에는 내가 코다라서 수어를 무척 잘한다는 소문이 돌았다. 사실 입학 면접 당시에 아주 짧게 수어를 한 것이 전부였지만 '코다는 수어를 잘한다'는 고정관념 덕에 의도치 않은 소문의 중심에 서게 됐다. 그때 마침 학과에서는 '수어 통역의 비전'이라는 주제로 세미나를 준비하고 있었는데, 1학년생인 나에게 통역 제안을 했다. 어려서부터 셀 수 없이 많은 통역을 해봤지만 단상에 서서 동시통역을 해본 경험은 없었기에 나는 그 제안을 극구 사양했다. 그러나 결국, 내가 통역을 맡게 됐다.

부담감에 며칠 동안 뜬눈으로 밤을 지새웠다. 하지만 별다른 수가 없어 체념한 채 통역을 할 때 어떤 옷을 입으면 되는지 알아보았다(나는 그것조차 모르는 새내기였다). '편하게' 입으면 된다는 말에 어처구니없게도 정말 편한 후드 티셔츠에 청바지를 입고 단상에 섰다. 그때의 통역 방식은 강사가 강의를 하면 들으면서 동시에 손을 움직여 수어로 옮기는 동시통역이었다. 강의 내용을 들으며 다음 수어로 뭘 표현해야 하는지 머릿속으로 준비를 해야 했지만, 수어를 하면 강의가 들리지 않았고 강의를 들으면 어떻게 수어로 옮겨야 하는지 머리가 돌아가지 않았다. 이러나저러나 계속 강의 내용을 놓쳤고 내 손은 열정적인 강사의 말과는 다르게 엉뚱한 의미만 만들어내고 있었다.

"다른 분야가 레드오션이라면 수어 통역 분야는 블루오션이에요."

나는 '레드오션'을 '빨갛다'와 '바다'로 옮기고 '블루오션'을 '파랗다'와 '바다'로 통역했다. 정말 말도 안 되게 빨간 바다와 파란 바다의 의미로 전달하고 있었던 것이다. 등에서는 식은땀이 흘렀다. 정신없이 헤매고 있을 때 강의실 뒤에 앉아 있던 한 농인이 못 참겠다는 듯 벌떡 일어났다. 그 농인은 답답함을 참지 못해 왔다 갔다 하다 다른 수어 통역사에게 내 통역을 이해하지 못하겠다고 이야기했다. 그 장면을 바라보며 무의미하게 손만 움직이고 있을 때 고맙게도 다른 통역사가 교대해주어 그 자리에서 내려올 수 있었다. 거의 정신이 나간 상태로 내려와 시계를 보니 고작 10분이라는 시간이 흘러 있었다.

도저히 그 자리에 있을 수 없어 곧장 화장실로 달려가 펑펑 울었다. 원하지 않았던 일이라는 것에 대한 억울한 마음도 들고 한편으로는 코다로서 지금까지 많은 통역을 했음에도 유창하게 통역을 해내지 못한 데 자괴감이 들었다. 나를 완전히 혼란에 빠지게 한 그 경험을 한동안 잊지 못했다.

그 행사는 전문적 훈련을 받지 않았던 내가 설 수 있는 자리가 아니었다. 수어를 할 줄 아는 것과 통역을(그것도 동시통역을) 할 수 있는 것은 전혀 다른 차원의 문제이다. 둘을 같다고 여기고 통역을 의뢰하는 것은 수어가 음성언어와 문법적 구조가 동일하다거나* 통역이 단순히 일대일 치환이라고 전제해야만 가능한 생각이다.

안타깝게도 코다에 대한 선입견은 이것만이 아니었다. 한 수업에서 청인 교수님이 농인에 대한 이해를 높이기 위해 영상을 보여주었다. 뜻밖에도 그 영상은 농인 부모와 청인 자녀로 이루어진 가족이 가난하게 사는 모습을 시혜적인 시선으로 그리고 있었다. 곧 나를 둘러싼 공기가 불편해지더니 얼마 지나지 않아 수강생들이 너 나 할 것 없이 울기 시작했다.

학과는 농문화 속에서 제1언어로 수어를 사용하는 사람들을 '농인'이라고 가르치고 있었지만 내가 본 영상에서 농인은 청인의 관점에서 대상화되고 불쌍하게 사는 존재로만 그려져 농인에 관한 편견을 강화하고 있었다. 만약 영상을 보고 난 후 이 영상의 문제가 무엇인지, 왜 농인이 사회적으로 안정된 삶을 꾸리지 못하는지, 이런 문제가 어디서 비롯되는지 등을 이야기할 수 있었다면 불편함을 느끼지 않았을 것이다. 하지만 그런 논의는 이어지지 않았다. 한 시간 정도 고문 같은 시간이 끝나고 쉬는 시간이 되자 연신 눈물을 훔치고 있는 수강생들 사이로 한 친구가 다가와 나에게 말을 걸었다.

"너는 왜 안 울어?"

그에게서 오랫동안 나를 눌러 오던 '시선'이 느껴졌다.

---

* 한국어와 한국수어는 문법이 다르다. 그러나 한국어 문법을 그대로 따르며 한국수어 단어로 표현한 체계도 있는데, 이를 '한국어대응수어' 또는 '수지한국어(Signed Korean)'라고 한다.

"내가 왜 울어야 하는데?"

"독한 것. 너는 더 슬프지 않아?"

그 친구가 나에게 기대한 모습은 그만의 생각이었을까. 그때 그 교실은 지금까지 한국 사회가 나에게 보여준 모습을 그대로 옮겨 놓은 것 같았다. 수업이 끝난 후에도 계속 마음이 혼란스러 웠다. 단순히 감정적으로 불편함을 느낀 것이 아니었다. 우리 부 모님은 수어를 사용하는 사람들이고 수어는 완전한 자격을 갖춘 또 하나의 언어이다. 하지만 사회는 농인과 함께 살 준비가 되어 있지 않았고 그 속에서 농인은 열등한 존재로 취급되며 사회 안 전망 바깥으로 밀려나 있었다. 농인에게 가난은 그렇게 주어지는 것이었다. 하지만 그 영상은 농인이 '듣지 못하고 말하지 못해' 가난하게 사는 것이라 말하고 있었다. 나는 그런 생각에 동의할 수 없었다.

수어 통역을 더 전문적으로 배우고자 다시 들어간 대학에는 농인과 수어에 관한 제대로 된 지식을 전하고자 노력하는 교수 님들이 있었지만, 간혹 농인과 수어를 잘 알지 못하는 '전문가'들 도 있었다. 나는 때때로 나의 삶과 그들의 가르침 사이에 느껴지 는 물음표를 내려놓을 수 없었다. 하지만 이것을 그저 '전문가'의 문제라고만 하기에는 무리가 있다. 대학의 이익이라는 계산 앞에 서 그리고 오랫동안 청인들이 주도해 온 연구 결과 속에서 농인 의 삶과 진정한 수어를 발견하고 교육 체계에 반영하는 것은 애 초부터 어려운 일이 아니었을까. 나는 대학이라는 지식의 상아

탑이 지닌 권위와 권력 앞에서 내 경험과 삶이 잘못된 것일 수도 있다고 되뇌며 그들의 틀에 맞춰 가고 있었다. 어딜 가나 눈치가 빨라 어른들의 예쁨을 받던 나는 그렇게 그곳에서도 착한 아이가 되려고 노력했다. 그러나 농인의 목소리가 담기지 못한 체계 속에서 농인을 이해하고 진짜 수어를 배우기란 모래 위에 탑을 쌓는 것과 다르지 않았다.

내 안의 농인

학교를 다니며 수어 통역사 자격증을 취득한 후에는 용돈을 벌기 위해 농인이 듣는 수업에 들어가 수어 통역을 했다. 처음에는 나에게 관심이 없거나 거리를 두던 농인 친구들도 내가 코다라는 것을 알면 끝나고 밥이라도 먹자고 하며 나를 친근하게 대했고 나는 그 친근함이 좋았다.

당시 내가 다니던 대학의 대학원에는 일본, 중국을 비롯해 여러 나라에서 온 농인들이 공부하고 있었다. 동기들과 결이 다른 존재로 지내다가 외국 농인 대학원생들과 함께 간 연수에서 집에 있는 것 같은 편안함을 느낀 후로 매일 그들을 만났다. 같이 점심, 저녁을 먹고 연구실에서 밤새도록 한국수어로 이야기를 하거나 함께 과제를 하며 농인들과 일상을 공유한 그 시간들이 내게는 무척 특별했다.

우리는 이야기를 하기 위해 동그랗게 둘러앉아 서로의 눈을 바라보았고 음성언어 없이 간간이 데프 보이스*를 섞어 손으로 말하며 시끄럽게 웃고 떠들었다. 때때로 그들은 내가 어떤 시각적 변화를 눈치채지 못하거나 조금 둔감하게 움직일 때 청인이라 그런다며 나를 놀리기도 했다. 농문화 안에서 '농'은 지극히 정상적인 상태였고 '한국수어'는 공기처럼 존재했다. 그들과 함께한 시간은 '소리가 들리지 않음'이 신체적 상태라는 것을 알게 했다. '소리가 들림'과 '소리가 들리지 않음'은 둘 다 상태와 경험일 뿐이며 가치 체계의 개입은 그다음 단계에서 일어나는 일이었다. 또한 그 경험에 '결함'이라는 가치 판단을 부여한 것은 농인과 농사회가 아니었다. 예컨대 '소리가 들리지 않는' 상태에 대한 공포는 청인들이 만들어낸 신념일 뿐 농인들은 그 상태를 공포로 경험하지 않았다.**

나에게도 많은 편견이 있었다. 부모님은 밤에 청소기와 세탁기를 돌렸고 부모님의 친구들은 늦은 밤이나 새벽에도 우리 집에 불쑥 찾아오는 일이 잦았다. 나는 이런 상황을 이상하다고 생각했다. 어린 시절에는 진지하게 농인은 예의를 모르는 것이 아닐까 고민하기도 했다. 하지만 관련 공부를 하며 이 사회가 지극히 청인의 행동 양식에 맞춰져 있기 때문에 농인이 밤에 청소기와 세탁기를 돌리는 일이 문제 행동으로 여겨진다는 것을 깨달았다. 또한 농인 가족이 따로 없는 농인들은 대부분 문화적, 언어적 해갈이 필요하기에 일주일에 한두 번 농인 공동체에 모여 이야기를

데프 보이스(deaf voice) 농인들의 발성.
** 이에 관해서는 국립국어원에서 펴낸 한국수어교원 양성 교재 〈농문화와 농사회〉 (2019)에 자세히 설명되어 있다.

나눈다는 사실을 알았을 때, 이제껏 우리 집에 부모님의 농인 친구들이 밤이고 낮이고 찾아온 이유가 이해됐다.

농인이라고 해서 모두 붕어빵을 굽고 집을 짓는 육체노동만으로 생계를 유지하지 않는다는 것도 알게 됐다. 학교에는 사회복지사, 청각 장애인 통역사*, 선생님, 디자이너, 데플림픽에 출전하는 국가대표 선수 등 다양한 꿈을 꾸는 농인들이 있었다. 놀랍게도 외국에는 농인 의사, 농인 변호사, 농인 교수도 아주 많다고 했다. 내가 알던 농사회는 빙산의 일각에 불과했다.

그러다 내 안에 흐르는 농인의 피를 느끼게 한 어떤 사건을 알게 됐다. 바로 1988년 갤러뎃대학(Gallaudet University)에서 일어난 일이었다. 갤러뎃대학은 1856년 농인의 교육을 위해 미국 워싱턴 디시에 설립되어 1864년 고등 교육 기관으로 공식 인정받은 대학이다. 수업 시간에 교수님이 보여준 영상에는 많은 사람들이 길거리 행진을 하고 학교를 점거한 모습이 담겨 있었다. 당시 갤러뎃대학의 총장을 선출해야 할 시기가 되자 학교 구성원들은 모두 이번에는 농인이 총장이 될 거라 기대했다. 하지만 이사회는 청인을 총장으로 선출하는 의외의 결정을 내렸다. 이 결정을 받아들일 수 없던 농학생들은 모든 수업을 거부했고 이들

청각 장애인 통역사 농인과 청인의 의사소통 상황에서 원활하게 메시지가 전달되도록 하는 의사소통 촉진자. 청인 수어 통역사는 한국수어-한국어 통역을 하지만 청각 장애인 통역사는 이와는 조금 다른 역할을 한다. 예를 들어 청인과 농인이 같은 수어로 대화를 나누더라도 문화적 차이로 오해가 발생할 수 있다. 이때 청각 장애인 통역사가 문화적 차이를 설명하며 의사소통의 오류를 바로잡아준다. 또한 한국수어가 아닌 홈사인(home sign)을 사용하는 농인의 말을 한국수어로 통역하거나 반대로 내용을 전달하기도 한다.

을 지지하기 위해 다른 나라의 농인들과 청인 수어 통역사들까지 모두 모여 함께 투쟁했다. 그 결과 최초의 농인 총장이 탄생했다. 그때 그들이 한마음으로 외친 구호 "지금 당장 농인 총장을(Deaf President Now)"은 내 마음에 울림을 주었다.

이때부터 나는 농인의 역사를 찾기 시작했고 나의 뿌리가 어디에서 시작되는지 생각했다. 농교육에서 교수 언어가 수어가 아닌 구어가 되어야 한다고 규정한 밀라노선언(1880년)은 오랜 시간 농사회를 어둠으로 밀어 넣었다. 이 방침은 백 년 이상 지속됐고 그동안 농교육은 바닥으로 치달았다. 이로 인해 농인은 자신의 언어인 수어로 지식을 배울 수 없었고 열등한 존재로 남아야 했다. 이는 철저하게 오디즘(Audism)에 기반한 것이었다. 오디즘은 청각 능력에 기반해 사람의 우수성을 판단하는 것인데, 농인을 차별하고 농인이 다른 사람과 의사소통하려는 행위를 차별하는 것을 말한다. 가장 흔하게 나타나는 언어적 오디즘은 수어 사용을 금지하는 것이다. 이런 오디즘은 청인 사회가 농인들에게 강요해 온 세계관이다. 구화주의(口話主義)를 주입받고 성장한 농인들은 오디즘에 노출된 만큼 자신의 상태를 그저 결함으로 생각하는 경향이 있기도 하다. 자신을 어떻게 소개하고 증명해야 하는지 배울 기회가 없던 이들이 자신의 진정한 이름을 찾기까지는 오랜 시간이 걸렸다.

마찬가지로 농인을 어떻게 이해해야 하는지 알지 못했던 나는 스스로 오디즘을 따르며 그것을 '예의'라 불렀다. 부모님에게 수어를 사용하지 않고 음성언어로 말하거나 여러 명이 있는 데서 부모님을 뺀 채로 장시간 대화를 나누었다. 또한 소리에 대한 예의를 지킬 것을 지속적으로 요구했다. 밥 먹을 때 소리를 내지 않는 것, 소리가 크게 나지 않게 그릇을 내려놓는 것, 걸을 때 소리가 나지 않도록 하는 것. 농인이라면 인지하기 어려운 감각에 대해 끝없이 주의할 것을 강요했다.

동시에 나는 오디즘의 피해자이기도 했다. 농인에게 쏟아지는 차별은 농인의 생활 양식을 몸으로 체득한 코다인 나에게도 해당됐다. 내가 일상에서 수어를 사용하면 청인인데 왜 수어를 쓰느냐는 말을 들었고 수어를 할 줄 안다고 잘난 척한다거나 농인인 척한다는 오해를 받았다. 이런 압박은 나라는 사람이 누구인지 설명할 수 있는 언어를 빼앗는 일이었다. 이것을 자각하고 나서 나는 언어를 찾기 위해 내 몸에 겹겹이 쌓여 있던 행동 양식과 가치 판단을 하나하나 풀어 나를 가두던 틀을 바라보고 설명하기 시작했다.

그곳에 코다가
있었다

농사회에는 농인들이 모일 수 있는 거점이 몇 군데 있다. 농인
들은 청사회에서 일상을 보내다 농학교, 농인 교회, '한국농아인
협회' 그리고 각종 농인 관련 행사를 중심으로 모여 농문화를 공
유하고 계승한다. 그중에서 '한국농아인협회'는 농사회의 대표적
인 당사자 단체인데 농인의 인권 보장과 복지 증진을 위해 정책
활동을 하는 기관이다. 대학원 진학을 앞두고 있을 때 한 수어
통역사에게서 '한국농아인협회' 중앙회에서 수어 관련 자격 제도
를 운영하고, 통역도 해보면 어떨지 제안받았다. 그는 그곳에서
내가 배울 수 있는 것과 펼칠 수 있는 꿈을 그려주며 너는 코다
이니 잘할 수 있을 거라는 격려의 말을 더했다. 부모님이 협회 지
회에 통역을 요청하거나 그곳에서 개최하는 행사에 참여했던 모
습이 어렴풋이 생각났다. 나는 별 고민 없이 서류를 제출하고 면
접을 본 후 그곳으로 출근하게 됐다. 하지만 정책과 관련된 일을

하는 중앙회는 또 다른 세상이었다.

협회에서 일하면서 농인에게 불리하게 설계된 사회 구조를 알게 됐고 이 구조에 대한 문제의식을 품기 시작했다. 주된 업무였던 통역을 하며 통역의 기술적 부분도 고민하기 시작했다. 정책은 내가 처음 접하는 분야라서 늘 준비하지 않으면 잘못된 통역을 하기 일쑤였다. 초반에는 주로 장애계 주요 인사들의 이름과 정책을 외웠고 대화 중에 어떤 이슈가 나올지 모르니 매일 주요 시사를 확인했다. 회의에 참여할 때는 이전 회의 자료를 확인하며 논의의 흐름을 파악했다.

관련 지식을 쌓는 것과 통역 기술을 개발하는 것은 또 다른 문제였다. 짧은 순간에 내가 선택하는 어휘와 내가 구사하는 말투가 바로 농인의 얼굴이 되었다. 그런 생각을 하자 통역의 무게가 더 크게 느껴졌다. 나는 통역을 잘하는 선배 통역사의 통역을 따라하고 분석하며 그 기술이 나의 것이 될 수 있도록 노력했다. 그들은 나에게 살아 있는 교재와 같았다.

통역을 하며 많은 통역사를 만났는데 의외로 코다에 관심이 있는 통역사들이 꽤 많았다. 몇몇 코다를 따뜻하게 돌봐주는 통역사부터 코다의 삶을 연구하고 싶다는 통역사까지. 그 관심이 이어져 나에게 먼저 말을 걸고 손을 내미는 사람들이 있는가 하면 그 반대의 경우도 있었다.

어느 날 밤 평소 알고 지내던 통역사가 내게 전화를 했다. 우리는 편하고 즐겁게 여러 이야기를 나누었다. 그러다 그가 불쑥 나에게 코다에 관한 이야기를 하기 시작했다.

"좀 지켜보면 코다 통역사들 중에 이상한 사람들이 많아. 선생님은 앞으로 그런 사람이 되지 마. 아직 어리고 시작하는 단계니까 알려주는 거야."

"아…… 그래요?"

"선생님은 잘 모르겠지만 코다들 중에 그런 사람들이 많더라고."

"……네."

그는 한동안 '코다 통역사들은 대체로 이상하다'는 식의 말을 했다. 순간 많은 생각이 스쳐 갔지만 당신과 다르게 생각한다는 말은 하지 못했다. 머리가 아니라 몸에서 나온 반응이었다. 나는 부모님을 대신해 어렸을 때부터 여러 문제를 통역했고 그 과정에서 불합리한 상황을 만나는 경우가 많았다. 그때 생각의 다름을 표현하면 상대가 불쾌해한다는 것을 어른들의 표정을 보며 배웠다.

이렇게 코다에 대한 부정적 편견을 마주하게 되는 순간은 종종 있었다. 모두 나를 위한 말이라고 했다. 하지만 그들은 내가 어떤 잘못을 했거나 길을 잃었을 때, 도움이 필요할 때 조언을 하는 것이 아니라 그냥 나로 존재하는 순간에, 그러니까 내가 코다로 있는 순간에 그런 말을 던지고 사라졌다. 하지만 그 말들의 여운이 길었던 이유는 사실 그 말이 이미 나를 그런 부류로 전제하고 있기 때문이었다. 농사회에 더 깊이 들어갈수록 괴로움이 내 마음 한 자리에 무겁게 자리 잡았다. 그 괴로움은 내가 무방비 상태일 때 불현듯 튀어나와 종일 내 마음을 어지럽혔다. 농사회에 들어온 코다 통역사들에게 씌워지는 고정 관념은 어떤 것일까. 나는 다시 그 말들을 기억에서 꺼내 의미를 곰곰이 새겨보았다.

어디에도 속할 수 없는

농인과 청인은 같은 지리적 공간에서 공통된 문화를 기반으로 삼고 있다. 그러나 각각은 그들만의 고유한 문화를 지니고 있다. 두 문화가 얼마나 다른지 가늠할 수는 없지만 시각에 기반한 사고와 소리에 기반한 사고는 분명한 차이가 있다. 청인들은 내리는 눈을 보며 '눈이 온다'고 하지만 농인들은 '눈이 있다'고 표현하여 어떤 상태나 상황을 존재 여부로 나타내는데 이것은 사건의 시각적 해석을 반영한다. 비단 언어의 사용만 다른 게 아니다. 크고 작은 사건들을 해석하는 데도 농인과 청인의 관점은 다를 때가 많다. 농인과 청인이 함께 있는 곳에서는 이런 해석의 차이로 인해 갈등이 발생하곤 한다. 양측의 입장이 극명하게 갈릴 때 나는 청인인지 농인인지, 어느 위치에 있는지 시험당하는 기분이 들곤 했다. 하지만 나를 비롯한 여러 코다 통역사들은 우리가 나고 자라 온 배경을 기반으로 삼아 문제를 바라보고 농인의 관점을 수용하곤 한다. 또는 그 당시 농인의 관점이 문제가 있다고 여겨지더라도 농인이 살아온 배경 때문에 그런 판단을 할 수밖에 없음을 이해한다. 같은 통역사이면서 다른 선택을 하는 것. 이것이 어쩌면 비코다 통역사와 코다 통역사 간의 거리를 만드는 이

유일지도 모르겠다.

코다는 청인 사회와 농인 사회 중간에서 말을 전하며 자란다. 말을 전한다는 것은 실로 엄청난 힘이다. 말 한마디를 어떻게 전달하느냐에 따라 대화에 참여한 사람들의 관계를 좋거나 나쁘게 만드는 등 상황을 통제할 수 있기 때문이다. 그래서 어렸을 때부터 말을 전하며 자라 온 코다 통역사들이 통역을 할 때 자기에게 유리하도록 내용을 바꾸거나 거짓 내용을 전한다고 생각하는 사람들이 더러 있다. 그런 통역사들은 '코다는 거짓말을 잘한다'고 했다. 심지어 어린 코다들이 능숙하지 않은 수어로 더듬더듬 통역할 때도 "쟤는 코다라서 말을 저렇게 바꿔서 전한다."고 말했다.

통역이란 본래 말을 바꿔 전하는 것이다. 한국어를 그대로 한국수어 단어로만 바꾸거나 혹은 그 반대로만 하면 말이 제대로 전해지지 않는다. 한 언어를 다른 언어로 잘 바꾸더라도 그 맥락과 문화적 차이를 고려하지 않으면 역시 엉뚱한 통역이 되어버리고 만다. 나는 자라며 문화적 차이에 민감하게 반응할 수 있게 되어 통역을 할 때 화자가 말하지 않았더라도 혹시 생길 수 있는 오해를 만들지 않으려고 필요한 설명을 더하곤 했다. 사실 의미를 백 퍼센트 정확히 전달하는 통역은 불가능하기에 통역사들은 적당한 표현이 없다면 다른 표현으로 대체하거나 원문보다 길게 혹은 짧게 설명하는 등 다양한 기술을 사용한다. 이 과정에서 아무리 능숙한 통역사라 할지라도 여러 실수를 하기 마련이다. 하지만 유독 코다 통역사에게는 '말을 바꿔하는', '수어를 잘하지 못하는' 같은 평가가 더 쉽게 내려졌다.

'코다는 지각을 자주한다'는 것도 꽤나 널리 퍼진 고정 관념이다. 오래전 주말에 선생님과 약속이 있어 학교에 가야 했다. 지하철 주말 배차 시간을 미리 확인하지 않아 지하철역에 도착해서야 한 시간 후에 다음 열차가 온다는 것을 알게 됐다. 선생님께 먼저 죄송하다고 문자 메시지를 드리고 약속 장소로 향했다. 민망한 마음에 조심스럽게 교실로 들어가 자리에 앉았는데 그 선생님은 나에게 인사를 대신해 이런 말을 했다.

"네가 사회생활을 해봐서 시간을 잘 지키는 줄 알았는데 시간 개념이 없어지고 있나 보구나. 농인들이 시간 개념이 없어서 그 밑에서 자란 코다들도 시간을 잘 안 지키더라고. 그러니 너도 스스로 더 신경 써라."

그곳에 있던 농인 학생들과 나는 아무 말도 하지 못했다. 그날 내가 지각을 한 것은 나의 잘못이지 내 부모의 잘못이 아니었다. 나의 부모가 농인이기 때문은 더더욱 아니었다.

엄마는 늘 약속 시간보다 한 시간 먼저 도착해서 나를 당황스럽게 했다. 오히려 늦는 쪽은 엄마가 아니라 상대방이었다. 눈이 많이 와서 버스도 다니지 못하는 그런 날, 엄마는 자기 몸집에 열 배나 되는 리어카를 밀면서도 제시간에 장사를 하러 나갔다. 나는 엄마처럼 어떤 일을 할 때 솔선수범하는 농인들을 많이 봐왔다. 농인은 이 사회에서 살아남기 위해 성실함이라는 덕목을 기본으로 갖춰야 한다. 많은 농인이 성실함을 바탕으로 삼아 대학에서, 협회에서, 공장에서 혹은 자기 사업 분야에서 전문성을 가지고 능숙하게 삶을 꾸리고 있다. 오히려 농인이기에 자신의 일을 더 엄격하게 관리하며 잘 해내려고 노력한다. 나는 내가 보는 사실과 이를 둘러싼 편견 사이의 괴리로 인해 비코다 통역사들과 동떨어진 느낌을 받곤 했다. 그리고 그 괴리감은 내가 이곳에 완전히 속해 있는지 여러 번 자문하게 했다.

한편 농인들에게 코다 통역사는 통역사 그 이상이었다. 농인들은 코다 통역사에게 동질감을 느껴서 더 편하게 통역을 의뢰하거나 여러 가지를 문의하곤 한다. 왠지 내 자식, 가족 같은 코다 통역사라면 모르는 것을 물어봐도 혹은 어떤 통역을 부탁해도 이해해줄 것 같기 때문이다. 그러다 보니 서로 마음을 열고 쉽게 가까워지게 되는데 가끔 이것이 농인과 코다 통역사 간의 경계를 희미하게 만들기도 한다. 난감한 상황이 닥쳐 코다 통역사에게 통역을 부탁했는데 그때가 마침 근무 시간이 아니거나 코다 통역사에게 사정이 있어 통역을 받지 못할 경우 몇몇 농인들은 너는 부모가 농인인데 이것도 도와주지 않느냐고 한다. 코다 통역사도 이런 통역 의뢰를 거절하기가 쉽지 않다. 거절하지 않으면 개인의 삶을 지키기 어렵고 거절하면 농인의 어려운 상황이 예측되어 죄책감을 느끼곤 한다. 이렇게 코다 통역사에게 요구되는 농인의 기대치는 더 높고 그것에 미치지 못했을 때 코다 통역사는 더 큰 실망을 마주해야 한다.

어린 시절 부모님은 나에게 자주 이런 말을 하곤 했다.
"○○는 왜 그래?"
"몰라."

"너는 청인인데, 왜 몰라?"

"내가 어떻게 다 알아."

"소리를 들을 수 있잖아."

"들려도 몰라."

그렇다. 나는 청인이었고, 여전히 청인이다. 아마 특별한 일이 생기지 않는 한 영원히 청인일 것이다. 부모님은 내가 청인이기 때문에 세상의 모든 정보를 알 거라고 기대한다. 하지만 들리는 것만으로 세상의 모든 정보를 알 수는 없다. 엄마와 아빠의 이런 해석이 때로는 재밌기도 하지만 내가 청인이라는 사실은 부모님과 갈등을 겪을 때 서로에게 상처가 되는 지점이기도 하다. 감정이 극단에 달할 때면 엄마와 아빠는 나를 원망하는 눈빛으로 말했다. "너는 청인이라 내 마음을 몰라." 자식이기 때문이 아니라 청인이기 때문에. 그럴 때면 나는 나를 왜 청인으로 낳았는지 되물었다. 엄마의 배 속에서 태어났고 지금의 나를 만든 것은 부모님의 희생과 사랑이라는 점을 믿는다. 하지만 모든 부모와 자녀가 그렇듯 우리는 서로를 완전히 이해할 수 없었다. 거기에 더해 우리 사이에는 농과 청으로 구별되는 지점이 있었다. 우리는 가까이 있지만 서로 온전히 겹쳐질 수 없는 평행선과 같았다.

언제든 농인의 세계와 청인의 세계를 오갈 수 있다는 것은 그만큼 나의 세상이 넓다는 의미이기도 하지만 어디도 완전한 나의 세상이 아닌 것처럼 느껴지기도 했다. 두 세계의 중간 어디쯤에서 어쩐지 나는 조금 외로웠다.

너의 이야기를 우리가 듣고 있다고

2014년 스위스에서 유엔이 '장애인권리협약'을 비준한 나라들이 실제 협약을 잘 지키고 있는지 심의하는 회의가 열렸다. 나는 그곳에서 한국수어-한국어 통역을 맡게 됐다. 회의장에는 여러 언어가 오고 갔는데 그중에는 당시 한국에서는 보기 쉽지 않던 국제수어도 있었다. 세 명의 통역사가 영어를 국제수어로 통역하고 있었고 나는 같은 통역사로서 그들의 통역을 유심히 지켜보았다. 한 사람이 통역을 하면 다른 한 사람은 단상 밑에서 통역을 지켜보다가 통역사가 내용을 놓치거나 혹은 원문과 통역이 다를 때 바로 알려주며 도움을 주었고, 나머지 사람은 회의장 밖으로 나가 완전한 휴식을 취했다. 농인이 아닌 청인이 통역사의 통역을 지켜보는 것이 무례하거나 언짢은 일이 아니라 더 질 높은 수어 통역이 되도록 도움을 주고받는 일로 여기는 모습이 인상적이었다.

수준 높은 통역을 하던 통역사 세 명 모두가 코다라는 것은 하루가 지나고 나서야 알았다. 그곳에서 진행되는 수어 통역을 촬영해 인터넷으로 내보내야 했기 때문에 우리는 한 공간에서 함께 통역을 했고 그러다 보니 통역 중간에 교대를 할 때 자연스럽게 나란히 앉아 쉬거나 이야기를 나누게 됐다. 그때 한 코다 수어 통역사가 나에게 현재 유럽에서 활동하는 국제수어 통역사가 열 명 남짓한데 그들 모두가 코다라고 알려주었다. 평생 해온 통역을 직업으로 삼아 국제 무대에서 활동하는 코다들, 이중 언어 화자로서 제3의, 제4의 언어를 배우고 그것으로 자신의 영역을 더 넓혀 가는 코다들을 바라보며 한국의 코다들을 잠시 떠올렸다. 그 코다 통역사는 잠시 말이 없어진 나를 바라보았다.

"미국에 코다들을 위해 활동하는 '코다 인터내셔널(CODA International)'이라는 조직이 있어요. 그 조직이 매년 전 세계의 코다들이 모일 수 있는 큰 행사를 개최해요."

코다가 중심인 세상이 있다는 말에 놀라 눈을 동그랗게 뜨고 그 통역사를 바라봤다.

"매년 코다들이 모인다고요? 모여서 뭘 해요?"

"서로를 지지하는 여러 작은 행사를 해요. 파티도 열고 학술 교류도 하고요."

워낙에 상상력이 부족한 나는 이 설명 너머에 있는 세상을 그려볼 수가 없었다. 왜 코다들이 모이는 걸까? 아니, 왜 모여야만 하는 걸까? 그 의문을 해소하지 못한 채 한국으로 돌아오는 비행기 안에서 그간 농인들이 나에게 코다 모임을 만들어보라고 했던 여러 제안을 떠올렸다.

어느새 '코다'는 나와 분리할 수 없는 말이 되어 있었다. 자연스럽게 내 입과 손은 더 자주 코다를 말하고 있었다. '한국농아인협회' 관계자와 이야기를 나누면서도 여느 때처럼 코다를 이야기하고 있었다. 나는 그에게 코다가 모일 수 있는 자리가 필요하다고 말하며 그 기회를 만들어 달라고 부탁했다. 이런 부탁을 할 수 있었던 이유는 그에게 농인 가족이 있기 때문이었다. 코다 조카를 둔 그는 조카의 성장 과정을 모두 지켜보았다. 첫째인 코다가 오롯이 짊어져야 했던 짐, 그 무게로 인해 통역을 할 때면 신경질을 내는 조카와 그런 아이를 이해하지 못하는 농부모를 보며 복잡한 감정을 느꼈다고 했다. 그리고 조카가 자신의 문제를 개인적 문제라고 여기고 혼자 감내하는 모습에 마음이 아팠다고 했다. 그는 코다의 이야기를 농사회가 알아야 한다고 생각해 코다가 모여 이야기를 나눌 수 있는 토크 콘서트를 개최했다. 그리고 나는 그곳에서 코다들을 만났다.

　우리에게 누군가의 딸, 아들이 아닌 '나'를 말하는 자리, 그것도 우리 부모와 같은 농인에게 이야기를 하는 자리는 처음이었다. 마이크를 잡은 사람도 있었고 수어로 이야기하는 사람도 있었다. 언어는 달랐지만 모두 천천히 그리고 진솔하게 이야기를 시작했다. 부모님을 향한 상처가 되는 말을 듣고도 모른 척 넘어가야 했던 시간들 그리고 아이이면서도 해결사가 되어야 했던 지난날, 이 말들을 꺼내는 것조차 버거워 그저 눈을 감고 지냈다. 우리는 어렵게 꺼낸 자신의 감정과 기억 앞에서 눈물을 흘리기도 하고 함께 웃기도 했다. 나의 이야기를 수어로 전하고 무대에서 내려오자 다른 코다들이 나를 공감의 눈빛으로 바라보고 있었다. 그때였다. 거리낌 없는 당찬 목소리가 들려왔다.

　"언니 예뻐요. 그리고 수어 너무 잘해요."

　보라는 나의 눈을 바로 보며 말했다.

　청인에게 그런 격한 칭찬을 받은 것은 아마도 처음이었던 것 같다. 첫 만남에 내 눈을 바로 응시하고 솔직하게 자신의 감정을 표현하던 보라의 모습은 마치 그가 농인인 것처럼 느껴지게 했다. 우리는 서로를 지지하고 있었다. 너의 이야기를 우리가 듣고 있다고, 네가 말하고 있는 그 언어를, 지금까지 존재하지 않던 우리의 언어를 내가 이해하고 있다고, 나는 너를 그 자체로 사랑한다고. 우리는 친해지기 위해 서로를 탐색하고, 한 발 한 발 다가가는 그런 단계를 밟는 것이 아니라 첫 만남에서 바로 마음이 이어지는 보이지 않는 끈으로 연결된 것 같았다. 그렇게 '코다 코리아'가 시작됐다.

우리의 이야기가
부서지지 않기 위해

누가 코다일까?

"그럼 우리 아이도 코다인 거예요?"

코다와 관련된 강의를 마치고 나면 많은 사람들이 나에게 자신의 자녀가 코다인지 혹은 자신이 코다인지를 물었다. '코다 코리아'로 활동하며 가장 많이 받은 질문이었다. 제일 기본적인 질문인데도 쉽게 대답할 수 없었다. 흔히 생각하는 것처럼 코다 중에는 부모가 모두 농인이며 수어를 사용하는 경우도 있지만 여러 이유로 수어를 배울 기회가 없어 홈사인*을 사용하는 경우도 있다. 부모가 모두 수어를 유창하게 사용하더라도 유년 시절을 부모와 함께 보내지 못하고 청인 친척에게 맡겨져 자란 이들도

홈사인(home sign) 주로 가족이나 가까운 사람들 사이에서 사용하면서 굳어진 비공식적 기호.

있다. 부모 중 한쪽만 농인인 경우에도 다양한 배경이 있고 부모가 아예 수어는 모르고 음성언어만 사용하는 청각 장애인인 경우도 많아 그 범위가 무척 넓다.

고민에 대한 답을 얻기 위해 '코다 코리아'는 외국의 여러 자료를 살펴보며 논의를 이어 나가는 한편 코다가 자신의 존재를 느낄 수 있도록 코다들이 모이는 자리를 만들었다. 그리고 이 과정을 많은 사람과 나누고자 소셜네트워크서비스(SNS)에 소식을 올리기 시작했다. 다양한 분야의 사람들이 우리의 이야기에 관심을 보였고 메시지를 주기도 했다.

어느 날이었다. 그날 들어온 메시지는 여느 메시지와 달랐다. 온라인에서 우연히 '코다 코리아' 모임을 알게 된 지성은 자신이 이 모임에 한번 나와도 되는지 물었다.

"저는 아버지가 농인이시고 어머니가 지체 장애인이세요. 장애운동을 하며 청각 장애에 관심을 갖게 됐고 코다에 대해서도 알고 싶어졌어요. 엄밀히 말하면 제가 코다는 아니지만 그 모임에 저도 한번 나가볼 수 있을까요?"

때마침 '코다 코리아' 모임에서 마이런 얼버그가 농인 아버지와 함께한 경험을 쓴 책《아버지의 손》(2008)을 읽고 토론하기로 한 날이 얼마 남지 않은 때였다. 우리는 그 자리에서 지성을 처음 만났다. 지성은 자신의 아버지가 어떤 사람인지, 자신과 아버지가 어떤 관계를 맺고 있는지, 왜 이 모임에 나오게 됐는지 이야기를 들려주었다.

지성의 아버지는 농학교를 잠시 다녔지만 그 후로는 다른 농인과 접점이 없는 삶을 살았다고 했다. 그러다 보니 그는 수어를 거의 모르고 지성 역시 수어를 할 줄 모르는 채로 자랐는데 왜 가족 중 아무도 아버지와 자신에게 수어를 가르쳐준 이가 없는지 의문을 품게 된 것은 최근이라고 했다. 장애인 인권 활동을 하다가 기간제 특수 교사로 일을 하게 된 지성은 그곳에서 중증 청각 장애 아동이 통합 교육을 받고 있는 것을 목격했다고 했다. 인공 달팽이관을 이식하는 인공 와우 수술을 한 아이가 다른 아이들과 철저히 유리되어 있었는데, 왜 이런 상황이 벌어진 것인지 의문을 품다 보니 이곳까지 오게 됐다고 말했다.

"이 모임에 적극적으로 참여하고 싶은데, 제가 수어를 할 줄 모른다는 것이…… 그리고 농문화도 잘 알지 못해요."

그날 밤 지성은 모임을 마친 후 마이런 얼버그의 책을 읽고 자신의 아버지가 떠올라 많은 눈물을 흘렸다고 메시지를 보냈다. 그 후기를 '코다 코리아' 대화방에 올려 구성원들에게 전했다. 곧 지성이 이 모임의 정식 구성원으로서 자격이 있는지 토론이 시작됐다. 그가 이 모임에 나온 것을 계기로 하여 자신의 아버지를 새롭게 인식하게 됐다는 것은 분명 기쁜 소식이었다. 하지만 부모 중에 한 분만 농인이고 그에 대해 아는 것이 전혀 없는 데다 수어도 할 줄 모르는 지성은 나와 어떤 접점도 없는 것 같았다.

"저는 코다의 부모는 양쪽 모두 농인이어야 한다고 생각해요. 그리고 여기서 '농인'이라는 건 수어를 언어로 사용하고 농문화를 향유하는 사람을 의미한다고 생각하고요."

이 정의에 따르면 지성은 코다가 아니었다. 나는 그가 우리 모임에 종종 나올 수는 있어도 구성원 자격을 갖는 것은 맞지 않을 것 같다는 의견을 표현했다. 그러자 한 구성원이 자신의 의견을 내놓았다. 우리 구성원 중에도 홈사인을 사용하는 농부모 아래서 태어나 수어를 모르는 코다가 있는데 이 경우와 지성이 다른 게 무엇이냐는 것이었다. 그러나 나는 농문화와 수어를 모르는 코다가 정말 코다인가라는 물음표를 지울 수 없었다. 수어를 모른다고 해도 시각에 기반한 홈사인을 사용하며, 농사회와 지속적으로 교류를 한 부모님과 많은 시간을 보내며 자란 코다와 지성은 많이 다르게 느껴졌다. 수어를 모르는 아버지와 거의 접촉하지 않고 청인 어머니와 주로 소통하며 자라 온 지성이, 농인과 수어가 뭔지 모르는 사람이 정말 코다일까?

토론은 점점 더 뜨거워졌고 더 다양한 의견이 필요했다. 나는 싱가포르에서 농교육을 전공하고 있는 친구에게 이 상황을 전하고 의견을 물었다.

"물론 네가 느끼는 문화적 차이는 이해할 수 있어. 그런데 문자 그대로 보자면 코다는 'Children of Deaf Adults(농인 부모의 자녀)'이고 그럼 지성도 코다 아니야?"

혼란스러웠다. 청사회에서는 수어를 사용하는 농인과 음성언어를 사용하는 청각 장애인을 같은 범주인 농인(deaf)*으로 묶곤

---

* 'deaf'는 청각 장애인의 청각 손상에 초점을 맞춘 의료적 관점의 용어이고, 'Deaf'는 수어를 사용하는 소수 언어 집단으로서 농인을 인식하는 사회문화적 관점의 용어이다.

한다. 하지만 농사회에서는 그 특성이 달라 서로를 다른 집단으로 분류한다. 문화와 정체성이 매우 이질적이기 때문이다. 가령 수어를 주된 언어로 사용하며 농문화를 향유하는 사람들은 사회문화적 관점을 바탕으로 삼아 스스로 '농인(Deaf)'으로 불리기 원한다. 하지만 청각 장애가 있더라도 음성언어를 사용하며 청사회에서 주로 지내는, 소리의 문화에서 생활하는 사람들은 농인보다 '청각 장애인(Hearing impaired)'으로 불리기 원한다. 그렇기에 두 집단의 자녀들도 서로 다른 정체성과 언어(한국어와 한국수어), 문화를 지니게 되는 것이다.

여러 의미로 사용되는 '농인'이라는 표현은 나를 더욱 혼란스럽게 만들었다. 농사회에 깊이 뿌리박고 있는 나는 항상 농인을 농문화를 바탕으로 한 사회문화적 관점으로 바라보았기에 수어와 농문화가 코다에게도 아주 중요한 요건이라고 생각한 것이다. 그래서 지성과 '코다 코리아'는 성격이 다르고 같은 코다로 보기가 어렵다고 생각했다. 하지만 무언가 석연치 않았다. 내가 당연하다고 생각한 것이 당연하지 않을 수도 있기 때문이었다.

답을 고민하던 중 어린 시절을 함께 보낸 친구들의 얼굴이 떠올랐다. 그 친구들과는 부모님들끼리 워낙 가까워서 같이 여행을 가거나 집에서 놀며 많은 시간을 함께 보냈다. 주로 네 가족이 함께 만났는데 부모님들은 모두 농인이었으나 우리는 서로 다른 모습을 하고 있었다. 우리 자매와 비슷한 한 친구가 있었고, 다른 한 명은 부모도 자신도 농인이었다. 그리고 나머지 한 명은 우리와 어울리기 시작한 지 얼마 되지 않아 고모 집으로 보내진 친구였다. 그 친구는 어린 시절부터 부모와 떨어져 지냈기에 성인이 된 지금 수어도 농문화도 알지 못한다. 얼마 전 그가 부모와 필담을 나눈 종이에는 이렇게 적혀 있었다.

"부모님하고 같이 살고 싶어요."

그러나 부모를 그리워하는 마음 한편에는 수어라는 언어를 잃어버린 자신이 어떻게 농인 부모와 함께 살 수 있을지 걱정하는 막막함이 있었다. 부모가 모두 농인이지만 수어를 모르는 그 친구는 코다일까 아닐까? 코다들의 모습이 이렇게 다 다를 텐데 그렇다면 누가 코다인 걸까? 누가 그 복잡한 상황 속에서 세세한 기준을 들이밀며 코다를 정해줄 수 있을까? 내가 나와 같은 경우만 코다로 한정해 너무 협소하게 생각하고 있는 건 아닐까?

나는 인터넷을 찾아보기 시작했다. 외국의 여러 코다 협회 홈페이지를 살펴봤다. 그러다 '코다 인터내셔널' 홈페이지에 들어갔는데 첫 화면에서 시선을 사로잡는 문구를 보았다.

코다는 농부모를 둔 청인의 고유한 유산과 다문화적 정체성을 축복합니다.

한국어로 번역했을 때는 그 정확한 의미가 드러나지 않지만 영어 원문에서는 'deaf parent(s)'라고 표기함으로써 부모 중 한쪽만 농인인 경우도 코다로 인정하고 있었다. 그 외에 수어를 할 줄 알아야 한다던가 농문화에 익숙해야 한다던가 하는 조건 따위는 없었다. 단지 '농부모의 자녀', 그것이 코다를 정의하는 단순하지만 모든 것을 담은 말이었다. 나는 잠시 멍한 기분을 느꼈다.

'그래. 나 같은 사람만 코다는 아니지.'

대화방에 나의 편협함을 사과했다.

"그래요. 지성 님도 코다겠네요."

그렇게 지성은 '코다 코리아'와 함께하게 됐다. 하지만 '코다 코리아'의 구성원 자격 문제가 모두 해결된 것은 아니었다. 농인 부모의 아이는 대개는 청인이지만 농인도 있었다. 그러니 '코다 코리아'에 농인 코다도 있어야 하는 것이 아닌지에 대한 고민이 있었다. 그리고 같은 코다라도 개별 코다의 삶과 그 정체성이 모두 다른데 '코다 코리아'가 코다의 '전형적 이미지'를 주로 보여주고 이로 인해 다양한 코다를 담아내지 못한 것은 아닌가 하는 자기 성찰의 목소리도 있었다. 우리가 코다를 이야기할 때는 다름을 전제해야 하고 어느 한 이야기가 전부인 것처럼 표현되지 않도록 더욱 주의해야 한다고 말이다.

농부모의 농인 자녀를 '농인 코다'라고 하지만 사실 농인 코다와 청인 코다는 그 모습과 성장 과정이 판이하게 다르다. 농인 코다의 경우 코다 정체성보다 농인 정체성을 먼저 떠올린다. 그리고 부모와 같은 농인으로서 그 정체성을 안정적으로 형성해 나간다. 물론 농인 코다도 자신의 청력 손실이 사회에서 그저 '장애'로만 취급되고, 사회의 장벽과 마주할 때 어려움을 겪는다. 또한 적절한 지원을 받지 못해 겪는 어려움도 예상할 수 있다. 그러나 이질적인 청문화와 농문화, 소리의 세계와 수어의 세계 사이에서 부모와 다른 자신이 과연 농인인지, 청인인지 혼란스러워하며 자신의 정체성을 정립하지 못하는 청인 코다의 문제와는 결이 다르다. 숙명적으로 농부모를 따라다니며 하게 되는 통역의 무게, 청인이라는 이유로 자녀인데도 때로는 부모와 역할을 바꾸어 가정의 대소사를 책임져야 하는 삶의 무게까지. 다른 나라의 코다 단체들이 청인 코다를 대상으로 하는 것도 어느 정도 공통성을 바탕으로 삼아 활동하기 위해서였을 것이다. 여러 논의 끝에 농인 코다는 '코다 코리아'의 구성원에 해당하지 않는다고 결론을 내렸다. 하지만 우리에게 다양성이라는 숙제는 여전히 남아 있었다.

한국에서 코다로 산다는 것

'코다 코리아'의 활동은 나에게 많은 영감을 주었다. 아쉽게도 국내에는 코다와 관련된 자료가 거의 없었지만 우리가 읽고 접한 외국의 여러 자료들은 코다가 지닌 잠재력이 얼마나 풍부한지 코다들이 코다로서 얼마나 행복하게 자신의 삶을 꾸려 가고 있는지 이야기하고 있었다. 나는 그 이야기들에 깊이 매료됐다. 그리고 삶의 구석구석에서 마주한 것들, 코다가 아니었다면 분명 만나지 못했을 수많은 지점들을 떠올리며 내면이 채워지는 기분을 느꼈다. '코다 코리아'에서는 우리가 오랜 시간 품어 온 의문과 불편함이 언어가 되어 나왔고 긴 설명 없이도 서로의 감정을 느낄 수 있었다. 그 시간은 나에게 아주 오랜 친구를 만난 것 같은 편안함을 주었다.

우리는 농인 가정을 부정적으로만 바라보는 이 사회에서 코다에 대한 긍정적 목소리를 내야 한다고 생각했다. SNS에 코다를 알리는 카드 뉴스, 방송을 비롯해 다양한 형태의 콘텐츠를 만들어 올렸다. 기쁘게도 한국 농사회도 우리의 활동에 큰 관심과 지지를 보내주었다. 여러 지역에서 코다와 관련된 강의가 개설되어 우리가 이야기할 수 있는 자리가 더 많아졌다.

그러다 보니 우리의 대화방 알림은 꺼지는 날이 드물었다. 비록 내가 주로 시간을 보내는 일터에는 코다가 없었지만 잠깐씩 열어보는 대화방에는 일상의 가벼운 감상부터 차별, 억압의 깊은 이야기까지 코다의 감성을 깨우는 다양한 주제의 말들이 가득했다. 어느 날 보라가 전화를 했다.

"언니, 페이스북에 한 영상이 올라왔어요. 장갑을 끼고 수어를 하면 그걸 음성언어로 번역해주는 거예요. 그런데 이 영상을 보는 게 불편해요. 그 지점을 딱 짚어 설명하기는 어려운데…….
언니 생각은 어때요?"

"아 그 영상 저도 봤어요. 그 회사뿐만 아니라 많은 회사가 그와 비슷한 접근을 해요. 그런데 여기서 문제가 번역기를 하나 개발하려면 상당히 많은 수어 자료를 쌓아야 하고 이를 분석한 연구가 필요한데 그런 것 없이 바로 번역을 시도한다는 거예요. 그러니까 한국어랑 한국수어가 크게 다르지 않다는 것을 전제한 거죠. 그렇게 단순히 한국어에서 한국수어로, 혹은 그 반대로 대응되는 단어만 바꿔서 번역을 해요. 두 언어의 문법이 구별되는

데도 한국수어의 문법은 고려되지 않은 채 한국어 어순 위에 한국수어 단어만 얹는 거죠. 이렇게 되면 내용 전달이 안 되는데 말이에요."

"맞아요."

"그런데 여기서 더 큰 문제는 관점이에요. 결국 과학 기술이 계속해서 음성언어 중심으로, 그러니까 농인이 청인에게 맞추는 방향으로 개발되고 있다는 거예요. 음성언어를 사용하는 사람이 다수니 농인이 인공 와우 수술을 하거나 보청기를 착용하거나 장갑을 끼거나 하며 보조 장치를 활용해 소리를 기반으로 한 세상에 맞추도록 요구되고 있어요. 물론 이런 보조 기기도 필요해요. 하지만 근본적인 부분을 짚고 싶어요. 의사소통이란 쌍방향으로 이루어지는 것인데 왜 한쪽은 노력하지 않고 다른 한쪽만 일방적으로 노력해야 하는지, 왜 농인과 대화를 하기 위해 아주 기초적인 수어라도 배워보려고 하는 기본적인 노력조차 하지 않는지 말이에요. 언제나, 누구나 그 장갑을 들고 다닐 수 있는 것은 아닐 테니, 이것이 근본적인 해결이 되는 것은 아닌 거죠. 그리고 반대로 농인에게 필요한, 수어로 이 사회를 살아 나갈 수 있도록 하는 환경을 갖추는 데는 거의 비용 투자가 이루어지고 있지 않다는 것도 아쉬운 점이고요."

"제가 불편한 지점을 언니가 잘 짚어준 거 같아요."

보라는 내 의견에 대부분 동의했고 페이스북에 이런 의사소통 보조 기구는 결국 보조일 뿐이며 궁극적으로 다양성을 인정하지 않는, 편견과 선입견이 가득한 세상이 문제라는 취지의 글을 올렸다. 물론 이런 보조 기기들이 필요하지만 의사소통을 원활히 할 수 없는 것에 더해 청인들이 언어와 문화의 다양성을 인정하지 않는 것이 문제라고 지적했다. 보라는 이 글을 '코다 코리아'에도 공유했다.

그러나 '코다 코리아'의 모두가 같은 생각을 갖고 있는 것은 아니었다. 텔레비전에서 농인 엄마가 음성언어로 생일 축하 노래를 불러주는 광고가 나왔을 때도 나를 비롯한 몇몇은 이 광고가 무척 불편했지만, 엄마의 목소리가 듣고 싶다는 의견도 있었다.

한국에서 '코다 코리아' 모임이 내고 있는 목소리는 구성원뿐만 아니라 대중에게도 낯설게 느껴질 때가 있었다. 당연한 일이었다. 처음으로 말해지고, 쓰이는 것들은 기존의 언어와 달라 듣는 사람들이 생소하게 여길 터였다. 이와 관련된 담론은 전무한 상황이었다. 이렇게 언어가 빈곤한 한국에서 실제로 살아가는 코다들의 삶은 너무나 거칠고 고되었다.

유튜브에서, 책에서, 논문에서 보는 외국 코다들은 자신을 긍정하고 자신이 지닌 재능을 자랑스러워한다(물론 자신의 정체성을 긍정한 사람들이 주로 자신을 드러내기 때문에 내가 접하는 모습 대부분이 그런 것은 당연하다). 반면 한국에서 지내는 우리 모습은 이와 많이 달랐다. '코다 코리아'가 해야 할 일을 그려 가려면 왜 그런지 알아야 했다. 나는 내가 살아온 날들을 하나하나 짚어보았다.

한국 사회의 '단일 민족'이라는 정체성은 하나의 언어와 하나의 문화를 바탕으로 삼아야 가능하다. 그러다 보니 이 사회에서 나와 다른 사람은 틀린 사람으로 취급되고, 그 범주에 장애인도 포함됐다. 결국 다양성이 공존하지 않는 우리 사회의 주류에서 밀려난 농인은 취약층이 된다. 대물림되는 가난과 농인 가족에게 쏟아지는 부정적인 시선들 속에서 코다가 코다로서 서 있는 것은 고통스러운 일이다. 하지만 그런 코다를 보듬기 위해 농부모가 갖고 있는 자원은 전무하다. 아이를 어떻게 키워야 하는지, 학교에 갈 때 어떤 준비가 필요한지, 진로는 어떻게 정해야 하는지, 그들에게 외국인과 다름없는 청인 자녀가 겪는 심리적 어려움이 무엇인지 양육과 관련된 정보를 알 수 있는 방법은 없다. 아니 정보가 있더라도 먹고살기도 벅찬 세상에서 그런 것들은 사치나 다름없다. 사람이 사는 데 가장 기본이 되는 의식주조차 안정적이지 않은 환경에서 정체성이라는 말은 책에서나 볼 수 있는 것일 뿐이다.

집을 벗어나 지하철에서나 식당에서나 내가 존재하는 모든 곳에서 수어를 하기만 해도 사람들의 시선이 쏟아졌다. 그 시선은 내가 사회에서 어떤 위치에 있는지 잊지 않도록 해주었다. '장애'는 이렇게 코다에게 대물림되고 있었다. 그러니 코다 정체성을 긍정하는 나와 보라의 사례가 일반적이지 않은 것은 분명했다. 우리는 어떤 우연하고도 특별한 사건들의 연속으로 지금에 와 있었다.

안녕하세요. 일전에 강의하러 오셨을 때 저희 선생님들이 보시고 저한테 이현화 선생님처럼 지경을 넓혀 살면 좋겠다고 하셔서 어떤 분이신가 궁금해서 페이스북 친구를 신청했습니다. 센터는 코다가 근무하기가 쉽지 않다는 생각이 많이 듭니다. 농인과 청인을 다 안다는 것은 양날의 검일 때가 많더라고요. 그래서 많은 생각을 하게 됩니다. 여기가 서울, 경기랑 가까웠다면 더 좋았을걸 하는 아쉬움이 드네요. 더운데 건강 유의하세요.

때때로 우리의 모습이 다른 코다들에게는 또 하나의 가시가 되어 박히곤 했다. 사람들은 잔인하게도 우리의 모습을 보고는 코다들에게 너도 저들처럼 살라고 이야기했다. 환경은 그대로인데 개인에게만 변하라고 하며 왜 저들처럼 되지 못하느냐고 했다. 결국 그렇지 않은 코다는 스스로 노력하지 않는 사람이 되어버렸다. 그것은 코다에게 또 다른 상처가 됐다.

어느 날, 가까운 코다 친구에게 코다라서 행복한 적이 있는지 물었다. 코다를 대상으로 한 강의에서 해줄 말을 고민하다 나온 질문이었다. 그러자 그 친구는 담담한 목소리로 내게 말했다.

"코다라는 이유로 행복할 수 있나?"

코다라서 행복했거나 코다였기 때문에 가질 수 있는 장점은 없다고 했다. 당황한 내가 그래도 이러저러한 때 행복하지 않았느냐고 물었지만 그는 아무런 표정 없이 나를 바라볼 뿐이었다.

슬프게도 나는 그런 친구들에게 다가가는 방법을 알지 못했다. 잠깐의 활동으로 코다 안에 켜켜이 쌓인 아픈 기억을 씻어낼 수 없다는 것을 알고 있지만 코다로서 말하는 언어가 더 많이 말해지고 쓰여야 한다고 생각했다. 그러나 그것만으로는 충분하지 않았다.

'우리의 이야기가 부서지지 않고 더 많은 코다들에게 닿으려면 무엇이 필요할까?'

우리는 고민을 안고 또 다른 세상의 코다들을 만나기 위한 여정에 나섰다.

새로운 세상을
만나다

다양성이라는 화두는 '코다 코리아'에게 많은 생각할 거리를
던져주었다. 하지만 내 안에는 생각을 풀어갈 이야깃거리가 빈약
했다. '코다 코리아'는 전형적인 코다의 모습에 갇혀 있었고 이에
대한 우려의 목소리가 조금씩 나오고 있었다. 더불어 어린 코다
들을 위한 교육부터 부모 교육, 청년 코다 모임, 어른 코다를 위
한 자리까지 많은 요청이 쏟아지고 있었다. 한국에서 처음 생긴
코다 모임으로서 우리의 목표와 역할, 그러니까 우리 모임이 존
재하는 이유를 규정해야 했다. 그것이 우리가 해야 할 많은 일들
의 우선순위를 정할 수 있게 할 터였다. 우리의 고민은 '코다 코
리아'를 운영하며 느낀 한계와 무관하지 않았다. '코다 코리아'는
정식으로 등록된 단체가 아니기에 재정을 확보하는 데 어려움이
있었고, 구성원들은 본업을 유지하며 자발적으로 자신의 시간을
할애해 모임에 참여했다. 언제까지고 이런 방식으로 운영할 수는

없었다. 우리보다 앞서 이 길을 걸어간 다른 코다 단체들은 어떻게 이런 문제들을 해결했을까. 우리는 '코다 인터내셔널'을 만나야 한다는 결론을 내렸다.

낯선 환대

사실 우리는 '코다 인터내셔널'이 주최하는 코다인터내셔널콘퍼런스에 가기 위해 일찍부터 여러 준비를 했다. 그러나 어찌 된 일인지 계획이 생각대로 진행되지 않았고 결국 경비를 확보하지 못해 아쉽지만 참석을 포기해야 했다. 콘퍼런스는 잊고 각자 바쁘게 지내고 있을 때 보라가 하와이의 한 코다가 메시지를 보내왔다며 대화 내용을 공유했다.

"너희 이번 콘퍼런스에 못 오게 됐다며?"

"응, 여행 경비를 구하려고 여러 군데 지원해봤지만 잘 되지 않았어."

"혹시 항공료를 지원해준다면 한국 코다 중에 올 수 있는 사람이 있을까? 이번 기회를 통해 한국 코다와 아시아 태평양 지역의 코다를 아우르는 단체 설립에 대해 이야기해보고 싶거든."

후원자는 처음에는 한 명만 지원할 계획이었지만 우리의 전후 사정과 배경을 알고는 한 명 더 지원하기 위해 모금을 해보겠다고 했다. 모든 일이 순조롭게 진행되었지만 불현듯 불안감이 밀려왔다. 지성이 먼저 입을 열었다.

"지금 이 상황이 고맙긴 한데 좀 불안하지 않아요? 아는 사람도 아닌데 과도하게 친절한 것 같아요…….”

막연하게 불안하기는 나도 마찬가지였다.

“그렇죠? 저도 사실 좀 불안하네요. 우리한테 연락해 온 하와이 코다를 아는 친구가 영국에 있어요. 그 친구에게 이 사람이 누구인지 좀 알아볼게요.”

“그래요. 확실히 알아보는 게 좋을 것 같아요.”

한 번도 본 적이 없는 사람에게 호의를 받게 되면 의심부터 하라고 배우며 자랐기에 이런 도움은 무척 낯설었다. 한국에서 어떤 지원을 받기 위해서는 신상을 상세히 밝히고 거기에 더해 내가 얼마나 가난한지 증명하기 마련이었다. 하지만 아무것도 증명하지 않고 단지 내가 코다라는 이유만으로 지원을 해주겠다는 말은 쉽게 납득할 수 있는 절차가 아니었다. 우리에게 연락해 온 이 사람들이 누구인지 확인하는 과정이 필요했다. 나는 바로 영국 코다 에이미에게 연락해 하와이 코다를 아는지, 그 사람이 어떤 친구인지 물어보았다. 에이미에게서 답이 왔다.

“아, 그 하와이 친구는 아시아의 코다들을 하나로 연결하겠다는 꿈이 있는 사람이에요. 그리고 후원금을 주겠다는 시더는 전에 실제로 케냐 코다를 지원해서 코다인터내셔널콘퍼런스에 참석할 수 있도록 도왔죠. 이번 제안을 받아들인다면 ‘코다 코리아’에 아주 좋은 경험이 될 것 같아요.”

이런 일이 가능하리라고는 상상도 못 했다. ‘스스로 살아남아야 한다’는 사람들의 말 속에서, 때때로 무언가를 해내지 못했을 때 쏟아지는 멸시 속에서 돌봄의 가치와 서로 연대해야 하는 이유를 잊고 살았다. 그저 나와 내 부모가 못났기 때문에 힘든 일들이 생기는 거라 여겼다. 하지만 도움을 받지 않고 사는 것은 불가능했다. 스스로 해냈다고 생각하는 일에도 늘 보이지 않는 손길이 존재했다. 안타깝게도 나는 이 사실을 잊은 채 사람들을 그리워하면서도 다른 이의 손을 잡는 것이 왜 중요한지 모르고 계속 외로운 시간을 보냈다. 그리고 서른이 넘어서야 비로소 나를 향해 내민 손이 동정이 아닌 환영의 말이 될 수 있음을 알게 됐다.

믿을 만한 이야기를 들은 후 나와 지성은 콘퍼런스에 갈 본격적인 준비를 시작했다. 갑작스런 상황에 준비해야 할 것들이 많았지만 그 단계마다 예상치 못한 여러 도움을 받았다. 우선 콘퍼런스 등록을 하려면 참가비를 내야 했는데 참가비 지원을 통해 일부를 감면받을 수 있었다. 또한 나는 콘퍼런스 등록과 한국수화언어법 관련 발표를 위해 콘퍼런스 준비 위원회와 여러 차례 이메일을 주고받았는데, 나의 준비 상황을 어느 정도 알게 된 위원회는 나에게 고마운 제안을 해주었다.

"숙박비는 사비로 지불한다고 하니 부담을 덜 수 있도록 룸메이트를 한 명 구해줄까요?"

"네. 고마워요."

위원회는 페이스북에 관련 공지를 올렸고 한 명이 바로 답을 해왔다.

"제가 현화와 함께 방을 쓰고 싶어요."

모든 준비가 순조롭게 되어 갔다.

우여곡절 끝에 2017년 코다인터내셔널콘퍼런스의 개최지인 캐나다 밴쿠버에 도착했다. 나는 오랜 비행에 지쳐 호텔에 들어가 바로 잠을 청했다. 겨우 잠이 들었을 때 누군가 들어오는 소리에 눈을 떠보니 웬 노인이 서 있었는데 알고 보니 나와 방을 함께 쓰기로 한 코다였다. 사실 이 콘퍼런스를 준비할 때 나와 함께 지내게 될 룸메이트가 20~30대 젊은 여성일거라고 예상했다. 노인은 변화나 새로운 상황보다 안정을 추구하기에 낯선 젊은이와 방을 나눠 쓰는 일을 원하지 않으리라 생각한 나의 선입견 때문이었다. 룸메이트 밀러는 잠에서 깬 나를 보고 미안하다고 사과하며 나를 안아봐도 되는지 물었다. 얼떨결에 그와 포옹을 나누었고 그렇게 코다 월드로 빨려 들어갔다.

나의 나라, 코다 월드

밀러와 나는 서로 짧은 자기소개를 하고 어떻게 이곳에 오게 됐는지 대화를 나누었다. 이야기가 더 깊어지며 내가 밀러의 이야기를 몇 번 놓치자 밀러는 미국수어와 영어를 함께 사용하며 나와 더 잘 소통하고자 했다. 그렇게 시간이 얼마쯤 흘렀을까 밀러의 마음이 급해졌다. 이제 곧 오리엔테이션*이 있을 예정이어서 빨리 나를 오리엔테이션 장소로 데려다줘야 했기 때문이었다 (물론 밀러의 의무는 아니었다). 밀러는 나에게 반드시 오리엔테이션에 참여해야 한다며 거기서 많은 이야기를 들을 수 있을 거라고 했다. 사실 나는 많이 피곤했기 때문에 오리엔테이션쯤은 불참해도 괜찮지 않을까 생각했지만 밀러의 열정 앞에서 가당치 않은 일이었다. 우리는 호텔을 나와 빠르게 걸었다.

밀러는 나와 걸으며 다른 코다들을 만날 때마다 큰소리로 말했다.

"She is a newcomer!(신입이에요!)"

그 말에 사람들은 웃음으로 대답해 주었다.

"Welcome! The orientation has started at Thompson room!(환영해요! 오리엔테이션은 톰프슨 방에서 막 시작했어요!)"

앞장서서 걷는 밀러의 걸음걸이는 흡사 어리바리 신입생 앞에 나타난 뭐든지 다 알 것만 같은 당당한 선배의 모습이었다고나 할까. 밀러의 열정과 많은 사람들의 환호 속에서 오리엔테이션 장소에 도착했지만 조금 늦은 터라 문은 굳게 닫혀 있었다. 조심스럽게 문을 열었을 때 한 여성과 눈이 마주쳤다. 검은 머리에 하얀 피부 그리고 깊고 파란 눈. 실제로는 처음 만났지만 페이스북을 통해 이미 그의 이름이 수경 이삭슨이라는 것을 알고 있었다. 수경은 나와 눈이 마주치자마자 한국수어로 물었다.

"한국 사람이에요?"

---

* '코다 인터내셔널'은 매년 콘퍼런스에 처음 참석하는 사람들이 잘 적응할 수 있도록 오리엔테이션을 연다. 여기서 콘퍼런스의 목적과 콘퍼런스에 참여한 적이 있는 코다들의 경험담을 들려주며 처음 온 사람들이 쉽게 마음을 열 수 있도록 돕는다. 또한 버디(buddy, 짝)를 연결해주어 혹시라도 어려움이 있을 경우 적극적인 대처가 가능하도록 하고 있다.

순간 머리가 멍해졌다. 이곳에서 한국수어를 보다니? 수경은 놀란 나에게 당황할 틈도 주지 않고 자신의 옆자리로 안내하며 자신이 홍콩 코다를 위해 국제수어로 통역하는 중이었는데 나도 통역이 필요하면 한국수어로 통역해주겠다고 했다. 어머니가 한국 농인이라서 한국수어를 조금 할 줄 안다던 수경은 놀랍게도 한 문장 한 문장을 유창하게 한국수어로 통역했고 나는 덕분에 그 자리에서 함께 웃으며 어려움 없이 내용을 이해할 수 있었다.

오리엔테이션에는 나를 비롯해 콘퍼런스가 처음인 수십 명의 코다가 참여했다. 우리 앞에는 콘퍼런스에 참여한 적이 있는 네 명의 코다가 무대 위 의자에 앉아 있었다. 오리엔테이션에 빠져들 때쯤 네 명의 코다 중 한 명이 '코다'라는 단어를 뱉자마자 감정을 추스르지 못해 눈물을 흘렸다. 그 순간 모두 숙연해졌다. 그는 '코다'라는 단어 외에 그 어떤 말도 하지 않았지만 우리는 그가 왜 눈물을 흘리는지 알 수 있었다. 사회에서 늘 이질적인 존재로 살아오다가 나와 딱 맞는 곳에서 느끼는 안식과 그로 인해 무장 해제되는 감정들. 다른 코다는 코다에 관한 사람들의 편견을 이야기했고 또 다른 코다는 본인은 수어를 잘하지 못하고 농인과 관련된 분야에서 일하지 않지만 이것이 옳고 그름으로 판단될 문제가 아님을 이야기했다. 그곳에서는 코다를 주제로 삼아 내가 평생 들어보지 못한 새로운 이야기가 펼쳐지고 있었다. 여태 생각하지 못한 다양성, 수많은 언어, 그 안에서 '코다'로 모아지는 이야기들……. 이런 곳이 존재하다니 마치 꿈을 꾸는 것 같았다.

오리엔테이션이 끝난 후에는 개회식이 열렸다. 개회식을 시작한다는 안내와 함께 큰 스크린에 동영상이 재생됐다. 영상 속에서는 독일 코다인 샤흘라 오하디가 만든 노래 '코다 내셔널 러브(Coda National Love)'를 세 명의 코다가 손을 흔들며 영어로, 독일수어로, 국제수어로 흥겹게 부르고 있었다.

어느새 내 입은 영상 속 노래를 따라 부르고 있었다. 마치 애국가를 듣는 것 같은 전율이 내 몸에 흘렀다. 나를 이상하게 쳐다보지 않는, 나와 배경이 같은 사람들 속에서 정말 이곳이 어딘가에 실재하는 나라처럼 느껴졌다. 내 나라인데 왜 이제야 왔을까. 이런 나라가 있다는 것을 왜 여태 알지 못했을까. 나는 코다밖에 없는 이 낯선 환경에서 놓쳐버린 지난 인생에 대한 아쉬움만큼이나 편안함을 느꼈다. 내가 앉은 테이블에는 홍콩에서 코다 협회를 운영하는 사람, 미국에서 농인과 청각 장애인을 위한 변호사로 활동하는 사람, 남아프리카공화국에서 수어 통역사로 활동하며 코다 협회 설립을 준비하는 사람 등 다양한 코다들이 모여 있었다. 그들과 함께 개회식을 보는데 무대에서는 영어, 프랑스어, 미국수어, 국제수어가 동시에 나왔다. 그곳에 농인이 있지는 않지만 음성언어보다 수어가 더 편안한 코다를 위해 혹은 영어가 능숙하지 않은 코다를 위해 영어 외에 많은 언어가 흘러나오고 있었다. 한참 개회식을 즐기고 있는데 국제수어로 통역을 하던 통역사가 잠시 사회를 보아야 하는 돌발 상황이 생겼다. 그때 그 통역사는 아무렇지 않게 마이크 앞으로 갔다.

"혹시 저 대신 국제수어로 통역을 해줄 수 있는 사람이 있나요?"

나는 수어 통역사로서 많은 행사의 통역을 해온 터라 이렇게 규모 있는 행사에서 이런 돌발 상황이 일어나는 것을 이해하기 어려웠다.

'왜 통역사에게 사회를 보게 하지?' '통역사가 갑자기 자신을 대신할 통역사를 지금 찾으면 어떡해?'

이런 생각을 하고 있을 때 한 사람이 무대 위로 올라왔다. 나는 다시 한번 놀라지 않을 수 없었다. 그곳에 수경이 서 있었기 때문이었다.

3백여 명의 청중을 향해 당연한 듯 통역을 해줄 사람이 있는지 묻고, 그 물음에 아무렇지 않게 무대 위로 올라올 청중이 있다는 것, 바로 코다 콘퍼런스이기에 가능했다. 통역은 코다에게는 일상이었기 때문에 이런 물음과 응답은 우리에게는 특별할 것 없는 당연한 일이었다. 수경은 얼마 동안 자신의 역할을 마치고 무대에서 내려왔다. 그런데 그는 웬일인지 자신의 자리가 아니라 나에게 달려왔다. 나는 영문을 모른 채 수경을 바라봤다. 그는 손을 움직여 한국수어를 하기 시작했다. "무대 위에서 국제수어로 통역하면서 당신을 봤는데 내용을 조금 놓치는 것 같았어요. 제가 한국수어로 통역해줄게요."

국제수어는 그 체계가 아주 유연하게 변할 수 있는 언어이다. 서로 다른 수어를 사용하는 두 명 이상의 화자가 만나 수어의 도상성, 공간 활용, 비수지 기호, 제스처 등 다양한 방법을 동원해 의사소통할 때* 중간 지점에서 하나의 체계가 만들어지는데 그것이 바로 국제수어이다. 따라서 초기에 서로의 언어적 규칙을 확인하고 맞춰 나갈 시간이 충분하다면 의사소통은 더 매끄러워질 수 있다. 나는 국제수어를 할 줄 알지만 도착 당일이라 많이 지친 상태였고, 오랜만에 본 국제수어에 익숙해지기까지 시간이 필요해 내용을 더러 놓쳤다. 수경은 단상에서 국제수어로 통역을 하면서도 멀리서 이런 나를 주의 깊게 살폈던 것이다. 전혀 생각하지 못한 일이었다. '왜 이렇게까지 하는 것일까' 의문에 싸인 채 바라본 수경의 눈동자에서 진정으로 내가 이 콘퍼런스에 녹아들길 바라는 마음이 느껴졌다. 부모가 한국 농인인 수경은 자신이 콘퍼런스에 참여하는 동안 아시아의 코다가, 특히 한국 코다가 함께하는 이 순간을 9년이나 기다려 왔다고 했다. 기다리고 기다리던 순간에 자신이 줄 수 있는 모든 것을 주고자 하는 수경의 모습에 압도된 나는 천천히 대답했다.

"아니에요. 저 괜찮아요. 어느 정도 이해하고 있어요."

"그래요. 제 도움이 필요하면 언제든 이야기해요."

만나자마자 나이가 몇 살이냐며, 자기가 더 나이가 많으니 '언니'라며 호탕하게 웃던 수경은 마치 어린 동생을 챙기는 친언니

---

* 수어는 기호의 형태와 의미의 유사성인 도상성(iconicity)이 도드라지는 언어이다. 도상성 외에도 수어의 특성으로는 공간 활용과 비수지 기호가 있다. 수어자가 수어를 할 때 몸 앞의 공간을 문법적으로 활용하는데, 예를 들어 왼편에 여자가 있고 오른편에 남자가 있다고 설정하면 그 후에는 그 공간을 지시하는 것만으로도 여자와 남자의 의미를 나타낸다. 비수지 기호(nonmanual signals)는 수지 기호와 더불어 문법적으로 활용되는 눈, 눈썹, 입, 얼굴의 기울기 등의 움직임을 말한다.

처럼 나를 데리고 다녔다. 수경의 웃음 뒤에는 그가 품고 있는 사명, 그러니까 코다의 언어와 문화를 한국에 전하는 것, 그것이 한국이라는 땅 위에 뿌리내리도록 하기 위한 책임감 같은 것이 보였다. 수경은 정말 최선을 다해 통역을 하고 '코다 코리아'의 확장에 도움이 될 만한 사람들을 소개해주었다. 한편 우리에게 후원자를 연결해준 하와이 코다 제이 라는 우리와 홍콩 코다를 연결해 아시아 태평양 지역의 코다 단체를 설립하려는 꿈을 갖고 있었다. 그는 코다와 관련된 기존의 담론이 너무 서양 중심이라 아시아의 정서나 배경을 담지 못한다며 우리의 이야기가 필요함을 열심히 피력했다. 그들에게 어떤 금전적 보상이 있는 것은 아니었다. 그들은 그저 인생에서 '진정으로 가치 있는 일'을 하고 있다고 생각하고 있었다.

저녁이 되자 수경은 '병원 방(Hospital room)'을 소개하며 지금부터가 이 콘퍼런스에서 제일 중요한 시간이라고 말해주었다. 콘퍼런스 안내집을 봤을 때는 간식을 먹고 이야기를 나누는 곳이라고 설명되어 별로 중요하지 않을 거라 생각했는데 들어가 보니 그 공간을 꽉 채울 만큼 많은 사람들이 모여 앉아 있었다. 그러다 자연스럽게 한 사람이 나와 자신의 경험담을 이야기하기 시작했다.

전화나 문자 같은 의사소통 수단을 이용해 수어 통역을 하는 한 코다는 '병원 방'에서 만담처럼 재밌는 이야기를 하는 것으로 아주 유명했는데 그는 자신이 부모님과 자동차 정비소 사이에서 통역하며 겪은 에피소드를 들려주었다. 여러 통역사가 있지만 딸인 자신만 찾는 농인 부모님을 소개하며 이야기는 시작됐다. 막무가내로 정비소에 차를 고쳐줄 것을 요구하는 부모님과 안 된다고 하는 정비소 사이에서 어쩔 줄 몰라 하는 자신. 예상대로 난감한 상황이 이어지고 완강한 정비소 태도에 더는 무리한 요구를 전할 수 없어 결국 통역을 포기한다. 그리고 그 코다는 부모님에게 직접 이야기하라고 하고 상황을 지켜본다. 불가능한 상황에서도 포기하지 않는 부모님에게 상황을 직접 경험하게 하고 싶었던 것이다. 그러나 부모님은 태연하게 정비소 사장을 바꾸라고 한 후 수화기에 대고 (시동이 잘 걸리지 않는 엔진 소리를 흉내 내며) '부부부부부부부부부부'라고 크게 소리 낸다. 황당하게도 오랜 지인인 정비소 사장이 그 소리를 찰떡같이 알아듣고 흔쾌히 부탁을 들어준다. 으쓱한 부모님과 예상치 못한 결과에 놀란 코다의 표정까지. 나는 그 이야기에 정말 눈물이 나도록 웃었다. 그건 시작일 뿐이었다. 정말 많은 이야기가 밤새도록 쏟아져 나왔다. 너무나 이상한 경험이었다. 한국에서 내 경험을 이야기할 때는 반드시 눈물이 따랐고 이야기를 마치고 나면 모두 나를 불쌍하게 쳐다봤는데 이곳에서는 그것이 유머이자 일종의 문화였다. 상상해본 적이 없었다. 나의 경험을 즐겁게 풀어낸다는 것을 말이다. 그곳에서의 시간이 단 하루가 지났을 뿐인데 내 눈앞을 가리고 있던 막이 얇아지고 있었다.

전승되는 문화와 언어

나처럼 이번 콘퍼런스가 처음인 코다부터 서른두 번이나 참석한 코다까지 콘퍼런스에는 11개국에서 온 3백여 명의 코다가 있었다. 우리는 외국에서 오랜 시간 외로이 지내던 한국인이 같은 한국인을 만났을 때처럼 서로에게 완전히 공감하며 끝없이 이야기를 나누었다. 그곳에서 나는 나의 부모가 농인이며 내가 수어를 할 줄 안다는 것을 긴 문장으로 구구절절하게 설명하지 않아도 됐고, 당연히 "그럼 너희 부모님 운전할 줄 알아?", "텔레비전은 볼 수 있어?", "점자 읽을 수 있어?" 같은 황당한 질문을 받는 경험을 하지 않아도 됐다. 나는 나로서 오롯이 존재할 수 있었다.

지성은 미국 로스앤젤레스에서 캐나다 밴쿠버까지 코다들과 함께 이동하는 자동차 여행에 합류하기 위해 먼저 한국을 떠났고 우리는 콘퍼런스에서 만났다. 여러 코다와 함께 등장한 지성은 조금 상기된 목소리로 같이 있던 사람들을 하나하나 소개해주었다. 그리고 자신에게 수어 이름이 생겼다는 말도 덧붙였다. 주먹 쥔 손에서 새끼손가락만 편 상태로 알파벳 '제이(J)'를 그려 보인 다음, 머리 위에서 태양이 내리쬐듯 오므린 손의 손가락을 모두 펴며 내렸다. 지성의 '지'에 해당하는 영어 알파벳(Ji)의 첫 글자 제이와 '성'이 영어를 사용하는 외국인들에게 들리는 소리인 '선(Sun, 태양)'이 결합해 완성된 이름이었다. 제이(J)와 태양(Sun). 멋진 이름이었다. 지성 주위에 있던 친구들은 모두 그 이름을 직접 수어로 해보이며 지성의 머리 위로 태양 빛이 쏟아지도록 해주었다. 그 빛을 받은 지성의 얼굴은 정말 빛나고 있었다. 이름을 갖는다는 것, 무엇으로 불린다는 것, 그것으로 지성은 코다 월드와 하나가 되고 있었다.

콘퍼런스는 때마다 다양한 소모임이 열렸는데 지성과 나는 관심사가 많이 달랐기에 서로가 원하는 모임을 선택하며 따로 또 같이 그렇게 시간을 보냈다. 좀 떨어져 바라본 지성은 아주 오래된 친구들을 만난 것처럼 이질감 없이 그곳에 녹아들었다. 그는 호탕하게 웃기도 하고 눈을 반짝이며 이야기하기도 하고 함께 눈물을 흘리기도 했다. 새로운 모습이었다. 그렇게 그는 자신의 몸과 마음에 코다를 채우고 있었다. 나도 더는 지성을 나와 다른 사람으로 느끼지 않았다.

지성이 내가 머물던 방에서 자기로 한 날, 처음으로 한 침대에 누운 우리는 얼굴을 마주 보고 그간 나누지 못한 이야기들을 하기 시작했다.

"여기 오니까 어때요?"

너무나 묻고 싶었던 질문이었다. 눈에 띄게 변한 그가 이곳에서 어떤 감정을 느끼고 있을지 궁금했다.

"코다라는 것을 머리가 아닌 몸으로 느끼게 됐어요."

말이 더 필요하지 않았다. 나는 그저 지성의 두 눈을 바라보았다.

수많은 코다와 인사를 나누던 중에 한 코다가 이 콘퍼런스에 처음 오게 된 계기를 이렇게 말했다. "I wanted to belong to something(나는 어딘가에 소속되고 싶었어)." 많은 코다가 농사회와 청사회를 넘나들지만 그 어느 곳도 완전하게 꼭 들어맞지 않는다고 느낀다. 그렇게 이곳을 찾게 된다.

"나는 샌드위치에 낀 고깃덩어리처럼 중간에 끼어 있는 존재라고 느꼈다."

어느 코다의 인터뷰처럼 코다 월드를 알기 전까지 우리의 정체성은 두 세계의 그 중간 어디쯤에선가 떠다니고 있었다. 하지만 그곳에 바로 코다 월드가 있었다. 농인도 청인도 아니라고 생각한 나는 코다였고 그 세계는 눈이 부실 정도로 아름다웠다. 그곳에서 우리는 서로를 코다, 아직 성인이 되지 않은 코다를 코다(KODA, Kid of Deaf Adults), 농인의 손자를 고다(GODA, Grandchild of Deaf Adults), 코다의 자녀를 코카(COCA, Children of Coda Adults)라고 부르며 우리의 문화와 언어를 이어가고 있었다. 수경은 나에게 이런 말을 했다.

"왜 수어와 농문화가 농부모의 것이기만 해요? 내가 그것을 부모에게서 물려받았고 그 언어가 이미 나에게로 왔으니 그것은 나의 언어이고 나의 문화이지 않나요?"

그렇다. 그렇게 코다 월드에서 코다의 언어와 문화는 전승되고 있었다.

보이는 언어,
수어

나는 아침이면 국립국어원으로 출근한다. 국어원 4층 사무실 한편에 있는 내 자리에 앉아 커피를 마시며 그날 처리해야 하는 일의 목록을 작성한다. 그리고 이메일을 열어 업무와 관련된 연락을 확인하고 수어 관련 기사가 있는지 본다. 1년 중 수어에 대한 기사가 실리는 날은 많지 않지만 '장애인의 날(4월 20일)', '농아인의 날(6월 3일)'을 비롯한 특정한 날에는 수어를 주제로 삼은 기사가 나곤 한다. 그럴 때면 어김없이 등장하는 내용이 있다. 바로 수어의 단어 수와 관련된 것이다.

"국립국어원에서 편찬한《표준국어대사전》에 등록된 단어는 표준어와 방언 등을 포함해 약 51만 개, 같은 곳에서 제공하는《한국수어사전》에 등록된 수어는 2만 5천 개가량이다. 모든 단어를 수어로 표현하는 것은 현재로써 불가능하다."(〈KBS NEWS〉, "최순실을 수어로 어떻게 표현하냐고요?", 2017년 6월 1일.)

"2017년 11월 현재,《한국수어사전》에 등재된 수어 표현은
23,004개다. 이 중 인사나 대화, 직업, 색깔 등 일상생활과 관련된
단어가 10,272개, 법률과 의학 등 전문 용어 10,793개, 문화관련
1,052개 순이다. 반면, 2014년 발표된《표준국어대사전》에 실린
단어는 511,160개에 이른다.《한국수어사전》단어 수는 국어사전
의 4.5%에 불과하다."(〈SBS〉, "나는 말하고 있다 ②:수어사전엔 국
어사전 단어의 4.5%만 실려 있다", 2017년 11월 23일.)

시각-운동 체계의 언어인 수어는 청각-음성 체계의 음성언어
와 형태가 다르다는 이유로 오랜 시간 언어로 인정받지 못하고
마임, 몸짓과 같은 대우를 받아 왔다. 수어가 시각-운동 체계라
는 것은 손, 머리, 몸 등을 움직이며 말하고 이 말을 인지하기 위
해서 그 수어를 봐야 한다는 의미다. 이 간단한 설명은 음성언어
와 구별되는 수어만의 특성을 내포하고 있다. 언어를 공간 위에
그려내는 것 그리고 이를 보는 것. 수어를 모어로 습득한 나 역
시도 이것을 깨닫는 데 아주 오랜 시간이 걸렸다.

부모님을 비롯해 내가 만난 농인들은 자신들이 하고 싶은 이
야기를 수어로 자유롭게 표현했고 나도 이런 이야기를 보는 것
이 즐겁고 재미있었다. 하지만 문제는 내가 농인들에게 이야기를
해야 할 때였다. 나의 일상과 감정을 공유하는 것은 문제가 없었

는데 어떤 주제로 이야기할 때면 내가 생각하는 한국어에 대응하는 한국수어가 없어 고민하게 됐다.

"엄마 '수능'은 수어로 어떻게 해?"

"'수능'이 무슨 의미인데?"

"음…… 고등학교 졸업하고 나서 대학교에 가기 위해 보는 시험이야."

"'수능'은 수어로 없어. 그냥 '대학' '입학' '시험'이라고 표현하면 돼."

'고소하다', '(맛이) 쓰다', '현명하다' 등 그리 어려워 보이지 않는 한국어 단어조차 한국수어로 표현할 수 있는 말이 없었다. 이두 언어 차이가 너무 커서 나는 때때로 혼란을 겪거나 언어를 사용할 때 작은 실수를 하곤 했다.

내가 어린 시절 엄마는 집에서 텔레비전을 보며 쉬거나 힘든 하루를 마치고 집에 돌아왔을 때 종종 나에게 커피를 타 오라고 시켰다. 내가 물의 양을 적게 해 커피를 너무 진하게 타면 엄마는 얼굴을 찌푸리며 이렇게 말했다.

"커피가 짜."

그러면 나는 잔을 들고 다시 부엌으로 가서 커피에 물을 더 부었다. 나에게 커피의 맛은 짜지 않거나 짠 것으로 나뉘었는데 청인의 세계에서 커피 맛의 분류는 조금 달랐다. 내가 성인이 되고 커피를 마시다가 청인인 상대방에게 "커피가 짜다."라고 했을 때 그는 나에게 커피는 짠 게 아니라 쓴 거라며 표현을 바로잡아주었다. 일상에서 이런 경험은 수시로 나를 당황하게 만들었다. 어떤 사람은 내가 명절에 제사를 지낼 거라고 하니 다 큰 성인이 그것도 모르냐며 제사와 차례는 다른 것이라고 일러주었다(수어로 '제사'는 제사, 차례, 세배 등을 의미한다). 그때마다 나는 왜 이런 기본 단어의 사용을 틀리는 것인지 상식도 없는 사람이 된 것 같아 얼굴이 화끈거렸다.

주먹 쥔 손에서 검지만 펴고 그 손가락으로 입 꼬리 옆을 짚으며 미간을 찌푸리는 수어는 편의상 한국어로 '짜다'라고 부르지만 실제로는 짜다, 쓰다, 맛이 강하다를 비롯해 여러 의미를 지닌다. 그러다 보니 나는 머리로 수어의 의미를 생각하며 동시에 입으로는 커피를 '짜다'고 표현한 것이다(믹스 커피는 실제로 짜게 느껴질 때가 있다). 이렇게 두 언어가 별개이기 때문에 이중 언어 화자가 언어 사용에 실수를 하는 것은 당연했다. 이를 깨닫고 난 후에는 사람들이 나의 언어 사용을 지적할 때 내가 왜 그렇게 표현했는지 설명하려고 했다. 그러면 사람들은 으레 이렇게 물었다.

"그럼 '(맛이) 쓰다'라는 의미의 수어는 없어? 어떻게 대화를 해? '쓰다'라는 수어 단어를 따로 만들면 되지 않아?"

이 질문은 나의 고개를 갸우뚱하게 만들었다. 사람들은 영어, 중국어 같은 음성언어에 대해 이야기할 때 그 언어에 특정 개념을 나타내는 어휘가 없다거나 달리 표현된다는 설명은 쉽게 받아들이지만 한국어와 같은 땅 위에 존재하는 한국수어를 말할 때는 조금 다른 태도를 취한다. 한국어에 대응하는 한국수어가 없다면 만들어야 한다고, 한국수어는 한국어와 같아져야 한다고 말한다. 청인만 이런 생각을 하는 것은 아니다. 수어가 언어라고 말하는 농인들조차 특정 개념을 나타내는 한국어는 있는데 왜 한국수어는 없는지 묻고 한국어에 맞춰서 한국수어도 어서 단어를 만들어야 한다고 주장한다. 내가 한국수어의 한 어휘가 여러 한국어 어휘에 해당한다고 설명하면 청인들은 그것을 어떻게 구별하느냐고 묻는다. 한국어의 '배'를 생각해보자. '배'는 사람이나 동물의 신체 부위를 의미하기도 하고 물 위를 떠다니는 교통수단을 의미하기도 한다. 혹은 배나무의 열매를 말할 때도 있다. 이렇게 다양한 의미를 지닌 '배'를 두고 우리는 각각 구별되도록 다른 단어를 만들어 써야 한다고 하지 않는다. 자연스런 언어 사용에서 맥락에 따라 구별할 수 있기 때문이다.

그런데도 사람들은 한국어와 한국수어 단어 개수의 현저한 차이를 들며 더 정확한 의사소통을 위해서는 단어를 만들어야 한다고 말한다. 하지만 정작 농인들의 대화를 살펴보면 그런 단어들 없이도 충분한 표현을 한다. 엄마와 아빠는 요리를 하거나 무언가를 만들 때 나를 불러 필요한 물건을 가져오도록 시키곤 했다. 이때 그 물건을 지칭하는 수어가 없는 경우도 있었지만 나는 부모님의 표현을 보고 종지, 밥그릇, 국그릇, 납작한 접시, 큰 바구니 등 정확한 물건을 가져다드렸다. 하지만 나는 사람들에게 이를 어떻게 설명해야 할지 몰랐다. 한국에서 수어를 설명하는 언어는 너무나 빈약했기 때문이다. 나는 그저 궁색한 말만 되풀이했다.

"그런 단어가 없어도 표현할 수 있다고!"

이런 질문들에 더 잘 대답하고 싶었다. 나의 언어인 수어가 어떤 언어인지 알고 싶었다. 그렇게 대학원에서 공부를 하고 있을 때 한국수어학회에서 한 선생님을 알게 됐다. 그 선생님은 한국 교포로 독일에서 자랐고 그곳에서 수화언어학을 전공했다. 수어의 동사를 연구한 그분의 발표에는 생소한 표현이 가득했다. 바로 수어의 특성 하나하나를 분류한 용어들이었다. 수어 연구를 하겠다는 마음만 있지 연구가 무엇인지 모르던 때 수어의 언어적 특성을 의미하는 용어들을 접한 경험은 나를 연구의 세계로 이끌었다. 그 후에 우연히 그 선생님과 함께 연구 사업에 참여하게 됐고 그곳에서 학자들의 논의를 들으며 수어를 학문적으로 바라보는 관점을 조금씩 갖출 수 있었다. 하루는 그 선생님에게서 수어의 단어가 음성언어보다 현저히 적은 이유를 듣게 됐다.

"수어에는 고정된 어휘와 생산적인 어휘가 있어요. 흔히 사람들이 생각하는 어휘라는 개념은 수어에서 고정된 어휘로, 수어의 형태가 정해져 있는 어휘들을 말해요. 예를 들어 '좋다', '싫다', '집', '학교' 같은 단어들이죠. 반대로 생산적인 어휘는 맥락에 따라 수어의 형태와 의미가 무궁무진하게 변하는 것을 의미해요. 양손을 모두 펴고 손을 엎은 상태에서 서로 반대 방향을 향하도록 팔을 벌리면 어떤 평평한 면을 의미하죠. 이 표현은 상황에 따라 책상의 면이 되기도 하고 넓은 들판이 되기도 해요. 이 손 모양을 양쪽으로 벌릴 때 각도를 바꿔 비탈진 면을 나타낼 수도 있고 손을 움직여 출렁거리는 모습을 나타낼 수도 있어요. 음성언어의 많은 단어가 수어에서는 생산적 어휘로 표현이 돼요. 그래서 따로 정해진 형태의 어휘들이 만들어지지 않는 거고요. 이런 부분을 고려하지 않고 한국어에 맞춰 수어 단어를 만들어내는 것은 위험한 접근이에요."

나와 부모님은 수어로 대화하며 어떤 개념을 고정된 어휘로 표현하기도 했지만 그런 어휘가 없을 때면 우리 앞에 있는 공간 위에 우리가 하고자 하는 이야기를 생산적 어휘로 그려냈다. 하지만 이것은 마임과는 엄연히 달랐다. 생산적으로 표현하는 수어에도 고유한 문법이 존재하기 때문이다. 이 문법에 따라 선은 손가락 끝으로, 면은 손을 모두 펴서 나타낸다. 이렇게 사물을 수어로 표현함과 동시에 수어를 하는 공간을 활용해 더욱 복잡한 의미를 생산해내기도 한다. A라는 개념을 한 위치에 설정해 놓으면 동일한 공간이 다른 개념으로 재설정되기 전까지 A를 의미한다. 우리가 손가락으로 그 공간을 가리키면 그것은 허공이 아니라 A를 지칭하는 것이다. 이렇게 수어는 여러 층위를 활용하며 무한한 문장을 만들어낸다.

이중 언어 사전을 향한 여정

코다로서 내가 지닌 언어적 직관에 더해 여러 이론을 이해하고 적용하며 지식의 범위를 넓혀 갔다. 부족함에 직면할 때면 그만하고 싶다는 생각이 들기도 했지만 수어가 나의 모어라는 것은 모든 행위의 강렬한 동기가 됐다. 현재는 그렇게 배운 지식을 바탕으로 삼아 국립국어원에서 수어를 제1언어로 사용하는 사람들이 느낄 언어 장벽을 낮추기 위해 여러 정책을 만들고 있다. 정책을 만드는 것 외에도 수어 자료를 모으고(한국수어 말뭉치) 한국수어의 실제를 담은 사전 편찬 사업도 진행하고 있다.

사실 국립국어원에는 이미 많은 분들의 노고로 탄생한 《한국수어사전》(2015)*이 있다. 하지만 이 사전은 사전이라기보다 한국어 표제어에 대응하는 한국수어를 일대일로 제시하는 어휘집에 가깝다. 더 큰 문제는 농인이 실제 사용하는 수어가 아니라 한국어에 맞춰 만들어진 수어가 다량 등재되어 있다는 점이다.** 이렇게 수어를 많이 조어하게 된 배경도 역시 수어가 음성언어에 비해 단어 수가 부족하다는 인식 탓이었다. 그 배경이야 어찌 됐건 필요한 단어가 만들어지고 잘 사용되면 좋았겠지만 수어 어휘를 만들 당시 수어 조어법이 고려되지 않는 바람에 결국 많은 수어 단어들은 농사회에 받아들여지지 못했다. 안타깝게도 《한국수어사전》은 사전으로서 그 기능을 상실했다. 이제는 정말 한국수어의 실제를 담은 사전이 편찬되어야 할 때였다.

어떤 사전을 만들어야 할까 고민하던 그때, 무거운 국어대사전을 뒤져 가며 단어를 찾아보던 엄마의 모습이 떠올랐다. 셈이 빨라 똑똑하다는 말도 제법 들은 엄마에게 한국어 문장은 떨쳐 버릴 수 없는 콤플렉스였다. 사회에서 청인들과 소통하기 위해서

---

* 2015년에 나온 《한국수어사전》은 웹사전으로 2005년에 편찬된 종이 사전을 인터넷에 옮겨 놓은 것이다.
** 국립국어원에서 주최하고 주관한 국제학술대회 발표집에 실려 있는 최혜원, 이현화(2018)의 '대한민국 수어사전의 현황과 발전 방향'에 《한국수어사전》의 구조에 대한 설명이 자세히 나와 있다.

필담을 할 때도 한국어는 엄마의 발목을 잡았다. 엄마는 필요할 때마다 사전을 들었지만 이내 답답한 표정을 지으며 나를 바라봤다. 원하는 단어의 뜻풀이도 한국어로 되어 있으니 영 이해하기가 힘들어 내게 무슨 의미냐고 물었다. 하지만 뜻풀이를 수어로 번역하는 것은 어린 나에게 너무나 어려운 일이었다. 그런 경험이 반복되자 엄마가 사전을 들춰보는 일은 점점 줄어들었다.

한국수어를 배우고 싶지만 그 의미를 찾을 방법이 없어 답답해하던 많은 수어 학습자들의 모습도 떠올랐다. 그들이 사전에서 본 수어 단어를 농인 앞에서 사용해도 그 단어 자체가 존재하지 않거나 사용이 적절하지 않아 농인들과 통하지 않는 경우가 빈번했다. 결국 수어 학습자들도 수어 사전과 멀어지고 있었다. 두 세계를 오가며 이런 현상을 오래 지켜봐 온 나는 수어를 제1언어로 사용하는 사람들은 한국어를, 수어를 제2언어로 사용하는 사람들은 한국수어를 찾아볼 수 있는 두 개의 사전을 만들면 좋겠다는 생각을 하게 됐다. 나는 한국수어-한국어 사전, 한국어-한국수어 사전 편찬을 꿈꾸고 있다.

사전 편찬 계획을 세우기 위해 국내외 자료를 열심히 찾았다. 조사를 해보니 수어를 표제어로 삼은 사전을 편찬한 나라는 많았으나 주류 청인 사회의 언어(한국어, 영어 등)를 표제어로 하고 수어로 제대로 풀이한 사전까지 만든 나라는 없었다. 하지만 나는 한국수어-한국어 사전과 한국어-한국수어 사전을 만들어야만 했다. 이 생각을 구체화해 하나의 계획으로 만들기까지 2년의 시간이 걸렸다. 그 과정에서 왜 현재의 수어 사전이 제한적인지, 왜 새로운 사전이 필요한지, 한국어와 한국수어가 어떻게 다른지 끝없이 설명하고 설득해야 했다. 하지만 이제 시작이나 다름없는 수어 연구의 성과들을 근거로 삼아 청인들에게 수어라는 언어를 설명하기란 쉽지 않았다. 이럴 때는 내 직관을 모두 동원해 예를 들어 가며 설명했다. 언어란 문화와 분리할 수 없기 때문에 농사회와 농문화에 관한 설명도 곁들이며 나의 의도가 잘 전달되기를 바랐다.

때로는 같은 질문에, 때로는 생각지도 못한 질문에 계속해서 답을 했다. 어떤 날은 답을 찾기 위해서 하루를 다 보내기도 했다. 소수자로서 그리고 두 세계를 오가며 평생을 설명하며 살아왔기 때문에 '설명하기'는 내게 가장 자신 있는 분야였다. 그리고 내 옆에는 진심으로 수어를 대하는 동료와 상사가 있었다. 그러나 내 인생 전반을 증명하고 언어로 옮겨 구체화하는 설명 노동에 조금씩 지치기도 했다. 게다가 나와는 너무나 배경이 다른 사람들 속에서 마치 혼자인 것만 같은 기분도 들었다. 엄연히 국립국어원의 구성원이면서도 어쩐지 완전히 녹아들 수 없는 이질감, 거대한 한국어 사회 안에 섬처럼 고립되어 있는 한국수어 사회.

그렇게 메말라 갈 때쯤이면 코다들을 만났다. 코다 친구들은 나에게 코다이기에, 우리의 부모가 농인이기에, 수어가 우리의 언어이기에 이 일을 해야 한다고 그리고 잘할 수 있다고 지지해 주었다. 실로 힘이 되는 말이었다. 코다 콘퍼런스에서 만난 언어학자 마리 쿠팔라에게 내가 왜 있지도 않은 이중 언어 사전을 만들겠다고 해서 이 고생을 하는지 모르겠다고 푸념하자 마리는 나의 눈을 바라보며 이야기했다.

"그건 네가 코다이기 때문이 아닐까?"

마리의 대답처럼 내가 코다라는 것이 이 일을 하는 이유였다.

때로는 일에서 벗어나 궁금한 것을 알아가기 위해 수어 관련 학회에 참석했다. 그곳에서 연구 결과를 발표하기도 하고 다른 연구자들의 발표를 보며 연구 동향과 방법론을 배우기도 했다. 2018년 봄에 열린 학회에서 나는 다른 교수님들과 함께 두 개의 포스터 발표를 했다. 하나는 동영상으로 되어 있는 대용량의 한국수어 말뭉치를 관리하는 시스템 설계에 대한 내용이었고, 다른 하나는 말뭉치가 농사회와 함께 가는 방법에 대한 연구였다. 포스터를 붙여 놓고 여러 학자들과 이야기를 나누고 있을 때 일본의 한 대학 교수가 다가왔다. 나의 연구에 많은 관심을 표하던 그는 자신이 그해 한국으로 출장을 왔고 국립국어원을 방문했다고 했다. 그 당시 내가 다른 업무로 사무실을 비웠던 터라 그는 국어원에 수어를 할 수 있는 사람이 있다는 것을 알고 조금 놀란 눈치였다. 그렇게 학회 일정을 마치고 석 달 후 그에게서 메일을 받았다.

이현화 님께

안녕하세요.

지난 5월, 일본 미야자키에서 개최된 학회에서 만나뵌 쓰쿠바기술대학의 농인 교수 오오스기입니다. 기억하시나요?

이현화 님께서 국립국어원에서 진행하시는 수어 연구에 큰 관심을 갖고 있습니다. 이와 관련해 요청드리고 싶은 것이 있어 쓰쿠바대학의 한국인 학생에게 일본어-한국어 번역을 부탁했습니다.

(1) 국립국어원에서 진행하고 있는 한국수어 사업의 상세한 내용을 문의드리고 싶습니다.

(2) 2019년 2월 17일에 히로시마에서 열리는 일본수어연구소 세미나에서 국립국어원이 진행하는 한국수어 사업에 대한 강연을 부탁드리고 싶습니다. 그리고 이 일정 전후로 이바라키에 있는 쓰쿠바기술대학에 모셔서 연구 교류를 하고 싶습니다(경비는 일본 측에서 부담하겠습니다).

이 두 가지 내용에 대해 답변 부탁드립니다.

처음으로 받아보는 외국 초청에 몇 번이고 메일을 다시 읽어봤다. 오오스기 교수는 2003년 몇십 년간 수어 연구를 해온 김칠관 선생님을 일본에 초청한 이후, 처음으로 한국 사람을 초청하는 것이라고 했다. 내가 정말 옳은 길을 가고 있는지 흔들릴 때가 있었는데, 그의 초청은 나의 일에 대한 확신을 가지게 했다. 나는 감사함과 조금은 흥분된 마음으로 일본의 농사회로 향했다. 일본수어연구소는 매년 수어 연구 결과를 공유하는 세미나를 개최하는데 나는 그곳에서 '한국수화언어 정책과 연구'를 발표하기로 했다. 나를 초청한 오오스기 교수는 세미나 개회사를 하며 그곳에 참석한 사람들에게 나를 소개했다.

"국립국어원은 수어 정책을 담당하는 국가 기관입니다. 그곳에는 물론 이현화 선생님보다 직급이 높은 분들이 계십니다. 그러나 그분들이 아닌 이현화 선생님을 초청한 까닭은 그가 코다이기 때문입니다. 코다는 우리 농인의 마음을 아는 사람이자 우리의 자녀이기 때문이죠."

오오스기의 소개는 내가 어디서 온 사람인지 다시금 몸으로 느끼게 했다. 내가 그토록 숨기고 부정하고 싶었던 코다라는 사실이 이제 나에게 없어서는 안 될 이름이 되어 있었다. 나는 발표하기에 앞서 집 짓는 일을 하고 붕어빵을 파신 우리 부모님의 삶을 짧게 이야기했다. 잠시 숨을 고르고, 쉽지 않은 시간이었다고 고백했다. 그곳에 있던 많은 참가자들이 눈빛으로 나를 보듬어주거나 공감한다며 연신 고개를 끄덕여주었다. 그들과 나 사이에는 우리가 같은 삶을 살아왔다는 믿음이 깔려 있었다. 서로의 언어는 달랐지만 보이지 않는 끈으로 연결된 우리는 주어진 시간을 함께 호흡하며 채워 갔다.

일본 출장 중에 농사회에서 활발한 활동을 하고 있는 코다들을 만날 수 있었다. 일본수화연구회에서 열심히 통역을 하던 카와네 노리오도 그중 한 명이었다. 공교롭게도 나는 이번 일정에서 카와네를 만날 일이 몇 번이나 있었다. 일본수어통역사협회의 부회장이면서 일본수화연구회에도 참여하는 등 다방면에서 활동하고 있는 그를 마지막으로 만난 곳은 도쿄에서 열린 '일본수화법제정추진위원회 회의'에서였다. 다시 만난 그와 가볍게 인사를 나누고 정신없이 위원회 회의장을 오가고 있을 때 내 눈을 끄는 종이봉투가 있었다. 붕어빵이 그려진 노란 종이봉투 안을 보니 일본의 붕어빵인 다이야키가 수북이 들어 있었다. 세미나에서 발표하기 전날 일본수화연구회 위원들과 간담회를 하며 엄마가 붕어빵을 팔았다는 이야기를 했을 때 누군가가 일본에도 그런 빵이 있다고 했다. 그리고 카와네에게 도쿄에서 현화를 다시 만나게 될 테니 그때 그 빵을 사주라고 한 기억이 났다. 사실 그런 말쯤이야 얼마든지 할 수 있기에 별 기대를 하지 않았던 터라 조금 놀랐다. 내가 눈을 동그랗게 뜨며 그를 바라보자 그는 나에게 다가와 다이야키를 건네주었다.

그 빵을 보고 있자니 어린 시절 엄마가 장사하던 곳과 그곳에서 노릇한 붕어빵을 집어먹던 추억이 떠올랐다. 하루 종일 붕어빵을 팔고 온 엄마의 옷에서는 특유의 냄새가 났다(엄마는 이것을 항상 '기름 냄새'라고 했다). 엄마는 추위를 견디기 위해 잔뜩 껴입은 옷을 하나씩 벗어 세탁기에 넣으며 오늘은 어떤 손님이 있었는지, 얼마나 팔았는지, 순이익이 얼마나 남았는지 이야기하며 다음 날 쓸 용돈을 주었다. 사회 안전망 그 사각지대에 있던 부모님이 가정을 지키기 위해 선택한 일이었다. 그러나 누군가에게 부모님이 무슨 일을 하시는지 설명할 때면 부끄러움이 몰려왔고 나의 말을 들은 상대방은 당황스러움을 감추지 못했다. 아무도 왜 나의 부모님이 집을 짓고 붕어빵을 팔 수밖에 없는지 이해하지 못했고 이해하려 하지 않았다. 단지 가난한 장애인의 전형이라 여기고 동정할 뿐이었다. 부모님의 직업을 말하는 순간 상대의 시선이 동정으로 바뀌는 것은 참으로 견디기가 어려운 일이었다. 그 순간만큼은 내가 너무나 작아져 없어져버릴 것 같았다.

하지만 나의 이야기를 듣고 나를 동정하지 않는 것. 한국에서는 농인이 그렇게 사는구나 하며 다양한 삶의 형태 중에 하나로 받아들이는 것. 그리고 일본에도 붕어빵과 비슷한 것이 있다며 다이야키를 선물하는 것. 농사회는 그렇게 나를 품어주었고 코다인 나를 편견 없이 바라봐주었다. 이제 붕어빵은 너무 지겨워 잘 먹지 않지만 일본 코다에게 건네받은 다이야키를 한입 무니 잊고 있던 추억이 떠올라 기분이 좋았다. 내가 코다라는 이유로, 우리 엄마가 붕어빵을 팔았다는 이유로 이렇게 누군가와 연결될 수 있음에, 나의 삶에 감사했다. 일본 출장을 마치고 마지막 날 오오스기 교수는 나를 역까지 배웅해주었다. 헤어지기 전 그는 나에게 인사를 건넸다.

"이현화 선생님은 보물을 지니고 있어요. 선생님이 지닌 그 보물이 더욱 빛나기를 바랍니다."

침묵의 세계를
읽어내는

이 길 보 라

코다라는
언어를 갖다

　나는 엄마에게서 수어를 배우고 세상으로부터 음성언어를 배웠다. 엄마 배 속에 있을 때부터 듣던 소리는 음성언어가 되지 못한 엄마의 목소리였다. 세상 사람들은 그 소리가 무슨 의미인지 이해할 수 없었지만 그건 내게 '언어'가 되었다. 엄마가 나를 부르는 소리, '보아'. 그건 너무나도 명확한 의미를 지니고 있었다. 보라, 엄마의 언어. 농인인 부모가 나의 이름을 '소리'가 아닌 '보라'로 지은 것은 어쩌면 당연한 것이었다.

　엄마는 내게 수어를 가르쳤다. 검지를 코 오른쪽에 댔다가 떼며 검지를 접고 새끼손가락을 폈다. '엄마'라는 뜻이었다. 나는 수어로 옹알이를 하며 부모의 언어를 습득했다. 수어는 나의 모어가 되었고, 나는 손과 표정을 통해 세상을 바라보는 법을 배웠다. 엄마는 늦은 밤까지 아이에게 호랑이가 나오는 전래 동화를 읽어주었다. 입말을 하는 사람들처럼 "어흥!" 하고 소리를 낼 수는 없었지만, 엄마는 그 누구보다 호랑이를 제대로 표현할 수 있는 사람이었다. 엄마가 두 손의 손가락을 구부려 두 볼에 댔다가 마치 호랑이가 앞발을 들며 위협하듯 앞으로 손을 내밀며 무서운 표정을 지으면, 나는 마치 호랑이가 눈앞에 있는 것 같아 울음을 터뜨렸다. 엄마는 훌륭한 이야기꾼이었다.

나는 입을 꼭 다물고 수어로만 말했다. 그래도 의사소통하는 데 문제가 없었다. 어느 날, 집에 방문한 할머니가 "애가 말을 안 한다"며 깜짝 놀라 나를 어린이집에 보냈다. 나는 한참 후에야 두 손의 손가락을 구부려 두 볼에 댔다가 앞으로 손바닥을 돌리며 무서운 표정을 짓는 그 단어를 호, 랑, 이, 라고 부른다는 걸 알게 되었다.

나는 그렇게 수어와 음성언어를 습득했지만 두 언어가 속한 세상은 너무나도 달랐다. 엄마는 스스로를 농문화에 속한 농인이라고 자랑스럽게 말했지만, 세상 사람들은 그것을 '장애'라고 불렀고 때로는 '병신', '귀머거리'라고 부르며 비웃었다. 나는 그 사이에서 정체성의 혼란을 겪었다. 내가 바라본 엄마, 아빠의 세상은 너무나 반짝였지만 그것을 설명해내기에는 두 세상의 언어가 확연히 달랐다. 시각을 기반으로 한 수화언어와 청각을 기반으로 한 음성언어 사이에는 언어와 문화의 차이뿐만 아니라, 차별과 편견의 벽이 존재했다. 그래서 그 둘을 오가는 일은 고단했고 종종 외로웠다. 그것은 농인인 나의 부모도 청인 친구들도 이해할 수 없는 것이었다.

그런데 나만 그런 게 아니었다. 독일 영화 〈비욘드 사일런스〉 (1996)의 주인공 '라라'도 학교를 조퇴하고 농인 부모와 은행에 가서 "왜 적금을 찾을 수 없냐?"고 엄마 대신 '말'해야 했다. 아버지가 눈이 오는 소리는 어떤 것이냐고 묻자 두 세계 사이에 서서 눈 내리고 쌓이는 소리를 수어로 설명해야 했다. 프랑스 영화 〈미라클 벨리에〉(2014)의 주인공 '폴라'는 드라마를 보고 싶어 하는 엄마를 위해 텔레비전 앞에 앉아 배우의 목소리를 수어로 통역한다. 또한 자신의 음악적 재능을 포기하고 부모의 말을 통역하기 위해 집에 머무르는 선택을 한다. 그건 나의 경험과 정확하게 일치했다. 동생이 친구들에게 놀림을 당해 엄마가 학교로 찾아왔을 때 선생님과 엄마 사이의 통역을 위해 둘 사이에 어정쩡하게 앉았던 그때, '누나'가 되어야 할지 '통역사'가 되어야 할지 혹은 '딸'이 되어야 할지 혼란스러웠던 그 순간. 그건 단순히 나만의 경험이 아니었다.

'코다'를 알게 되다

스물두 살, 대학 교양 수업에서 수어를 배운다는 친구 하나가 이렇게 말했다.

"보라 같은 사람을 코다라고 부른대요. Children of Deaf Adults(농인 부모의 자녀)의 약자, CODA, 코다."

처음이었다. '장애인의 자녀'가 아닌 다른 이름이 있다는 걸 알게 된 것은. 나를 부르는 이름이 있다는 건 나와 비슷하거나 같은 경험을 하는 이들이 있다는 뜻이었고, 그에 대한 연구와 작업들이 선행되었다는 말이기도 했다. 농사회와 청사회, 두 세상의 언어로는 해석해낼 수 없던 감정과 경험이 몸 바깥으로 고개를 내밀었다. 만나본 적은 없지만 세상에 더 많은 코다가 있을 터였다. 이상한 안도감이 들었다.

그해 여름 아빠와 함께 미국을 방문했다. 평소 농인들의 국제교류에 관심이 많던 아빠는 이렇게 문자를 보내왔다.

미국 농인 엑스포에 가고 싶어. 전 세계 농인들이 다 모여. 딸아 함께 가자?

거절할 수 없는 제안이었다. '데프네이션(DeafNation)'이라는 단체가 주최하는 '데프네이션 엑스포'는 미국 전역에서 매년 몇 차례 열리는 행사인데, 여름에는 규모를 키워 전 세계의 농인들이 참가한다고 했다. 아빠의 계획은 엑스포에 참가해 수많은 농인을 만나고 그곳의 농문화를 둘러보는 것이었다. 또한 워싱턴 디시에 있는 농인을 위한 대학, 갤러뎃대학을 방문해 실제로 농인 고등교육은 어떻게 이루어지는지 직접 보고자 했다. 사실 나는 농문화도 궁금했지만 난생처음 미국에 간다는 것이 정말이지 너무 설렜다. 수많은 드라마와 영화의 배경지, 아메리카, 나의 아메리칸 드림. 그런데 미국은 정말로 놀라운, 장애인의 천국이었다.

입국 수속 때부터 그랬다. 아빠와 함께 라스베이거스 공항 입국 심사대에 줄을 섰다. 내가 먼저 심사를 받고 아빠의 심사를 통역할 생각이었다. 미국 입국 심사는 종종 까다롭다는 이야기를 들은 터라 긴장이 되었다. 조금 퉁명스러워 보이는 직원이 나의 여권과 전자 비자를 확인하고는 다음 사람을 불렀다. 나는 걸음을 떼지 않은 채 아빠를 불렀다. 그러자 직원이 나를 쳐다보았다.

"아, 우리 아빤데 농인이라 제가 통역하려고요."

그러자 직원이 괜찮다며 앞으로 가라고 손짓했다. 어? 괜찮다고? 영문을 알 수 없었지만 일단 뒷걸음질을 쳤다. 아빠가 심사대에 섰다. 직원은 아빠의 표정을 보며 뭐라 말했다. 아빠는 무슨 말인지 알아들을 수 없어 직원과 나를 번갈아 가며 쳐다봤다. 도대체 나 없이 어떻게 소통한다는 거지? 그냥 내가 중간에 서는 게 편한데. 직원이 아빠를 손으로 불러 양손의 엄지를 들어 보이며 눈을 크게 떴다. 아빠는 그 동작을 따라했다. 직원은 엄지두 개를 아래 기계에 붙이라며 엄지를 아래 방향으로 숙였다. 아빠의 표정에 놀라움과 반가움이 겹쳤다. 직원은 다른 손가락 역시 같은 방법으로 기계에 붙이라고 몸으로 말했다. 아빠는 내가 아닌 직원의 눈을 쳐다보고 있었다. 당황한 건 나뿐이었다. 내가 필요하지 않다니, 통역하겠다고 했는데 굳이 그걸 거절하다니. 농인 부모의 자녀로 살면서 난생처음 겪는 일이었다. 직원은 아빠의 모든 손가락을 스캔하고는 전산상으로 여권과 비자를 확인했다. 이윽고 턱에 손가락을 대고 떼면서 입을 열었다.

"Thank you(고맙습니다)."

미국수어였다. 아빠는 반가운 표정으로 턱에 손을 댔다.

"저도 고맙습니다."

데프네이션 엑스포가 열리는 라스베이거스는 농인들로 가득
했다. 특히 행사장 내부는 손과 손의 물결로 가득했는데 정작 귀
로 들려오는 건 음악 소리뿐이었다. 아빠는 여비를 마련하겠다
며 한국에서 그리고 팔던 혁필화 재료들을 가져왔다. 가죽으로
만든 붓에 물감을 묻혀 이름 글자를 그리는 것이었는데 내가 보
기에는 훌륭하지 않았지만 외국인 눈에는 동양적인 것, 한국적인
것으로 보이는 듯했다. 그들은 아빠에게 자신의 이름 철자를 가
르쳐주었고 아빠는 형형색색의 그림 글자들을 그렸다. 사람들은
아빠에게 어디서 왔는지 물었다. 아빠는 오른손을 들어 머리 옆
으로 갓 모양을 그렸다. 국제수어로 '한국'이라는 뜻이었다. 아빠
는 손님의 이름 철자가 맞는지 여러 번 확인했고, 종이는 어떤 것
으로 하고 싶은지 물었다. 손님은 이 글자 그림이 어떤 의미인지
물었고 아빠는 신나서 이야기를 시작했다. 아빠는 한국수어를
기반으로 삼아 몸과 얼굴 표정을 크게 움직였다. 그들이 더 자세
한 이야기를 하고 싶어 하면 아빠는 내가 아니라 옆에 있던 농인
을 불렀다. 한국의 미군 부대 앞에서 일하다 미국 청인과 결혼해
이곳으로 건너온 한국 농인 여성이었다. 그는 한국수어와 미국수
어를 능숙하게 통역했다. 나는 아빠의 딸이라며 미소 짓는 것 외
에는 딱히 할 수 있는 일이 없었다. 그들은 물었다.
"농인? 청인?"
나는 입술 앞에 검지를 펴고 여러 번 돌려 입 앞에서 무언가가

굴러나가는 것 같은 수어를 했다.

"청인."

어쩐지 소외되는 기분이었다. 행사장에는 농인을 위한 보조 기기를 비롯해 농인 아동의 학습을 도와주는 수어 교재 콘텐츠 홍보 부스, 수어를 글자 그림으로 옮겨 소통하는 방식의 수어 글자 그림 언어 전시 부스, 농인이 어딜 가든 문자언어로 소통할 수 있도록 돕는 키보드 체험 부스, 농인의 이야기를 농인의 시선에서 농인이 직접 촬영하는 데프필름(DeafFilm) 영화사 부스 등 한국에서는 한 번도 찾아볼 수 없던 기기와 콘텐츠로 가득했다. 농인의 천국이 있다면 이곳이 아닐까 하는 생각이 들 정도였다. 부모의 세계, 즉 나의 세계가 이렇게 확장될 수 있음을 직접 보고 들었다. 이 경이로운 여정에 참여하고 싶었다. 나는 청인이지만 동시에 이 세계 안에서 태어난 일원이기도 했다. 나는 이어 말했다.

"그런데 코다예요. 이쪽이 나의 아빠예요."

'청인'이라는 단어가 만든 어떤 벽 같은 것이 '코다'라는 말 하나로 무너졌다. 그들의 입가에 미소가 지어졌다. 코다는 청인이었지만 그들의 세계 안에 진입할 수 있는, 농인과 같은 존재였다.

영화 〈반짝이는 박수 소리〉의 시작

미국 라스베이거스에서의 일정을 마치고 아빠와 함께 방문한 갤러뎃대학 역시 감탄의 연속이었다. 세계 최초이자 유일한 농인 고등 교육 기관인 이곳의 공용어는 미국수어였다. 청소 노동자,

경비원, 교수, 학생을 비롯해 모든 사람이 청인이건 농인이건 상관없이 수어를 사용했다. 학교에 들어가려는데 학교를 둘러보러 왔다는 그 간단한 말조차 미국수어로 할 수 없어 당황하며 우물쭈물했다. 낯선 경험이었다. 갤러뎃대학의 구성원은 농인이 반, 청인이 나머지 절반이라고 했지만 학교 내부에서는 수어만을 사용해야 하는 암묵적 규칙이 있었다. 학교 밖에서는 모두가 입말을 쓰니, 이곳에서는 누군가를 배제하는 언어를 사용하지 않아야 한다는 것이 그 이유였다. 그래서 청인들이 전화 통화를 할 일이 생기면 몰래 숨어서 하는 경우가 생긴다고 했다. 농인들은 청인이 무슨 말을 하고 있는지 알 수 없어 소외감을 느낄 수 있기 때문이다.

대학의 모든 수업은 수어로 진행되었고* 그에 따라 건물은 시각 중심으로 건축되고 디자인되었다. 강의실의 의자는 교수를 중심으로 일자형이 아니라 원형으로 배치되었다. 강의를 듣는 모두가 서로의 눈과 수어를 잘 볼 수 있도록 한 구조였다. 강의실 입구에는 버튼이 있어 그걸 누르면 강의실 전체에 빨간 불이 들어와 바깥에서 누가 신호를 보내는지 알아챌 수 있었다. 강의실과 강의실을 연결하는 엘리베이터는 유리로 되어 있었는데 농인은 거울이나 스테인리스로 마감된 엘리베이터를 타면 시각적으로 제한되어 공포를 느끼기 때문이다. 혹여 사고가 나면, 비상 버튼을 누른다 해도 바깥이 보이지 않아 의사소통을 할 수 없는 경

---

* 갤러뎃대학은 이중 언어 교육 환경 구축을 목표로 하고 있으며, 미국수어와 영어 두 가지 언어를 사용한다. 수업 및 일상생활에서 영어대응수어도 많이 사용된다.

우가 벌어지기 때문에 내외벽을 유리로 마감한다고 했다.

그건 건물 안과 밖에서도 마찬가지였다. 건물 안에 있는 사람이 건물 밖을 지나던 친구들과 유리 벽 사이로 수다를 떠는 진풍경이 벌어졌다. 건물 내부는 홀(hall) 구조로 되어 있어 1층과 2층, 3층, 심지어 4층에 있는 사람들이 동그랗게 서서 서로의 얼굴과 손을 보며 대화했다. 수어가 공용어가 된다면 세상은 이렇게 시각을 중심으로 재편될 것이다.

이곳의 농인들은 얼마든지 '학습'할 수 있었다. 자신이 하고 싶은 공부를 다양한 분야에서 자신의 언어로 해 나가고 있었다. 건축, 수학, 영화, 미국수어, 교육 등 다른 대학에서라면 우리가 상상할 수 있는 일반적인 학문이 될 분야들이 이곳에서는 농인과 수어라는 요소를 만나 갤러뎃대학만의 특화된 전공이 되었다. 건축을 배우는 사람들은 농인의 건축이 무엇일지 고민했고, 영화를 배우는 이들은 기존의 청인 영화의 관습과는 다른 방식으로 농영화를 제작했다. 청인들이 쌓아 온 학문의 문법이 무너지고 새로운 방식이 구축되고 형성되었다. 농인을 비롯해 코다에 관한 연구 역시 활발하게 진행되고 있었는데, 내가 코다라고 하자 한 농인 교수가 코다가 쓴 코다에 관한 논문 하나를 소개해주었다. 교수들은 대부분 농인이었다. 교수 한 명이 수어로 인사를 건넸다. 학자의 기품이 흘렀다.

'농인이 교수가 될 수 있어? 저렇게 우아하게?'

나도 몰랐던 내 안의 편견을 마주하는 순간이었다. 그들은 미국수어로 일상 대화를 할 뿐만 아니라 깊고 전문적인 이야기까지 나누었다. 농인들도 얼마든지 공부할 수 있으며 학문적 연구를 해 나갈 뿐만 아니라 후학을 양성하고 그들만의 세상을 구축할 수 있었다. 아빠는 미국을 여행하는 내내 "부럽다"고 했다. 나 역시 마찬가지였다. 청인이 아닌, 농인이 세상의 중심이 된다면 세상은 이렇게 변할 수 있음을 눈으로 직접 확인한 여정이었다.

한국에 돌아오니 내가 만난 세계가 정말로 실재하는 것인지 헷갈렸다. 여전히 한국에서는 농인의 언어인 수어를 한국인의 공식 언어로 인정해 달라는 한국수화언어법 운동이 계속되고 있었다.* '수어가 언어야?'라고 생각하는 사람들이 가득한 사회였다. 엄마, 아빠가 사용하는 언어는 언어가 되지 못한 미개하고 수준이 낮은 손짓이었다. 그런 인식들 사이에서 농인은 '농인'이 될 수 없었고 그들의 자녀 역시 '코다'가 될 수 없었다. 그들은 그저 어디 하나 뒤떨어지는 '장애인'이었고 나는 '불쌍한 장애인의 자녀'일 뿐이었다. 그 사이에 나의 자리는 없었다. 그것이 영화 〈반짝이는 박수 소리〉의 출발점이었다.

코다의 시선으로 제작한 영화 〈반짝이는 박수 소리〉는 '입술 대신 손으로 사랑하고 슬퍼하는 이들의 세상으로, 반짝이는 박수 소리로 환대한다'는 메시지를 담은 장편 다큐멘터리 영화다. 우리나라에서는 2014년 서울국제여성영화제에서 처음 공개되었다. 미국에서 놀라운 농세계의 가능성을 확인한 나는 그 경험

---

* 한국수화언어법은 2016년 2월 제정되어 그해 8월부터 시행되었다.

을 바탕으로 삼아 찬란하게 반짝이는 부모와 나의 세상을 영화를 통해 보여주고자 했다. 그 세계를 만나보지 못한 청인들을 초대하고 환영하고 싶었다. 내가 보아 온 엄마, 아빠의 세계는 결여의 의미가 담긴 '장애'가 아니라 또 다른 언어로 소통하는, 그저 또 다른 형태의 세상이었기 때문이다. 나는 부모와 나, 동생이 어떻게 살아왔는지, 또 현재는 어떻게 살아가고 있는지를 에세이 다큐멘터리 영화로 담았다. 이 영화는 2015년 일본 야마가타 국제다큐멘터리영화제 뉴커런츠 부문에 초청되어 심사위원 특별 언급상을 받았고, 국내를 비롯해 중국, 대만, 홍콩, 태국, 벨기에, 캐나다의 영화제에 초청되었다. 국내에서는 2015년 극장 개봉을 하여 관객을 만났고 2017년에는 일본에서도 개봉했다. 농인들은 자신의 이야기를 코다의 시선으로 자연스럽게 잘 담았다며 긍정적 반응을 보였고, 청인들은 이런 세계가 존재하는지 알지 못했다며 농인 혹은 장애에 대한 자신의 편견을 돌아보고 '언어'에 대해 다시금 생각할 수 있었다고 반겼다. 가장 좋았던 건 나와 같은 코다의 반응이었다.

"우연히 극장에 갔는데 저와 비슷한 경험을 한 사람이 있다는 것에 놀랐어요. 영화를 보는 내내 정말 많이 울고 웃었습니다. 내 경험이 스크린 속에 묻어나는데 코다로서 자라 온 저의 모습을 돌아볼 수 있었어요."

자신의 경험을 무엇이라고 명명할 수 없던 코다들이 영화를 통해 각자의 경험을 돌아보았다. 거리를 두고 그것이 무엇이었는지, 어떤 기억이었는지, 그때 나는 어떤 감정이었는지 떠올렸다.

그것이 단순히 부모가 '불쌍한 장애인'이라서, 내가 '불쌍한 장애인의 자녀'라서 생긴 일이 아니었음을 확인했다. 그들은 '코다'가 정확하게 무슨 의미인지, 어떤 경험을 하는 존재인지, 세상에 얼마나 있는지, 한국에 존재하기는 하는 건지 정확히 알지 못했지만 이 영화를 통해 발견했다. 자신의 정체성은 코다이며 세상에는 나와 같은 경험을 한 코다들이 있다는 것을.

영화 제작 후, 어렸을 때부터 써 온 글들을 책으로 엮었다. 나와 부모의 세상, 농세계와 청세계를 둘러싼 두 세상 사이를 오간 그 경험을 책 《반짝이는 박수 소리》(2015)에 담았다. 글을 쓰면서 나의 경험을 되돌아보았고, 충분히 거리를 두고 그 의미를 사유했다. 그 과정에서 찾은 것은 나만의 언어였다. 청인이 만들고 쌓아 올린 음성언어와 문자언어가 아닌, 농인의 수화언어도 아닌, 코다만의 언어. 그것이 내가 그토록 찾아온 언어였다. 그러자 기존의 언어로는 명명하기 어려웠던 경험과 감정이 모습을 드러냈다. 이름을 붙이자 그제야 그들의 표정을 들여다볼 수 있었다. 나는 코다였다. 나의 경험을 해석해내지 못해 그토록 헤맸던 것은 나의 언어가 없었기 때문이었다.

시선들

영화가 공개된 그해, 2014년 12월 '한국농아인협회' 중앙회 주관으로 '코다 토크 콘서트'가 열렸다. 각 분야에서 활동하고 있는 코다들이 모여 서로의 경험을 나누는 자리였다. 한국 코다들이 코다에 관해 이야기하는 첫 공식 행사였다. 조금 늦게 도착해 죄송하다며 고개를 숙이고 비어 있는 자리에 앉았다. 온통 처음 보는 사람들뿐이었다. 이날의 연사는 총 네 명이었다. 어떤 사람은 마이크를 잡아 음성언어로 말했고, 어떤 이는 자신의 모어인 수어로 말하겠다며 마이크를 통역사에게 넘겼다. 출신 지역도 다르고 하는 일도 달랐지만 모두 정말 비슷한 이야기를 했다. 마치 내 이야기를 누군가가 대신하고 있는 것만 같았다. 이들을 조금만 더 일찍 만났으면 어땠을까. 그랬다면 더 일찍 안도할 수 있었을 텐데, 덜 헤매도 되었을 텐데 하는 생각이 들었다. 우리는 앞으로도 주기적으로 만나 이야기를 주고받자며 연락처를 공유했다. '코다 코리아'의 시작이었다.

우리는 서로가 경험한 것을 나누는 것부터 시작했다. 한 사람이 이야기를 시작하면 다른 사람이 고개를 끄덕이며 옳거니 하고 손을 부딪쳤다. 어떤 이가 고민이 있다고 속을 털어놓으면 또 다른 이가 비슷한 경험을 들려주었다. 그 과정 속에서 자연스럽게 무언가를 하고 싶다는 생각이 들었다. 우리가 누구인지, 코다는 정확하게 무엇을 의미하는지, 세상에는 어떤 코다들이 존재하는지 더 알고 싶었다. 우리는 세미나를 시작했고 코다와 관련된 자료를 살펴봤다. 국내에는 '코다'에 관한 자료가 거의 없었다. 아니, '코다'라는 용어 자체가 농사회, 장애학계 안에서도 생소했다. 답답한 마음에 외국의 사례와 자료를 찾아보기 시작했고, 세계 각국에 코다들이 모여 만든 여러 형태의 단체가 있다는 걸 알게 되었다. 그들은 '코다 영국-아일랜드', '코다 홍콩(CODA Hong Kong)', '코다 일본(J-Coda)', '코다 인터내셔널'이라는 이름으로 활발하게 활동하고 있었다. 그들이 어떻게 '코다'라는 정체성을 가지고 활동하는지 더 자세히 알고 싶었다. 그러던 중 '코다 영국-아일랜드'가 매년 여름 코다 캠프를 연다는 소식을 접했다. 2016년 우리는 서울시의 지원 사업을 통해 그들을 직접 만나보기로 했다.

코다 캠프는 런던에서 기차로 한 시간 남짓 떨어진 그랜덤(Grantham)에 있는 청소년 수련원 같은 곳에서 열렸다. 캠프는 총 3박 4일 동안 청소년 코다 84명과 성인 코다 자원 활동가 20명이 함께했다. 코다 코리아의 멤버 중 한 명은 캠프 일정 전체를 보고 싶어 자원 활동가로 참여했고, 현화 언니와 나를 포함한 나머지는 캠프의 3일차와 4일차 일정을 함께했다.

"너 코다야? 나도 코다야!"

캠프 장소에 도착하니 참가자들은 연령대별로 무리를 지어 여러 활동을 체험하고 있었다. 공중그네를 타기도 하고 타이어 위에 올라 이쪽에서 저쪽으로 뛰어넘는 게임을 하기도 했다. 초등학교 저학년으로 보이는 아이들부터 사춘기 중·고등학생들까지 다양한 나이의 청소년 코다가 있었다.

성인 코다 자원 활동가들이 우리를 반겨주었다. 특히 비키가 무척 반가워했는데, 비키의 아버지는 홍콩에서 영국으로 이민 온 농인이었다. 홍콩 말(광둥어)은 잘할 줄 모르지만 아시아인으로서 정체성을 갖고 있기에 아시아 코다들이 모인 것이 너무 기쁘다며 우리를 꼭 안아주었다. 3박 4일 동안 열리는 코다 캠프에 어떻게 이렇게 많은 자원 활동가가 참가할 수 있는지 궁금했던 터라 우리는 비키에게 왜 여기에 오게 되었는지 물었다.

"나는 5년 전쯤 내가 코다라는 것을 알게 됐어. 그리고 그 단어 하나로 모든 게 설명됐어. '너 코다야? 나도 코다야!' 이렇게. 얼마 전에는 미국에서 열린 코다 콘퍼런스에 다녀왔는데 너무 좋았어. 세계 각국에서 온 다양한 코다들을 만나고 이야기 나눌 수 있어서 황홀했지. 코다 캠프에 참가하게 된 건 이번이 처음이지만 정말 너무 행복해. 물론 프리랜서로 수어 통역을 하고 있어서 시간을 내기가 쉽지 않았지만 이거 봐. 이렇게 많은 코다를 한꺼번에 만날 수 있잖아? 한국에서 온 너희도 만나게 됐고."

비키는 말하는 내내 영어와 영국수어를 섞어 사용했다. 우리는 서로의 눈을 보며 자연스럽게 음성언어와 수어를 동시에 쓰며 대화했다. 전혀 어색하지 않았다. 서로가 사용하는 음성언어와 수어가 달랐지만, 나는 비키의 표정과 손의 움직임으로 영국수어의 의미를 유추했다. 두 가지 혹은 서너 가지의 언어를 넘나들며 의미 파악을 하는 것은 비키 역시 마찬가지였다. 우리는 굳이 설명하지 않아도 공감할 수 있는, 비슷한 경험을 한 코다였다. 그건 '국적'보다 '정체성'과 밀접하게 관련된 것이었다. 우리가 코다 캠프에서 가장 궁금했던 것도 바로 그것이었다. 한국에서는 코다로서 자존감을 지니기가 매우 어렵고, 혹여 긍정적 정체성을 어렵사리 갖더라도 시시때때로 흔들리기 마련이었다. 그건 나 자신도 마찬가지였다. 우리는 나무 아래에 앉아 있는 두 명의 청소년에게 말을 걸었다.

"혹시 코다라서 힘든 적이 있었나요?"

"음, 별로? 물론 어렸을 때부터 통역을 해야 하니까 힘들긴 하죠. 그런데 우리 엄마, 아빠가 농인이라고 하면 주변에서 '와, 그럼 너 수어할 줄 알아?' 하는 반응을 보이며 부러워해요. 장점이라고 하면 사실 이건 나쁜 짓이긴 한데 밤에 부모님 몰래 놀러

나갈 수도 있고!"

　이제 막 사춘기에 접어들거나 지나고 있을 법해 보이는 그들은 그리 특별한 건 없다며 웃었다. 나는 그 말을 믿을 수 없어 다시 물어보았다. 그래도 부끄러운 적이 있거나 단점이 있지 않냐고. 그러자 둘은 왜 자꾸 그런 부정적 질문을 하냐는 듯 나를 쳐다보았다. 이상한 사람이 된 것 같았다. 하지만 그건 우리에게 굉장히 중요한 질문이었다. 코다에게 가장 중요한 것은 코다로서 정체성을 갖는 것이기에 그것이 관련 지원 프로그램과 제도를 통해 형성되는 것인지, 사회의 전반적 인식은 얼마나 영향을 끼치는지 알아야 했다. 그것이 앞으로 우리가 어떤 일을 해 나가야 할지에 대한 방향키가 될 것이기 때문이었다.

코다로서의 자존감

　우리를 흥미롭게 쳐다보던 잭은 자신의 경험을 살려 나중에 정신 건강과 관련된 일을 하고 싶다고 했다. 나중에는 농학교에서 농인들을 가르치는 교사가 되고 싶다고도 했다. 나는 같은 질문을 던졌다.
　"있죠, 당연히. 아주 어렸을 때부터 부모와 함께 은행에도 가야 하고 병원에도 가야 하니까. 나는 고작 여섯 살, 일곱 살인데 거기서 부모님 말을 통역해야 하고. 너무 어려운 일이긴 해서 힘들긴 해요. 그런데 그게 부끄럽다거나 싫다거나 하지는 않아요."

나는 되물었다. 정말 그러냐고.

"내가 코다라서 자랑스러운 건 뭐냐면 내가 의사나 뭐 그런 사람들 앞에서 굉장히 중요한 사람이 된다는 거예요. 내가 통역을 하면 그들은 나를 바라보죠. 그럼 나는 내가 정말 자랑스러워요. 내가 없으면 어차피 그 사람들은 서로 소통할 수 없잖아요. 심지어 의사라도 말이에요! 그때 나는 이렇게 우쭐해질 수 있어요. 나는 정말 중요한 일을 하는 사람이라고 말이에요."

잭은 말을 마치자마자 친구들에게 달려갔다.

캠프 3일차 저녁 일정은 디스코 파티였다. 리듬이 빠른 음악이 크게 울려 퍼졌고, 모두가 정장을 차려 입거나 원하는 캐릭터로 분장을 하고 몸을 흔들었다. 그 사이 드레스를 입은 청소년들이 보였다. 춤을 추면서 무언가를 말하고 싶어 하는 듯했다. 그러자 앞에 있던 친구가 손을 움직여 수어로 대답했고 나머지 친구들도 그를 바라보며 수어로 대답했다. 고개를 돌려보니 디스코 장에 있는 사람들 모두가 수어로 대화하고 있었다. 시끄러운 장소에서 "뭐라고?" 하며 목청을 높이는 것이 아니라 나의 모어로, 입술 대신 얼굴 표정과 손으로 자연스럽게 대화하는 것. 그 행위가 부끄러운 것이 아닌, 나의 또 다른 능력이 되는 것. 그것은 확실히 코다 캠프 같은 프로그램의 영향도 크겠지만 서로의 다름을 인정하는 전반적 사회 인식이 뒷받침되지 않으면 어려운 일일 거라는 생각이 들었다. 현화 언니는 이렇게 말했다.

"너무 아름답고 놀라워요. 그런데 너무 슬퍼요. 코다가 이렇게 멋지게 살 수 있다는 것이……. 그냥 어쩌면 이게 달콤한 꿈같은 것이 되어버릴까 봐 그래요."

우리는 코다로서 긍정적 정체성을 가지고 살아가는 영국의 코다들을 보며 우리의 지향점은 바로 이것이 되어야 한다고 고개를 끄덕였지만, 동시에 할 일이 한두 가지가 아니라는 생각에 한숨을 쉬었다. 그러나 그들의 긍정적 모습은 코다의 자존감이 무엇인지 정확하게 알게 했다. 그들은 그것을 이렇게 불렀다. 코다 프라이드(CODA pride).

코다의 삶을 다룬 다큐멘터리

2016년 가을 〈희망TV SBS〉에서 코다를 다룬 다큐멘터리를 제작하고 싶다는 연락을 받았다. '코다'를 알리기 위해 카드 뉴스 등을 제작해 SNS에 홍보하고 신문 칼럼을 비롯한 여러 매체에 코다의 경험을 알리기 시작하자 방송에서도 취재 문의가 온 것이다. 방송국에서는 코다 코리아 회의 자리에 방문해 우리가 실제로 어렸을 때 어떤 일을 겪었고 현재는 어떤 모습인지 인터뷰하고 싶다고 했다. 그러나 우리는 매우 민감해했다. 방송 취재라면 더더욱 그랬다. 어렸을 때부터 장애인을 대상화하고 동정과 연민의 시각으로 접근하는 이들을 많이 만나 왔기 때문이다.

각자 그런 경험들이 있었다. 대학의 외래 교수이자 국립국어원에서 일하고 있는 현화 언니에게도 으레 상상할 수 있을 법한 휴먼 다큐멘터리 형식의 방송 제안이 들어온 적이 있고, 다른 코다들도 그랬다. 나도 마찬가지였다. 〈인간극장〉 같은 방송 프로그램에서 종종 취재 요청이 왔고, 그럴 때면 나는 작가에게 집요하고 까칠하게 물었다. 어떤 시선으로 다루고 싶냐고. "부모님은 장애인이고 그래서 저는 어렵게 컸지만 그래도 이 모든 역경을 이겨내고 행복하게 살아요. 그러니 이 방송을 보고 있는 '정상인' 여러분들도 힘내세요! 이렇게 불쌍한 우리도 이렇게 살아내잖아요."라는 메시지를 주는 콘텐츠가 넘쳐나는 마당에 절대로 손을 보태고 싶지는 않았다.

불친절하고 사려 깊지 않은 방송국 프로듀서와 촬영 감독 등을 만나는 일도 싫었다. 그들의 눈에 우리는 그저 수많은 취재 거리 중 하나였고, 불쌍하지만 열심히 사는 존재라 모든 사람에게 희망을 주는 그런 소재였으니까. 그렇기에 취재 요청은 우리 모두에게 민감한 사안이었다. 될 수 있으면 안 하고 싶었다. 얘기하면 할수록 상처만 받을 테니까. 그렇게 취재하지 않겠다는 약속을 작가와 몇 번이나 하고 확답을 받더라도, 어차피 작가는 현장에 나오지 않아 실제 촬영장에서는 처음부터 이야기를 다시 해야 했다. 방송국은 프로그램에서 나오는 수익을 가져가고 제작진은 월급을 받지만, 실제로 시간을 내고 촬영을 당하고 감정 노동을 감내한 우리에게는 또 다른 상처 자국 말고는 남는 게 없을 터였다.

그러나 코다와 관련한 콘텐츠들이 만들어지고 알려지는 것은 중요했다. 방송은 파급력이 있었다. 우리는 고민 끝에 각자의 결정에 맡기기로 했고, 각자의 방식대로 이 방송이 절대 하면 안 되는 '대상화'에 대해 작가와 논의했다. 가령 나는 여러 차례 통화를 하며 그런 식으로 코다를 다루고자 한다면 그건 코다와 장애인을 이용하는 것이기 때문에 협력하지도 않고 누구를 소개시켜주지도 않을 거라고 조건을 걸었다. 작가가 사용하는 단어 하나하나를 유심히 듣고 혹시라도 장애 감수성이 결여된 지점이 있다면 물고 늘어지며 반박했다.

그건 현화 언니도 마찬가지였다. 당시 제작진은 코다들이 실제로 농부모와 살며 어떤 경험을 하는지 담기 위해 취재 대상을 찾고 있었다. 성인 코다는 그 이야기를 담기에는 충분하지 않았다. 이미 부모에게서 독립해 따로 살고 있는 경우가 많았고, 그런 경우에는 실생활에서 어떤 갈등을 겪는다거나 어떤 애처로운 일이 일어난다거나 하는 드라마가 없으니 말이다. 현화 언니는 천안에 살고 있는 한 코다 가정을 소개했다. 지난한 협의 과정이 이어졌다. 코다 아동의 이름, 얼굴, 생활이 텔레비전이라는 영향력 있는 매체를 통해 방송되기 때문에 프로그램이 이들을 동정과 연민의 시선으로 다루는 일은 절대 없어야 했다. 방송이 나가고 나면 이들의 삶은 주변 사람들의 시선과 반응에 직격탄을 맞을 것이기 때문이었다. 우리는 작가와 함께 프로그램의 취지와 방향을 논의했다. 현화 언니는 자신의 이름을 걸고 제작진을 소개한다는 부담을 안았다. 언니는 '천안농아인협회' 담당자와 함께 농부모에게 여러 번 영상 통화를 걸어 프로그램의 내용을 대신 설명했다. 작가가 수어를 할 수 없기 때문이었다. 코다가 가정 내에서 실제로 어떤 역할을 수행하고 어떤 경험을 하며 자라는지 보여줄 수 있는 유익한 프로그램이 될 것이라며 농사회와 코다를 위해 출연해보는 게 어떻겠냐고 제안했다. 현화 언니는 부모와 아이를 설득하면서도 자신이 그들에게 또 상처를 주는 것은 아닌지 고민하고 고심했다.

우리는 여러 차례 회의하고 통화하며 제작진이 코다를 더 잘 이해하고, 코다의 긍정적 인식 확산에 기여할 수 있는 프로그램을 만들 수 있도록 노력했다. 특히 현장에서 촬영이 어떻게 이루어져야 하는지에 대해 많은 이야기를 나누었다. 낯선 아저씨들이 촬영이라는 명목으로 카메라를 들고 이들의 삶을 마구 파헤치게 해서는 안 될 일이었다. 게다가 코다 아이의 엄마는 소수 언어인 수어를 사용하는 사회적 약자인 농인이었고 주인공은 어린 초등학생이었다. 제작진이 무리하게 무언가를 요구하거나 코다 아동에게 통역을 시킬 가능성이 다분히 높았다. 우리는 원활한 촬영과 의사소통을 위해 통역사를 고용할 것을 제안했다. 사실 너무 당연한 것이었다. 나와 다른 언어를 사용하는 사람이 주인공이라면 그 사람이 무슨 말을 하는지 알아야 취재를 할 수 있으니 통역사를 섭외하는 일 말이다. 그런데 막상 제작에 들어가자 제작사는 작위적 연출과 비용 절감을 위해 통역사를 아주 일부 시간만 섭외했다. 촬영을 시작하는 날 한 시간, 촬영을 마치기 전 한 시간만 통역사를 섭외하고 나머지는 코다 아동에게 통역을 시키려고 했다. 절대 있어서는 안 되는 일이었다. '영국농인협회(British Deaf Association)'에 방문했을 때 처음 들은 말은 "코다에게 절대로 통역을 시키지 마세요. 코다는 코다이지 통역사가 아닙니다."였다.

그렇다. 실제로 코다를 가장 곤란하게 만드는 건 어렸을 때부터 무조건 주어지는 통역의 의무다. 나는 '통역사'로 태어난 것이 아니라 '나' 자신으로 태어난 것인데 어딜 가나 통역사가 되어야 했다. 어렸을 때는 그게 나의 의무라고 생각했다. 모두가 그렇게 생각했으니. 그러나 그 사이 나의 정체성은 지워졌고, 나는 부모의 통역사이자 보호자가 되어야 하는 의무와 책임감 사이에서 정체성의 혼란을 겪었다. 그 코다 어린이 역시 그랬을 터였다. 방송 전에 작가와 여러 번 통화를 하고 미팅을 하면서 가장 강조한 부분이었는데 촬영이 시작되자마자 청인들은 늘 그랬듯 아무렇지 않게 그 선을 넘었다.

또 다른 문제는 촬영 당시 코다 어린이가 받은 상처였다. 그 아이가 실제로 자신의 가정을 어떻게 생각하고 느끼는지, 부모님 앞에서 미처 말할 수 없던 자신의 상처를 말해야 하는 순간이었다. 제작사는 그걸 화면에 담기를 원했고 아이는 그 상처를 부모 앞에서 보이고 싶어 하지 않았다. 아이는 그 상황을 감당할 수 없어 "촬영하면 재밌을 줄 알았는데 하나도 재밌지 않아!"라고 하고는 집 밖으로 뛰쳐나갔다고 했다. 우리가 그 아이에게 무슨 짓을 한 것인지. 코다를 사회적으로 알리기 위해 또 다른 코다를 희생한 것은 아닌지 하는 죄책감에 잠을 이룰 수 없었다.

15분 분량의 다큐멘터리는 비교적 편견 없이 잘 만들어졌다.

그러나 촬영 중에 일어난 비윤리적 제작 환경과 제작진의 태도는 우리 모두에게 다시 한번 상처를 주었다. 이 프로그램은 SBS를 통해 방영되었고 많은 농인이 시청했다. 다들 코다가 실제로 어떤 경험을 하는지, 성인 코다들은 어떻게 생각하는지 볼 수 있었다며 코다에 대해 더 배우고 알고 싶다는 반응을 보였다. 현화 언니와 나는 미안한 마음을 떨칠 수 없었다. 방송이 나가고 난 후 우리는 아이가 요새 좋아한다는 장난감을 사들고 천안으로 향했다. 아이와 어머님께 식사를 대접하며 정말 고맙다는 말을 전했다. 아이는 아직 어려 '코다'가 뭔지, 이 누나들, 아니 이모들이 왜 온 것인지 잘 이해하지 못했지만 우리를 참 좋아했다. 미안하고 또 고마웠다.

우리 부모님은 농인이고
우리는 그게 좋아

영국에서 수많은 코다를 만난 경험은 생각보다 여운이 짙었다. 한국에 돌아온 우리는 우리가 만나고 본 새로운 세상에 대한 가능성을 공유하고 싶었다. 주어진 예산 안에서 많은 사람을 만나려면 어떻게 해야 하는지 고민했다. 어린 코다들이 성인 코다들을 자연스럽게 만나고, 또래 코다 친구들을 통해 자신의 코다 정체성을 긍정할 수 있는 사회 분위기가 한국 사회에 자리 잡기를 바랐다. 우리는 '코다, 코다 영국-아일랜드를 만나다'라는 행사를 열어 영국에서 보고 들은 것을 공유하기로 했다. 대관 장소를 알아보던 즈음 평소 우리의 활동을 지켜보며 지지해 온 서울 영등포구의 하자센터(서울시립청소년직업체험센터) 하자작업장학교 교장 허옥스(김희옥)가 학교 측과 공동으로 주최하면 어떻겠냐고 제안했다.

"우리 학교 학생들에게도 다양성이라는 측면에서 닿는 지점이 있을 것 같아요. 학교 공간에서 진행하는 건 어떨까요? 저희가 어떻게 준비하면 되는지 알려주세요."

최대한 많은 이들을 초대하고 싶은데 접근성이 용이하고 큰 공간은 대관료가 비싸 고민하던 차였다. 히옥스의 제안은 코다의 이야기가 단순히 우리만의 것이 아니라 서로 다른 뿌리와 결을 지닌 이들의 이야기가 될 수 있음을 확신하게 했다.

코다는 핫하다

활동 공유회는 한마디로 성공적이었다. 영국에 함께 다녀온 코다 코리아 멤버들이 발표를 했고 다른 멤버들이 기획과 진행을 맡았다. 하자작업장학교 학생들이 장비 설치를 비롯해 다소 복잡할 수도 있는 행사의 진행을 한 치의 실수도 없이 도와주었다.

행사에는 최대한 많은 사람을 초대하고 싶었다. 가장 중요한 대상은 물론 코다였다. 한국에는 코다 협회나 조직 같은 것이 없어 전국의 코다들에게 이 소식을 전하려면 최대한 여러 가지 방법을 동원해야 했다. 일단 전국의 농아인협회와 수화통역센터에 행사 포스터를 발송하기로 했다. 포스터를 보고 농인들 사이에 소문이 퍼지면 자연스럽게 농인의 딸이자 아들인 코다들에게 소식이 닿을 거란 생각이었다. 따로 사무국이 없는 소모임 형태인 우리에게는 손이 많이 가는 일이었다. 포스터를 인쇄하고 우편 봉투에 넣어 주소를 적고 부치는 데 비용이 들기도 했다. 그렇지만 이 고전적 방법이 아직 발견되지 않은 코다를 발굴하는 가장 기본적이고 효과적인 방법이 될 수 있을 터였다.

사회적으로 '코다'를 알리는 것도 중요했다. 행사에 관심이 있을 법한 언론 매체에 보도 자료를 보내고, 코다 코리아 페이스북 페이지를 통해 행사 소식을 알렸다. 포스터는 농인 조혜미 디자이너에게 의뢰했다. 포스터에는 영국에 갔을 때 찍은 사진이 크게 실렸다. 코다 코리아 멤버 네 명이 나란히 서서 C, O, D, A라는 지화를 하고 활짝 웃는 사진이었다. 농인 디자이너가 만든 코다 행사 포스터라니. 생각만 해도 좋았다.

장애 유무와 상관없이 누구나 참석할 수 있는 환경을 만들기 위해 수어 통역사 두 명을 섭외했다. 통역사가 두 명이라 비용은 두 배로 들지만 수준 높은 통역을 위해서는 20분마다 휴식 시간을 가지며 통역하는 것이 가장 이상적이기 때문이었다. 예산은 빠듯했지만 코다들이 여는 행사인만큼 농인, 청인, 코다 모두가 불편함 없이 참여할 수 있는 자리를 만들고 싶었다. 그런 시도가 가능하다는 걸 보여주고 싶었다. 통역사는 코다들이 영국에서 무엇을 보고 느꼈는지 그때의 감정을 공감하며 잘 전달할 수 있어야 했기 때문에 비슷한 경험을 하며 자란 코다 통역사들을 섭외했다. 또한 농인의 원활한 의사소통을 돕고자 설립된 사회적 기업 '에이유디사회적협동조합'에 실시간 문자 통역을 요청했다. 농인 중에는 구화를 사용하며 자라 수어보다 문자언어에 익숙한 이들이 제법 있기 때문이었다. 하자작업장 학교에도 그런 학생이 한 명 있었다. 논의 끝에 스크린 두 개를 설치하기로 했다. 오른편에는 활동 보고회 발표 자료를 띄우고, 왼편에는 실시간으로 발표자의 말을 문자 통역하기로 했다.

행사는 총 네 개의 발표로 이루어졌다. 내가 '코다 코리아, 그리고'라는 제목으로 코다가 누구인지, 어떤 경험을 하며 자랐으며 어떻게 코다라는 이름으로 모임을 만들었는지, 왜 영국에 가게 되었는지 이야기하며 행사의 문을 열었다.

다음 발표는 '영국농인협회'를 방문한 현화 언니가 맡았다. 현화 언니는 음성언어가 아닌 수어로 이야기를 시작했다.

"이번 여정은 놀라움과 신기한 경험의 연속이었어요. 예상치 못한 일들이 정말 많이 일어났거든요. 그런데 그 예상치 못함이 낯선 것만은 아니었어요. 영국을 방문하기 전에 독일에 갔었는데 그때 하루에 한 번꼴로 농인을 만났어요. 기념품 가게, 유명 관광지, 지하철……. 어딜 가나 농인이 있더라고요! 한번은 지하철을 탔을 때였어요. 자리가 네 개 있는 좌석에 한 자리가 비어 있어 앉았는데 갑자기 옆에 앉은 세 명이 수어로 대화를 하는 거예요. 깜짝 놀랐어요. 알고 보니 농가족이었던 거죠. 저는 그들과 오래 알고 지낸 것처럼 국제수어로 이야기를 나눴어요. 프로젝트 차 방문한 이번 여정에서 넓고 풍요로운 세계를 만날 수 있었어요."

현화 언니는 농인을 비롯해 각 분야에서 자기 일을 활발하게 해 나가는 코다들도 많이 만났다고 했다.

"'영국농인협회'는 '코다 영국-아일랜드'가 설립되도록 지원한 단체예요. 두 단체는 현재 별개의 독립된 형태로 운영되지만 처음에는 코다 단체가 '영국농인협회' 산하 조직이었어요. 두 단체는 좋은 관계를 유지하며 상호 협력하고 있는데요, 왜냐하면 코다는 농인이 제1언어인 수어를 배운 후에 제2언어, 그러니까 음성언어를 배우려고 할 때 좋은 교수자가 될 수 있기 때문이죠. 또한 코다는 농사회를 더 잘 이해하고 수어에도 능통하기 때문에 훌륭한 통역사가 될 수 있는데 농사회에는 그런 통역사가 많이 필요하다고 해요. 그 말을 뒷받침하듯 그날 영국수어를 영어로 통역한 이가 코다였어요."

이 이야기는 실제로 한국에 코다 단체가 생긴다면, 우리 모임이 그런 단체가 될 수 있다면 어떻게 활동할 것인가에 대한 실질적 고민을 하게 했다. 코다는 농인 없이 존재할 수 없다. 농인 역시 코다를 자신의 딸이자 아들, 농사회의 구성원으로 여긴다. 한국에 코다 협회 같은 조직이 생긴다면 전국적 지부를 기반으로 활발한 활동을 하는 '한국농아인협회'와 어떻게 상생할 수 있을지 고민해야 했다. 그건 우리가 아니더라도 코다들이 모여 단체를 만든다면 맞닥뜨리게 될 지점이었다. 그렇기에 영국의 농인협회가 실제로 코다를 어떻게 바라보고, 코다와 함께 가기 위해 어떤 사업과 활동을 해왔는지 또 하고 있는지는 우리를 비롯해 농사회 안에서도 무척이나 중요한 이야기였다.

현화 언니는 '코다 영국-아일랜드'가 달마다 주최하는 '코카-코다(COCA-CODA) 워크숍'을 방문한 이야기도 풀었다. 가는 데만 자그마치 7시간이 걸렸지만 그곳에 도착하자마자 '코다(Children of Deaf Adults)' 문구와 각자 이름이 적힌 티셔츠를 입은 아이들이 반갑게 환영하며 불러주는 노래를 들으니 노곤함이 바로 날아갔다며 웃었다. 한 명이 티셔츠를 입고 있지 않아 혹시 코다라는 이름을 부끄러워하는가 싶어 이유를 묻자 아이는 정색

을 하며 "내 이름이 노출되는 게 싫은 거지 코다를 부정하는 것
은 아니"라고 했다고 했다. 아이들이 부른 노래 가사에는 '우리
는 자랑스럽다', '코다는 핫(hot)하다' 같은 코다의 정체성에 관
한 문구가 들어 있었다고 했다. 그 노래들은 코다 여름 캠프 내
내 불린 노래이기도 했다. 코다들이 코다 워크숍, 캠프 등을 통
해 언니, 오빠, 친구, 동생 등 다양한 연령층의 코다들을 만나며
활동하고 함께 노래를 부르는 것이 서로의 자존감을 높이는 데
큰 몫을 하는 것 같았다. 실제로 코다 아동들은 워크숍 자체가
재미있는 데다가 이곳에서 코다 친구들을 만날 수 있기 때문에
자발적으로 참석한다고 했다.

"아이들을 만난 후 공원 안에 있는 카페로 들어갔어요. 농인이
운영하는 카페더라고요. 의사소통을 돕는 수어 통역사가 상시
대기하고 있었어요. 공원에서 워크숍이 열릴 때면 그곳은 농부모
들이 모여 여러 이야기를 공유하는 공간이 되더라고요. 처음 들
어갔을 때 부모들이 두 팔을 들고 반짝이는 박수갈채를 만들며
환영해주었어요. 마치 저희 엄마, 아빠를 보는 것 같았어요. 이
먼 타국에서 나를 이렇게도 예뻐하고 환영하는 사람들이라니."

무슨 말인지 알 것 같았다. 국경을 뛰어넘어 존재하는 농사회
와 코다의 관계. 한국 코다들이 영국 코다들을 비롯해 세계 각국
의 코다들에게 엄청나게 강한 유대감을 느끼는 것. 우리 아빠가
외국에서 입말을 사용하는 한국 청인을 만났을 때보다 수어를
사용하는 다른 나라 농인을 만났을 때 몸을 활짝 열어 자기 나라

사람을 만난 듯 기뻐하는 것과 같은 것이었다. 나는 일정이 있어 코다 워크숍에 가지 못했지만, 그곳에서 한국의 코다들이 영국의 농인 부모들에게 얼마나 환대받았을지, 그것이 멀리서 온 코다 코리아 멤버에게 얼마나 큰 위로가 되었을지 생각만 해도 마음이 먹먹했다. 현화 언니가 만난 농부모들은 아이들이 농사회와 청 사회, 두 사회에 속하며 서로 다른 세상을 넘나드는 존재라는 걸 정확하게 인지하고 있었다. 자녀들에게 세상을 바라보는 법을 가르치는 농부모 스스로가 코다가 누군지, 어떤 경험을 하는지, 어떤 어려움을 겪는지, 어떻게 코다를 교육해야 하는지 배워야 한다고 했다. 코다들이 비슷한 경험을 하며 자란다는 걸 또래 친구들과 공유하며 소속감을 가질 수 있도록 하는 프로그램의 중요성을 잘 알고 있었다.

우리만의 이야기를 넘어서

마지막으로 코다 여름 캠프 전 기간 자원 활동가로 참가한 코다가 마이크를 잡았다.

"코다 여름 캠프는 매년 열리는 '코다 영국-아일랜드'의 주요 사업입니다. 2013년 '코다 인터내셔널' 단체에 코다 캠프를 열겠다고 제안했고, 그해 미국에서 가장 크게 열린 코다 캠프를 방문자 자격으로 참석했다고 해요. 이후 그곳에서 만난 자원 활동가들이 영국 코다 캠프에 참여하면서 큰 힘을 얻게 되었다고 합니다. 마치 한국에서 온 우리가 영국의 여름 캠프에 참여한 것처럼요."

그는 캠프 기간에 부르고 외친 구호가 이 캠프의 성격을 단번
에 설명해준다며 구호를 스크린에 띄웠다.

우리는 코다야 우리가 자랑스러워
함께 모여 소리를 높이자
우리 부모님은 농인이고 우리는 그게 좋아
우리는 소통하려고 늘 수어를 해
청사회에서는 재잘거리는 소리를 들어
그런데 그게 뭐 어때?
우리는 행복해, 우리는 슬퍼
하지만 대부분은 화가 나
우리는 코다야 우리가 자랑스러워
함께 모여 소리를 높이자

그는 사진 한 장을 보여주며 이렇게 말했다.
"강당에서 자원 활동가들과 참가자를 만나는 순간이었어요.
85명의 참가자, 20명의 자원 활동가와 운영진. 100명이 넘는 인
원이 강당을 가득 메웠어요. 신기했어요. 이 모든 사람이 코다라
는 거. 그 자체로 굉장히 큰 힘을 얻었어요. 정말 많은 코다가 있
다는 걸 제 눈으로 확인하는 순간이었거든요."
그는 코다의 이야기와 경험을 담은 영화를 찍으려고 시나리오
를 쓰고 있는데 이곳에서 들은 코다들의 경험을 쓰기 위해 동의
도 받았다며 웃었다.

각자의 발표가 끝날 때마다 객석에서는 반짝이는 박수갈채가 쏟아졌다. 코다를 비롯해 농인, 청인 등 백 명이 넘는 사람들이 참석했다. 다섯 명이 전부인 모임에서 수준 높은 수어 통역과 문자 통역이 있는, 이런 규모 있는 행사를 진행할 수 있다니 놀라웠다. 경기도 끝자락에 사는 엄마는 코다들이 기획한 행사가 어떤 내용일지 궁금하다며 휴일을 반납하고 서울로 올라왔다. 코다들이 자발적으로 영국에 가 외국의 코다들이 어떻게 활동하는지 직접 보고 앞으로 미래 코다를 위한 활동을 계획하는 것이 대단하고 대견하다며 당신도 코다를 키웠지만 코다에 대해 아무것도 몰라 전전긍긍했다고 했다.

"이런 정보를 먼저 접했다면 너를 더 잘 키울 수 있었을 거야. 특히 아까 코다에게 통역시키지 말라는 말을 듣고 깜짝 놀랐어. 내가 통역을 많이 시켰거든. 미안해. 네가 통역을 너무 많이 해서 상처를 받았을 것 같아."

엄마는 눈물을 글썽였다. 엄마 옆에는 아주 어린 코다 아이들을 데리고 온 젊은 농인 부부가 있었다. 자신과는 다르게 소리의 세계에서 사는 이 아이를 도대체 어떻게 키워야 할지 몰라 찾아온 것이었다. 나는 그건 엄마의 잘못도 아니고 그 당시에는 그럴 수밖에 없었다는 걸 잘 알고 있다고 손사래를 쳤다. 사람들 앞에서 울고 싶지는 않았다.

이번 공유회는 특별했다. 동생 광희가 왔기 때문이었다. 동생 역시 코다였지만 나보다는 코다에 대한 관심이 적은 편이었다. 나는 동생에게 코다 모임에 한 번쯤 참석해보라고 권유했지만 동생은 매번 바쁘다며 거절했다. 그런 그가 이번 행사에 자발적으로 신청서를 내고 참석한 것이었다. 동생은 이렇게 말했다.

"현화 누나가 수어로 발표하는 거 보고 깜짝 놀랐어. 나는 수어로 간단한 대화만 할 수 있지 자세하고 전문적인 건 전달하지 못한다고 생각했거든. 그런데 오늘 발표 내용을 수어로 자세하게 전달받을 수 있어서 그게 제일 충격적이고 인상적이었어."

우리는 전국에서 모인 많은 코다와 인사를 나누었다. 다른 코다들을 난생처음 만나본다는 이도 있었고, 자기와 비슷한 경험을 한 코다들의 이야기를 들을 수 있어 좋았다고 말하는 사람들도 있었다. 제법 많은 인원이 함께 저녁 식사를 했고, 호프집에서 뒤풀이도 했다. 농인도 몇 명 있었다. 우리는 자연스럽게 수어로, 음성언어로 수다를 떨었다. 통역이 필요할 때면 통역을 할 수 있는 이들이 자연스럽게 역할을 맡아 가며 소통했다. 그중 한 수어 통역사가 입을 열었다.

"들어보니 어떻게 이 모임과 활동을 지속할 수 있을까 고민하는 것 같아요. 그런 궁금증을 가지고 영국에 갔고 이 행사도 그 고민의 연장선상에 있다고 들었고요. 협동조합을 만드는 건 어때요? 농사회 안에 실제로 코다 코리아 활동을 긍정적으로 바라보고 지지하는 사람들이 많아요. 사실 제가 그렇고요. 어서 조합을 만드세요. 제가 일등으로 가입할게요."

옆에 있던 몇몇 농인들이 고개를 끄덕였다. 실제로 코다의 이야기가 뒤늦게 수어를 배운 구화인의 경험과 매우 비슷하다고 했다.

"저는 청사회에서 자랐어요. 청인 부모에게서 농인으로 태어나 수어를 접하기 어려운 환경이었어요. 말을 배워야 한다고 해서 음성언어를 배우려고 노력하며 구화인으로 자란 거죠. 그래서 항상 저는 청사회에 속할 수 없다는 생각을 했어요. 그들처럼 말을 잘 못하니까요. 늘 사회에서 유리되어 있다는 생각을 했어요. 이후 성인이 되어 농사회를 알게 되었고 수어를 배웠죠. 그러면서 저는 항상 농인과 청인 사이의 어떤 경계에 있다고 생각했어요. 수어를 완전히 잘하지도 않고 그렇다고 음성언어를 잘하지는 않지만 입 모양과 약간의 청력을 통해 제법 알아들을 수는 있으니까요. 그게 코다랑 정말 비슷한 것 같아요. 그래서 코다의 경험이 궁금했고 오늘 보니 구화인과 코다는 비슷한 위치에 서 있다는 걸 알게 되었어요."

활동 공유회 이후 다양한 소감과 의견이 쏟아졌다. 우리의 고민이 여러 갈래로 뻗어 나갔다. 영국의 사례를 들어보니 다른 나라의 코다 단체들은 실제로 어떤 활동을 하는지, '코다 인터내셔널'이라는 국제 조직은 무엇인지 더 들어보고 싶다는 의견도 있었다. 코다라는 이름으로 모인 우리가 하는 일들이 단순히 코다만의 것이 아닌, 농사회와 청사회를 아우르는, '다양성'과 '고유성'에 대한 것임을 확인한 순간이었다.

장애인의 자녀 대
코다

어렸을 적 '상'이란 상은 모두 받으려 애썼다. 한국 사회에서 '장애인의 자녀'로 살아남기 위해서는 그래야만 했다. 학교에서 우수한 성적을 유지하며 반장, 전교 회장 등을 도맡았다. 이런 나를 보고 어른들은 '어려운 가정 형편에도 불구하고 착하고 공부 잘하는 모범생'이라고 불렀다. 그 칭찬은 '가정 교육을 잘 받지 못한 장애인 가정의 자녀'라는 꼬리표보다 훨씬 듣기 좋았다. 그래서 나는 '장애인의 착한 자녀'가 되기를 택했다. 그러자 학교에서는 '상'을 주었다. '효행상', '모범상'으로 분류되는 솔선수범한 학생들에게 주는 그런 것들이었다.

상을 많이 받는 건 좋았다. 운동장에서 진행되는 전체 조회 시간에 이름이 불릴 때면 나는 내 이름이 불릴 줄 미처 몰랐다는 듯 수줍은 표정으로 구령대로 향했다. 그렇지만 '효행상'은 내가 좋아하는 글짓기 대회나 정보 사냥 대회에서 받는 상과는 기분이 달랐다. 글을 잘 써서 받는 상에는 자부심을 느꼈지만 '효행상'을 받을 때면 내가 왜 이 상을 받는지는 알겠으나 왜 매번 받고 또 받아야 하는지 물음이 생겼다. 부모님에게 더 효행하라는 메시지 같았고 동시에 부모님을 지키고 보호하라는 무언의 압력 같았다. 초등학교 졸업식에서 나는 약속이나 한 듯 또다시 효행상을 받았고 그 이후 입학한 중학교에서도 다르지 않았다. 나는 휴먼 다큐멘터리 방송에 출연해도 모자라지 않을 그런 이미지의 학생이었고 정말로 출연 제안을 종종 받았다.

장애인의 자녀와 장학금

어느 날 선생님이 나를 교무실로 불렀다. 학교 졸업생 선배가 현재 서울에서 종이를 인쇄하여 수첩을 만드는 회사의 사장인데 후배들에게 지속적으로 장학금을 후원하고 싶다는 것이었다. 담임 선생님은 내가 그중 한 명이 될 거라 했다. 매달 장학금을 조건 없이 준다니. 너무 감사했다. 엄마는 내게 적금을 들기를 권했다. 생활비야 엄마, 아빠가 풀빵과 와플을 파는 노점 장사를 하며 부담하고 있었다. 나는 '언젠가 이 돈을 유용하게 쓸 날이 있겠지' 하고 적금을 들었다.

그렇게 3년이 지나니 3백만 원 정도가 모였다. 나는 부모님이 살고 있는 도시를 떠나 타 도시에 위치한 고등학교에 진학했다. 고시원이나 기숙사에서 살며 타지에서 생활해야 하는 선택을 한 건 작은 도시를 벗어나 큰 도시에서 성장하고 싶다는 이유도 있었지만 동시에 부모님을 떠나고 싶다는 마음도 컸다. 정확히 말하자면 부모님을 책임저야 한다는 부담감을 덜고 싶었다. 그러기에는 지금이 적기인 것 같았다. 그러나 학교 진로 선생님은 제일 먼저 이렇게 물었다.

"부모님은 어떻게 할 건데?"

이상한 질문이었다. 엄마와 아빠는 내가 태어나기도 전에 평생을 홀로 혹은 둘이서 살아왔다. 시장에 가도 엄마는 통역 없이 이것저것 잘도 샀고, 아빠는 가구를 만들고 노점 장사를 하며 돈을 척척 벌었다. 엄마는 안성시에 수화통역센터가 생기자마자 그곳의 청각 장애인 통역사가 되었고 남들처럼 월급을 받았다. 사람들은 늘 공부를 열심히 해 훌륭한 사람이 되어 엄마와 아빠를 잘 모셔야 한다고 했다. 하지만 엄마는 어느 날 공부를 해서 시험을 보더니 국가 공인 자격증을 따 번듯한 '통역사'가 된 사람이었다. 내가 매일 이른 아침부터 학교에 가고 학원과 독서실을 들러 밤늦게 집에 와도 엄마와 아빠와 동생은 나 없이도 너무나 잘 지냈다. 내가 타지에 있는 고등학교에 가겠다고 하자 엄마는 이렇게 말했다.

"잘 생각하고 결정했어? 나는 너를 믿어."

엄마와 아빠는 내가 필요하다고 가지 말라고 얘기하지 않았다. 부모님은 그 누구보다 자립적이고 독립적이었다. 그들에게서 나고 자란 나 역시 독립적인 존재였다. 나는 그렇게 부모님과 동생 곁을 떠나 경기도 안산으로 향했다.

고등학교는 정말이지 컸다. 내가 나고 자란 도시와는 전혀 다른 규모의 공간이었다. 매일같이 반에서 일등을 하고 상을 받던 나는 고등학교에서 중상위 정도의 성적을 유지했다. 별로 재미가 없었다. 어른들에게 칭찬을 받는 재미로 공부를 하고 학교생활을 하던 나는 이곳에서 특별한 존재가 아니었다. 전국 모의고사를 보면 1등급이나 2등급을 받았지만 학교에서는 중위권이었다. 나는 내가 정말 하고 싶은 것이 무엇인지 고민했다.

더 큰 세상을 보기 위해 떠나온 이곳에서 마음먹은 건 더욱더 큰 세상으로 떠나는 것이었다. 나는 비정부단체(NGO) 활동가가 되고 싶었고 동시에 다큐멘터리를 만드는 감독이 되고 싶었다. 그렇지만 그것이 정확히 어떤 일을 하는 것인지 잘 알지 못했다. 학교는 모의고사, 중간고사, 기말고사를 치르며 서로의 등급을 매기기에 바빴고 나는 그곳에서 혼란에 빠졌다.

'왜 공부를 해야 하지? 공부해서 뭐가 되고 싶은 건데?'

무엇을 하고 싶은지도 모른 채 무작정 내신 관리를 하고 모의고사 등급을 올리는 것이 어떤 의미인지 알 수 없었다. 비정부단체 활동가가 되기 위해, 좋은 다큐멘터리를 만드는 감독이 되기 위해 기존의 학교에서 무엇을 배워야 하는지 의문이었다. 나는 정말 내가 배우고 싶은 것, 나의 꿈을 이루기 위해 꼭 학습해야 하는 것이 무엇인지 알고 싶었고, 몸으로 직접 경험해야겠다고 생각했다. 더 큰 세상을 만나본 후에 내가 배워야 하는 것을 배워도 늦지 않으리라는 생각이었다. 나는 학교를 자퇴한 후, 여덟 달 동안 동남아시아의 비정부단체 등을 방문하고 그들이 현지에서 어떤 활동을 하고 있는지 둘러보는 여행 프로젝트를 기획했다. 여행 자금은 관련 단체에서 지원을 받거나 주변 사람들에게 후원을 받을 계획이었다.

꿈은 창대했으나 초기 자본이 하나도 없었다. 씨앗 자금이 필요했다. 3년 전부터 모아 온 장학금이 생각났다. 전체 여행 예산은 8백만 원 정도였다. 장학금을 보태면 벌써 반 정도의 금액을 확보한 셈이었다. 그러나 먼저 후원자에게 이야기해야 할 것 같았다.

"제가 더 큰 세상을 보기 위해 학교를 잠깐 쉬고 여덟 달 정도 동남아시아로 여행을 다녀오려고 해요. 비정부단체 등을 방문할 거고 봉사 활동도 할 거예요. 지난 3년 동안 후원해주신 돈을 차곡차곡 모았고 그걸 여기에 쓰려고요."

수화기 너머의 목소리는 차가웠다.

"음, 그럼 부모님은 누가 지키나?"

온몸이 굳었다. 또 그 얘기였다. 너의 꿈과 인생은 잘 알겠지만 그럼 부모님은 누가 지키나. 조금 화가 났지만 아무 말도 할 수 없었다.

"부모님은 저 없이도 잘 지내시는데요. 평생도 아니고 8개월인데요. 하하."

죄책감 비슷한 기분이 들었다. 나는 웃으며 말을 얼버무렸다. 후원자는 내가 학교를 그만두고 부모님을 떠나는 것을 마음에 들어 하지 않았다. 고등학교를 졸업할 때까지 매달 받게 된다던 그 장학금은 그 이후 끊기고 말았다.

코다와 장학금

스물여덟 살이 되었다. 부모님이 장애인이라는 이유로 주는 상들은 받지 않아도 되는 나이가 된 것이다. 부모님과는 떨어져 살았지만 그러면 그럴수록 나의 뿌리에 관해 생각해보는 시간은 늘었다. 대학에서는 다큐멘터리 영화를 공부했다. 졸업 영화 〈반짝이는 박수 소리〉로 국내외 영화제에서 초청을 받았고 한국과 일본에서 극장 개봉을 하여 관객들을 만났다. 더 넓은 네트워크를 가지고 예술 작업을 해 나가고 싶다는 생각이 들어, 네덜란드 필름아카데미 석사 과정에 원서를 넣었다.

1차 서류 심사와 2차 면접 심사를 통과했지만 문제는 학비와 생활비였다. 외국에서 2년 동안 공부하려면 만만치 않은 돈이 필요했다. 게다가 암스테르담은 최근 들어 집값이 치솟고 있는 도시였다. 합격은 했지만 막막했다. 국내외로 장학금을 찾아보았다. 그렇지만 예술 전공, 정확하게는 영화를 전공하는 학생을 지원하는 장학금은 찾기 어려웠다. 국내의 장학금은 대체로 미국 같은 '유명한 유학지'로 공부하러 가는 이공계 학생들을 지원하는 추세였다. 국외 장학금의 경우에는 출신 국적 자체가 개발도상국이 아닌 '한국'이라 지원 조건에 부합하지 않았다. 어려웠다. 학교 측에서는 네덜란드 정부 장학금에 나를 추천하겠다고 했다. 그것으로 일단 1년 치 등록금을 마련했다.

눈에 불을 켜고 장학금 사이트란 사이트는 모두 뒤졌다. 미리 유학을 간 이들에게 장학금 정보를 물어보기도 하고, SNS에도 여러 번 조언을 구했다. 동유럽의 비슷한 학교에서 석사와 박사 과정을 밟은 일본 국적의 동료 감독이 생각났다. 그는 예술을 전공하는 학생들을 지원하는 일본 내 재단에서 지원을 받았다고 했다. 국내에서 찾아보는 것이 빠를 것이라고 조언했다. 그렇지만 내가 받을 수 있는 국내 장학금은 전무했다.

그러다 '코다 인터내셔널' 홈페이지가 생각났다. 2016년 '코다 영국-아일랜드'의 여름 캠프를 갈 때 여러 번 둘러본 사이트였다. 그곳에는 밀리 브러더(Millie Brother) 재단에서 학업을 지속하고 있는 전 세계의 코다에게 수여하는 장학금을 소개하고 있었다. 다른 조건은 없었다. 세부 전공도 가정 환경도 묻지 않았다. 지원자가 농인 부모 아래서 자란 자녀 코다일 것, 그뿐이었다. 국내 대학원 박사 과정 진학을 앞두고 있던 현화 언니와 나는 이 장학금에 지원하기로 했다.

지원 절차는 꽤나 까다로웠다. 일인당 총 3천 달러를 지원하는 이 장학금에 지원하려면 영어로 된 지원서, 두 장 분량의 에세이, 동의서, 두 개의 추천서가 필요했다. 에세이에는 농인 부모 아래서 자란 경험이 나의 삶의 목표를 어떻게 형성했는지, 미래에 어떻게 경력을 쌓아 나갈 계획인지 설명해야 했다. 추천서도 받아야 했는데 이런 문화가 없는 한국에서는 꽤 어려웠다. 심지어 영문으로 말이다. 나는 어렸을 때부터 나를 보아 온 멘토이자 작가 선생님과 학부 때 나를 지도한 교수님에게 추천서를 부탁했다.

문제는 두 장짜리 에세이였다. 단 두 장 안에 농인 부모 아래서 내가 어떻게 자랐고 그 경험이 나를 어떻게 성장시켰는지, 그 경험을 통해 어떤 영화를 만들었는지, 앞으로 코다라는 정체성을 가지고 어떤 예술 작업을 해 나가고 싶은지 설명해야 했다.

나는 자기소개 글을 먼저 적었다. 내가 코다 정체성을 갖게 된 후로 사용하게 된 문장이었다.

안녕하세요. 저는 농인 부모에게서 태어난 것이 이야기꾼의 선천적 자질이라는 것을 굳게 믿고 글을 쓰고 다큐멘터리 영화를 만드는 이길보라입니다. 양성 쓰기를 하는 이유는 저의 이야기가 아버지뿐만 아니라 어머니로부터 왔음을 인정하기 때문이에요.

장학금을 받기 위한 서류에 부모님의 이야기를 넣는 건 처음이 아니었다. 한국 사회에서 장학금 같은 누군가의 도움을 받으려면 '불우한 성장 배경'이라는 레퍼토리는 필수였다. '어렸을 때부터 넉넉하지 않은 가정 환경에서 부모님은 청각 장애라는 큰 장애를 갖고 있었고 그래서 저는……'으로 시작하는 문장이어야 했다. 그러나 이 글에서는 그럴 필요가 없었다. 내가 코다라는 것이 얼마나 아름답고 근사한 일인지 이야기하는 게 훨씬 중요했다. 낯설고 이상한 경험이었다. 그렇게 에세이를 마무리하고 서류를 접수했다.

몇 달 후 이메일 한 통이 도착했다. 3천 달러의 장학금을 받게 되었다는 기쁜 소식이었다.

밀리 브라더 코다 장학금 위원회를 대표하여, 귀하가 2017~
2018년 학기에 3천 달러의 장학금을 받게 되었다는 소식을 알려드
리게 되어 영광입니다. 올해 전 세계에서 약 백 명 정도가 지원했
고 매우 경쟁적인 심사 과정을 거쳐 선발했습니다. 학교, 가정, 지
역 사회에서 당신이 이룬 성취와 업적은 탁월하고 훌륭합니다. 위
원회와 공동 의장인 저는 귀하의 노고와 인내를 치하하고자 합니
다. 당신과 당신 가족은 이 성취를 마땅히 자랑스럽게 여기길 바
랍니다.

'코다 인터내셔널'에 속한 우리 모두는 귀하가 꿈꾸는 모든 일
을 성취하고 당신의 삶에서 최고가 되기를 소망합니다. 장학금의
일환으로 귀하는 3년간 '코다 인터내셔널'의 회원 자격을 얻게 되
며, 향후 5년 이내에 코다인터내셔널콘퍼런스에 참석할 수 있는
자격을 얻게 됩니다. 콘퍼런스 참석에 필요한 여비와 등록비에 대
해 최대 5백 달러까지 환급받을 수 있는 혜택도 주어집니다. 당신
을 꼭 만날 수 있기를 바랍니다.

이메일을 한 문장 한 문장 읽어 내려가는데 가슴이 먹먹했다.
난생처음 해보는 경험이었다. 어렸을 때부터 받아 온 장학금과는
또 다른 기분이었다. 불우한 가정에서 자라서, 나와 부모가 불쌍
해서 주는 상이 아니었다. 이건 내가 '코다'로서 긍정적 정체성
을 가지고 해온 일들에 대한 격려이자 칭찬이었다. 내가 코다이
기 때문에 이 장학금에 지원할 수 있다는 것은 코다로서의 긍정
적 정체성을 확립할 수 있는 큰 계기였다. 게다가 전 세계에서 백

명 정도의 코다들이 이 장학금에 지원했다는 것은 많은 코다들이 코다 정체성을 가지고 자신의 분야에서 무언가를 해 나가고 있다는 뜻이었다. 성장 배경이나 국적, 문화는 다르지만 국경을 뛰어넘은 연대, 느슨하지만 끈끈한 코다 네트워크.

그 즈음 2017년 캐나다 밴쿠버에서 열린 코다인터내셔널콘퍼런스에 참가 중이던 현화 언니에게서 연락이 왔다. 현지에서 코다 장학금을 수여했다는 소식이었다. 알고 보니 함께 지원한 현화 언니도 장학금을 받은 것이었다. 2017년 코다 장학금에 지원한 백 명이 넘는 사람들 중에서 총 여섯 명이 장학금을 받았는데 그중 네 명이 미국 국적의 코다였고, 두 명이 나와 현화 언니였다. 이제 막 활동을 시작했지만 그 누구보다 빛나는 잠재력을 가진 아시아의 '코다 코리아'였다.

같음과
다름

할머니는 언젠가부터 이렇게 말하곤 했다.

"보라야, 누굴 만나면 꼭 네 엄마, 아빠가 장애가 있다는 걸 말해야 한다. 사이가 깊어지고 나서 말하면 큰일 나. 알았지?"

나는 그게 무슨 말인지 잘 알지 못했다. 할머니는 나의 연애와 결혼을 걱정했고, 20대 초반의 나는 한국 사회에서 '결혼'이 무슨 의미인지, 어떤 과정을 거치는지 진지하게 생각해본 적이 없었다.

결혼과 나의 부모

할머니의 말이 옳았다.

스물세 살 무렵 타 대학과의 한 교류 수업에서 그를 만났다. 나보다 네 살 많은 직업 군인이었고 하루빨리 결혼하고 싶어 했다. 얼마 되지 않아 그는 내게 청혼을 했다. 나는 그가 좋았고 그래서 그가 하자는 대로 하고 싶었다. 일찍 결혼하는 것도 나쁘지 않아 보였다. 나는 부모에게 결혼을 생각하고 있다고 말했다. 얼마 후 그가 부모님 댁에 다녀왔다. 안색이 좋지 않았다. 무슨 일이냐 물으니 갑자기 헤어지자고 했다. 이유를 물으니 부모님이 나와의 결혼을 반대하기 때문이라 했다. 당황스러웠다. 나는 그의 부모 얼굴 한 번 본 적이 없는데. 나는 다시 한번 그 이유를 물었다. 그는 입을 열었다.

"너희 부모님이 장애인이라서."

당혹감에 온몸이 떨렸다. 나는 손으로 옹알이를 하며 부모에게서 수어를 배웠다. 내가 세상에 태어나 첫 번째로 배운 언어는 수어이고 그다음이 음성언어였다. 나에게 세상의 기준은 엄마와 아빠였고 그들의 세상이자 문화였다. 눈을 마주쳐 사랑한다고 말하고 예쁘다고 말하고 밉다고 말하는 것. 상대방의 어깨를 손으로 톡톡 두드려 서로 얼굴을 마주보고 이야기하는 일. 그것이 나의 세계의 '기본'이었다. 그런데 그건 '우리 세상'에서만 그랬다. 입으로 말하는 사람들은 손으로 말하는 사람들을 동정하며 손가락질했다. 그들의 시각에서 나는 가여운 사람들의 딸이었고 그렇기에 나도 동정의 대상에 포함되었다.

그래도, 괜찮았다. 아니, 괜찮아져야 했다. 적어도 내가 사랑하는 사람들은 그렇지 않으니까. 내가 사랑하는 엄마와 아빠는 자기 자신을 긍정하는 사람들이니까. 자신이 사용하는 언어인 수어와 자신의 문화인 농문화를 너무나도 자랑스러워하니까. 그리고 무엇보다 엄마와 아빠는 나를 너무 사랑하니까. 나의 친구들은 그런 우리 가족을 알고 나를 아니까. 수어의 세계와 음성언어의 세계를 오가며 자란 나를, 나 자체로 온전히 받아들이니까.

그런데 이 상황은 조금 달랐다. 그는 내가 사랑하는 사람이었고 같이 살고 싶은 사람이었다. 그런 그가 내가 한 번도 들어보지 못한 말들을 내뱉었다. 어떻게 사람이 사람에게 저런 말을 할 수 있나. 놀라웠다. 그러나 나는 그를 무척 좋아했다. 그건 그의 가벼운 '편견'이라고 생각했다. 얼마든지 개선의 여지가 있는 그런 '사회적 편견' 같은 것 말이다. 나는 그를 몇 번이고 잡았다.

"당신 부모님이 나를 한 번도 만나보지 않아서 그런 거야. 우리 엄마, 아빠를 보시면 선입견 같은 건 바로 깨질걸. 우리 부모님이 얼마나 예쁘고 잘생겼는데."

그는 대답했다.

"부모님이 결혼식 같은 건 상상할 수가 없대. 결혼식에 얼마나 많은 사람이 오는데 너희 부모님이 수어를 쓰고 그런 거. 창피해서 절대 안 되겠대. 나도 계속 설득해봤는데 너무 어렵고 힘들어."

한두 달을 그렇게 보냈다. 그와 헤어지는 일은 나에게도 어렵고 힘들었다. 나는 농인 부모 아래서 소리를 들을 수 있는 코다로 태어났다. 부모의 세상과 다른 사람들의 세상을 연결하는 일은 나의 몫이었다. 이야기를 전달하는 일은 어렵지 않았다. 오히려 즐거웠다. 농인들은 어떻게 대화하고 하루를 살아내는지 청인들에게 소개하고, 청인들은 이렇게 세상을 바라본다고 엄마, 아빠에게 들려주는 일은 말 그대로 '천직'이었다. 두 세계 사이의 흥미로운 차이점을 발견하고 그것을 나만의 언어로 발화하는 일은, 내가 코다이기 때문에 가장 잘할 수 있는 것이었다.

그런데 내가 사랑하는 사람이 나와 나의 부모의 정체성을 부정했다. 그것 때문에 당신과 나의 관계를 끝내자고 했다. 내 생애 절대 있을 수 없는 일이었다. 어떻게든 그를 설득하고 그의 부모를 만나 그건 잘못된 생각이며 선입견이라고 또박또박 일러주어야 했다. 나는 그의 어깨를 잡았다. 그러자 그가 말했다.

"너와 아이를 낳으면 장애인이 태어날 확률이 높으니 이제 그만하자."

최악이었다. 그러나 지고 싶지 않았다. 여기서 그만두는 일은 코다로 태어나고 자란 내게 절대 일어나서는 안 되는 일이었다. 어렸을 때부터 장애에 대한 편견과 싸워 온 내게 용납할 수 없는 일이었다. 울고 또 울다 못해 악을 썼다. 그와 헤어지는 일은 아주 어려웠다.

몇 달 후 엄마는 그와 왜 헤어졌는지 물었다. 나는, 사실대로 말할 수 없었다.

'다름'을 인정하는 관계

이후 여러 사람을 만나면서 '코다'라는 정체성을 제외하고는 나를 설명할 수 없다는 걸 깨달았다. 그래서 누군가를 만날 때면 가장 먼저 내가 농부모에게서 태어난 코다라고 말했다. 지금 만나고 있는 그에게도 마찬가지였다.

그는 한국에 여행 온 일본 사람이었다. 지인의 소개로 만나게 되었는데, 말 그대로 첫눈에 사랑에 빠졌다. 가볍게 만나 커피 한 잔 하려던 우리는 계획을 바꿔 밥을 먹었다. 그는 내게 어쩌다 영화를 만들게 되었냐고 물었다. 나는 열여덟 살 때 학교를 그만두고 여행을 갔다고 했다. 그러자 그가 눈을 동그랗게 뜨며 자신도 그렇다고 고개를 끄덕였다. 그는 중학교 때 학교를 자퇴하고 음악을 하다 미국으로 가 영화를 공부했다고 했다. 나는 그를 유심히 들여다보았고, 그는 나의 이야기를 사려 깊게 들었다. 그러나 그는 이틀 후면 일본으로 돌아가는 사람이었다. 나는 이 관계를 어찌하면 좋을지 고심했다. 다음 날, 우리는 다시 만나 데이트를 했고 나는 돈이 트자마자 비행기 표를 샀다. 목적지는 후쿠오카였다. 연휴를 맞아 부모님 댁을 방문하기로 한 그의 여정에 난데없이 사랑에 빠진 한 한국 여자가 등장한 것이었다. 그의 부모는 짐짓 태연한 표정이었다. 이런 곤란한 상황에서 내가 할 수 있는 것은 적절한 타이밍에 무슨 말인지 잘 모르겠다는 표정을 짓는 것이었다. 그러나 이상하게 마음이 편했다. 그의 가족과 함께한 유후인 여행은 고즈넉하고 아름다웠다. 나는 그의 가족들과 "해피 뉴 이어(Happy New Year)!" 하고 건배를 하며 새해를 맞았다. 그는 나의 이야기들을 흥미로워했고 그 누구보다 나의 정체성을 인정하고 지지했다.

그렇게 그와 나는 바다를 사이에 두고 '롱디(장거리 연애)'를 시작했다. 나는 비행기를 타고 도쿄로 갔고 회사에 다니는 그는 휴가를 내 서울로 왔다. 나는 짐을 챙겨 도쿄에서 몇 달을 살았다.

프리랜서라 거주 장소에 구애받지 않기도 했고, 영화 〈반짝이는 박수 소리〉가 일본에서 개봉을 앞두고 있었기 때문이기도 했다. 영화는 2017년 6월 일본 도쿄 포레포레히가시나카노 극장을 시작으로 관객들을 만날 예정이었다.

개봉을 준비하던 때에 그의 어머니가 도쿄로 출장을 오셨다. 내심 떨렸다. 영화에 관한 인터뷰와 기사가 지면을 통해 조금씩 일본 사회에 알려지고 있었다. 나의 부모가 농인이고 내가 그들의 이야기를 영화로 담았다는 것을 그의 가족들도 조금씩 알게 되었다. 나는 그와 함께 지내고 살면서 그를 점점 더 좋아하게 되었는데 혹시 그의 가족이 나를 싫어하면 어쩌나, 하는 생각이 불현듯 들었다. 떨리는 마음으로 그와 함께 어머니를 만나러 갔다. 그의 어머니는 나를 보자마자 두 팔을 올려 손을 움직였다.

"같다."

한국수어이자 일본수어였다. 어머니는 요새 한국수어를 배우고 있는데 일본수어와 비슷한 것이 많아 참 신기하다고 했다. 그러고 보니 학교 선생인 당신이 가르친 학생들 중에도 코다가 있었는데, 그때는 '코다'라는 단어를 몰랐다며 이제는 더 주의 깊게 보게 된다고 했다.

고마웠다. 그의 어머니가 손을 움직여 수어를 한 순간, 새로운 방식의 관계 맺음이 어쩌면 가능하겠다는 생각에 가슴이 벅차올랐다. 생각해보면 이게 '기본'인데. 상대방을 이해하고 문화를 받아들이는 것. 이것이 관계 맺음의 가장 기본적 태도인데 왜 그렇게 힘들고 어려웠던 걸까.

그렇게 나는 그와 그의 가족에게서 환대를 받았다. 영화는 일본에서 순조롭게 개봉했고, 나는 자연스럽게 그와 그의 가족에게 내가 코다로서 살아온 이야기를 '보여'주고 '들려'줄 수 있었다. 나의 부모가 얼마나 아름답고 멋진 사람인지, 그들의 언어인 수어가 얼마나 놀라운지 영화라는 매체를 통해 시각적으로 보여줄 수 있었다. 영어를 잘하지 못하는 그의 가족과는 늘 통역을 통해 대화해야만 했다. 종종 깊은 대화를 하지 못하는 아쉬움이 있었다. 그런데 내가 만든 영화를 일본어 자막으로 보여줄 수 있다는 것은 내 세계를 보여줄 수 있는 좋은 기회였다. 그와 그의 가족 역시 영화 상영을 몹시 기대했다. 개봉일이 되자 그의 가족 모두가 후쿠오카에서 도쿄로 왔다. 나의 부모님도 배급사의 초청을 받아 도쿄행 비행기를 탔다.

어쩌다 보니 상견례

처음에는 가볍게 생각했다. 양쪽 부모님 모두 오신다고 하니 이참에 만나 인사하면 좋지 않을까 싶었다. 그런데 상황이 변했다. 나는 네덜란드에서 공부하게 되었고, 그 역시 회사를 그만두고 함께 가기로 했다. 비자가 문제였는데, 결혼을 하면 배우자 비자를 신청할 수 있다고 했다. 서류는 서류일 뿐. 그렇게 하기로 했다. 엄마와 아빠는 네가 결정할 일이고 심사숙고하여 결정했다면 알겠다고 했다. 그의 부모님 역시 같은 반응이었다. 그렇게 '어쩌다 보니 상견례'가 시작되었다.

쉽게 생각했지만 시작부터 일이었다. 마땅한 장소를 찾기가 어려웠다. 도쿄에 괜찮은 곳 없냐는 말에 그는 이런 경우는 처음이라 잘 모른다고 했다. 양쪽 부모님이 도쿄 신주쿠의 호텔에서 머물 예정이라 그 근방이어야 했다. 신주쿠는 사람이 많아 질색이었지만 동시에 우리처럼 사람을 만날 수 있는 곳이기도 했다. 떠오르는 장소가 없어 인터넷 검색을 시작했다. 다행히 우리와 비슷한 고민을 하는 이들이 있었고, 상견례 장소로 알맞은 몇몇 식당을 찾았다. 그중 예산에 알맞은 곳을 추렸지만 음식 맛이 어떤지, 분위기는 괜찮은지 확인할 수 없었다. 그래서 물망에 오른 음식점 몇 곳을 방문하기로 했다. 내가 제일 좋아하는 후쿠오카 요리, 모쓰나베(곱창전골)를 선보인다는 이유로 목록에 오른 식당은 아주 높은 빌딩 꼭대기에 있었다. 후쿠오카에서 먹던 그 맛은 아니었지만 마음을 달랠 정도로는 괜찮았다. 우리는 다른 요소를 점검했다. 분위기는 꽤 괜찮았고 가격도 적당했다. 다소 시끄러웠지만 이야기를 나눌 수 있을 정도로는 괜찮은 것 같았다. 나는 물었다.

"어차피 우리 엄마, 아빠는 안 들려서. 이 정도 소음이면 괜찮을 것 같은데 어때?"

아차. 말을 마치자마자 조명이 생각났다. 대화를 나눌 수 있도록 조용한지 아닌지는 나와 그, 그의 부모님에게만 중요했다. 수어를 사용하는 나의 부모님에게는 환한 조명이 필수 조건이었다. 상대방의 얼굴 표정을 볼 수 있고, 통역하는 이의 얼굴과 손을 잘 볼 수 있을 만큼의 조도는 없어서는 안 될 요소였던 것이다.

"아, 잘 들리고 말고는 별로 상관이 없는데, 이 정도 빛은 손과 얼굴이 잘 보이지 않아 어려울 것 같아."

그래서 그 식당은 탈락했다. 그는 퇴근 후 매일 저녁마다 후보 군에 있는 음식점을 방문하여 필수 요소들을 점검했다. 분위기와 가격, 소음과 빛, 가능하다면 음식의 맛까지. 이 모든 것을 충족 하는 식당을 찾는 일은 생각보다 어려웠고, 만고의 노력 끝에 일 본 전통 가정식 식당을 골랐다. 그곳에서 우리의 '어쩌다 보니 상 견례'가 시작되었다.

조금 불안했다. 상견례 직전에 영화 〈반짝이는 박수 소리〉를 상영한 후 부모님과 함께 관객과의 대화 행사를 진행했는데 그 자리에 애인의 가족이 있었기 때문이다. 나는 이 영화가 어떻게 만들어졌는지 설명하는 내내 그들의 표정을 살폈다. 혹시 모를, 불안감이 엄습했다.

영화 상영과 관객과의 대화 행사는 아주 훌륭했다. 일본 개 봉판에는 누구든 영화를 감상할 수 있도록 영화에 '배리어 프리 (barrier free)' 자막을 삽입했다. "지지직거리는 라디오 소리가 흘러나온다"는 식의 자막을 넣어, 대사뿐만 아니라 영화에 나오 는 모든 소리를 자막으로 해설했다. 관객과의 대화 행사에는 더 많은 장치가 필요했다. 언어가 무려 네 가지였기 때문이다. 일 본 음성언어, 일본수어, 한국수어, 한국 음성언어. 영화를 보러 온 관객의 절반은 일본 농인이었고 절반은 일본 청인이었다. 영화 상영 후 무대 인사 행사에는 네 명의 통역사와 여러 장비가 배치되었다. 무대 좌측에는 일본어를 사용하는 사회자가 있었고, 그것을 일본수어로 통역하는 A가 있었다. 그 옆에는 한국수어를 사용하는 엄마와 아빠, 한국수어와 한국 음성언어를 사용하는 나, 일본 음성언어와 한국 음성언어를 통역하는 B가 나란히 섰다. 무대 뒤 스크린에서는 한국수어를 읽어 일본수어로 통역하는 C의 얼굴이 보였다. C는 무대의 수어를 볼 수 있도록 관객석 앞쪽에 앉아 있었다. 카메라와 빔 프로젝터가 C의 수어를 실시간으로 촬영해 스크린에 투사했다. C 앞에는 일본수어를 읽어 일본 음성언어로 통역하는 D가 앉아 있었다. 말로도 글로도 설명하기 복잡한 시스템이었지만 훌륭한 세팅 덕분에 모두가 말하고 들을 수 있었다. 관객들은 질문을 하기 위해 무대 앞으로 나왔다. 농인은 관객석에서 질문을 하면 누가 말을 하고 있는지, 무슨 말을 하는지 알아차리기 어렵기 때문이었다. 농인, 청인 상관없이 많은 이들이 무대 앞으로 나와 자유롭게 질문했는데, 그건 앞에 나서서 말하기를 꺼려하는 일본 사회에서 보기 드문 일이었다. 네 가지 언어와 문화 사이에서 다양한 질문이 쏟아졌다. 일본 농인들은 한국 농인의 삶이 자신들과 크게 다르지 않고, 일본과 한국의 수어가 비슷하여 놀랐다고 했다. 농인 부모와 영화를 보러 온 코다도 있었다. 자신이 어렸을 때부터 해온 통역사의 역할, 그 사이에서 정체성의 혼란을 겪으며 빨리 어른이 되어야만 했던 자신의 이야기를 다시 마주하게 해주어 고맙다는 소감도 있었다.

행복하고 감사했지만 온전히 감탄하고 있을 수만은 없었다. 내가 사랑하는 이의 가족이 이 영화를 어떻게 보았을지 궁금했고, 영화에 등장하는 나의 가족을 어떻게 생각하는지 알고 싶었다. 동시에 불안했다. 또다시 애인의 가족과 불화하게 될까 봐, 그로 인해 사랑하는 이에게 실망하게 될까 봐 말이다.

어쩌다 보니 상견례2

음식점에 들어서니 그의 부모님이 기다리고 있었다. 엄마와 아빠는 고개를 숙이며 환하게 웃었고, 그의 부모님 역시 자리에서 일어나 고개를 숙였다. 그의 어머니는 영화를 너무 재밌게 봤고 감동적이었다고 했다. 무대 인사 때도 네 명의 통역사가 순조롭게 통역해 감탄을 금치 못했다고 말이다. 애인은 일본어를 영어로 옮겼다. 나는 그걸 한국수어로 통역했다. 기존에 해왔던 한국어-한국수어 통역과는 달라 버벅대기도 했지만 꽤나 순조로웠다. 두 개의 통역을 거치는 동안 우리는 통역이 지체되지 않도록, 의미가 잘 전달될 수 있도록 안간힘을 썼다. 엄마는 자주 웃었고 아빠는 조금 긴장한 것 같았지만 행복해 보였다. 여러 대화가 오갔고 건배를 했다. 애인의 어머니가 입을 열었다.

"우리 아들이 이렇게 커서 좋은……."

어머니는 말을 잇지 못했다. 영문을 몰라 무슨 말이었는지 통역해 달라고 하려고 애인을 쳐다봤는데, 그가 함께 울고 있었다. 이게 무슨 상황이지. 상황 파악을 위해 주위를 둘러보았다. 엄마

역시 그들을 보며 울고 있었다.

"아? 에?"

애인은 왜 갑자기 우냐며 그래서 나도 울고 있지 않냐며 어머니에게 말했고, 나는 우리 엄마를 보고 울었다. 사람들 앞에서 우는 게 창피해 손가락 끝으로 눈가를 닦고 있는데 엄마 뒤로 아빠가 눈물을 훔치고 있었다. 머리털 나고 아빠가 우는 건 딱 한 번 본 적 있었는데, 아빠의 아빠, 할아버지가 돌아가셨을 때였다. 아빠는 도대체 왜 우는 거야. 또 눈물이 나오려던 찰나, 애인의 아버지가 보였다. 그 역시 눈시울이 붉어지던 차였다. 우리는 함께 울다가 서로를 보고 웃었다. 만난 지 30분도 되지 않았는데 이렇게 같이 울고 있다니. 애인은 식사도 하기 전에 이렇게 울고 있는 건 너무 이른 것 아니냐며 분위기를 전환했다. 이윽고 음식을 내오기 위해 방으로 들어온 종업원이 우리를 보고 당황한 표정을 지었다.

그렇게 두어 시간이 쏜살같이 지나갔다. 밥을 코로 먹는지 입으로 먹는지 알 수 없었다. 익숙하지 않은 영어-한국수어 통역을 하며 부모님을 챙기고, 애인은 괜찮은지 확인하고, 그의 부모님 역시 불편하지 않은지 살펴야 했기 때문이다. 양쪽 부모님은 우리의 통역을 차분히 기다렸고, 표정과 몸짓을 크게 사용하며 부수적인 의미를 더했다. 그의 어머니는 알고 있는 일본수어 혹은 한국수어를 사용하기도 했다. 대화 내내 통역사가 아닌 엄마와 아빠의 눈을 바라보는 것 역시 잊지 않았다. 엄마와 아빠는 더 큰 표정과 수어를 사용했다. 엄마는 자신의 생각을 표현하는 데

거침이 없었다. 도쿄에 와보니 어떤 느낌이냐고 묻자, 엄마는 눈을 동그랗게 뜨고 말했다.

"여기 도쿄 신주쿠는 정말 마치 오랫동안 잠을 자고 일어났을 때 빌딩들이 이렇게 빽빽이 높이 서 있는 그런 느낌이에요."

엄마는 신주쿠에 대한 인상을 시적으로 표현했다. 엄마 눈에는 아주 높고 큰 빌딩들이 이렇게 서 있는 것이 마치 현실에 존재하지 않는 공간처럼 보이는 듯했다. 그걸 잘 통역해야 하는데 본래 메시지와 달리 밋밋한 표현이 될 수도 있겠다는 생각이 들었다. 내가 할 수 있는 것은 영어 단어를 발음할 때의 억양과 속도를 조절하면서 손을 움직여 부수적인 의미를 더하는 것뿐이었다. 엄마는 자신의 생각과 느낌을 부끄러워하지 않는, 뛰어난 이야기꾼이었다. 나는 입을 열었다.

"제가 네덜란드로 유학을 가게 되었고, 비자 문제로 혼인 신고를 먼저 하려 해요. 결혼식은 지금 당장은 어려울 것 같고, 몇 년 후에 돌아와서 하려고 하고요. 어떻게 생각하시는지 여쭙고 싶어요."

그의 어머니가 말했다.

"두 사람이 그렇게 하고 싶다면 그렇게 하는 게 맞다고 생각해. 우리는 괜찮은데 보라 부모님은 괜찮으실까?"

고개를 돌려 엄마를 봤다.

"나는 보라를 믿어. 어렸을 때부터 알아서 잘해 왔고. 공부도 열심히 하고 대학에도 가고. 학비도 생활비도 벌어서 일찍 독립하고. 그렇게 유학도 가게 되었는데. 우리는 보라가 결정한 거라면 믿고 맡기고 따를 거야."

엄마는 대본이라도 준비한 듯 완벽한 문장을 쏟아냈다. 아빠는 진심을 담아 고개를 끄덕였다. 대단했다. 그런데 문제는 그걸 내 입으로 통역해야 한다는 것이었다. 나는 나 자신을 칭찬해야 하는 대목에서 딸의 입장이 되어 감동해야 할지, 통역사로서 중립적으로 건조하게 이야기해야 할지, 내 칭찬을 스스로 하는 상황이기 때문에 부끄러워해야 할지 고민했다. 내가 머뭇거리며 통역을 늦게 하자, 애인은 나와 엄마의 표정, 맥락을 통해 상황을 파악하고 통역했다. 환상의 통역 콤비였다.

그렇게 우리는 '상견례'를 무사히 마쳤고, 호텔로 돌아간 엄마와 아빠는 긴장이 되어 별로 먹지도 못했다며 컵라면과 삼각 김밥을 사 배를 채웠다. 알고 보니 애인의 아버지 역시 배가 덜 차 교자를 먹었다고 했다. 엄마와 아빠는 참 좋은 사람들을 만났다며 감사해했다. 큰일을 무사히 치렀지만 우리는 결국 혼인 신고를 하지 않았다. 네덜란드 이민국에서 혼인 신고를 하지 않은 파트너, 등록되지 않은 파트너에게도 비자를 내준다는 걸 알게 되었기 때문이다. 그러나 그날 이후 얻게 된 것이 있었다. 서로에 대한 신뢰였다. 나의 부모에게도 그랬고 그의 부모에게도 그랬다. 내게는 더는 부모의 '다름'과 '결혼'이 만났을 때를 걱정하지 않아도 된다는 것이 그랬고, 그에게는 나를 믿고 네덜란드로 가도 되겠구나 하는 믿음, 나의 부모에게는 보라가 정말 좋은 사람들을 만났구나 하는 안도감이었다.

상견례를 마치고 그의 어머니는 이렇게 말했다.

"영화를 보고 무대 인사를 할 때 조금 마음이 복잡했어. 여러 통역사들이 배치되어 있었는데, 보라의 머릿속이 늘 저랬을 거라고 생각하니 대단하다는 생각이 들면서 동시에 속상했어. 그래서 내 표정이 복잡해 보였을지도 몰라. 보라가 걱정하는 그런 이유는 절대 아니야."

경계를 넘나드는
여성들

올해 초 독일 베를린에 다녀왔다. 주택가에 자리 잡은 사무실에 들어서니 익숙한 얼굴이 보였다. 농인 디자이너 조혜미였다. 첫 만남이었다. 이전에 '코다, 코다 영국-아일랜드를 만나다' 행사 포스터 디자인을 위해 작업을 의뢰한 적이 있었다. 그때는 얼굴도 몰랐고 어떤 사람인지도 알지 못했다. 그러던 어느 날, 그가 덴마크에 있는 농교육 기관인 '프론트러너즈(Frontrunners)'에서 교육을 받게 되었다며 수어로 영상을 찍어 올렸다. 내가 네덜란드에서 석사 과정을 막 시작했을 즈음이었다. 반가웠다. 체류 국가는 다르지만 비교적 가까운 거리에 농인이자 여성인 그가 있다는 것이 위안이 되었다.

유럽에서의 생활이 어렵고 힘들 때마다 종종 조혜미의 영상을 봤다. 그는 그곳에서 국제수어를 배워 세계 각국에서 온 농인들과 지내며 농인으로서 강한 정체성을 다져 가고 있었다. 조혜미와 친구들이 올리는 수어 영상의 연출과 편집은 너무나 흥미로 웠다. 청인들이 글과 사진을 올리며 자신의 생각과 느낌을 표현할 때, 농인들은 자신의 언어인 수어를 영상으로 촬영해 올렸다. 휴대폰 카메라나 노트북에 달린 카메라로 "안녕하세요. 오늘 제가 이 영상을 올리는 이유는 이렇습니다." 하고 수어로 설명하는 식이었다. 그러나 프론트러너즈 학생들의 영상은 차원이 달랐다. 마치 공연을 보는 것 같았다. 영상이라는 시각 매체를 농인들이 어떻게 자유자재로 사용하는지 볼 수 있었는데, 그건 청인이 비디오를 다루는 방식과는 확연히 달랐다.

조혜미는 졸업 후 베를린으로 거처를 옮겼다. 한국으로 바로 돌아가지 않고, 독일에서 자신이 할 수 있는 것을 찾아볼 계획이라 했다. 현재 진행 중인 프로젝트가 하나 있는데 남한의 '수어'와 북한의 수어, 북한 말로 '손말'을 소개하는 '손말수어' 프로젝트였다. 얼마 후 사진이 한 장 올라왔다. 한반도 문제를 다루는 한독 시민 단체 '코리아협의회(KoreaVerband)'에서 주관하는 일본군 위안부 피해자 추모 집회 영상이었다. 조혜미는 이곳에서 인턴으로 일하고 있다고 했다. 신기했다. 그가 농인, 수어와 관련한 프로젝트를 하는 것은 당연했지만 한국의 인권 운동과 시민운동을 하는 시민 단체에서 일한다는 것은 예상 밖이었다. 서로 전혀 알지 못할 거라고 생각한 두 사람이 사실은 친구라는 걸 알게 된 기분이었다. 어쩌면 나의 편견일 수도 있었다. 내가 알고 있던 농인 중에는 시민 단체에서 일하거나 활동하는 이가 없었고, 반대로 정치 사회 분야의 시민 단체나 청인 중심의 시민 단체가 농인을 활동가로 고용한 사례도 본 적이 없었다. 농사회와 청사회, 한국에서 두 세계는 언어가 다르다는 이유로 철저히 분리되어 있었다. 그런데 그 두 세계, 농사회와 청인 중심의 시민 단체가 어떤 접점을 만들어내고 있던 것이다.

남한의 수어, 북한의 손말

조혜미는 '코리아협의회' 사무실로 나를 초대했다. 우리는 만나자마자 반갑게 껴안았다. 마치 오래된 친구와 조우하는 기분이었다.

"그런데 우리 오늘 처음 만나는 것 맞죠?"

"맞아요. 아마 페이스북에서 많이 봐서 그럴 거예요. 제가 유학을 시작했을 때 보라 씨도 유학을 시작했다는 글 보고 어쩐지 힘이 났거든요. 한국 농인인 나는 여기 덴마크에서, 한국 코다인 보라 씨는 가까운 네덜란드에서 고군분투하고 있다는 게 말이에요."

나도 그랬다. 우리나라 사람, 아니, 그는 나와 같은 한국 국적을 갖고 있었지만, 그 어떤 한국인보다 '우리나라' 사람처럼 느껴졌다. 내가 나고 자란 농사회에 속한, 나의 부모와 같은 언어를 사용하는 농인. 오랜만에 수어를 쓰려니 근육이 굳어 손가락이 생각처럼 빠르게 움직이지 않았고 단어 역시 기억나지 않았지만 반가운 얼굴은 숨길 수 없었다. 조혜미 역시 독일에서 한국수어를 사용하는 건 정말 흔치 않은 기회라고 했다. 그는 이곳 '코리아협의회'와 함께 '손말수어' 프로젝트를 진행하고 있다고 소개했다.

"말 그대로 손말과 수어를 통한 남북의 연결과 이해과 화합이 목적이에요. 북한과 남한의 수어가 다르거든요. 북한 농인을 만난 적이 있는데 수어가 달라 소통하기 어려웠어요. 이상하잖아요. 같은 나라 사람인데 분단 이후 수어가 다른 방식으로 발전해 이제는 소통할 수 없다는 게."

조혜미는 북한 농인을 돕는 단체 '투게더함흥'에서 남한 수어와 북한 손말의 장벽을 무너뜨리는 일을 시작했다. 남북한의 수어를 소개하는 영상 프로젝트가 바로 그것이다. 이 영상에는 다양한 언어가 등장한다. 먼저 화자인 조혜미가 국제수어로 인사를 하며 영상의 취지를 설명한다. 이후 화면 분할을 통해 우측에는 남한의 수어, 좌측에는 북한의 손말이 비교되어 순서대로 제시된다. 화면 하단에는 영어와 한국어 자막이 동시에 제공된다. 이 짧은 영상에서 무려 다섯 가지 언어가 등장한다. 그는 그 언어들 사이를 가볍게 넘나들며 소통의 가능성을 보여준다. 실제로 농인은 자신의 수어를 기반으로 삼아 다른 수어를 쉽게 습득하는데, 이는 청인이 다른 음성언어를 배우는 것에 비해 훨씬 빠르다.

새로운 연대 방식

"손말수어 프로젝트 자체가 한반도의 역사, 정치 상황과도 깊은 관련이 있어 '코리아협의회'와 연결되었어요. 독일 농인이 대표로 있는 단체 '투게더함흥'과 '코리아협의회'가 이 프로젝트를 함께 진행하기로 했고, 저는 두 단체에서 인턴으로 일하고 있어요."

조혜미는 앉아서 이야기하자며 방으로 안내했다. 그곳에는 '코리아협의회' 대표와 직원, 다른 인턴이 있었다. 모두 한국 음성언어를 사용하는 청인이었다. 보아하니 모두 수어를 잘하지 못하는 듯했다. '투게더함흥'에서는 국제수어를 통해 소통할 테지만 여기서는 어떻게 일하는지 궁금했다. 그는 노트북을 들고 왔다. 직원들이 돌아가며 타자를 쳐서 대화 내용을 문자로 통역했다. 조혜미가 말을 하고 싶을 때는 노트북의 방향을 돌려 직접 타자를 쳤고, 옆에 앉은 청인이 화면의 내용을 입으로 읽었다.

그러나 오늘은 내가 함께였다. 한국수어와 한국 음성언어를 통역할 수 있는 사람 말이다. 나는 조혜미의 수어를 읽어 음성언어로 옮겼고, 다른 청인들이 말할 때면 그걸 수어로 통역했다. 청인들이 내게 질문할 때는 내가 통역과 동시에 대답할 수 없으니 옆의 직원이 편하게 대화하라며 문자로 통역했다. 우리는 한 번도 이 구성으로 대화해본 적이 없었지만 모두 눈치껏 배려하며 '화자'와 '통역사'의 역할을 넘나들었다. 조혜미는 "수어 통역사로 부른 게 아니라 영화감독으로 불렀기 때문에 통역하지 않아도 돼요."라고 손을 내저었지만, 문자 통역보다는 수어 통역이 훨씬 더 정확하고 빠르게 맥락을 전달할 수 있다는 걸 알고 있었다. 더구나 낯선 외국에서, 자신의 모어를 사용하는 사람이 아무도 없는, 국제수어를 사용하는 곳도 아닌 청인 중심의 단체에서 일을 해 나간다는 것이 너무나 대단해 어떻게든 격려하고 지지하고 싶었다. 나는 괜찮다며 이렇게 통역하는 일은 어렸을 때부터 해와서 어렵지 않다고 말했다. 다만 부족한 수어 실력을 좀 이해해 달라고 웃었다.

"통역해줘서 고마워요. 수어 통역이 있으니 세세한 부분까지 서로 이해할 수 있어 정말 좋네요. 저희는 혜미 씨랑 일하면서 많은 걸 배우고 있어요. 농인의 문화와 언어, 한 번도 생각해보지 못했어요. 북한에도 농인이 있고 남한의 수어와 약간 다른 언어, 손말이 있다는 걸 알게 되었고요. 혜미 씨는 정말 보물이에요. 얼마 전에는 저희가 하는 일본군 위안부 피해자 활동을 국제수어로 촬영해서 올렸는데 농인뿐만 아니라 청인도 정말 많이 봤어요. 수어가 표정이 있으니까 그냥 글이랑 사진 올리는 것보다 혜미 씨가 이렇게 눈썹을 움직이면서 표정을 만들어내는 걸 보는게 훨씬 생동감이 있는 거예요. 여기 사는 독일 사람이나 외국인한테도 훨씬 더 잘 통하고요."

'코리아협의회' 대표가 조혜미에 대한 칭찬을 시작했다. 그러자 옆에 있던 직원이 바통을 이어받았다.

"저는 수어를 하나도 몰랐는데 조금씩 배우고 있어요. 세상이 정말 넓어지는 기분이에요. 혜미 언니가 있으니까 농인 입장에서 생각해보게 되더라고요. 독일 농인이 대표로 있는 '투게더함흥'과 함께 회의할 때는 통역사를 두 명 불러요. 독일수어를 독일 음성 언어로 통역하는 통역사를 통해 저희는 독일어로 회의를 하고, 독일수어를 국제수어로 통역하는 통역사를 통해 혜미 언니가 회의에 참여하죠. 쉬운 일은 아니지만 이렇게 배워 가는 것 같아요."

조혜미는 아직 독일수어를 습득하지 못했다며 원활한 소통을 위해 어서 독일어와 독일수어를 배워야 한다고 했다. 신기한 것은 이들의 대화에서 한 번도 '장애'라는 단어가 등장하지 않았다는 것이다. 이들은 모두 그를 '장애인'이 아니라 언어와 문화가 다른 사람으로 인식하고 있었다. 어쩌면 이곳이 독일이라서, 한국에 비해 더 많은 언어와 문화가 섞여 있는 다인종, 다문화의 공간이라서 그런 건 아닐까 하는 생각이 들었다. 또한 이들의 위치성도 큰 영향을 미칠 터였다. 독일 사회 내에서 주류 언어가 아닌 한국어를 사용하며 한국인의 정체성을 가지고 살아가는 사람들, 그 경험치가 농인 조혜미와 일한다는 것 자체를 그리 복잡하고 어렵지 않게 한 것이다.

그들은 그런 의미에서 내가 만든 다큐멘터리 영화 〈반짝이는 박수 소리〉를 상영하고 싶다고 했다.

"한국 농인의 삶을 더 잘 이해하고 싶어요. 농인 부모에게서 태어난 코다 감독이 자신과 농인 부모의 삶을 직접 찍었다고 하던데 그걸 통해 혜미 언니가 어떤 사회에서 어떻게 자랐는지 볼 수 있을 것 같아요. 다들 언니가 어떤 사람인지 궁금해하거든요. 영화 상영 후에는 감독님과 혜미 언니가 함께하는 대담 자리를 마련하고 싶어요. 언니가 한국 사회에서 경험한 것들을 영화를 통해 들어볼 수 있는 자리가 될 것 같아요."

이들은 독일 농인과 청인, 한국 농인과 청인을 비롯해 저마다의 언어와 문화를 가지고 있는 이들을 모두 초청하면 좋겠다며 즐거운 상상을 했다.

조혜미는 낯선 언어로 가득한 이곳에서 프리랜서로 살아가는 게 쉽지만은 않지만 정말 많은 걸 배우고 있다고 했다. 자신의 모어인 한국수어는 거의 쓸 기회가 없고, 청인들이 사용하는 한국어, 이제는 좀 능숙한 국제수어, 아직은 서툰 영어와 독일어와 독일수어. 낯선 언어들 사이에서 잘 지내는 중이라 했다.

그는 많은 것들의 경계를 무너뜨리고 있었다. 남한의 수어와 북한의 손말을 한국뿐 아니라 국제 사회에 소개하며 왜 한반도에 두 가지 수화언어가 존재하는지, 그것은 어떻게 같고 다른지 이야기하고 있었고, 한독 시민 단체에서 일하며 청인과 농인이 문턱 없이 함께 일할 수 있음을 보여주고 있었다. 그와 함께 일하는 이들 역시 그를 다른 문화를 가진 사람으로 받아들임으로써 기존의 인식을 해체하고 있었다. 그들은 또 다른 방식의 연대가 가능함을 몸으로 보여주고 있었다. 나는 회의 내내 조혜미를 칭찬하고 동시에 '코리아협의회'의 개방성이 얼마나 훌륭한지 찬사를 거듭했다. 수어로 '칭찬'은 주먹을 쥔 왼손에서 엄지만 올린 후 그걸 오른 손바닥으로 두 번 쳐올리는 것인데 엉덩이를 두드리는 동작을 의미한다. 나는 그 수어를 조혜미를 향해 한 번, 직원들을 향해 또 한 번 사용했다. 그 기운으로 그들이 새로운 연대의 장을, 그들의 방식으로 만들어 나가길 진심으로 바란다.

코다 월드에 오신 것을
환영합니다

2019년 프랑스 파리에서 열린 제34회 코다인터내셔널콘퍼런스에서 나는 마침내 나의 코다 가족들을 만나게 되었다. 나흘간의 콘퍼런스가 열릴 호텔은 파리 동남부의 숲 퐁텐블로에 있었다. 파리 공항에서 출발해 지하철, 기차, 택시를 갈아타며 헤맨 끝에 겨우 도착한 행사장에서는 모두가 반갑게 포옹하며 안부를 묻고 있었다. 참가자들 대부분이 서로 잘 아는 사이인 듯했다. 도착은 했는데 이제 뭘 해야 하는지 몰라 어색하게 서 있으니 어서 등록 절차를 밟고 첫 참가자들을 위한 프로그램에 가야 한다고 미국 코다 캐시가 말했다. 기차역에서 어떻게 호텔로 가야 할지 몰라 헤매고 있는 나를 택시에 태워준 구원자였다. 미국에서 남편과 함께 왔지만 남편은 코다가 아니라 콘퍼런스는 혼자 참가한다고 했다. 캐시는 곧 버디가 생기겠지만 자신을 또 다른 버디로 생각하라며 언제든지 궁금한 게 있으면 자신을 찾으라고 덧붙였다. 매년 콘퍼런스에서는 첫 참가자들을 위해 버디 시스템을 운영하는데 문화, 정체성이 비슷한 선배 코다를 연결하여 그들의 경험을 첫 참가자에게 나눠주고 언제든지 도움을 주고받을 수 있도록 했다. 누구와 어떻게 인사하며 이야기를 시작하면 되는지 아무것도 알지 못하는 데다 심지어 주최 측의 실수로 모든 프로그램과 정보가 올라오는 페이스북 그룹에 가입되지 않아 그어떤 정보도 사전에 받지 못한 내게 가장 시급한 것은 버디와 오리엔테이션이었다.

늦을까 헐레벌떡 들어서니 70명 정도의 사람들이 앉아 있었다. 나처럼 처음 참가하는 이들이었다. 앞줄에서 한국에서 온 보석 씨를 만났다. 수어 통역사이자 대학원생인 그는 한국에서 온 참가자는 혼자인 줄 알고 걱정했는데 다행이라며 잘 부탁한다고 인사를 건넸다. 잘 아는 사이는 아니었지만 나의 모어인 한국수어와 한국 음성언어를 공유할 수 있는 이가 있다는 데 안도감이 들었다. 어떻게 오게 되었는지 이야기를 주고받는데 무대 앞의 수어 통역사들이 손을 움직였다. 프로그램이 시작된 것이다. '코다 인터내셔널'의 회장 레이가 마이크를 잡았다. 무대 우측에는 국제수어 통역사, 좌측에는 이탈리아수어 통역사가 그의 말을 수어로 옮겼다.

"아, 아. 오리엔테이션을 시작하기 전에 먼저 통역에 대한 전반적인 설명을 드릴게요. 이번 코다인터내셔널콘퍼런스의 공식 언어는 미국수어, 국제수어, 영어 음성언어입니다. 또한 프랑스에서 열리는 행사인만큼 많은 프랑스 코다들이 참가했는데요.

좀 더 원활한 행사 진행을 위해 이번 콘퍼런스에서는 역사상 처음으로 전문 동시 통역사들을 배치했습니다. 영어 음성언어를 프랑스 음성언어로, 또 그 반대로 통역할 텐데요. 필요하신 분은 입구에서 헤드셋을 받으시기 바랍니다. 또한 단체로 참여한 각국의 코다 그룹마다 영어 음성언어, 미국수어, 국제수어를 자국의 수어로 옮기는 통역사가 있는 걸로 알고 있는데요. 통역이 필요하신 분은 각각의 프로그램 시작 전에 주최 측에 알려주시길 바랍니다. 코다인터내셔널콘퍼런스에서 가장 중요하게 여기는 것은 '접근성'입니다. 저희는 이곳에서 그 누구도 소외되지 않기를 바랍니다. 부모의 통역사로 자랐고, 현재까지도 (비)전문적으로 통역 일을 하고 있는 우리 코다 모두가 가장 잘 알고 중요하게 여기는 것이기도 하죠. 행사장 입구에 앉아 있는 두 명의 전문 동시 통역사들을 제외하고, 이 행사의 모든 수어 통역, 음성 통역은 여러분과 같은 참가자인 코다들의 자원봉사로 이루어집니다. 코다 월드, 코다 랜드에 오신 여러분을 진심으로 환영합니다."

환영사가 끝나자마자 박수갈채가 쏟아졌다. 반짝이는 박수 소리였다. 참가자들은 양손을 펼쳐 높게 든 후 흔들었다. 어떤 이는 양 손바닥을 부딪쳐 짝짝짝 박수 소리를 냈다. 이곳에서의 박수는 두 가지였다. 농사회에서 사용하는 반짝이는 박수와 청사회에서 사용하는 박수 소리. 나는 손바닥을 부딪쳐 박수 소리를 내다가 두 팔을 올려 반짝이는 박수갈채에 동참했다. 무대에는 레이뿐만 아니라 '코다 인터내셔널'의 각 국가와 지역에서 활동하는 임원들과 이번 코다인터내셔널콘퍼런스를 진행하는 코다 프랑스 임원과 자원봉사자들이 서 있었다. 모두가 보수 하나 받지 않고 순전히 자원봉사로 모든 일을 해왔고 또 해 나갈 것이라 했다. '코다 인터내셔널'의 운영뿐만 아니라 전 세계 21개국에서 244명이 참가하는 나흘간의 콘퍼런스는 이 끈끈한 코다 네트워크를 기반으로 해서 만들어진 것이었다.

임원들 중에는 우리 '코다 코리아'가 2016년 '코다 영국 – 아일랜드'의 청소년 여름 캠프에 참가했을 때 반갑게 맞아준 영국 코다 에이드리언, 2017년 한국에 방문해 한국 코다들을 만난 시더도 있었다. 이 모든 이들의 애정과 노력으로 2019년 제34회 코다 인터내셔널콘퍼런스가 개최될 수 있었던 것이다. 이제 막 행사가 시작되었을 뿐이었지만 드디어 집에 왔구나 하는 안도감과 감사함에 코끝이 찡했다.

나쁜 코다여도 괜찮아

콘퍼런스 프로그램은 개막 기조연설과 폐막 기조연설을 비롯해 다양한 분야의 워크숍, 대여섯 명 정도의 참석자들이 각자의 경험과 생각을 나누는 토론회, 각 주제별 소모임, 숲속 산책으로 아침을 여는 건강 모임, 밤늦게까지 이어지는 디스코 파티, 24시간 언제고 열려 있는 '병원 방(Hospital room)' 등 다양하게 마련되어 있었다. 콘퍼런스에 처음 참가한 이들에게 추천하는 건 워크숍과 각 주제별 소모임과 병원 방이었는데, 후자의 경우 농인

들이 종종 환대라는 뜻의 영어 단어 'Hospitality'를 병원이라는
뜻의 'Hospital'로 착각하는 것을 보고 붙인 애칭 같은 것이라 했
다. 농인을 비하하는 의미가 아니라, 농인 부모의 말투와 습관,
농문화를 아끼고 좋아하는 코다들의 문화를 보여주는 것이었다.
콘퍼런스 동안 다른 이들의 이야기를 듣고 자신의 이야기를 꺼내
놓으며 수많은 감정에 휩싸이게 될 텐데 그때 병원 혹은 환대의
장소가 필요하다면 이곳에 오면 된다고 했다. 과자와 음료수는
물론이고 전 세계에서 온 이야기꾼들의 풍성한 이야기를 마주할
수 있을 거라 했다. 무슨 말인지는 잘 몰랐지만 일단 고개를 끄
덕였다.

오리엔테이션을 마치고 첫 참석자들을 위한 소모임 장소로 향
했다. 73명의 첫 참석자들이 각자의 언어를 중심으로 나뉘었다.
프랑스어, 이탈리아어, 독일어, 영어, 영어와 국제수어. 나는 그
중 영어와 국제수어 사용자의 방으로 향했다. 스무 명 남짓한 이
들이 둥그렇게 둘러앉아 있었다. 영어를 국제수어로, 국제수어를
영어로 통역하는 통역사 두 명도 있었다. 이 소모임의 진행자가
나무 막대기를 들고 입을 열었다.

"저 역시 첫 참가자로서 이 방에 들어온 적이 있는데요. 오늘
은 이 모임의 원활한 토론을 위해 자원봉사자로서 들어왔습니
다. 지금 여기서 통역을 하는 두 명의 통역사 역시 무보수로 일하
는 것이니 그들의 통역을 판단하거나 비난하는 일은 하지 말아
주십시오. 콘퍼런스의 규칙입니다. 또한 이 소모임을 비롯해 콘

퍼런스 내에서 나눈 이야기들은 바깥으로 공유하면 안 된다는
규칙이 있습니다. 사진이나 동영상 촬영의 경우, 사진에 나온 모
든 사람에게 동의를 구해야만 SNS 게재가 가능합니다. 서로에
대한 신뢰가 있어야 각자의 생각, 경험, 이야기를 나눌 수 있기
때문입니다."

　진행자는 첫 소모임이니만큼 가볍게 돌아가며 어디서 왔고 어
떤 환경에서 나고 자랐는지 말하고, 코다에 대해서 하고 싶은 말
이 있다면 나눠보자며 나무 막대기를 옆 사람에게 넘겼다. 어떤
이는 나처럼 수어를 사용하는 농인 부모 아래 태어나 수어를 모
어로 배웠다고 했고, 또 어떤 이는 농인 부모 아래서 외동딸로
태어났다고 했다. 형제, 자매들이 있지만 자신만 청인으로 태어
난 경우도 있었다. 부모가 농인이지만 상대방의 입 모양을 읽어
내용을 이해하는 구화인이라서 음성언어를 쓰며 자랐지만 나중
에 수어를 배워 통역사로 활동하고 있는 코다, 영어 음성언어도
할 수 있지만 아무래도 수어를 사용하는 게 편하다며 수어로 자
기소개를 한 코다도 있었다. 다들 자신의 이름을 말하며 수어 이
름을 붙였다. 다음은 내 차례였다.

　"저는 한국에서 온 보라예요. 얼마 전에 네덜란드에서 석사 과
정을 졸업하고 현재는 암스테르담에서 살고 있어요. 수어 이름은
한국수어의 지화로 ㅂ, ㅗ, ㄹ, ㅏ. 이렇게 빨리 쓰면 엄지를 접은
오른손을 위에서 아래로 내렸다가 오른쪽으로 향하는 모양인데
요. 이게 제 수어 이름이에요. 엄마, 아빠 모두 농인이고 코다 남
동생이 한 명 있습니다."

나는 간단히 소개를 마친 후, 꼭 하고 싶었던 이야기를 덧붙였다.

"콘퍼런스 오기 전에 가족들과 스페인 여행을 했어요. 2주 남짓한 여정이었는데 아빠가 외국 음식에 완전 질린 거예요. 매운 거 먹고 싶다고 했는데 타코 파는 가게 앞에 엄청 맵게 생긴 음식 사진이 있어서 들어갔어요. 아빠는 잔뜩 기대하고 그걸 시켰는데 종업원이 오늘은 안 된다고 한 거죠. 그래서 저는 오늘 안 된다고 통역했어요. 그런데 아빠가 갑자기 얼굴을 찌푸리면서 왜 안 되냐고 짜증을 내는 거예요. 다른 걸 찾아보라고 하니 그 옆에 있는 메뉴를 짚더라고요. 중간에서 통역하면서 '이건 있어요?' 물어보는데 그것도 안 된다고 하더라고요. 그러자 아빠가 짜증을 내면서 '그럼 사진은 왜 붙여놨냐? 왜 장사를 이렇게 하냐?' 하고 얼굴을 붉으락푸르락 찌푸린 거죠. 종업원은 아빠를 쳐다보고 있었어요. 저는 이 상황이 너무 당황스럽고 아빠가 이렇게 짜증을 내는 걸 이해할 수 없어 화가 났어요. 제 표정을 읽은 동생이 상황을 무마하려고 아빠에게 '오늘 사정이 있어서 안 되는 거래. 가끔 그래.' 하고 부가 설명을 했어요. 종업원은 아빠 표정을 봤는지 조금 이따 주문하겠냐고 묻고는 돌아갔어요. 그렇지만 저는 충분히 알 수 있었어요. 그가 기분이 나쁘다는 걸요. 한국과 달리 유럽에서는 손님이 왕이 아니라고, 무례했을 수 있다고 아빠에게 설명했어요. 그런데 아빠가 그러는 거예요. '어차피 저 사람 수어 몰라.' 그걸 어떻게 몰라요! 수어는 표정이 반 이상인데. 표정은 청인도 읽을 수 있는데! 저는 속이 터져 죽을 지경이었고 그걸 옆에서 지켜보는 동생도 답답해 미칠 지경이었죠.

저는 안 되겠다 싶어 아빠에게 이번에는 꼭 통역하는 사람의 마음이 어떤지 알려줘야겠다는 생각이 들었어요. 이런 상황이 처음은 아니었거든요. 외국 여행을 할 때마다 자기 입맛에 맞지 않으면 엄청 큰 수어와 얼굴 표정으로 종업원 앞에서 '맛없어!' '하나도 안 매워!' '느끼해, 별로야'라는 자기표현을 아주 솔직히 하는 바람에 아빠 옆에서 동생과 제가 그 상황을 무마하기 위해 얼마나 큰 노력을 해야 했는지요. '아빠, 청인들도 아빠 표정 충분히 읽을 수 있어. 왜 그럴 때마다 동생이랑 내가 아빠 대신 웃으면서 두 배로 고맙다고 인사하고 두 배로 죄송하다고 말해야 해? 내가 통역을 해야 하는 건 알겠는데 미안하다, 고맙다는 뜻은 알아서 충분히 전달할 수 있지 않아? 왜 내가 아빠 대신 맨날 죄송하다고 해야 하는데? 난 통역사이기도 하지만 딸이고, 그냥 나 자신이기도 하다고!' 화를 내면서 동생을 쳐다봤어요. 고개를 끄덕이고 있더라고요. 사실 그 말을 할 필요는 없었는데 동생 때문에라도 이 말은 꼭 해야 한다고 생각했어요. 이 모든 걸 그냥 참기만 하는 착한 동생 대신 무언가를 해야 한다는 마음이었죠. 그런데 이 말을 하면서도 제가 너무 못됐다는 생각이 들었어요. 아빠는 농인인데. 많은 농인이 그렇듯 직설적으로 수어를 사용하는 것뿐인데. 외국 여행 경험도 별로 없으니까 이곳의 문화가 어떻게 다른지 잘 알지 못했겠죠. 통역을 하는 게 저와 동생의 역할이라는 걸 알면서도 가끔은 그게 너무 과하다고 느끼는 거예요. 그런 감정을 느끼는 저를 보고 또 죄책감을 느껴요."

나는 말을 하다 울먹였다. 소모임 방마다 마련된 화장지가 내 앞으로 전달되었다.

"이걸 울면서 할 얘기는 아닌 것 같은데. 그런데 아빠가 그러는 거예요. 종업원 오면 미안하다고 말할 테니까 그만 말하라고. 저는 나랑 동생한테도 미안하다고 말해야 한다고 했어요. 그런데 아빠가 저를 한참 무시하더니 제가 몇 번 손을 흔들어 부르니까 '이제 다음부터 너희랑 여행 안 할 테니까 걱정하지 마!'라고 하는 거예요. 저랑 동생은 너무 화가 나서 어쩔 줄 모르고. 엄마는 그 상황을 무마하려고 최대한 웃으면서 애쓰고 있었어요. 저는 제가 못됐다는 걸 알지만 그래도 아빠가 통역사인 우리를 이해해줘야 한다고, 미안하다고 해야 한다고 생각했어요. 그런데 이런 감정을 느끼고 사과를 요구하고 농인인 아빠와 싸우는 것 자체가 필요하다고 생각하면서도 동시에 죄책감이 드는 거예요. 어디 가서 말도 못했어요."

이야기를 마치고 나니 코다들이 무슨 마음인지 알겠다는 표정으로 고개를 끄덕였다. 후련했다. 적어도 이곳에는 "그래도 부모님이 청각장애인인데 네가 이해하고 참고 잘 보살펴드려야지."라는 말을 쉽게 하는 이들은 없었다. 아니, 그런 말들에 지쳐 갈 곳을 잃은 마음과 감정이 도착한 곳이 이곳이었다. 이 이야기를 저녁 식사에서 만난 한 미국 코다에게 나누자 주제별 소모임 중 '불과 얼음(Fire&Ice)' 모임이 바로 이런 강렬한 감정과 경험을 공유한다고 했다. 공개된 자리에서 토론하기 어렵지만 코다 정체성과 경험의 일부를 형성하는 그런 기억들 말이다. 그는 어렸을 때부터 겪은 부모와의 갈등 때문에 너무 힘든데, 그 모임에서는 그런 이야기를 나눌 수 있다고 했다. 그의 농인 부모는 농인 아들을 갖기를 원했는데(농인의 지위가 낮지 않고 농문화가 발전되고 정착된 국가에서는 농인들이 자녀와 온전히 소통하기 위해 자신과 같은 언어를 사용하는 농인 자녀를 선호하는 경우가 있다), 낳고 보니 청인 딸이었다고 한다. 완전히 정반대의 아이가 태어난 것이다. 그는 충분히 사랑받으며 크지 못했고, 자신의 청문화와 코다 문화를 온전히 포용하지 않는 부모와 충돌하며 자랄 수밖에 없었다고 했다. 그는 콘퍼런스에 처음 온 코다들에게는 '불과 얼음' 모임을 잘 권하지 않는다며 자신의 이야기도 사실 콘퍼런스 첫날에 너무 과할 텐데 미안하다며 사과했다.

다행이었다. 아니, 이런 이야기들을 나눌 수 있어 좋았다. 누가 잘했고 옳았나를 판단하는 것이 아니라, 코다로서 느낀 감정과 경험을 온전히 털어놓고 들을 수 있다는 것이 그랬다. 이곳에서는 나쁜 코다가 되어도 괜찮았다. 나의 모어인 수어를 사용하고 농문화를 공유하는 부모도, 나와 많은 시간을 함께해 온 청인 친구들도 쉽게 공감하고 이해하지 못하는 것을 코다들은 단번에 이해했다. 나라마다 다른 문화나 언어는 중요하지 않았다. 코다는 코다였다. 어떤 것도 구구절절 설명하고 통역할 필요가 없었다. 이들과 함께 있다는 것 자체가 큰 위로였다.

동생의 자리

주제별 소모임은 콘퍼런스 기간 내내 열렸다. 아는 사람이 별로 없어 어색하게 방에 들어갔지만 나올 때면 이상하게 가족이 생긴 기분이었다. 이야기를 모두 나눈 후에는 다 함께 어깨동무를 하고 큰 원을 만들었다. 어깨를 맞대고 서로의 얼굴을 쳐다봤다. 용기 있게 이야기를 나누어준 이, 세상 그 누구보다 사려 깊게 들은 이, 함께 울고 웃었던 이. 모두가 방에서 나갈 때면 친구이자 가족이 되었다.

코다 자매형제 소모임에 들어갔을 때였다. 자매 혹은 남매가 함께 온 경우도 있었고, 함께 콘퍼런스에 참석했지만 동생과 들어오고 싶지 않아 누가 들어갈지 사전에 합의하고 들어온 이도 있었다. 나처럼 홀로 콘퍼런스에 참석한 코다도 있었다. 나무 막대기를 넘겨받으며 짤막하게 자기소개를 했다. 내 옆에는 셋째 언니와 함께 들어온 넷째이자 동생인 50대 코다가 있었다. 이처럼 다양한 세대의 코다를 만나는 건 난생처음 해보는 경험이었다. 한국에서 내가 만난 코다들은 모두 내 나이 또래였기 때문이다. 사실 내 윗세대 코다가 존재할 거란 생각은 미처 하지 못했다. 그러나 코다는 청인, 농인과 함께 아주 오래전부터 존재해 왔다. 다만 한국의 코다는 자신이 '코다'라는 걸, 자신을 명명하는 이름이 있다는 걸 알지 못했을 뿐이다.

소모임에 들어오기 전에는 뭐 딱히 할 말이 있을까 싶었다. 나는 이미 다 자란 성인이고 동생과 원만한 관계를 유지하고 있기 때문에 굳이 어떤 말을 할 필요가 없을 것 같았다. 그런데 나무 막대기가 손에서 손으로 넘어가며 각자가 경험한 코다 자매형제 관계에서 생기는 다양한 경험을 듣자, 내 몸 어딘가에 남아 있던 이야기들이 하나둘씩 모습을 드러냈다.

"초등학교 5~6학년 때쯤이었어요. 당시 저는 한국의 한 농촌 마을에 살고 있었고, 그때 우리에게는 시내로 햄버거를 먹으러 가는 게 큰 이벤트 중 하나였어요. 몇몇 친구들, 동생들과 함께 날을 정해 다 함께 가기로 했죠. 시내에는 파파이스가 있었는데 그곳에서 유일하게 햄버거를 먹을 수 있었어요. 부모님이 노점 장사를 했는데 경제 상황이 좋은 편이 아니었어요. 죄송한 마음으로 용돈을 받아 파파이스에 도착해 설레는 마음으로 메뉴를 확인하는데 아뿔싸, 돈이 부족한 거예요. 가지고 있는 돈으로는 달랑 세트 메뉴 하나 시킬 수 있었어요. 햄버거가 그렇게 비싼 줄 몰랐던 거죠. 어쩌지, 하고 머릿속으로 온갖 계산을 하고 있는데 친구들이 주문을 하기 시작했어요. 동생은 햄버거를 먹을 생각에 신난 표정이었고, 저는 친구들에게 돈이 부족하다는 말을 할 수가 없었어요. 지금 생각하면 그냥 몇천 원만 빌리면 되는 거였는데. 고민 끝에 배가 고프지 않다고 하고는 세트 메뉴 하나만 시켜 동생에게 주었어요. 사실 저는 햄버거를 잘 못 먹었거든요, 느끼해서. 햄버거 하나 다 먹으려면 콜라 두 캔은 마셔야 했어요. 그렇게 햄버거가 먹고 싶었던 것도 아니었는데 내 앞에만 세트 메뉴가 없다는 게 창피하고 속상했어요. 음식을 받아 이층으로 올라왔는데 눈물이 났어요. 동생은 그것도 모르고 엄청 맛있게 먹더라고요. 우는 모습을 보여주고 싶지 않아 엎드려 자는 척했는데 자꾸만 설움이 복받쳐 어깨가 들썩였어요. 사실 이거, 엄청 작고 귀엽고 웃긴 에피소드거든요? 그런데…… 이걸 스물일곱 살이 되어서야 동생에게 꺼내놓을 수 있었어요. 동생은 하나도 기억하지 못하더라고요. 이야기를 하고는 울면서 웃었어요. 지금처럼요."

목이 메여 중간중간 말을 멈춰야 했다. 단순히 햄버거를 못 먹어 슬펐던 건 아니라며 울다가 웃기를 반복했다.

어렸을 적 집안 경제 상황이 무척 좋지 않았을 때가 있었다. 1997년 외환 위기 당시 아빠는 다니던 가구 하청 회사의 부도로 직장을 잃었다. 길거리에 내몰린 아빠는 지인에게 와플과 풀빵을 구워 팔면 먹고 살 수 있다는 말을 듣고 노점 장사를 시작했다. 엄마와 아빠는 전국의 축제를 다니며 와플과 풀빵을 구워 팔았다. 성수기에는 제법 장사가 잘되어 쏠쏠했다. 그러나 축제가 열리지 않는 추운 겨울 비수기가 문제였다. 날은 추웠고 어떤 축제도 열리지 않았다. 엄마와 아빠는 밤마다 돈이 없다고 말했고, 나는 그 수어 대화를 엿봤다. 엄마는 쌀 살 돈이 없어서 밀가루로 수제비를 만들었다. 매일매일이 수제비였다. 동생은 아무것도 모르고 맛있게 먹었지만 나는 왜 우리가 매번 라면과 수제비를 먹는지 알고 있었다.

그러던 어느 날 엄마가 도저히 우리를 먹일 수 없다며 나와 동생을 대전에 있는 할머니 댁에 보낸다고 했다. 그런데 대전까지 갈 기름 값도 없었다. 아빠는 우리를 충남 천안에 내려주었고, 그곳에서 우리는 삼촌을 만나 대전으로 향했다. 나는 그 휴게소의 공기가 얼마나 차가웠는지 정확하게 기억하고 있지만 동생은 아무것도 알지 못했다. 당장 먹을 것이 없는데 어쩌지 하고 걱정하는 것도, 대출이 가능한지 통역하기 위해 은행에 불려 다닌 것도, 전세금이 얼마고 보증금은 얼마나 되는지 전화번호를 누르며 부모 대신 확인해야 한 것도, 불쌍하다며 손에 오백 원짜리 동전을 쥐어주는 낯선 이들 앞에서 동생 손을 잡고 활짝 웃어야 한 것도. 같은 코다라고 해서 삶의 무게가 동일한 것은 아니었다.

막대기가 내게로 돌아왔다. 동그란 모양으로 앉은 참석자들은 자유롭게 말하거나 들었다. 내 앞쪽에 앉은 프랑스 코다 자매는 짤막한 자기소개를 제외하고는 그 어떤 이야기도 꺼내놓지 않았다. 동생이 콘퍼런스에 함께 오자고 해서, 이 소모임에 함께 들어가자고 해서 함께 왔다고 언니가 입을 열었을 뿐이었다. 둘은 다른 사람의 이야기를 듣는 내내 계속 눈물을 훔쳤다. 왜인지는 모르겠지만, 어떤 감정과 이야기를 계속해서 만지며 꺼내놓을까 말까 고민했는지는 모르겠지만, 둘은 다른 이들의 이야기를 사려 깊게 들었다.

"초등학생이었나 중학생 때였어요. 저는 공부를 곧잘 하는 우등생이자 모범생이었어요. 그런데 동생은 그렇지 못했죠. 엄마가 동생을 잘 타일러 보라고 했어요. 성적에도 좀 신경 쓰고 공부도 열심히 하면 좋겠다고요. 동생이 수어도 잘 못하고 해서 말도 잘 안 통하고, 엄마가 이야기하는 것보다는 제가 이야기하는 게 훨씬 더 잘 통할 거라고요. 그래서 동생을 앉혀 놓고 훈계를 했어요. 집안 사정도 좋지 않고 하니 공부를 더 열심히 해야 하지 않겠냐고. 길게 이야기를 하는데 동생이 눈물을 흘리더니 알겠다고 고개를 끄덕이는 거예요. 제가 왜 동생을 울려야 하는지, 그 역할을 왜 제가 해야 하는지 알 수 없었어요. 그렇지만 엄마가 하기 어려우니 내가 해야지, 하는 생각이었어요. 그런데 시간을 두고 생각해보니 제가 동생에게 또 다른 짐을 지웠던 것 같아요."

　이상하게도 나무 막대기를 들고 입을 열 때마다 감정이 북받쳤다. 이미 15년도 더 지난 일인데 그때 나와 동생을 떠올릴 때마다 목이 메었다. 어쩌면 그때 내가 누나라는 이름으로, 엄마라는 이름으로 동생의 자리를 빼앗은 건 아닐까. 실컷 어리광과 말썽을 부릴 나이에 나는 동생에게 나처럼 빨리 어른 아이가 되기를 요구했는지도 모른다. 내가 통역사이자 보호자 역할을 하는 것처럼, 너도 어서 자라 이렇게 되어야 한다고, 어른 아이가 되어야만 살아남을 수 있다고 얘기한 것인지도 모른다. 나는 내가 코다 맏이라 동생에게는 엄마가, 부모에게는 보호자가 되어야 했다고, 그게 큰 짐이었다고 했지만 정작 동생의 입장은 한 번도 생각해보지 않았다.

　엄마인 척하는 목소리 큰 누나와 농인 부모 아래서 자기 의견 하나 제대로 내지 못하고 자란 동생. 동생이 싫은 소리 하나 하

지 않는, 언제나 반듯하고 착한 아이가 된 것은 나 때문이었을지
도 모른다. 콘퍼런스에 오기 전, 동생에게 나중에 함께 가자며 의
향을 물었다. 동생은 흥미롭다고 말은 했지만 사실 시큰둥해했
다. 나처럼 강하고 긍정적인 코다 정체성을 가지고 있지는 않았
다. 어쩌면 그게 나 때문일 수도 있겠다는 생각이 들었다. 막대기
를 옆 사람에게 넘겼다. 프랑스 코다 자매 중 동생이 고개를 끄
덕이며 나를 쳐다봤다. 눈가가 빨갰다. 어떤 마음으로 나를 쳐
다보는 건지는 모르지만, 나의 이야기 중 어느 부분이 당신의 그
감정을 일렁이게 했는지 알 수 없지만, 당신과 언니가 어떤 이야
기를 지녔는지는 모르지만, 그와 내가 그 어떤 비슷한 감정을 공
유하고 있다는 느낌이 들었다. 모임이 끝난 후 자매에게 다가가
인사하며 그들을 꼭 안아주었다. 이야기를 들어줘서, 함께 울어
주어 고맙다고. 이렇게 용기 내어 언니와, 또 동생과 함께 이 방
에 들어온 것만으로도 내게는 큰 힘이 된다고. 나도 언젠가 동생
과 이 방에 들어와, 평생 듣지 못한 동생의 이야기를 한 번쯤 들
어볼 수 있으면 좋겠다고. 내가 빼앗은 그 자리를 동생에게 돌려
주고 싶다고 말이다.

코다의 힘으로 코다를

"첫 번째 콘퍼런스에서는 무리하지 마세요. 수많은 감정, 경
험, 기억이 솟구쳐 오를 텐데 피곤하거나 지치면 쉬세요. 새로 만
나는 사람들, 수많은 언어와 문화 사이에서 울었다가 웃었다가

감동에 겹다가 화가 났다가 할 거예요."

내 룸메이트이자 작년 콘퍼런스에 처음으로 참석한 홍콩 코다 캐시아의 말이었다. 콘퍼런스 마지막 날이 되니 무슨 말인지 알 것 같았다. 코다들의 수많은 이야기를 듣고, 감정이입하고, 나의 경험을 꺼내놓고, 또 새로운 사람들을 만나고……. 쉬고 싶었지만 내일이면 모두와 헤어진다는 생각에 호텔방을 박차고 나왔다. 아직 이름도 물어보지 못한 이들이 훨씬 많고, 나는 이제 막 '우리나라'를, '우리나라 사람'을 만난 것 같은데!

벅찬 마음과 섭섭함, 아쉬움을 토로하고 있을 때 사진을 찍는다고 했다. 캐시아가 아침부터 엄청난 양의 화장 도구를 꺼내놓고 옷을 갈아입어야 한다며 분주해 왜 저러나 싶었는데 하얀 얼굴에 분홍색으로 진하게 분칠을 한 중국 경극 복장을 하고 나타난 것을 보고 고개를 끄덕일 수밖에 없었다. 놀랄 정도로 수많은 참가자가 특이하고 신기한 복장으로 하나둘씩 모습을 드러냈다. 프랑스에서 열리는 콘퍼런스인만큼 프랑스인 화가 모자와 검은색 원피스를 세트로 차려 입은 60대 코다들부터 프렌치프라이를 형상화해 가슴골에 수많은 감자튀김 장식을 꽂고 나타난 미국 코다, '프랑스' 하면 '프렌치 셰프(French Chef)' 아니겠냐며 요리사 모자와 앞치마를 입은 호주 코다, 프랑스 국기 색깔로 된 가발을 쓴 코다, 프랑스인 콧수염과 화가 모자를 쓰고 나타난 코다, 프랑스가 뉴욕에 선물한 것이라며 자유의 여신상 모자와 미국 국기 티셔츠를 입고 나타난 커플 코다까지. 다들 1년 동안 이 날 이 순간만을 기다려 온 것 같았다.

저녁 식사 이후에는 '코다 인터내셔널'의 정기 총회가 이어졌다. 임원들은 올해 진행한 행사와 사업을 보고하고, 내년의 사업과 콘퍼런스에 대한 의견을 주고받았다. 거수로 투표도 하고 주요 사안도 결정했다. 회장 레이는 올해가 역사상 가장 많은 국가에서 참석한 해라며 미국 백인 중심의 콘퍼런스에서 벗어나 조금씩 다양성을 갖춰 나가고 있다고 보고했다. 그러자 자리에 앉아 있던 코다 하나가 손을 들었다. 어렸을 적 필리핀에서 부모와 함께 미국으로 이주한 여성이었다.

"'코다 인터내셔널'은 아시아, 아프리카, 남아메리카의 코다들과 장기적으로 어떻게 함께할 수 있을지 고민하고 있나요? 실제로 제가 아는 필리핀의 많은 코다는 이 콘퍼런스에 참가하길 원하지만 그쪽 물가로는 등록비가 너무 비싸 엄두도 못 내는 상황이에요."

시기적절하고 중요한 질문이었다. 실제로 다양성을 중요 가치로 여기는 코다인터내셔널콘퍼런스지만 여전히 미국 백인 참가자가 중심이었다. 레이는 상황이 어려운 코다들에게 지원 신청서를 받아 참가비와 항공료를 지원하고 있다고 했다. 그러나 이 콘퍼런스가 어떻게 장기적인 방안을 수립하고 대안을 모색하는지는 답하지 못했다. 앞으로 함께 풀어 나가야 할 숙제였다.

코다 장학금 기금 마련을 위한 경매 프로그램이 이어졌다. 참가자들이 자신이 기부한 물건이 어떤 이야기를 담고 있는지 설명하면 그걸 사고자 하는 이들이 숫자를 부르며 경매를 하는 방식이었다. 물건들은 참, 사기 애매한 것들이었다. 미국수어로 CODA(코다) 지화 모양이 그려진 조각, 책의 페이지를 접어 CODA라는 글자 모양을 만든 책 장식품, I LOVE YOU(사랑해)라는 뜻의 수어가 그려진 그림, CODA LOVE(코다 사랑) 수어를 3D 프린터로 직접 조형한 장식품 등등. 큰돈을 주고는 사지 않을 물건들이 경매에 부쳐졌다. 그런데 이게 웬일. 코다들은 치열하게 값을 올렸고 경매를 부치는 코다들은 신나게 목소리를 높였다.

"아시다시피 이 수익금은 전 세계의 우수한 코다들을 지원하는 코다 장학금 기금으로 전액 사용됩니다. 아까 보신 올해 장학금 수여자들의 얼굴 기억하시죠? 그들이 각 분야에서 코다라는 이름으로 학업을 마칠 수 있도록 지원하는 겁니다. 코다의 힘으로 코다를요."

2017년 코다 장학금의 수혜자는 나였다. '코다'라는 이름으로 받는 장학금은 처음이었다. 부모가 장애인이라 불우한 가정이라 주는 장학금이 아닌, 코다가 코다를 지지하며 수여하는 장학금. 나는 그 돈으로 2년간의 유학을 무사히 마칠 수 있었다. 그동안 이 기금이 어디서 왔을까, 했는데 바로 이 경매 프로그램에서 나온 것이었다. 2년 전에도 이들은 장학금 마련을 위해 동분서주하며 경매 물품을 받고, 값을 올리려 소리 지르고, 큰돈을 얹어 이 투박한 물건들을 샀을 것이다. 이들의 열정과 사랑으로 지금 내가 이 자리에 있을 수 있었던 것이다.

경매가 끝나자 모두가 환호성을 질렀다. 장기자랑 시간이었다. '무대에서 노래를 부른다고? 다 큰 성인들이 콘퍼런스에서?'라고 생각했지만 오산이었다. 이것은 코다들의 유산이자 보고였다. 미국수어 이야기꾼(ASL Storyteller)으로 활동하는 셰리가 경쾌한 음악으로 코다의 삶을 노래했다. 미국수어로 말이다. 단순히 음악에 맞춰 손만 까딱까딱 움직이는 그런 수어 노래가 아니었다. 표정과 몸동작이 살아 있는, 마치 하나의 연극 같은 무대였다. 그건 배우이자 작가, 수어 통역사, 밴드의 리드 보컬인 폴역시 마찬가지였다. 미국수어로 록 공연을 했다. '데프 클럽(Deaf Club)'이라는 노래였는데, 농인 부모를 따라 농인들이 가득한 공간에서 시간을 보냈던 유년 시절을 떠올리는 내용이었다. 실제로 콘퍼런스 기간 내내 미국과 유럽 코다들은 어렸을 적 부모와 함께 (한국으로 치면 농아인협회 같은) 데프 클럽에 간 기억을 종종 이야기하곤 했다. 그건 농인 부모와의 기억, 농문화에 대한 향수 같은 것이었다. 그는 손을 움직이며 동시에 입으로 노래를 했다. 록과 수어라니, 그것도 코다가! 문화 충격에 입을 다물 수 없었는데 그게 끝이 아니었다. 미국 이야기꾼 한 명이 무대 위로 올라왔다. 그는 어렸을 때 데프 클럽에서 접한 수많은 이야기, 농문화, 수어는 아빠가 물려준 유산이라고 말하며 아빠가 데프 클럽에서 해준 이야기를 손으로 들려주었다. 이야기는 미국수어로 진행되었다. 한국수어 말고는 다른 나라 수어를 알지 못해 이야기를 따라가지 못할 거라는 불안감이 있었지만 이야기가 시작되니 그런 건 전혀 상관없었다. 표정과 동작이 워낙 시각적이라 기본 수어만 알고 있어도 단번에 이해할 수 있었다. 농사회와 농문화를 기반으로 삼아 만들어진 이 이야기들을 코다들은 '이야기'라고 불렀다. 병원 방에서 주로 하는 것도 이야기였다. 코다들은 돌아가며 수어로, 음성언어로, 혹은 두 가지 언어를 동시에 쓰면서 각자의 농 이야기나 코다 이야기를 풀어냈다. 농부모 아래서 나고 자라며 겪은 수많은 이야기가 쏟아져 나왔다. 그건 코다이기 때문에 가장 잘 이해할 수 있었는데 가령 이런 것이었다. 더운 날, 아빠와 자전거를 타고 가다가 넘어졌는데 농인인 아빠는 내가 넘어지는 소리, 부르는 소리를 듣지 못해 저 멀리 안 보이는 데까지 가버렸고, 나는 다쳤지만 어쩔 수 없이 피를 흘리며 페달을 열심히 밟아 아빠를 쫓아갔는데 아빠가 왜 이렇게 늦게 오냐며 화를 냈다는 이야기. 국적에 상관없이 코다라면 배를 부여잡고 울고 웃으며 공감할 이야기. 슬픔과 애정과 그리움이 담긴 코다만의 애환.

어떤 이는 목소리로 노래를 불렀고, 어떤 이는 손으로 수어 노래 공연을 했다. 한 코다가 마이크를 잡고 랩을 하자 함께 무대에 선 코다가 그걸 수어로 옮겼다. 사람들은 두 팔을 올려 반짝이는 박수 소리를 보냈고, 박수 소리와 환호성이 뒤따랐다. 이곳의 언어와 문화는 두 가지였다. 음성언어와 수어, 농문화와 청문화. 이들은 이 사이를 자유자재로 오가며 노래하고 춤추고 공연을 선보였다. 부모에게서 물려받은 이 유산을 자신의 것으로 만들어 이야기로, 록으로, 그림으로, 영상으로, 연극으로 만들었다. 그건 단단한 코다 정체성이 되어 코다 월드를 형성했다.

누군가는 이렇게 말했다.

"수어와 농문화가 없었다면 이 세상은 무척 얕고 빈약했을 거예요."

아시아코다콘퍼런스를 꿈꾸며

'병원 방'에서 밤을 지새울 때였다.

"2023년 코다인터내셔널콘퍼런스를 아시아에서 해보는 건 어때? 지금 당장은 아시아의 그 어느 단체도 그만한 역량이 없지만, 2021년 정도에 코다아시아콘퍼런스를 연다고 생각하고 아시아 코다들이 모인다면 가능할 수도 있어. 인터내셔널콘퍼런스보다 중요한 건 아시아 코다들이 먼저 모이는 거라고 생각해."

캐시아가 말이 끝남과 동시에 아시아의 코다 단체와 모임들을 읊기 시작했다.

"일본, 중국, 홍콩, 대만, 한국, 필리핀, 베트남, 인도……. 어, 그래도 꽤 있네? 아는 사람들도 있고."

캐시아는 콘퍼런스 개최가 부담스럽다면 가볍게 모일 수 있는 이벤트도 좋을 것 같다며 함께 해보자고 제안했다. 옆에 있던 미국, 괌, 호주 코다들이 필요하다면 '코다 인터내셔널'이 적극 지원하겠다며 고개를 끄덕였다. 이만한 행사, 아니, 아시아 코다들이 모이는 자리를 만들어내려면 엄청난 사전 작업이 필요할 터였다. 과연 해낼 수 있을까, 지원금은 어디서 끌어오지, 이 모든 실무는 누가 하지, 코다 코리아는 아직 공식 단체도 아닌데. 수많은 걱정과 고민이 머리를 스쳤지만 동시에 아시아 코다 네트워크를 만들고 확장할 수 있겠다는 설렘이 뒤따랐다. 그리고 혼자가 아니었다. 코다 프랑스(CODA France)가 홀로 이 큰 국제 행사를 개최한 것이 아니듯, 아시아코다콘퍼런스를 연다고 하면 전 세계의 코다들이 발 벗고 도와줄 터였다.

콘퍼런스가 끝난 후, 캐시아에게서 전화가 걸려왔다. 올해 프랑스 파리에서 열린 '세계농아인연맹총회(World Congress of the World Federation of the Deaf)'와 '세계수어통역사협회(World Association of Sign Language Interpreters)' 콘퍼런스에서 2023년 개최지를 발표했는데 그게 바로 한국 제주라는 소식이었다.

"올해 프랑스 파리에서 이 모든 콘퍼런스가 한 번에 열려 정말 좋았거든. 콘퍼런스 끝나고 다음 행사로 국가, 도시 이동 없이 바로 넘어갈 수 있었어. 농인, 청인, 코다 모두 한 번에 다 만날 수 있었고 말이야. 2023년에는 코다인터내셔널콘퍼런스를 한국에서 해보자. 코다 홍콩이 적극 도와줄게!"

캐시아는 물론 옆에 있던 코다 수어 통역사들이 일제히 손을 흔들었다. 반가운 얼굴이었다. 나흘간의 콘퍼런스는 막을 내렸지만 우리는 여전히 연결되어 있다. 영상 통화를 하고, 페이스북 그룹에 보고 싶다며 사진을 올리고, 이메일과 메시지를 주고받고, 그리움을 담아 사진을 올리고. 내년 콘퍼런스까지 도저히 기다릴 수가 없다며 각국에서 번개 모임을 제안하는 글이 올라왔다. 나는 만나는 사람들마다 코다 네트워크를 예찬했다. 꼭 집에 온 것 같다고. 이제야 나 자신을 있는 그대로 받아주는, 나 자신을 설명할 필요가 없는 곳을 찾은 것 같다고 말이다. 미국 샌디에이고에서 열릴 2020년 코다 콘퍼런스에는 더 많은 한국 코다와 함께하고자 한다. 그리고 캐시아가 말한 것처럼, 아시아 코다들이 모이는 자리를 만들어보고자 한다. 한국을 포함하여 아시아 코다들의 유산과 보고를 찾는 여정은 이제 막 시작되었는지도 모른다.

침묵의 세계를
읽어내는

 2014년 말, 영화 〈반짝이는 박수 소리〉를 제작하고 국내 영화
제와 공동체 상영을 통해 관객을 만나던 때였다. 모교에서 수능
시험을 갓 마친 고등학교 3학년 학생들을 대상으로 특강을 해줄
수 있는지 물어 왔다. '모교'라고 하기에는 1년밖에 다니지 않았
지만 그곳에서 만난 몇몇 선생님들과는 연락을 이어 가고 있었
다. 학교를 그만둔 주제에 학교에서 학교 자퇴하고 여행하며 글
쓰고 영화 만드는 이야기를 해야 한다니. 높은 내신 성적에 더해
고교 입학시험을 치러야 입학할 수 있던 그 학교는 어느새 자사
고(자립형 사립 고등학교)가 되어 있었다. 흥미로운 제안이었지만
제도권 내 학교에서 무사히 수능을 마친 이들에게 '학업 중도 포
기자'인 내가 할 수 있는 이야기가 무엇일까, 과연 내 이야기가
가닿기는 할까, 하는 생각에 걱정부터 앞섰다.
 학교 강당 단상 위에 섰다. 교장 선생님이나 학교 목사님만 올

라오던 곳인데. 괜히 떨렸다. 가장 힘이 되는 사진 한 장을 스크린에 띄웠다. 엄마와 아빠가 연애하던 시절, 식사를 차려놓고 입을 벌려 주먹 쥔 손을 입 앞에 갖다 대고 있는 사진이었다.

"사진 속 두 남녀가 하고 있는 동작은 '밥'이라는 수어입니다. '밥 먹자'라고 말을 하고 있는데요. 사진으로도 말을 할 수 있는 사람, 농인. 이 둘은 저희 엄마, 아빠입니다. 저는 이들에게서는 수어를, 세상으로부터는 음성언어를 배우며 자랐습니다."

학생들의 눈이 동그래졌다. 열아홉 살, 모든 것을 포기하며 대학 입시만을 향해 달려온 이들이었다. 나를 초청한 선생님은 1~3학년 모든 학생을 대상으로 특강을 하기에는 시간상 무리가 있으니 3학년만 그 대상이 될 거라 했다. 그도 그럴 것이 재학생들 앞에서 학교를 자퇴하고 여행을 떠난 이야기를 하는 것은 학교 측에서도 명분이 서지 않을 터였다. 나는 내가 농인 부모 아래서 어떻게 자랐는지, 학교는 왜 그만두었는지, 더 큰 세상을 향해 떠나는 여행은 어땠는지, 이후 어떻게 글 쓰고 영화 만드는 문화 작업자, 예술가의 길을 걷게 되었는지 이야기했다.

발표를 마치자 큰 박수갈채가 쏟아졌다. 여전히 떨렸다. 내가 그만둔 학교, 그곳에서 마지막 시험까지 모두 마친 이들에게 내 이야기는 어떻게 들렸을지 궁금했다. 한 학생이 손을 들었다.

"너무 감명 깊었어요. 저는 정말 감독님이 하고 있는 일이 의미 있고 대단하다고 생각해요. 저도 감독님처럼 소수자를 위한 일을 하고 싶어요. 그런데 저는 소수자가 아니고 다수자에 속해서 어떻게 해야 할지 잘 모르겠어요. 제가 자라 온 환경은 그렇지 않았거든요. 소수자를 위한 일을 어디서부터 어떻게 시작하면 될까요? 그분들은 어떻게 하면 만날 수 있나요?"

눈이 똘망똘망하고 예쁜 학생이었다. 무언가를 정말로 하고 싶다는 의지와 순수함이 느껴졌다. 그러나 그 질문이 비수처럼 꽂혔다. 누가 '소수'고 누가 '다수'지? 과연 당신은 언제나 '다수자'일까? 지금은 다수에 속하더라도 언젠가 소수자가 될 수 있는 것 아닌가? 당신이 대한민국의 상류층, 중상류층, 중산층에 속하더라도 모든 상황에서 언제나 '다수자'일까? 그 '소수'와 '다수'를 결정하는 것은 과연 누구인가? 여러 생각이 스쳤다. 그 질문 하나로 나는 영원한 '소수자'가, 그는 영원한 '다수자'가 된 것 같았다. 그가 그 말을 함으로써 당신과 나의 계급 차가 드러났고, 그것은 아무리 노력해도 절대 바뀌지 않을 것 같았다. 질문의 의도는 선했지만, 자칫하면 선을 넘을 것처럼 아슬아슬했다. 시혜적이고 동정적인 말이 될 수 있었다.

"중요한 질문이에요. 그런데 묻고 싶어요. 과연 누가 '소수'와 '다수'를 결정할까요? 지금은 자신이 '다수'라고 생각하겠지만 모든 분야와 상황에서 그럴까요? 가령 저는 다수에 속할 때도 있고 소수에 속할 때도 있어요. '소수자'라는 말을 쓸 때는 상당히 조심해야 한다고 생각해요. 한국 사회에서 권력을 가진 이가 누군가를 '소수자'라고 쉽게 명명했을 때, 그건 선을 긋는 일이 될 수도 있거든요."

하지만 내가 느꼈던 그 감정, 그가 '나는 다수, 너는 소수'라고 말했을 때 느꼈던 폭력, 상대적 박탈감, 동정의 태도 같은 것은 명료한 문장으로 표현하기 어려웠다.

'소수자의 위치에서 소수자를 위한 영화를 만드는'

영화 〈반짝이는 박수 소리〉를 제작하고, 책《반짝이는 박수 소리》를 쓰는 동안 나는 장애가 있는 아들을 둘이나 낳아 평생을 고생한 할머니의 이야기를 들었다. 수어라고는 전혀 할 줄 모르는 부모 아래서 가족들과 제대로 의사소통하지 못하며 자란 엄마와 아빠의 이야기는 그 어느 책에서도 찾아볼 수 없는 것이었다. 둘째 코다로 자라면서 주눅이 들어야 했던 동생의 기억 역시 영화 제작이 아니었더라면 들어보지 못했을 이야기였다. 그들의 얼굴 앞에 카메라를 대자, 그들의 이야기는 역사가 되었다. 가장 흥미롭고 재밌고 중요한 역사.

그건 페미니즘과 정확히 맞닿았다. 다양성과 고유성. 여성의 권리를 중요하게 여기는 것은 곧 모든 사람이 각자의 이름으로, 그 자체로 존재할 수 있다는 말이었다. 나는 페미니즘을 공부하며 나의 이야기, 동생의 이야기, 농부모의 이야기, 할머니의 이야기가 '역사'가 될 수 있음을 깨달았다. 그것들은 그 자체로 완전하고 견고했다. 그러나 그 이야기를 할 때면 매체에서는 나를 '소수자의 위치에서 소수자를 위한 영화를 만드는 사람'이라고 규정지었다. '사회적 약자를 위한 작업을 하는', '소수자를 지키는 사람', '코다, 세상의 때가 덜 묻은 외계인'……

이상하게 불편했다. 내가 소수자로 태어나 그 위치에서 소수자를 다루는 예술 작업을 해온 것은 맞는데, 내가 스스로를 그렇게 말하면 괜찮았지만 누군가가 나를 그렇게 명명할 때면 거슬렸다. 특히 권력을 가진 이가 나를 그렇게 부를 때 그랬다. 나는 여기, 너는 저기, 하고 편을 가르는 것 같았다. 그러나 '소수자'라는 단어를 쓰지 않고서는 내가 왜 '소수자', '사회적 약자'라고 불리는 이들의 기억과 역사에 관심을 두게 되었는지, 나의 작업의 세계는 어떻게 명명할 수 있을지 알 수 없었다.

그 경계는 네덜란드필름아카데미에서 유학을 시작하면서 지워졌다. 첫 학기 첫 주에 동기들과 선생님 앞에서 자신이 누구이고 그동안 어떤 작업을 해왔는지 발표하는 시간이었다. 나는 발표 때마다 쓰던 사진 한 장을 꺼냈다. 늘 그랬듯 이 사진과 이 문장으로 발표를 시작했다.

"사진 속 수어를 하고 있는 사람은 저희 부모님이에요. 저는 농부모에게서 태어나 수어를 배우고 세상으로부터 음성언어를 배웠어요."

이 말이 끝나면 모두들 깜짝 놀란 얼굴로 나를 바라봐야 했다. 그러면 나는 아무렇지 않은 표정으로 청중의 관심을 끌며 다음 문장을 말할 수 있었다. 그런데 다들 아무렇지 않은 표정이었다. 침묵이 이어졌다. 당황한 나는 재빨리 "두 세계 사이에서 자랐고 다른 문화를 경험했어요."라고 부연 설명했지만 다들 '그게 뭐 어때서?' 하는 얼굴이었다. 그렇다. 이들은 국경을 자유롭게 넘나들 수 있는 유럽이라는 공간에서 서로 다른 국적과 문화를 지닌 부모에게서 태어나, 두세 가지 언어는 기본으로 구사하며 자랐던 것이다. 스위스 남부 이탈리아 국경 부근에서 태어나 이탈리아어와 독일어, 영어를 쓰며 자란 조지아, 구 유고슬라비아에서 네덜란드로 이주한 부모에게서 태어나 캐나다에서 살며 영어와 프랑스어, 네덜란드어, 보스니아어를 동시에 배워야 했던 스테판, 이스라엘에서 태어났지만 암스테르담에서 훨씬 더 많은 시간을 보낸 이스라엘계 네덜란드인 야핏. 동기들과 선생님 모두 각자의 언어와 문화, 이야기를 지니고 있었다. 이런 환경에서는 그 누구도 '다수' 혹은 '소수'가 될 수 없었다. 모두가 달랐고, 그래서 고유했다. 나는 더는 '외계인'이 되지 않아도 되었고, '소수자'가 될 필요도 없었고, 소수자를 '지킬' 필요도 없었다. 엄마의 언어는 조지아가 할 수 있는 이탈리아어와 독일어 같은 다른 언어 중 하나가 되었고, 농문화는 이곳에 존재하는 수많은 문화 중 하나가 되었다. 나는 나 자체로 존재할 수 있었다. 그 어떤 설명도 필요하지 않았다.

〈기억의 전쟁〉이 담은 침묵

2018년에 제작되어 제23회 부산국제영화제 와이드앵글 다큐멘터리 경쟁 부문에서 심사위원 특별언급상을 받은 영화 〈기억의 전쟁〉은 베트남전쟁 당시 한국군의 민간인 학살을 둘러싼 서로 다른 기억을 다룬 영화다. 영화의 주인공은 세 명인데 학살 당시 마을에서 도망쳤던 청각 장애인 딘껌, 마을 바깥에 있어 학살을 모면했지만 종전 이후 지뢰가 터져 시력을 잃은 응우옌럽, 학살에서 살아남아 그 누구보다 끈질기게 전쟁을 증언하는 여성 응우옌티탄. 이들이 주인공이 된 것은 어쩌면 당연했다. 한국군에 의한 민간인 학살이 있었다는 베트남 중부에 찾아갔을 때 가장 먼저 눈에 띈 사람들이 그들이었기 때문이다. 나를 보자마자 한국군이 주둔한 곳이 바로 여기라며 전쟁 이후 전적지 여행을 오는 참전 군인들의 사진과 그들이 가져온 자료를 보여주며 몸짓, 손짓, 발짓을 동원하는 딘껌의 이야기는 그 누구보다 내가 가장 잘 이해할 수 있는 것이었다. 수어를 공식적으로 교육받은 적이 없어, 홈사인을 쓰며 그림을 그리고 표정으로 의사소통하는 그는 전쟁과 학살의 기억을 다른 방식으로 보여주었다. 학살 당시 살아남은 어머니에게 그날의 기억을 듣고 또 들었던 응우옌럽은 그때 당시의 일을 생생하게 묘사했다. 마치 그때 그 자리에 있었던 것처럼.

"지금 말해봤자 아무것도 할 수 없어. 다 죽었으니까. 누가 그 일들을 책임질 수 있겠어. 아버지가 한 일을 아들이 책임져야 하나? 젊은 세대는 아무것도 몰라."

응우옌티탄은 한국을 세 번이나 방문하며 '피해자'에서 '생존자'가 되어 '활동가'로 변모한다. 그는 고아가 될 거라면 차라리 죽었으면 좋았을 거라고 생각하다가도 자신이 살아남은 건 죽은 가족들의 제사를 지내기 위해서일 거라고, 그래서 계속 제사를 지낼 거라고 말한다. 처음 응우옌티탄을 만났을 때 그가 한 말은 "따뜻한 밥 한술 뜨고 가."였다. 내가 한국에서 온, 참전 군인 할

아버지의 손녀라는 걸 알고도 말이다. 응우옌티탄은 글을 쓸 줄 몰라 창피해했지만 그의 언어는 글이 아닌, 다른 것이었다.

그들의 세상은 '침묵'이었고, 그들은 '침묵의 언어'를 지닌 사람들이었다. 영화를 기획할 때는 내가 소수자라서 소수자인 그들의 처지를 더 잘 이해하기 때문에 그들이 주인공이 되었다고 생각했다. 그러나 그건 내가 그들의 언어를 보고 느낄 수 있었기 때문이었다. 그들의 침묵이 어떤 의미를 지니는지, 그 침묵이 단순히 고요하고 조용한 것만이 아니라는 걸 아는 것. 그건 정확히 나의 부모의 세계, 언어와 닮아 있었다. 그들에게서 나는 내가 나고 자란 세상을 보았던 것이다.

경계를 만드는 것이 아니라 지우는 일

다큐멘터리 감독이 되기를 꿈꾸던 열아홉 살, 텔레비전에서 다큐멘터리 영화 한 편을 보았다. 인공 와우 수술을 받기로 결심한 농인 부모의 여정을 감독이자 딸의 시선으로 담은 영화 〈히어 앤 나우(Hear and Now)〉(2007)였다. 노부부는 고심 끝에 수술을 받지만, 65년 만에 처음 듣는 '소리'는 그들에게 혼란과 고통을 준다. 영화는 장애인이 마침내 장애를 극복하고 행복해졌다는 식의 값싼 휴먼 드라마를 거부한다. 평생 한 번도 들어보지 못한 소리들 중에서 무엇이 주방에서 나는 소리인지, 무엇이 시계 바늘이 움직이는 작은 소리인지, 어떤 음역대가 인간의 목소리인지 60대의 노부부가 이해하고 습득하는 데는 아주 많은 훈련과 에너지가 필요했고, 결국 노부부는 귀 뒤에 부착한 인공 와우 기기의 전원을 끈다. 신문을 읽으며 고요한 저녁을 보내는 데 소리는 굳이 필요하지 않기 때문이다.

10여 년이 지난 지금까지도 머릿속에 생생히 남아 있는 이 영화의 감독은 코다다. 그때는 몰랐다. 아니, 최근까지도 깨닫지 못했는데 코다인터내셔널콘퍼런스에서 만난 이가 그 감독이 여전히 농과 관련한 영화를 제작하고 있다고 언급했다. 어라? 맞아, 그 감독 코다였지! 열아홉 살의 나는 '코다'라는 단어를 몰랐지만 이 영화가 기존의 미디어가 장애인을 다루는 것과는 다르게 농인 부모를 딸이자 감독의 시선에서 윤리적으로 잘 다뤘다고 생각했다. 그리고 소리를 들어보는 부모를 카메라로 담는 딸의 마음은 어떤 것일까 가늠해보았다. 함께 영화를 보던 엄마와 아빠는 어차피 소리를 들어봤자 적응도 못하고 전혀 좋을 게 없다며 수술받아 봤자 뭐하냐고 마치 주인공이나 된 듯 이런저런 이야기를 활발하게 주고받았다.

저 멀리 바다 건너 미국의 코다 감독은 농부모의 새로운 선택을 담담히 영화에 담았고, 그것은 텔레비전을 통해 한국 시골에 살던 다큐멘터리 꿈나무이자 코다인 열아홉 살의 나에게 영향을 끼쳤다. 그는 여전히 자신의 코다 정체성을 기반으로 삼아 영화 작업을 하고 있다고 한다. 그는 자신이 물려받은 유산을 기반으로 삼아 침묵을 읽어내는 예술가다. 나의 글과 영화 역시 그럴 것이다. '소수'와 '다수'로 경계를 만드는 것이 아닌, 침묵의 세계를 새롭게 읽어내고 재해석함으로써 경계를 지우는 일. 모든 이에게는 자신만의 언어가 있음을 발견하고 명명하는 일. 그것이 여태까지 내가 해왔고, 또 앞으로 해 나갈 일일 것이다. 농부모가 물려준 그 큰 유산으로 말이다.

나는 지워진 이들의
유물이자 흔적입니다

황 지 성

들을 수 없는 몸,
걸을 수 없는 몸

우리 부모님은 1950년대에 태어났다. 당시 사회를 지금의 세대들이 그려보기란 쉽지 않은 일이다. 하지만 지금도 여전히 전쟁을 비롯한 정치적 혼란과 격변이 심한 시대가 평범한 사람들의 삶에 남기기 마련인 것은 가난과 배고픔, 질병, 죽음 같은 일차적 생존의 문제이다. 다른 시대나 다른 공간에서 태어나고 자랐더라면 아마 피했을지도 모를 질병이 우리 부모님에게 닥쳤다. 예방접종을 비롯해 기본 의료 체계가 제대로 갖춰지지 않았던 그때, 어린 생명에게 찾아온 병마 앞에서 두 가정은 그저 죽음을 기다리는 것 외에 별다른 방도가 없었다.* 정말 기적적으로 병마는 부모님을 죽음에서 놓아주었지만 아버지에게는 소리를 들을 수 없는 몸을, 어머니에게는 두 다리로 걸을 수 없는 몸을 남기고 떠

---

* 한국에서 홍역이나 소아마비 등의 표준 예방 접종 체계가 의무화돼 가난한 사람들에게도 접종 기회가 제공된 것은 불과 1970~1980년대 들어서이다.

났다. 그리고 부모님의 삶은 질병을 경험하지 않았더라면 살게 되었을 삶과 같을 수 없게 되었다. 아니, 전혀 다른 '새 삶'이 시작되었다고 말할 수 있을 것이다.

아버지의 언어

농인인 아버지는 언어가 없는 사람에 가깝다. 언어가 없다니, 그것도 인간일 수 있을까? 이런 질문을 나 자신에게 수없이 던져보았다. 그러나 아버지는 소리를 들을 수 없는 사람들이 자연스럽게 사용하는 수어를 제대로 습득할 기회를 얻지 못했다. 모든 인간은 영유아기에 자연스럽게 언어 능력을 습득한다. 청각 장애 유아에게는 시각언어의 환경이 필수적이다. 요즘은 청각 장애 영유아에게 수술로 '인공 귀'를 이식해 음성언어를 습득하도록 만드는 경우가 많지만, 이 경우에도 당사자에게는 자연스럽지 않아 엄청나게 힘겨운 언어 습득 과정이 필요하다. 어떤 이유에서든 청각 장애 아동이 충분한 언어 습득 기회를 놓치면 의사소통이나 인지, 사회 능력 등에 심각한 결과를 초래할 수 있다. 내 아버지의 경우가 그렇다.

아버지는 한국어와 한국수어 모두 사용하지 못한다. 가족과 간단한 의사소통은 홈사인으로 이루어진다. 따라서 여기에 쓰인 아버지의 어릴 적 이야기는 대부분 어머니와 할머니에게 전해 들은 내용이다. 아버지에게 직접 어릴 때 이야기를 물어본 적도 있지만, 그럴 때도 언어적 수단이 아닌 비언어적 표정과 몸짓 같은 것들에서 아버지의 생각과 감정을 엿보는 데 만족해야 했다.

청력을 잃은 아버지는 학령기보다 좀 늦은 나이에 대전의 한 사립 기숙형 농학교에 입학했다. 1960년대 초 국공립 농학교는 서울과 부산에만 각각 한 곳씩 있었던 터라 교육을 받을 수 있는 농인은 극소수였다. 아버지가 입학한 사립 농학교는 이름만 농학교였을 뿐 아직 특수 교육 기관으로서 기능을 제대로 하지 못하는 곳이었다. 일반적으로 농인들은 기숙형 학교에서 함께 생활하면서 자신들만의 언어(수어)로 자신들만의 문화(농문화)를 형성한다. 그러나 아버지는 농학교에서 교육받고 성장할 기회를 얻지 못했다. 늦은 나이에 학교에 갔지만 여전히 어린아이였던 아버지는 학교에서 학업보다 단순 육체노동을 강요당했다. 거기에 더해 기숙 학교의 생활 환경은 매우 열악했다. 아버지는 지금도 보리밥을 싫어하는데, 기숙사에서 매일같이 보리밥과 콩나물국을 먹었기 때문이라고 한다. 그곳에서 아버지는 초등 과정만 간신히 마치고 도망치듯 나왔다.

어느 날 아버지는 텔레비전에서 맹학교와 시각 장애인 학생들에 관한 다큐멘터리 방송을 보고 있었다. 아버지 옆에서 말없이 텔레비전을 같이 보다가 문득 아버지가 어린 시절 잠깐이나마 다닌 농학교에 대해 물어보고 싶어졌다. 마침 텔레비전에서도 장애인 학교 이야기가 나오고 있으니 자연스럽게 '아버지의 학교'를 주제로 삼아 이야기를 꺼낼 수 있겠다 싶었다. 나는 한 손바닥 위에 다른 손으로 글씨 쓰는 동작을 한 다음, 아버지를 검지손가락으로 가리켜 '아버지의 학교'라는 의미를 전달했다. 그러고 나서 손바닥 위에 "어때"라고 글씨를 써서 아버지에게 보였다. 질문 내용을 단박에 알아차린 아버지는 찡그린 얼굴로 고개를 한 번 젓고는 무심하게 텔레비전으로 다시 눈길을 돌렸다. 이야기할 게 없다는 의미였다. 나는 포기하지 않고 텔레비전을 향해 손짓과 표정으로 '저 봐. 저기 장애인 학교 나오잖아?'라는 메시지를 아버지에게 보낸 다음, 동일한 방식으로 다시 질문했다. 하지만 곧이어 텅 빈 눈빛과 짧은 침묵 후 다시 한번 찡그린 얼굴로 고개를 젓는 아버지를 '보았다'.

농학교 생활을 중단하고 집으로 돌아온 아버지를 기다리고 있던 것은 음성언어 세계 속의 고립과 단절이라는 또 다른 폭력이었다. 그런 면에서 어린 아버지에게 농학교와 집, 두 세계는 본질적으로 다르지 않았을 것이다. 집에서는 농인인 장남과 의사소통하기 위해 수어를 비롯해 어떤 언어든 배우려고 노력하는 이가 없었다. 아버지가 농학교에서 수어를 어느 정도 구사했는지 알 방도는 없지만, 결국 아버지는 소리 없는 세계에 혼자 남아 자신의 언어를 잃어버렸다. 학교에서는 또래들과, 가정에서는 가족들과 자연스럽게 의사소통하면서 자신의 생각과 감정을 언어로 표현하는 결정적 성장의 기회를 차단당한 것이다.

당시 친가는 방앗간으로 생계를 유지했다. 지금은 거의 사라졌지만 전통 방앗간의 풍경은 고춧가루를 빻고 쌀을 도정하는 등 온갖 기계들의 요란한 움직임과 소음으로 가득했다. 학교를 그만둔 아버지는 자연스럽게 가업을 거들었다. 앞으로 먹고살려면 무엇이든 닥치는 대로 배워야 했을 것이다. 그러나 소리가 들리지 않는 데다 아직 어렸던 아버지에게 방앗간은 너무 위험한 곳이었다. 아버지는 방앗간 기계에 양손이 빨려 들어가 손가락 일부나 전부가 잘려 나가는 사고를 당했다. 먹고살 방도를 찾아보겠다는 아버지의 노력은 삶에 더 큰 위험만을 초래하고 말았다. 청각 장애에 지체 장애까지 얻었으니 말이다.

어머니의 선택지

어머니가 태어나고 자란 고향 파주에는 한국전쟁을 전후로 대규모 미군 부대가 주둔했다. 주민 대부분이 농사를 짓던 이 시골 지역에서 미군 병사들과 전차, 지프차는 무한대로 이동의 자유와 안전을 누렸지만, 그로 인해 지역 주민들의 일상은 물론 동식물, 농사짓는 땅과 자연을 비롯해 그 일대 모든 것이 황폐해질 대로 황폐해졌다. 특히 주민들은 1970년대까지 군부대의 검문을 통과해 이동해야 할 만큼 신체와 이동의 자유, 안전을 심각하게 제약당했다. 물론 소아마비 지체 장애인이 된 어머니는 더 큰 이동의 제약을 겪어야 했다. 1950~1960년대는 주민을 위한 교통수단도 매우 드물었고, 시골 마을에서 초등학교는 작은 산을 하나 넘어야 도달할 수 있는 곳에 있었다. 결국 어머니는 학교에 갈 엄두조차 내지 못한 채 지체 장애에 더해 '문맹'의 어려움까지 안게 되었다.

당시 가난한 농촌에서 딸로 태어나는 건 집안 살림에 보탬이 되다가 일찌감치 도시에 나가 돈을 벌거나 시집을 가는 게 순리였다. 여성인 데다 '의존적'인 장애인이었지만, 그런 어머니에 대한 외할머니의 돌봄과 사랑은 지극했다. 학교에 가지 못한 어머니는 외할머니 곁에서 하루 종일 크고 작은 가사 노동과 농사일을 거들었고, 그렇게 '여성'이 되었다.

가난하던 그 시절 외가 동네에는 미군을 만나 결혼해 이민을 간 여성들이 많았다. 큰이모는 당시 시골 마을에서는 '파격적'이게도 흑인 미군과 결혼했다. 타인종, 그것도 흑인과 결혼해 미국으로 건너가 사는 큰이모의 개인사는 외가 식구들에게 함구의 대상이었고, 나는 성인이 되고 나서야 그 침묵의 의미를 알게 됐다. 어머니 역시 동네에서 한 한국 군인과 꽤 진지하게 연애를 했다. 그러나 어머니는 감히 비장애 남성과 결혼을 꿈꿀 수 없었다. 어머니는 비장애인인 남자와 맺어지는 것이 자신의 인생에 커다란 불행을 초래할 거라 생각했고, 자신과 똑같이 장애가 있는 남성과 결혼하는 것만이 가능한 선택지라 믿었다.

성인이 된 후 나는 어머니에게 배우지 못한 한 같은 것이 있지는 않은지, 농인 아버지와의 결혼이 아닌 좀 더 나은 다른 선택을 하지 못한 후회는 없는지 종종 물었다. 하지만 어머니의 대답은 항상 나의 예상을 빗나갔다. 어머니는 자신이 교육받지 못하도록 만든 사회의 부조리를 탓하는 게 아니라 오히려 이렇게 말했다. "어차피 나는 공부하기 싫어서 학교 안 가서 좋았어." 또

한 아버지는 젊었을 때 무척 잘생긴 외모였고, 당시 친가가 전화기랑 냉장고까지 갖추고 살 정도로 "좀 사는" 집이었기에 합리적인 선택이었다는 식으로 말했다.

아버지와 달리 '말'을 할 수는 있었지만 어머니는 거의 평생 '언어'를 빼앗긴 채 살았다. 자신의 지난 삶과 현재를 송두리째 의심해봐야 하는 언어를 스스로 가질 수도 없었고, 제대로 들을 수 있는 상대도 (딸인 나를 포함해서) 없었다. 그런 의미에서 비록 말을 할 수는 있어도 어머니는 아버지와 마찬가지로 언어가 없는 사람이다. 그러니 장애인이자 여성으로서 학교를 못 간 게 아니라 자신이 공부하기 싫어서 안 간 것이고, 장애인 말고는 다른 결혼 상대를 애초 꿈꾸지도 못한 게 아니라 가장 합리적인 결혼 상대를 선택한 것이 되어버린 것은 아닐까.

아버지는 20대 중반에 식구들과 함께 서울 강북의 도시로 이사를 왔고, 그 무렵 중매로 어머니를 만났다. 두 사람은 아무런 연고도 없고 장애도 달랐지만, 오로지 '장애인은 장애인끼리 결혼해 살아야 한다'는 자타의적 믿음이 맺어준 인연이었다. 두 사람은 아무것도 공유하는 바가 없었다. 만약 아버지가 농학교를 끝까지 마치고 농문화에 속했다면 아마 같은 농인 여성과 결혼했을 것이다. 어머니 역시 학교를 다녔거나 다른 지체 장애인들을 만나고 교류할 기회가 있었다면, 자신이 거의 알지 못하는 농 세계로 들어가지 않았을 것이다. 그러나 어린 시절부터 '인간됨'에서 끊임없이 미끄러져 나간 두 사람은 어찌 보면 어떤 운명적 공통분모를 가지고 있던 것일지도 모른다.

빛나는 시작

처녀 적 어머니는 불안정하게나마 두 발로 서 있거나 절뚝이며 걸을 수 있었지만 시집오자마자 오빠와 나를 연년생으로 출산한 탓에 몸에 무리가 와 목발 없이는 서 있거나 이동할 수 없게 되었다. 출산으로 장애가 심해졌지만 어머니는 두 아이의 양육은 물론 대식구를 위한 가사, 집안 밥벌이의 노동 인력으로 쉴 틈 없이 일해야 했다.

할머니, 할아버지는 서울에서 김밥 장사로 가업을 새로 시작했다. 집에서 김밥을 대량으로 만들어 인근 중·고등학교나 길거리 음식점들에 납품했는데, 당시 대식구의 생계를 유지하는 데 큰 어려움이 없을 정도의 벌이였다. 할아버지와 할머니는 일제 강점기를 겪은 세대다. 할아버지는 젊은 시절 일본 군대에 징용당해 전쟁에 나갔고, 할머니는 칼 찬 순사와 마을 남자들이 위안부로 차출해 가려고 동네에 왔을 때 마당 짚더미 속에 숨어서 가까스로 화를 면했다. 두 분은 광복이 되자마자 결혼해 네 남매를 낳아 길렀다. 식민지와 한국전쟁이라는 질곡의 시기를 보내고 가난하던 시절 대식구 입에 풀칠을 하기 위해 억척스럽게 장사를 해 온 두 분은 생존 감각이 몸에 밸 수밖에 없었다. 하지만 그런 점 때문에 어릴 적 나는 할아버지, 할머니가 싫었다. 내게 두 분은 친근한 가족이 아니라 우리 엄마를 호되게 부려먹는 사장처럼 보였다. 장애가 있어도 김밥 만드는 일은 앉아서 할 수 있기에, 집안의 맏며느리인 어머니는 집안일을 할 때 말고는 하루 종일 김밥을 만들었다. 어렸을 적 나는 김밥을 말고 있는 어머니 무릎을 베고 누워 고소한 김밥 냄새를 맡다 잠들거나 옆에서 같이 김밥 마는 시늉을 하며 놀곤 했다.

서울로 이사 온 후 아버지는 어찌어찌 환경 미화원으로 일하기 시작했다. 아버지는 자신의 장애를 보상하고자 하루도 빠짐없이 이른 새벽에 출근해 억척스럽게 일했다. 아마도 그래서 아버지가 직장 생활을 꽤 오래 유지할 수 있었던 것 같다. 내가 어릴 때 아버지는 회사에서 우수 근로자 표창장을 받았다. 그 상패는 아버지에게 자신의 존재와 인생이 그래도 가치 있다고 인정해준 강력한 징표 같은 것이었을까? 이후 아버지에게는 한 가지 버릇이 생겼다. 일이 끝나고 술을 한잔하고 집에 들어오는 날이면 아버지는 상패를 들고는 우리 남매를 붙잡고 그것을 똑똑히 보게 했다. 그러고는 한참 데프 보이스를 냈다.

"어…… 아…… 윽…… 어……."

아버지가 정확히 무슨 말을 하는지 알 수는 없어도 그 표정과 음성에서 자랑스러움을 느낄 수 있었다. 나는 아버지의 데프 보이스를 들으며 고개를 연달아 끄덕이거나 엄지손가락을 척 들어 올리며 '최고!'라고 기분을 맞춰주곤 했다.

부모님은 맏아들과 맏며느리로서 그 역할과 밥벌이의 의무를 충실히 수행했지만 집안에서는 아무런 권한이 없었다. 장애 있는

며느리가 시댁의 대소사에 헌신하는 것은 당연한 일이었다. 아버지는 집에 있든 일하러 나가든 상관없이 언제나 없는 존재였다. 어머니와 아버지는 집에 같이 있을 때 홈사인을 이용해 소통했다. 밥을 언제 먹을지, 내일은 회사에 출근하는지, 누가 무엇을 하는지를 비롯해 간단한 일상 대화를 나누는 데 두 사람의 홈사인은 거의 막힘이 없었다. 그러나 나머지 식구들이 아버지와 일상적으로 대화다운 대화를 하는 것을 본 기억은 거의 없다. 친가 식구들은 아버지와 더 오랜 시간을 함께해 왔지만 오히려 그들 사이는 훨씬 더 단절돼 있었다.

명절이나 제삿날처럼 1년에 몇 번 식구들이 다 같이 모여 식사를 하는 자리에서도 으레 아버지를 제외한 청인 식구들끼리만 이야기를 나누었다. 식사하면서 식구들이 말로 대화하면, 아버지는 음향을 죽여 소리가 나지 않는 텔레비전에서 명절 특집 씨름 대회 같은 방송을 보며 밥을 먹었다. 씨름이 아닌 다른 방송을 보고 싶은 욕심이 나도, 나는 평소와 달리 아버지와 채널 싸움을 벌일 수 없었다. 어렸지만 가족들 속에서 완전히 단절되고 소외된 아버지가 조금 안쓰럽다고 느꼈던 거 같다. 모든 식구들이 함께 모이는 그곳에서 아버지의 소외는 너무 두드러졌기에 텔레비전은 마땅히 아버지의 피난처가 되어야 했다.

식구들과 다 같이 있어도 늘 혼자인 듯, 공기처럼 존재를 드러내지 않는 것이 아버지에게는 늘 익숙했다. 아버지는 가족 내에서 존재감이 없었지만, 그 사실이 아버지에게 아무렇지 않은 것은 결코 아니었다. 거의 공장이나 마찬가지인 환경 속에서 매일 붙박이로 앉아 주어진 일만 해야 하는 아내, 제대로 된 소통 없이 치러지는 집안의 대소사를 보며 아버지는 답답함과 분노를 쌓아 가고 있었다.

집이 새로 이사한 후 아버지는 어머니에게 폭력을 휘둘러 자신의 분노를 표출하기 시작했다. 내가 초등학교에 입학하기 전인 아주 어렸을 때였다. 방에 앉아서 김밥을 말던 어머니는 갑자기 아버지에게 질질 끌려 나와 도망가지도 못하고 마당에서 발길질을 당했고, 온몸에 시퍼렇게 멍이 들었다. 몇 번이나 반복되었을까. 정확한 기억은 없지만 꽤 오래 상습적으로 폭력이 일어났다는 것만큼은 확실하다. 새로 이사한 집이 아버지 마음에 들지 않는다는 것이 내가 가족들에게 들은 이야기의 전부였다. 어머니는 안 그래도 고된 노동으로 몸이 쇠약해진 데다 아버지의 폭력까지 이어지자 극심한 두통과 구토를 호소하는 일이 많아졌다. 상태가 심각해지면 동네 주사 아줌마가 집으로 찾아와 링거를 놓아 주었고, 기력을 회복한 어머니는 곧바로 다시 일에 투입됐다. 어머니가 큰 병에 걸리기라도 한 건가 싶어 막연한 두려움이 있던 내게 당시 주사 아줌마는 구세주 천사 같은 존재였다.

더는 안 되겠다 싶었는지 결국 친가 식구들은 우리 네 식구만 따로 독립해 사는 게 불가피하다고 결론 내렸다. 어머니는 이때까지 '아무 능력도 없는' 자신이 시집과 분리된 채 독립해서 살 수 있다고 생각해본 적이 없었지만, 아버지가 그간 일을 해 모은 돈으로 작은 단칸방을 지근거리에 얻자 아버지를 따랐다. 네 식구가 모두 누우면 꽉 찰 만큼 비좁은 데다 천장에는 쥐들이 수시

로 들락날락하고 화장실과 욕실은 다른 셋집들과 공동으로 써야
했다. 이런 열악한 환경의 단칸방이었지만 아버지는 친가와 분리
되었다는 사실만으로 크게 만족했던 거 같다. 식구 중 거의 유일
한 대화 상대인 아내. 홈사인, 데프 보이스, 문자를 마구 섞어서
하는 불완전한 소통이지만 그게 그다지 큰 걸림돌이 되지 않는
아직 어린 자식들. 이들로 이루어진 단란한 가정. 그리고 자신만
의 방식으로 '소통'할 수 있는 삶. 그래서 자신의 존재가 지워지
지 않아도 되는 삶이 아버지가 그토록 원했던 삶이었을까. 독립
이후 아버지의 폭력은 사라졌다.

　집을 나온 뒤로 아버지는 친가와 거의 왕래를 끊다시피 했지
만 어머니는 여전히 김밥을 만들기 위해 목발에 의지해 두 집 사
이를 매일 왔다 갔다 해야 했다. 시간이 흘러 내가 중학생이 될
무렵에 방이 두 개 있는 지하층 집으로 이사를 하며 단칸방을 벗
어났다. 나만의 방은 아니었어도 오빠와 내가 함께 사용하는 방
에 책상 두 개가 들어앉은 모습에 나는 마치 온종일 책상에 앉아
공부만 할 수 있을 것처럼 설레고 기뻤다.

　친가의 상황도 서서히 바뀌었다. 할아버지가 돌아가신 후로는
김밥 장사로 생계를 이어 나가는 것이 가족 모두에게 힘에 부쳤
다. 어머니 역시 독립해 나온 시집에서 여전히 주어진 역할만 계
속할 게 아니라 경제적으로도 독립해야 한다는 생각을 키우던
터였다. 마침 집 근처 길음시장 내 손바닥만 한 무허가 노점에서
평생 빈대떡 장사를 해온 할머니가 일을 그만두게 될 거라는 것
을 알고 어머니는 그 자리를 넘겨받았다. 빈대떡 부치는 일도 앉

아서 할 수 있는 일이었고, 부침 판 옆으로 조그맣게 나 있는 선반 겸 탁자에는 소규모 손님도 받을 수 있었다. 굿당 같은 곳에서 주문이 오면 바로 옆 노점에서 돼지머리 파는 아저씨가 오토바이로 대신 배달해주고, 주변 장사하는 아주머니들이 필요할 때 장을 대신 봐주며 어머니를 적극 도와주었다. 아직 대형 마트가 번성하기 전 전통 시장이 활기를 띠었던 1990년대, 어머니의 빈대떡 노점은 그렇게 해서 꽤 잘나갔다. 그리하여 어머니는, 비록 무허가 노점상일지라도 어엿한 '빈대떡 사장'(시장 사람들이 어머니를 부르던 호칭)이 되었다. 이렇게 아버지와 어머니는 조촐하지만 빛나게 독립의 삶을 시작할 수 있었다.

수치심, 열등감,
그리고 해방감

아버지는 도시 환경 미화 작업이 기계식으로 대체되기 시작할 무렵 직장을 잃었다. 기계가 인간 노동력을 대체할 때 장애가 있는 아버지는 가장 먼저 해고 대상이 되었을 것이다. 하지만 아버지는 잠시라도 일을 놓을 수 없었다. 마치 장애가 있어도 '생산적인' 인간임을, '인간다운' 인간임을 증명해내려는 듯. 어찌어찌 찾아낸 아버지의 새 직장은 하청 노동자들을 파견하는 업체였다. 아버지는 서울의 한 유명 백화점에 청소인력으로 파견됐다. 아버지는 '○○백화점 출입증'을 마치 훈장인 양 목에 걸고 다녔다. 그리고 술 한잔으로 기분이 좋아진 날이면 행복한 데프 보이스와 함께 이번에는 그 백화점 출입증이 아버지 손에 쥐어 있었다.

갑갑한 방 안에서 붙박이로 일하던 어머니에게 경제적으로 독립하는 것만큼 중요했던 것은 사람들과 자유롭게 교류하고 만나는 일이었던 것 같다. 집 밖 노점 빈대떡 장사가 노동 강도로만

치면 훨씬 더 힘에 부쳤을 테지만 바깥세상으로 나온 뒤 어머니의 원인 모를 만성 두통과 구토 증상이 완전히 사라졌다. 두 발로 걷지 못하고 몸의 기능이 손상됐더라도, 남들처럼 바깥세상에 나와 사람들과 교류하는 것까지 필요 없는 것은 아니다. 내가 태어나기 전 어머니 삶을 속속들이 알지는 못하지만, '빈대떡 사장'으로 시장을 누비고 사람들을 만나던 시절의 어머니는 더는 그럴 수 없을 정도로 활기차고 강인한 사람이었다.

부모님이 독립하기 전, 그러니까 어머니가 몸이 심하게 쇠약해질 정도로 집 안에서 거의 감금되다시피 묶여 고된 노동을 하던 시절이었다. 초등학생이던 나는 등굣길 외진 골목에서 동네 아저씨에게 성폭력을 당했다. 동네에서 가끔 마주치던 아저씨라 등교하는 내게 친근하게 다가와서 같이 걷자 별생각 없이 걸어갔다. 그런데 그 아저씨가 갑자기 나를 뒤에서 잡아 세워 내 바지에 손을 넣고 성기를 만지기 시작했다. 그리고 얼마나 시간이 지났는지 기억나지 않는다. 아직 '성폭력'이란 개념조차 모르던 시절이었다. 그렇지만 본능적으로 뭔가 안 좋은 짓이라고 생각했고, 나는 힘껏 그 남자를 뿌리치고 도망쳐 달려갔다.

그날 밤, 나는 어두운 방 안에서 자려고 같이 옆에 누운 어머니에게 조용히 그 사건을 이야기했다. 어두워서 어머니의 표정이나 눈빛을 보지는 못했지만, 어머니는 아무 말 없이 이제 잠들라는 표시로 가만히 이불을 덮어주고는 나를 안아주었다. 내색하지는 않았어도 딸의 피해를 듣고 어머니 역시 무섭고 괴로워서 잠든 내 옆에서 숨죽여 눈물을 흘렸을까? 그러나 어머니는 내 등

곳길에 동행해주거나 신고를 하는 등 어떤 조치도 취하지 않았다. 아니, 당시 어머니는 할 수 없었을 것이다. 지체 장애인인 어머니가 버스로 한 정거장 가량 거리를 걸어 등교하는 나를 바래다줄 수는 없는 노릇이었다. 이후 다시 그런 일이 일어나지는 않았지만 동네에서 길을 가다 그 사람을 다시 마주친 적이 있다. 나는 마치 죄지은 사람처럼 고개를 숙였고 그 사람은 옅은 미소를 지으며 당당하게 내 곁을 지나갔다. 하지만 나는 어머니에게 다시 그 남자 이야기를 꺼내지 않았다. 내 피해를 듣고 아무런 손을 쓰지 않은, 아니 아무것도 할 수 없는 어머니의 상황을 그저 본능적으로 알고 도움의 손길을 단념했을까? 이후 빈대떡 사장이 되어 활력을 찾은 어머니는 예전과 같은 사람이라고는 상상할 수 없을 정도로 강했고 누구보다 듬직한 보호자였다. 그 남자는 어느 때인가 동네에서 자취를 감추었지만 훗날의 어머니였다면 그를 단박에 단죄하고도 남았을 것이다.

다름은 열등감이 되어

할머니는 여자아이들은 가르쳐봐야 소용없다는 철학을 지닌 사람이었다. 그래서 할머니가 경제권을 쥐고 있던 시절, 그림 그리기를 좋아한 내가 미술학원에 다니고 싶다고 했지만 할머니의 반대로 어머니는 나를 학원에 보내줄 수 없었다. 하지만 어머니는 장사를 시작하고 스스로 경제권을 가진 후부터 나와 오빠의 용돈과 학원비를 자신의 힘으로 거뜬히 만들어냈다. 아들인 오빠보다 딸인 내게 더더욱 예전에 해주지 못한 것들을 전부 보상이라도 하려는 듯이 억척스럽게 일을 해 뒷바라지해주었다. 하지만 성장해 가면서 나는 점점 더 내 현실을 부정하고 숨기려 했다. 아주 어린 시절에는 동네 친구들을 거리낌 없이 집에 데려와 노는 게 일상이었다. 아직 부모님의 장애나 그로 인한 가난이 어떤 의미인지 모를 때였다. 그러나 점점 그것은 내게 전혀 자연스럽지 않은 일이 되어 갔다.

언젠가 친구들과 집에서 놀고 있는데, 아버지가 서랍에서 물건을 꺼내려고 우리들 쪽으로 가까이 왔다. 아버지는 데프 보이스를 내지 않는 한 장애가 겉으로 드러나지 않기에 그냥 지나칠 수도 있었지만, 순간 내 눈에는 손가락이 잘려 나간 아버지의 뭉툭한 손이 선명하게 못 박혔다. 매일 보는 아버지의 손이었지만 친구들 앞에서 나는 그때 괴물이라도 본 듯 놀랐다. 비가 오는 날이면 나는 언제나 양손에 목발을 짚고 보행해야 하는 어머니 옆에 동행해 우산을 받쳐주어야 했다. 그런데 비가 쏟아지던 어느 날 우산을 들고 어머니와 걷고 있던 내 눈에 동네 성당 선생님이 다가오는 모습이 멀리서 보였고, 순간 나는 쥐구멍이라도 들어가고 싶은 심정이 되었다. 나는 아무 말 없이 어머니를 빗속에 남겨 두고 마치 모르는 사람인 것처럼 혼자 재빨리 걸어가 그 선생님에게 인사를 했다.

우리 가족은 다 함께 여행은커녕 집 밖으로 외출하거나 외식을 가는 일도 결코 없었다. 또한 부모님 두 분이 나란히 찍은 사진도, 네 식구가 함께 찍은 사진도 없다. 사진이 없는 것이 이상하다고 느낀 건 내가 성인이 되고 나서인데, 곰곰이 생각해보니 우리 집에는 카메라가 없었다. 당시 카메라 같은 사치품을 사기에는 부모님의 경제적 형편이 따라주지 않았을 테지만, 가족들이 무언가를 기념하거나 함께 외출을 나가는 일이 없는 일상 속에서 어차피 카메라는 있어도 무용지물이었을 것이다. 그래서 어릴 적 부모님과의 추억은 모두 집 내부를 배경으로 한다.

아버지는 일이 없어 쉬는 날에는 하루 종일 방 안에서 잠을 자거나 누워서 텔레비전을 보며 시간을 보냈다. 그리고 그런 아버지와 아무 대화 없이 나는 같이 텔레비전을 보곤 했다. 아버지는 언제나 음성 대화가 많은 드라마, 영화 혹은 규칙이 복잡한 스포츠가 아닌, 자연 다큐멘터리 〈동물의 왕국〉, 씨름, 권투, 프로레슬링 같은 스포츠 경기를 보았다. 내가 아버지와 텔레비전 채널 경쟁을 벌이는 일은 다반사였지만, 특히 아버지가 어린 딸에게 절대 양보하지 않는 프로그램이 하나 있었다. 바로 미국 프로레슬링 경기였다. 화려하게 치장한 선수들의 과장된 몸짓과 현란한 조명이 가득한 무대를 보며 아버지는 열광했다. 프로레슬링을 볼 때마다 아버지는 나를 향해 데프 보이스로 말했다. "너도 저거 좀 봐! 멋지지?" 그러면 나는 잔뜩 찌푸린 표정으로 고개를 절레절레 흔들어 아버지에게 싫다는 의사를 전달하곤 했다.

청인과 달리 듣지 못하는 아버지는 당연히 총천연색의 화려함과 사람이나 동물의 움직임 같은 그 자체로 시각적인 이미지를 더 선호할 수밖에 없을 것이다. 그래서 농인들은 시각적 정보 인지력과 시지각 운동 능력이 상대적으로 더 발달한다고 한다. 하지만 그런 아버지를 나는 점차 '어른이 되지 못한', 무언가 '열등한' 사람으로 인식했다. 아버지라면 시사 프로그램이나 영화, 야구, 농구 같은 것을 보아야 '정상'이었다. 소소한 일상의 버릇, 취향, 식습관도 마찬가지였다. 나는 아버지의 모든 것을 무언가 모자라거나 열등하다고 여기게 됐다. 결국 나는 부모님의 장애와 남들과 다른 그 모든 상황에 대해 열등감과 수치심을 느끼게 됐다.

어느 때부터 학교에서 내주는 가정 환경 조사표 작성은 늘 내 몫이었는데, 나는 부모님의 '직업'을 작성하는 칸에 부모님의 실제 삶에 대해 아무것도 말해주지 않는 두 단어, 즉 '회사원'과 '주부'를 적었다. 부모님은 내가 초등학교를 다니던 시절부터 줄곧 입학식이나 졸업식을 비롯해 학교에 보호자 자격으로 방문한 적이 없었다. 보호자가 필요할 때면 다른 친척이나 동네 아주머니들이 역할을 대신했다. 그런데도 나는 여기에 불만을 품지 않았다. 오히려 장애가 있어 남들 눈에 띌 수밖에 없는 부모님이 학교에 오지 않는 편이 낫다고 여겼다.

나는 초·중·고등학교 내내 친구들도 많고 반장이나 부반장을 할 정도로 썩 모범적인 아이였다. 하지만 학교에서 선생님들이나 친구들에게 인정받을수록, 부모님이나 집안 형편은 점점 더 큰 치부가 되어 갔다. 내 이미지에 균열을 내는 어떤 것도 침입하기 원하지 않았다. 그러나 그런 나를 조롱이라도 하듯 나의 '약점'들은 내가 구축한 완벽함의 테두리를 찢고 끊임없이 나를 따라왔다. 학창 시절 우리 네 가족이 살던 단칸방과 지하층 주택은 안 그래도 음습해 온갖 벌레와 곰팡이가 서식하기 좋았는데, 집을 일상적으로 꼼꼼하게 관리할 사람이 없어서 늘 그것들과 함께 살았다. 중학교 때 하루는 점심시간에 꺼낸 보온 도시락 가방 안에서 언제 들어갔는지 바퀴벌레가 나온 적이 있었다. 나는 너무 놀라고 수치스러워서 교실에서 큰 소리를 지르고 울었다. 친구들은 뒤처리를 도와주며 밥을 먹지 못한 내게 자신들의 도시락을 먹으라고 내주며 위로했다. 하지만 단지 벌레가 문제가 아니었다. 그런 순간순간마다 나의 이면에 숨겨 둔 '치부'를 들킨 것 같아 마치 거짓말쟁이가 된 것 같은 당혹감과 동시에 부모님에 대한 원망과 수치심까지, 이루 말로 설명할 수 없는 감정들이 휘몰아쳤다.

'행복'으로 가는 길

오빠는 고등학생 때 방황을 심하게 했다. 집안의 장남으로서 친가 식구들에게 남다른 기대를 받을 수밖에 없는 데다, 부모님의 장애까지 더해져 오빠는 내가 미처 상상할 수 없는 종류의 고민까지 안아야 했다. 명절이나 제삿날 장애가 있는 장남 아버지는 꼭 필요한 사람이 아니었지만 오빠는 달랐다. 오빠는 '온전하지 못한' 아버지를 대신해 집안의 장남 역할을 대신해야 했다.

나 역시 고등학교를 졸업할 무렵에는 원하는 대학에 갈 수 있을 만큼의 성적이 나오지 않았다. 한국 사회에서 대학 이름은 내 '존재의 가치'를 말해준다고 생각했기에 가난한 집안 출신에, 장애인 부모의 자식인 나는 대학 입시 결과에 큰 중압감을 느꼈다.

대학은 나를 모든 낙인과 열등감에서 단숨에 벗어날 수 있게 해줄 수도 있는 동아줄 같은 것이었다. 그러나 나를 구원해줄 동아줄이 쉬이 잡히지 않으리라는 걸 고등학교 3학년 때에야 깨달았다. 그리고 같은 학년 아이들 중 이른바 '명문대' 입학 대열에 안전하게 있는 아이들을 보며, 마음속으로 그들의 환경을 나와 비교했다. '출발선이 달랐어.' 그때 나는 이런 생각을 하며 나를 짓누르는 열등감을 견뎌야 했다. 장애인 부모를 탓하고 가난한 집안 환경을 탓하며 나는 내 '실패'로부터 면죄부를 받으려 했다.

그렇게 암울했던 고등학교 3학년을 보낸 후 어찌 됐든 나는 대학에 들어갔다. 대학 생활은 평범하기 그지없었다. 학생 운동에 참여하거나 동아리에도 가입하지 않았다. 다만 당시 적어도 서울 지역 대학에는 전통적 학생 운동의 모습이 아직 많이 남아 있는 편이었기에, 그들의 집회나 대자보를 자연스럽게 자주 접하게 됐고 왠지 모르게 관심을 품게 됐다. 1980년대 말에서 1990년대 초반 어린 나는 동네 마당에서 친구들과 놀 때마다 화염병과 최루탄 특유의 냄새를 맡아야만 했다. 하지만 그 냄새의 원인이 무엇인지 내게 설명해주는 식구들은 아무도 없었다. 대학에서 학생 운동을 어깨너머로 보고 또 이런저런 한국 사회 문제들에 관해 귀동냥으로나마 접하면서 나는 비로소 어렸을 적 맡았던 냄새의 원인을 알 수 있었다. 하지만 당시 대학가를 점령한 구호인 '민족 민주'나 '노동자 해방' 같은 단어들은 내 마음에 깊이 들어오지는 않았다. 그러다 2000년대 초반을 전후로 조금씩 부상하기 시작한 '장애인' 인권 운동을 알게 됐고 '인권'이라는 말도 접했다. 인권. 모든 인간은 '인간임' 그 자체로 동등한 권리와 존엄함을 지 닌다는 뜻을 가진 이 낱말에 나는 왠지 모르게 끌렸다.

인권과 장애에 관심을 두고 이런저런 정보를 찾아보면서 장애 인 '이동권'이라는 말도 알게 됐다. '이동권'을 외치며 휠체어를 탄 장애인들이 버스나 지하철 선로를 점거하는 식의 장애인 운동 이 당시 한창 진행 중이었다. 나는 즉시 그런 것들에 강한 끌림 을 느꼈고 장애인 인권 운동 단체들이 개최하는 다양한 교육이 나 행사에 용기를 내 혼자 찾아갔다. 그리고 그곳에서 나는 우리 부모님이 아닌 성인 장애인들과 난생처음 의미 있는 만남을 가 질 수 있었다. 그들 대부분은 지체 장애인들이었고, 아버지와 같 은 농인은 없었다. 하지만 그들 중에는 내 부모처럼 부부이거나 자식을 둔 장애인 커플들이 적잖이 있었다. 대학생이 된 후로 믿 음직스럽고 매사 진지했던 한 친구에게 딱 한 번 나의 감추어 둔 '비밀'을 어렵게 털어놓은 적이 있었다. 그러고는 만약 내가 누군 가와 사귀게 되었을 때 상대에게 내 부모에 대해 말하는 게 좋을 지 질문했다. 그 친구는 대답했다. "말하지 않는 게 좋겠어." 이 후 나는 그 친구를 비롯한 다른 누구에게도 다시는 부모님 이야 기를 꺼내지 않았다. 성인이 되고 대학에 와서까지도 부모님의 장애는 내게 '치부'로 남았다. 그런데 내 부모처럼 장애인 부부이 자 부모인 사람들이 내 앞에 나타났으니 더는 숨기거나 두려울 게 없었다.

부모님의 장애를 솔직하게 말할 수 있고 그것이 아무 흠이 되 지 않는 세계와 비로소 만났을 때 그 해방감은 이루 말할 수 없었다. 그 해방감과 희열은 나를 더 밀어붙였다. 나는 대학 4학년 졸업을 앞두고 취업 대신 장애 분야와 관련한 본격적인 길을 가 겠다고 마음먹었다. 그 첫 단추는 장애에 대해 제대로 공부하는 것이었다. 그래서 대학 4학년 졸업과 동시에 특수교육학과에 편입했다.

특수교육학과에 들어가면서부터 내 삶은 온통 '장애'와 관련된 것으로 채워졌다. 본격적으로 '장애' 관련 전문 지식을 공부했고, 장애인 인권 운동에도 더 열심히 참여했다. 그런데 대학 특수교육학 과정은 장애를 의료적이고 심리적인 연구 '대상'으로 다루는 데 편중되어 있었다. 자라면서 한 경험을 통해 나는 장애가 결코 개인의 의료적, 신체적 문제일 수만은 없다는 것을 너무 잘 알고 있었다. 더구나 장애는 내게 객관적 거리를 두고 다루어야 할 연구 '대상'이 될 수 없었다. 나는 이런 문제의식을 수업에서 주어지는 각종 보고서나 발표를 통해 드러내고자 했고, 내가 비판의 날을 세울수록 교수들은 오히려 더 긍정적인 피드백을 주었다. 그 경험은 내가 장애 문제에 대해 비판적 언어를 학문적으로 더 탐구할 수 있도록 자신감을 북돋워 주었다. 그러면서 차츰 깨달았다. 내게는 장애 관련 전문 지식보다 내가 경험한 삶, 장애라는 실존을 세상과 소통할 언어가 필요했다는 것을. 그런 언어에 대한 나의 목마름은 편집증적인 것이었다.

'한강의 기적'을 이루어낸 나라, 초고속 발전과 성장으로 선진국이 된 나라, 그래서 모두가 '행복한' 대한민국. 이를 믿어 의심치 않도록 학교는 나를 성장기 내내 교육했다. 그러나 발전과 행복은 우리 부모님 같은 장애인들, 즉 존재만으로 그 '행복'에서 애초에 낙오된 것으로 여겨지는 사람들이 사회에서 보이지 않기를, 없어져 주기를 바란다.

어릴 적 우리 동네에 옛날식 주택들이 모여 있는 언덕빼기에는 '한미정신병원'이 있었다. 일반 병원과 달리 건물 마당에 사람들이 지나다니는 것을 전혀 볼 수 없고, 건물 꼭대기에 난 철창 난간에 매달린 환자들이 밖을 향해 얼굴을 내밀거나 무엇인가를 부르짖곤 했다. 나는 종종 철창 난간에 매달린 사람들 쪽을 하염없이 쳐다보곤 했다. 그들과 교감을 나눈다고 생각하며 혹시라도 그들이 내게 어떤 말을 건네면 그 이야기를 들어주고 도와주겠다고 혼자 공상했던 것이다(하지만 어린아이였을 뿐인 내게 그런 일은 한 번도 일어나지 않았다). 한산하다 못해 다소 음침한 그 병원 마당 주변에서 나와 친구들은 매일 아무렇지 않게 고무줄놀이나 다방구 같은 놀이를 했다. 그러나 환자들이 격리 수용된 그곳은 명백히 '이곳'과는 '다른' 세계일 수밖에 없었다. 동네에서 가끔 알코올 중독이나 정신 질환 등의 '문제'가 있는 사람들이 어느 날 자취를 감추면, 어른들은 그 병원에 끌려 들어간 거라고 말했다. 이 사회에서 '생산적'이지 못한 몸들, 어떤 이유에서든 정해진 선 밖으로 '일탈한' 인생들은 사회에서 함께 살아가지 못하고 격리되어 철창 안에 갇힌 채 인간임을 부정당한다는 사실을 그 병원은 또렷이 증명하고 있었다. 그리고 1990년대 중반 동네 주변 일대에 대대적인 재개발 바람이 불기 시작할 무렵, '한미

정신병원'은 가장 먼저 동네에서 자취를 감추고 사라졌다. 어릴 적 내가 고무줄놀이를 하고 놀던 그 자리에는 현재 값비싼 아파트가 들어서 있다.

특수교육학과를 다니면서 활발하게 장애인 인권 운동 활동가들을 만나던 중 나는 우연히 '장애여성공감'(이하 '공감')이라는 단체를 알게 됐다. '장애인'과 '여성'이 조합된 단체 이름에 왠지 모르게 끌렸다. 어느 날 자원 활동을 하겠다고 무작정 '공감'에 전화를 걸었다. '공감'과의 만남은 내 삶을 완전히 뒤바꾸는 계기가 되었다.

내가 처음 자원 활동으로 맡게 된 일은 '공감' 연극 팀에서 활동하는 장애 여성 배우들을 집 밖으로 나올 수 있게 보조하는 것이었다. 당시는 아직 장애인 활동 보조 제도가 시행되기 전이긴 했지만(우리나라에서는 2007년부터 시행됐다), 그들이 외부의 도움이 없다고 해서 아예 집 밖으로 나올 수 없는 것은 아니었다. 그들에게는 함께 살고 있는 가족이 있었기 때문이다. 그러나 '공감'은 장애인 중에서도 더욱 '의존적 존재'로 취급받고 살아야 하는 장애 여성들이 그 의존의 구조에서 조금이라도 벗어날 수 있도록 지원하는 것을 활동의 중요한 부분으로 여겼다. 장애 여성의 관점에서 바라보고 작은 힘이나마 지원하는 단체가 있기에, 지체 장애 여성들은 연극을 통해 자신의 삶을 세상과 소통하며 변화를 꿈꾸고 실천할 수 있었다.

장애 여성의 활동은 그 가족들이 보기에는 한낱 '사치'일 뿐일 수도 있다. 그들은 성인이 되어서도 아무런 경제적 기반이 없기에 가족의 울타리를 벗어날 수 없다. 적어도 내 어머니의 경우를 생각하면 장애 여성들이 가족 안에서 느껴야 할 부담감을 짐작할 수 있다. 어머니는 장애가 있는 여성이라는 단 한 가지 이유만으로 아무런 교육을 받지 못했고 인생의 다른 선택지 없이 장애인과 결혼을 해서 자식을 낳았으며 가사, 양육, 생계를 위한 노동 그 모든 것을 아무 대가 없이 해야 했다. 세상의 기준으로 보면 어머니는 나름 '성공한', '위대한' 장애 여성의 모범 사례로 분류될 수 있을 것이다. 그러나 실상 그런 분류는 세상이 일방적으로 정한 '행복', '성공'이라는 틀에 어머니의 삶을 억지로 끼워 맞추려는 것이 아닌가. 나는 '공감'에서 처음 만난 그들, 즉 가족이나 세상의 압력 속에서도 꿋꿋이 자신의 활동을 이어 나가고 목소리를 내는 장애 여성들을 존경할 수밖에 없었다. 그리고 그들이 좀 더 당당한 주체로 살 수 있도록 세심하게 지원하는 '공감'이 무척 특별하게 느껴졌다. 그들을 집 밖으로 나오게 하고 연극 연습이 끝나면 다시 귀가하도록 돕는 첫 활동을 하면서 사회 운동이란 것이 이렇게 구체적으로 한 인간과 세상을 변화시킬 수 있고, 가슴 설레는 일이 될 수 있음을 배웠다.

극명하게 대조되는 두 세계, 즉 행복과 성공은 이런 거라고 강요하는 세계와 그 기준에 맞서 자신을 던져 균열을 꿈꾸는 세계. 그 사이에서 내 삶의 방향을 정해야 했다. 진로를 고민하며 졸업을 앞둔 때 나는 장애인 인권 활동에 열심이던 학과 선배에게서 서울의 한 초등학교 내 특수 학급 기간제 교사 자리를 소개받았다. 그 일은 여러 진로 중 하나를 미리 탐색하면서 결정을 유예

할 수 있는 썩 괜찮은 기회였다.

'여성'으로서의 자유

내가 생애 처음 교사로 발을 디딘 초등학교는 일반 교실 하나를 반으로 나누어 한쪽에는 저학년 장애 학생들이 사용하고 다른 한쪽에는 고학년 장애 학생들이 사용하고 있었다. 내가 담임을 맡은 저학년 학급에는 다양한 발달 장애 학생들이 있었다. 일반 학교의 장애와 비장애 '통합 교육'은, 장애 학생들이 자기 학년, 반에 속하면서 부분적으로 특수 학급으로 이동해 교육을 받거나 특수 교사가 해당 아동이 소속된 학급으로 들어가 담임 교사와 함께 공동 수업을 하거나 두 방식을 혼합하는 등 다양한 방식이 있을 수 있다. 그러나 한국은 대부분 첫 번째 방식, 즉 장애 아동이 자기 학급과 특수 학급을 오가며 수업을 받는 방식으로 교육이 이루어진다. 이런 획일적 방식은, 장애 학생들이 그야말로 '특수한' 존재이며, 따라서 온전히 그들이 '일반'과 '특수'로 나뉜 세계를 오가는 불편을 감수해야 한다는 사실을 가르친다. '일반'과 '특수'의 경계선에서 교사인 나 역시 우리 학급 아이들과 함께 방향을 잃는 경우가 많았다. 학교 전체 교육 과정이 장애 아동들의 눈높이와 속도에 맞추려는 노력을 조금이라도 기울인다면 힘에 부치는 어려움이 꽤 줄어들 것이다. 하지만 따라가는 척 시늉이라도 하거나 그도 아니면 아예 모든 걸 포기하고 열외의 존재로 남길 강요받는 쪽은 언제나 장애 아동들이다.

특수 교육 공간에는 나처럼 장애인의 가족으로 얽힌 다양한 여성들의 삶이 존재했다. 우리 반 한 학생의 어머니는 발달 장애 여성이었다. 특수 교육 보조 교사로 우리 교실에서 나와 함께 근무한 여성은 발달 장애 아이를 둔 어머니였다. 이들과 나눈 공동체적 유대감은 내가 교사로서 방향을 잃거나 겁먹을 때 방향을 제시해주고 위로가 되어주었다. 특히 내가 지금도 잊지 못하는 사람은 발달 장애 아이를 둔 발달 장애 어머니다. 소문에 의하면 그 어머니의 남편은 알코올 중독에 가정 폭력을 상습적으로 일삼는 사람이라고 했다. 그 어머니는 장애 때문에 고립되어 있었고 직업도 가질 수 없었기에, 거의 매일 아이들의 학교에 나와 교실과 복도를 쓸고 닦는 것을 자신의 '업'으로 삼고 있었다. 그러던 어느 여름 날, 특수 학급에 온 아이가 평상시와 다르게 얼굴에 어딘가 불편한 기색이 역력해 집에 무슨 일이 있는지 물어보니 밤새 모기향을 피운 채 환기가 안 되는 공간에서 잠을 잔 것 같았다. 그날 퇴근길에 아이의 집으로 찾아갔다. 어머니에게 모기향을 피울 때는 반드시 창문을 열어 환기해야 한다고 알려주기 위해서였다. 그런데 그 집의 환경은 놀라웠다. 켜켜이 어지럽게 쌓이고 방치된, 쓰레기인지 살림인지 모를 것들이 집의 대부분을 차지하고, 장애가 있는 어머니와 두 자녀가 나머지 공간을 빌려 얹혀살고 있는 듯한 모습이었다. 그 앞에서 나는 할 말을 잃었고 그 발달 장애 어머니의 삶의 복잡성을 깊이 생각해보았다. 세상은 그의 겉모습만 보고 혀를 차며 부모가 될 '자격'이나 인간으로서 '구실'을 할 수 있는지 여부를 논하려 들 것이다. 그것은 얼마나 무지하고 편협하며 오만한 접근인가. 며칠 후 보조 선생님과 나는 그 집에 다시 가서 낡고 파손된 살림들을 내다버리고 집 안 내부를 쓸고 닦는 대청소를 감행했다. 어머니가 자발적으로 학교에 거의 매일 나와 교실 복도를 쓸고 닦는 수고에 비하면 그것은 아무것도 아닌 일이었다.

  장애가 있는 나의 어머니, 특수 학급의 발달 장애 아이들과 아이들의 주된 양육자인 어머니, 자신에게 장애가 있으면서 장애가 있는 아이를 양육하는 어머니, '공감'에서 만난 활동가와 연극배우 장애 여성. 그리고 장애인 부모의 딸로서 나. 이 모든 경험은 내 안에서 얽혀 거대한 질문을 만들어내고 있었다. 만약 이성애주의와 '정상 가족'이라는 규범이 비장애 중심주의와 마찬가지로 세상이 정한 획일적 기준과 구획에 의한 강요라면, 이들의 삶에서 문제는 장애인가 아니면 여성이라는 존재 조건인가? 만약 나의 어머니와 내가 알고 있는 모든 장애 여성들이, 그들을 둘러싼 비장애 중심주의의 사회적 벽만큼이나 억압적이고 획일적인 성적 기준에서 애초에 벗어날 수 있었다면, 그때 그들의 삶의 이야기는 어떻게 달라질까? 그리고 또 나 자신의 삶의 이야기는 어떻게 달라질까?
  이런 고민을 하면서 내가 분명하게 자각하기 시작한 것은, 장애뿐 아니라 성(sex/gender/sexuality)이 한 인간에게 복잡하게 얽혀 훨씬 다채로운 삶의 이야기를 만들어낸다는 사실이었다. 특히 여성만의 공간인 '공감'에서 만난 많은 여성(장애 여성, 비장애 여성)과 함께 나눈, 같으면서도 다른 삶의 이야기들은 내가 처음 장애인 단체에서 장애인 부부를 만나 느낀 것과 비슷한 해방감과 자유를 선사했다. 다만 이번에는 '여성'으로서의 해방감과 자유였다. 그 해방감과 자유는 나의 과거와 현재를 '여성'이자 '퀴어'의 눈으로 완전히 새롭게 바라볼 수 있게 해주었다.

1년간의 교사 생활을 마치고 또다시 나는 어딘가에서 새로 시작해야 했다. 내가 내린 결정은 여성학과 대학원에 진학해 성이라는 새로운 앎에 관해 본격적으로 공부하면서 '공감'에서 인권 활동가로서 삶을 병행하는 것이었다. 나의 이런 결정과 행동은 많은 고민과 방황 끝에 나온 것이었지만, 다만 이번에는 어머니나 다른 가족 누구에게도 전폭적 지원이나 지지를 기대하기는 어려우며 나 혼자 내 선택을 온전히 감당하고 책임져야 하는 첫 결정이기도 했다. 그리고 얼마 후 마치 운명처럼 내 명의로 가입한 청약 저축이 임대아파트 입주 기회로 이어져 기간제 교사로 일하며 모은 돈으로 1인 가구 세대주로 독립해 나갈 수 있게 되었다. 부모님은 여러 번의 이사 끝에 오빠와 내가 불완전할지언정 분리된 공간을 확보할 수 있게 만들어주긴 했지만, 이제 나는 완전히 가족들 품을 떠나 나 혼자만의 공간에서 살게 됐다. 그것은 장애가 있는 부모와 이제까지 함께해 온 일상과 거리를 둘 수 있는, 완전히 다른 삶의 시작을 의미했다. 동시에 나를 그토록 설레게 하는 언어와 학문의 세계, 그리고 사회 운동의 장에 본격적으로 뛰어듦으로써 이 세상이 '행복' 또는 '정상'이라고 부르는 것들과 완전히 거리 두기 하겠다는 의미이기도 했다.

완전한
이방인

언어는 인간관계를 형성하는 가장 기본적인 매개체다. 언어의 본질적 성격은 외부의 인간관계에만 한정되지 않으며, 가장 '친밀하고 자연스러운' 결속으로 여겨지는 가정에서도 마찬가지다. 따라서 의사소통과 언어에서의 소외는 특히 가족 내에서 역할을 박탈당한다는 뜻이며 인간으로서 지위를 박탈당한다는 의미이다. 소리를 듣지 못하고 말하지 못하는 아버지에게 '정상적인' 남편, 아버지라는 가족 구성원으로서 위치를 애초에 기대하기 어렵다.

의사소통이 되지 않는데도 그럭저럭 어린 딸의 역할을 했던 나는 성장하면서 아버지와 멀어졌다. 아버지와 복잡한 생각을 나누기가 점점 더 어려웠기 때문이다. 아버지는 결혼 후 청인인 어머니와 홈사인으로 소통했는데, 둘만의 의사소통 기호는 함께한 시간 동안 차츰 쌓인 것이었다. 그러다 보니 아이들이 태어난 후에는 아이들과 소통하기 위해 다시 새로운 노력을 해야 했다. 그러나 어머니를 제외한 다른 가족들이 아버지와 거의 의사소통하지 않았기에, 우리 역시 아버지와 의사소통해야 한다고 생각하지 못했다. 오빠와 나는 아버지와 의사소통하는 방법을 배운 적이 없고, 어머니와 아버지의 홈사인을 보며 아주 기초적인 몇 가지 표현들을 어깨너머로 익혔을 뿐이다.

단지 의사소통 수단의 제약만이 이유는 아니었다. 사춘기 때 나는 예민해져서 모든 가족에게 짜증과 분노를 쏟아내곤 했다. 아버지에게는 짜증을 낼 수도 없었기에 마음의 거리는 점점 더 멀어졌다. 어렸을 적 아버지가 어머니에게 가한 폭력의 기억이 강하게 새겨져 있기도 했다(현재도 그렇다). 게다가 성장하면서 딸로서는 받아들이기 어려운 아버지의 행동들을 계속 접하게 됐다. 이를테면 아버지는 누가 건네준 건지 아니면 어디서 주운건지 알 수 없는 도색 잡지나 비디오테이프를 집까지 가져와 주변의 눈을 의식하지 않고 보았다. 종종 있는 일이었다. 어머니의 고달픈 삶, 단칸방과 지하방을 전전해야 하는 생활 등 이 모든 가족의 불행이 아버지 때문이라는 생각에 분노하기 시작한 것도 그즈음이었을 것이다. 이런 감정이 차츰 쌓여 가다 마침내 아버지에게 마음의 문을 굳게 닫았다. 아버지가 미웠다.

아버지는 자기주장과 고집이 강하다고 가족들은 자주 말했다. 가족들이 아버지와 무언가를 의논하거나 설득하려고 애쓰다가 결국 단념하고 온 식구가 아버지를 비난하는 경우가 잦았다. 아버지는 가족 안에서 완전히 이방인이었다. 나는 이유를 모르면서도 가족들과 하나가 되어 아버지를 비난하는 데 동참하곤 했다.

나는 가족의 고통을 누가 알까만 생각했지, 정작 아버지 자신이 어떤 고통을 겪는지 생각하지 않았다. 아니 할 수 없었다. 나는 그저 아버지를 미워할 이유를 충분히 알고 있었고 그래서 마음껏 미워할 수 있었다.

내게 쌓인 아버지에 대한 미움과 분노가, 실은 가족 안에서 '아버지'라 불리는 한 사람에 대해 결코 알 수 없다는 사실에 뿌리내리고 있음을 자각한 것은 최근에 와서다. 할머니도 고모도 친가의 그 누구도 내게 아버지의 과거 이야기를 해주지 않았다. 유년기에 어떤 아이였는지, 청소년기는 어떻게 보냈는지, 농학교를 다니다 어떻게 그만두게 됐는지, 학교에서는 무슨 일이 있었는지, 아버지의 손가락은 어쩌다 잘린 것인지, 농인 아버지의 과거는 철저하게 함구되었다. 나는 오랜 시간 농인인 아버지의 삶의 궤적에 대해 아무것도 모르면서 아버지를 다 안다고 착각하고 살아왔던 것이다. 내가 무엇을 모르는지 의식하지도 못한 채로 말이다.

인간의 자격

무엇이 문제인지 알려면 경험과 감각만이 아니라 언어가 필요하다. 살면서 경험하는 것이 무언가 잘못됐다고 느끼는 경우는 많지만, 어떤 구조적 문제 때문인지 알지 못하거나 그냥 무시하고 넘어갈 수밖에 없는 경우는 더 많다. 내가 초등학교 시절 경험한 성폭력은 성차별과 연령 차별 사회가 여성과 아동·청소년에게 일상적으로 폭력을 가하는 현실의 반영이지만, 그 사건을 나 개인의 문제가 아니라 '성차별', '연령 차별'이라는 공적인 언어로 명명할 수 있기까지는 많은 세월과 공부가 필요했다. 세상이 이런 것들을 모르는 척, 아무 일도 일어나지 않은 척 무시하는 사이 그런 문제들을 일상에서 몸으로 겪고 버텨 온 사람들의 고통은 지워진다.

장애도 마찬가지다. 남성 중심주의, 연령주의와 마찬가지로 비장애인 중심주의가 아버지와 어머니의 삶과 존재 자체를 '문제'로 만들었지만, 문제의 원인과 분노의 대상을 그들의 장애가 아닌 다른 방향으로 돌리기까지 내게는 많은 시간과 노력이 필요했다. 장애 운동과 페미니즘의 언어를 습득한 후에야 나는 과거의 부모님 그리고 내 경험을 해체하고 완전히 다시 해석할 수 있는 언어를 비로소 찾은 것 같았다. 무언가 잘못됐으며 문제는 나와 가족이 아니라 이 세상이라는 인식과 언어를 말이다. 그러나 나는 아버지의 장애, 즉 소리 없는 세계에 대해서는 여전히 무지한 상태였고, 내가 그토록 무지한 상태라는 것조차 알지 못했다.

소리 없는 세계 혹은 음성으로 매개되지 않는 의사소통은 대부분의 사람들이 상상조차 하지 못하는 낯선 상태다. 신체장애의 가시성과 달리 농은 (그리고 다양한 정신장애는) 눈에 보이지 않는다. 그래서 농인과 청각 장애인은 다른 장애보다 더 강력하게 보이지 않기를 강요받고 '정상'의 기준에 맞추길 강요받는다. 실제로 음성언어를 사용할 수 있는 청각 장애인은 세상의 주목과 지지를 받는 경우가 많다. 예를 들어 대중 매체에 등장하는 청각 장애인은 '비장애인처럼' 구화를 사용하는 사람들 일색이다. 이들의 이야기는 장애 극복의 '성공' 이야기로 각색돼 비장애인 세계의 기대를 충족해준다. 〈프로젝트 런웨이 코리아〉 방송에 출연해 많은 관심을 모은 패션 디자이너, 대기업 광고 모델로도 발탁된 성공한 바리스타 등 대중 매체는 이들 청각 장애인들이 '정상적'으로 음성언어를 사용하며 사회적으로도 성공했다는 점을 강조해 '장애 극복'의 익숙한 서사를 재생산해냈다. 물론 이러한 '성공'을 위해 그들을 뒷받침해준 어머니의 눈물겨운 희생이 있었다는 '미담' 또한 빠질 수 없는 단골 재료다.

결국 언어와 인지 능력, 의사소통 능력 여부는 인간의 자격과 능력을 결정하고 누군가 인간 범주에서 추방되도록 하는 데 핵심 요소다. 거기에 성차별, 인종 차별, 계급 차별 같은 다른 사회적 모순이 교차하면, 그러한 비인간화의 폭력은 더 효과적이고 중층적으로 작동한다. 미국 흑인 농인 주니어스 윌슨(Junius Wilson)*의 이야기는 언어와 인지, 인종, 계급 등과 관련한 억압들이 상호 교차해 한 사람을 얼마만큼 비인간화할 수 있는지를 단적으로 드러내주는 하나의 사례다. 1900년대 초 미국 사회는 흑백 인종 갈등이 극에 달했고, 쿠클럭스클랜(Ku Klux Klan) 같은 극단적 백인 우월주의 집단이 흑인에게 폭력을 가하는 일이 허다

---

* 주니어스 윌슨과 관련된 이야기는 다음 책을 참고했다. Susan Burch & Hannah Joyner, *Unspeakable: The story of Junius Wilson*, The University of North Carolina Press, 2007.

했다. 그러다 보니 흑인들은 철저하게 인종이 분리된 학교나 지역 사회의 좁은 공간에 모여 살며 신체와 이동의 자유를 누릴 수 없었고, 이 속에서 흑인 농인들은 몇 겹의 억압을 경험해야 했다. 흑인 농인들은 인종 차별로 인해 (백인 농인들의 전유물인) 미국수어와 다를 뿐만 아니라 이동의 제약으로 지역마다 제각기 다르게 변형된 수어를 사용할 수밖에 없었다. 자동적으로 흑인 농인들은 자신의 공동체 내 소수 흑인들을 제외하고 다른 지역의 흑인이나 타 인종(백인) 사람들과 수어를 사용해 의사소통할 수 없었다. (이렇게 농인이 자신의 자연스런 언어와 문화에서 분리되어 고립된 상태를 '문화적 농culturally deaf'이라고도 부른다.)

노예였던 주니어스 윌슨의 청인 부모는 문맹에다 수어도 몰랐고, 그들 곁에서 주니어스 윌슨은 극심한 흑백 인종 분리와 인종 차별, 그리고 그의 가족과 흑인 공동체가 처한 총체적 곤경을 제대로 알지 못한 채 성장했다. 그러다 열일곱 살이 됐을 무렵 그는 강간범의 누명을 쓰고 경찰에 체포됐다. 윌슨의 범죄 혐의는 충분히 입증되지 못했지만, 그가 사용하는 지역 수어를 전혀 이해하지 못한 사법, 의료 관료들은 그에게 '정신 박약', '위험한 흑인'이라는 '진단'을 내리고 감옥 대신 '골즈버로 미친 유색인 병원(State Hospital for the Colored Insane, Goldsboro)'에 수용했다. 그곳에서 그는 거의 평생 감금된 채 살았다.

단절의 역사

농인과 청인 모두의 언어와 문화로부터 단절되어 '문화적 농인'으로 내 아버지를 존재하게 한 한국 사회의 역사는 어떠할까. 농인들은 어릴 때부터 농학교를 다니면서 자연스럽게 수어를 사용하고, 언어뿐 아니라 그들만의 전통, 유머, 사회적 자원을 통해 '농문화'를 형성한다. 그러니까 '학교', '가정'처럼 인간이 태어나서 사회적 존재가 되는 데 필요한 가장 기본적인 토대는 농인에게도 마찬가지일 수밖에 없다. 유럽에는 대략 18세기로 거슬러올라가는 농문화의 역사가 있다고 학자들은 기록하고 있다.*

우리나라는 적어도 근대적 농교육이 처음 도입됐다고 알려진 일제 식민지 시기에 농학교가 평양에 한 곳, 조선총독부 산하 제생원에 한 곳, 이렇게 전국에 두 군데 존재했다고 한다. 1945년 광복과 동시에 남북이 미국과 소련에 분할 점령되면서 남한에 남은 제생원은 이번에는 미군정청 관할로 넘어갔다. 그리고 아버지가 농학교에 입학한 1960년대 초까지 남한의 국공립 농학교는 서울과 부산에 한 개씩, 전국에 두 학교뿐이었고, 나머지는 대부분 교회 목사를 비롯한 '독지가'들이 농교육을 시도한 데 불과했다. 이렇다 보니 농인들은 교육받을 기회조차 얻기 어려웠고, 많은 농인이 부랑인이나 극빈자로 살았다.** 결국 식민지, 분단, 전쟁을 거치면서 농문화가 설 자리는커녕 농인이 최소한의 생존조

---

* Lenard Davis, *Enforcing Normalcy: Disability, Deafness, and the Body*, Verso, 1995.

차 보장받지 못하는 상황이 오래 지속되었다.

이뿐만이 아니다. 농문화의 또 다른 중요한 토대인 수어는 남한의 농교육 현장에서 철저히 배제되어 왔다. 농교육이 농인의 언어인 수어를 배제하다니 이 무슨 뚱딴지같은 소리일까 싶지만, 동서양을 막론하고 농교육에서 구화 교육과 수어 교육은 숱한 갈등을 겪은 긴 역사가 있다. 농교육 철학에 대한 두 진영의 첨예한 입장 차이가 그 원인이다. 한쪽은 음성언어로 농인/청각 장애인이 청인과 소통할 수 있도록 구화와 (청각 능력을 대체할) 독순술을 교육해야 한다고 주장하고 다른 쪽은 그들에게 가장 잘 맞는 수어를 고수해야 한다고 주장한다. 구화 교육은 농인/청각 장애인이 청인 사회에서 청인과 소통할 가능성이 생긴다는 장점이 있다. 그러나 이는 아동기에 필요한 기초적 사고 능력의 발달과 자연스런 의사소통과 대인 관계의 습득을 방해하며, 장애 아동을 '정상화'하기 위해 언어 권리를 침해한다는 만만치 않은 반론을 받아 왔다.***

이러한 근원적인 문제에서 하나의 뚜렷한 정답이 있을 순 없지만, 두 시각의 대립은 최소한 청각 장애 아동의 발달과 성장에 이

** 〈동아일보〉, "자활의 길 찾은 육백농아자", 1959년 4월 20일자. 한편 1961년 보건사회부(보건복지부)가 간행한 남한 최초의 '장애인' 인구 조사 보고서인 〈한국장해아동조사보고서〉에 따르면, 초등교육만 마쳤거나 문맹인 장애 아동의 비율이 전체의 80퍼센트에 육박한다.

*** Patrick Kermit, "Cochlear implants, linguistic rights and 'open future' arguments", Kristjana Kristiansen etc.(eds.), *Arguing about disability: Philosophical perspective*, Routledge, 2009; Susan Burch & Hannah Joyner, ibid.

로운 게 무엇인지 고민하고 토론하는 장을 열어준다. 그런데 한 반도의 불운한 역사에서 두 가지 교육 철학의 차이는 균형을 이루지 못했고, 일제 강점기 때부터 음성언어 중심의 구화 교육이 압도적인 우위를 점해 왔다.* 이러한 '정상화' 위주의 언어 교육은 농인/청각 장애인 인구를 더 '생산적인' 인구로 활용하겠다는 의도와도 맞물려 있다. 동서양을 막론하고 농교육은 전통적으로 구직에 유리한 직업 교육, 그중에서도 단순 기계 조작이나 옷감 재단, 목공 등 육체노동 위주의 교육에 치중하는 경향이 있는데, 이 일들은 복잡한 의사소통이나 전문적 지식이 필요하지 않아 농인이 구직을 하는 데 유리하다는 생각 때문이다.**

어린 나이에 이름만 '학교'일 뿐이었던 시골 사립 농학교에 들어가 매일 반복적으로 강요된 의미 없는 단순 노동을 하던 아버지는, 이내 그 생활을 견디지 못하고 학교를 도망쳐 집에 돌아왔지만 곧바로 가족들이 운영하던 방앗간으로 투입됐다. 아버지 입장에서 두 세계는 근본적으로 다르지 않았을 것이다. 장애인인 자신도 교육과 성장의 기회를 누릴 권리가 있는 세계가 아니라, 그저 어떻게든 육체노동 기술을 습득해 밥벌이를 해서 '인간 구실'을 해야 한다는 단 하나의 목표만을 주입하는 세계. 귀가 들리지 않고 말을 할 수는 없어도 타인과 자연스럽게 의사소통할

* 김병하, 박경란, 〈한국 청각장애교육 연구의 학사적 고찰: 1970년대 말까지〉, 《특수교육저널: 이론과 실천》, 11(1), 2010.
** Susan Burch & Hannah Joyner, ibid.

수 있는 세계가 아니라, 일방적 음성언어 위주의 폭력이 아니면 침묵만을 강요하는 세계. 만약 아버지가 농학교에서 농문화와 자신의 정체성을 긍정적으로 경험하고 자기 나이와 성장 단계에 적합한 교육을 제공받았다면, 그렇게 학교를 도망치는 일은 없었을 것이다. 일평생 농인 친구나 지인 한 명 없이 소리 없는 세계에 혼자 남겨지지도 않았을 것이다. 학창 시절을 추억할 사진 한 장 없는 농학교를 굳은 침묵으로 기억하지도 않았을 것이다. 농학교와 농문화에서 성장할 수 있었더라면 이른 나이에 방앗간에서 손가락이 잘려 나가는 사고를 당하는 일도 없었을 것이다.

가족들은 농학교에서 돌아온 농인 아들을 더 짐처럼 느꼈을지 모른다. 학교를 보내 교육을 시킬 수도 없고 그렇다고 돈을 벌기 위해 보낼 마땅한 자리도 없었을 것이기에 가족들은 아버지의 미래가 보이지 않았을지 모른다. 가족들이 느낀 절망감은 아버지와 의미 있는 소통을 하려는 노력을 단념시켰을지 모른다. 가족들은 농학교에서 아버지에게 무슨 일이 있었는지, 아버지가 왜 학교를 그만두려 하는지 이유를 알려고 하거나 사태를 개선하려고 생각하기보다 그저 앞으로 닥칠 고통은 가족들과 당사자인 농인 아들이 스스로 인내하고 받아들여야만 한다고 체념했을지 모른다. (어쩌면 그 이전에 아버지 가족들은 장남이 유년기에 질병에 걸려 아무 대책 없이 장애인이 되어야만 했던 그 순간부터 모든 것을 체념했을지도 모른다). 그리하여 농인 아들을 둘러싼 고통스런 삶의 경험과 기억은 침묵하고 빨리 잊어버려야 할 것이 되었을지 모른다.

〈도가니〉의
법정에서

아버지와 나, 가족들은 농문화에 소속되지 못한 완전한 이방인이었다. 농은 아버지와 우리 가족의 일부였지만 동시에 우리가 아니었다. 나는 내가 무엇을 모르는지 혹은 잃어버렸는지도 모르는 채 살아왔고, 그러다 '공감'에서 장애인 인권 활동가로 일했다. 내가 '공감'에서 주로 담당한 분야는 장애 여성 성폭력 상담과 지원 활동이었다. 당시 나는 다양한 유형의 장애 여성들이 삶 속에서 겪은 폭력에 개입해 상담하고 사건을 해결하는 과정을 지원하는 데 꽤 자신감이 있었고 실제 보람도 많이 느꼈다. 하지만 성폭력 피해를 당한 농인 여성들을 만나면 나는 내가 농과 농문화를 거의 모르는 이방인이라는 진실을 고통스럽게 직면해야 했다. 그러던 중 2011년 나는 '도가니 사태'라는 거대한 파도와 부딪쳤다.

〈도가니〉는 농인들을 위한 법인 시설 광주 인화학교와 인화원(농인 생활시설)에서 지속적으로 발생한 농인 아동·청소년 성폭력 사건을 소재로 삼아 만들어진 영화다. 잘 알려졌다시피 공지영 작가의 동명 소설이 영화의 원작이다. 2000년대 중반 인화원·인화학교 사건이 처음 제보되어 조사가 이루어지고 사건을 둘러싼 긴 법적 공방이 벌어졌지만 결국 가해자 원장과 교사들은 법망을 모조리 피해 나가고, 심지어 다시 원래 자리로 복직하는 사태도 일어났다. 이 일련의 사태를 그린 영화 〈도가니〉는 피해가 발생한 지 10여 년이 지나서야 한국 사회의 농인과 그들의 소리 없는 고통을 가시화했다. 사회는 재빠르게 눈에 보이는 법적, 제도적 오류에 대한 수술을 강행하겠다고 요란을 떨었다. 물론 여론의 폭발적 관심은 사건을 (늦게나마) 제대로 해결하는 데 커다란 동력이 되었지만, 한편으로 나는 그런 요란이 불편했다. 마치 그들의 평화로운 일상에 어느 날 갑자기 사건이 발생하기라도 한 것처럼, 〈도가니〉로 일순간에 장애인 성폭력에 쏟아지는 여론의 관심과 집중이 씁쓸하기만 했다. 또한 성폭력에 한정된 법적, 제도적 보완 조치를 마련한다고 해서 더 근원적 문제인 농인의 고립과 단절까지 해소될 수 있는지에 대한 논의 없이, 정부와 국가 기관들은 여론에 발맞추어 마치 쫓기기라도 하듯 급하게 무언가 내놓으려고만 했다. 그런 행태는 오랜 시간 현장에서 이 문제를 고민해 온 많은 장애인 인권 활동가들을 실망시킬 수밖에 없었다.

어찌 됐건 〈도가니〉가 계기가 되어 이미 종결된 동일한 성폭력 사건이 다시 수사받고 재판받는 초유의 상황까지 벌어졌다. 나는 2012년 광주지방법원에서 10여 년 만에 다시 열린 재판의 방청 모니터링을 할 수 있는 기회를 얻었다. 사회에서 잊히고 외면당해 오는 동안 어린 피해자들은 이제 성인이 되어 있었다. 피해 당사자들뿐 아니라 당시 인화원에서 친구의 피해를 봐야 했던 목격자, 피해자와 함께 사건을 사회에 알리는 데 협조한 지역민, 피해자를 지원하고 도운 학교 관계자까지, 대부분 농인인 그들은 대거 수사 기관과 사법부에 호출돼 다시 진술을 해야 했다.

이 사건에 집중된 사회적 관심 덕분에 결국 그들의 피해와 진술은 많은 부분 인정을 받을 수 있었다. 그러나 10여 년 전 당시나 지금이나 바뀌지 않는 것은, 피해자들에게는 오직 '사건'과 관련된 사실만을, 오직 특정 가해자를 처벌하기 위한 사건의 퍼즐을 맞출 일정한 틀의 진술만을 요구한다는 점이었다. 그들이 '사건'을 겪은 까닭은 그들의 일상을 관통하는 배제와 관계의 취약성 때문이다. 그렇게 배제되고 취약한 일상에서 특정한 폭력만 특별히 더 '사건'이 되는 것은 아니다. 그들이 살아가는 일상은 이미 언제나 '사건'이고 '예외 상태'다. 따라서 피해자들과 피해자 곁에 있던 많은 농인에게 '사건'만 이야기하라는 법정의 요구는 어쩌면 불가능한 요구다.

농세계의 '이방인'이면서 동시에 들리는 세계와 들리지 않는 세계의 '경계인'으로서 나는 방청석에 앉아 농인 증인들을 상대로 한 법정 심문을 지켜보았다. 농인 증인들은 수어로 증언했고 법정에 소속된 수어 통역사가 그들과 청인들 사이를 통역해주었다. 수어 통역사 외에도 농인 증인들과 소통이 원활히 이루어질 수 있도록 속기사의 속기를 읽을 수 있는 모니터가 설치됐고, 통역이 좀 더 원활히 이루어질 수 있도록 자리 배치에도 신경을 쓴 노력이 보였다. 농인과 지적 장애인 등 의사소통에 제약이 많은 장애인 증인을 위한 이런 섬세한 법원의 배려는 지난 5년 동안 내가 다닌 수많은 법정에서 단 한 번도 볼 수 없던 이례적인 것이었다. 도가니 사태의 파급력을 절감하기에 충분했다.

본격적으로 재판과 증인 심문이 시작됐고 가장 먼저 증인 심문이 이루어진 피해자와 목격자는 공개 심문을 원치 않았다. 오랜 시간이 지나도 여전한 그들의 심리적이고 정신적인 불안과 위축을 보여주는 증거였다. 방청객들과 가해자는 모두 법정 밖으로 나가 대기하고 있어야 했다. 나는 법정 안의 상황이 걱정되면서도 농인들을 배려하는 법정 분위기 덕분에 그나마 심문이 잘 이루어질 수 있을 거라는 낙관적인 기대를 품었다.

피해자와 목격자의 심문이 끝나고 사건과 관계된 다른 농인들을 심문하는 순서가 됐을 때 다시 방청객들은 법정으로 들어갔다. 법정 밖에서 잠시나마 낙관적 기대를 품었던 내가 틀렸다는 것을 깨닫는 것은 순식간이었다. 농인 증인들은 통역과 보조를 맞추어 질문에 따라 차분히 수어로 증언을 하다가도, 어느 순간 데프 보이스를 내뱉으며 질문 내용이나 통역에 아랑곳없이 빠른 속도로 수어를 했다. 수어를 전혀 모르는 나는 그들이 전달하려는 내용이 무엇인지 이해할 수는 없어도, 그 데프 보이스가 무슨 메시지를 전달하려는지 직관적으로 알아차릴 수 있었다. 화가 난다. 답답하다. 억울하다. 그것은 내가 평생 익숙하게 들어 온 아버지의 데프 보이스였다.

농인들은 증언 상황에 답답함을 느끼고 있었다. 분명 어느 정도는 통역 자체에 내재된 문제 때문이기도 했다. 영어 단어를 많이 안다고 해서 저절로 영어 문장이 나오지 않듯, 한국수어와 한국어는 언어 체계의 차이로 인해 개별 단어나 어절을 대응해 말을 연결한다고 해도 농인의 입장에서는 완전히 이해할 수 없는 문장이 되는 경우가 많다. 더구나 청인들도 어휘나 언어 이해 능력이 개인마다 다른 것처럼 농인들의 언어 능력도 각자 차이가 많으므로 수어 통역은 기계적 통역을 넘어 이런 간극을 효과적으로 보완해줄 수 있는 사람들이 맡아야만 한다. 법원에서 지정해서 농인들과 처음 마주하는 수어 통역사들이 이런 간극을 빠른 시간 안에 간파해 보완하기란 매우 어려울 일일 수밖에 없다.

그렇더라도 통역은 어쩌면 부차적 문제일 것이다. 증인들은 '사건' 외에 다른 이야기를 하거나 아예 질문의 초점을 벗어난 이야기를 시도하는 경우가 있었지만 그들의 말은 당연히 법정에서 제지되었다. 그 과정이 반복되자 증인들은 결국 몹시 흥분했다. 가해자 측 변호사나 판사를 비롯한 심문의 주체들이 요구하는 질문 내용과 틀에 맞게 진술하지 않고 초점을 자주 벗어나는 것은 일면 증언자의 문제로 보일 수 있다. 하지만 주어진 틀 안에서 '사건'만 말하라는 요구가 애초에 달성 불가능한 것이라면, 문제는 증언자가 아니라 심문에 있다.

성폭력 피해를 당한 농인 아동·청소년들은 부모에게 버려진 고아거나 가족이 '보호자' 역할을 제대로 할 수 없어 고아나 다름없는 이들이 대부분이었다. 그들은 근본적인 취약성과 고통을 끌어안고 살아온 존재들이다. 그런 피해 학생들을 도운 인화원 주변 농사회의 성인 농인들 역시 크게 다르지 않았을 것이다. 그들은 제대로 된 교육이나 생계의 기회를 얻지 못한 채 청사회와 격리되어 가난하고 주변화된 삶을 살아왔을 것이다. 그들이 강요당하는 사회적 격리 그 자체가 근원적인 폭력이다. 그리고 그것은 또 다른 다양한 폭력을 낳는다. 그런 그들에게 특정 폭력 '사건'과 관련된 것만 논리적으로 진술하라는 법정의 요구는 정당하거나 합리적인가? 어떤 천재 작가라도 그 요구에 답하기는 불가능하지 않을까? 농인들은 바로 그와 같은 '진실'을 청인들이 들을 수 있는 언어로 전달할 수 없었기에, 심문 과정에서 마찰을 일으킬 때마다 데프 보이스로, 즉 법정 안에서는 결코 언어가 될 수 없는 '몸의 소리'로 자신들의 진실을 쏟아내려 했던 것이다.

광주 법원 방청석에 앉아 전혀 낯선 농인들에게서 뜻밖에 나의 아버지의 데프 보이스와 똑같은 소리를 듣게 된 순간 나는 어딘가로 침잠해야 했다. 아버지의 데프 보이스를 누가 들을까 나는 늘 불안해하고 수치스러워했다. 열등함의 표시로 여겼다. 아주 어렸을 때는 아버지의 데프 보이스에 장단을 맞춰 아버지를 기쁘게 하려고 한 적도 있었다. 나와 우리 식구의 일상에서 그것은 그냥 자연스러운 일상의 소리였다. 그러나 그 순간에도 가족들과 나의 세계에서 아버지의 데프 보이스는 결코 언어가 될 수 없고 소통될 수 없는 그냥 '잡음'에 불과했다. 나의 세계와 그 법정의 세계는 그렇게 일치했던 것이다.

흩어진 파편을 모아,
잃어버린 흔적을 모아

'도가니 사태'의 파도가 어느 정도 잠잠해졌을 무렵 나는 7년 가까이 이어 온 '공감'에서의 활동을 중단했다. 도가니 사태의 거센 파도를 뚫고 나오면서 나는 많이 지쳐 있었다. 무엇보다 아버지와 나 사이의 단절, 더 나아가 청인과 농인, 비장애인과 장애인의 세계 사이에서 나는 원인 모를 우울감과 분노를 쌓고 있었다. 나를 오랜 시간 지속적으로 괴롭힌 한 가지 문제는 아버지에게서 비롯된 것이었다. 부모님에게서 독립해 따로 살고는 있었지만, 부모님과 가족의 크고 작은 문제들로 인해 나는 분노와 우울감에 휩싸여야 했다.

내가 독립한 후에 부모님은 동네가 재개발을 시작해 강제로 이사를 해야 했고 지근거리 한동네에 살던 할머니 역시 같은 이유로 집을 팔고 떠나야 했기에, 부모님과 할머니 세 사람은 다시 합쳐 한 집으로 이사를 했다. 그리고 거의 10여 년 만에 할머니와 다시 같이 살게 되면서 아버지는 어머니에게 물리적, 정서적 폭력을 다시 가하기 시작했다. 어렸을 때와 달리 성인이 된 오빠와 나는 이제 아버지가 폭력을 행하면 제지할 수 있지만 떨어져 살았기 때문에 항상 사후에 상황을 들어 알 수밖에 없었다. 아버지의 폭력을 알게 되면 오빠는 체념한 듯 아무 말도 하지 않았지만 나는 분노로 거의 이성을 잃었다. 그러면 내 감정의 분화구는 주로 가장 큰 피해자이지만 '들을 수 있는' 어머니를 향하곤 했고, 어머니에게 한바탕 쏟아내고 나면 더 큰 우울에 빠지는 악순환이 반복됐다. 어쩌면 가장 분노를 표출하고 싶은 대상인 아버지는 언제나처럼 들을 수 없고 우리에겐 수어조차 없었다. 하지만 가장 큰 문제는 아버지에게 분노를 표출하지 못하는 것 자체가 아니라 이 모든 문제의 진정한 '가해자'가 누구인지 혹은 무엇인지 찾을 수 없다는 데 있었다.

장애 여성 성폭력 사건을 지원하는 활동을 하면서 나는 가해와 피해, 옳음과 그름을 깔끔하게 구분하기 어려운 상황에 수도 없이 맞닥뜨렸다. 장애 여성들은 장애로 인해 제대로 교육을 받을 수 없고 직장을 가질 수 없는 등 늘 취약한 상황에 놓여 있고 자연스럽게 관계 역시 취약하다. 장애 여성들이 살면서 다양하게 맺는 관계는 '가해'로 연결되는 경우도 많지만 동시에 오직 그 관계만이 장애 여성들에게 '자원'이 되기도 한다. 그래서 많은 장애 여성들은 나약하거나 모자라서가 아니라 성폭력 피해에 노출되기 쉽게 만드는 관계들을 자원으로 삼고 살아야 하는 모순적 상황 탓에 성폭력 피해를 당한다.

'사건'과 '일상'의 중첩은 장애 여성 성폭력 사건을 수면 아래로 묻히게도 하지만 외부에 인지돼 '사건화'될 확률도 높인다. 일단 '사건화'되기만 하면 가해자들은 기소율도 높고 많은 경우 높은 형량을 받는다. 어느 정도는 장애인 대상 성폭력을 가중 처벌하는 법 규정 때문이기도 하지만, 장애 여성들의 일상적 관계 자원이었던 그 가해자들 대다수가 사회 최하위 계층에 속하기 때문이기도 하다. 그들은 교육 수준도 낮고 사회적으로 취약한 상태에서 자신을 방어하기가 어렵다(반면 교육 수준이 높거나 사회적 지위가 있는 가해자들은 '사건화' 가능성, 기소율, 처벌 형량 모두 낮다). 그렇다면 피해자인 장애 여성은 '사건화' 이후 더 나은 삶을 살아갈 거라 기대할 수 있을까? 그들의 삶 자체가 바뀌지 않는 상황에서 성폭력 피해는 언제고 다시 일어날 수밖에 없다. 이런 악순환을 보며 장애 여성들과 그들의 가해자들은 어떤 면에서는 동일한 사람, 즉 이 사회에서 추방된 타자들이라고 생각했다. 이들을 애초에 이렇게 취약한 삶을 살도록 추방해버린 그 무언가가 '진짜 가해자'일 거라는 생각이 장애 여성 성폭력 사건을 지원하는 내내 나를 따라다녔다. 그리고 나는 이들의 삶의 모순에 비하면 내 부모의 삶은 그나마 좀 나은 걸까 생각하며 어쭙잖은 자기 위안마저 하려 했다.

아버지는 명백히 가정 폭력의 가해자이고 어머니와 가족 모두에게 커다란 상처를 주었다. 나는 그런 아버지를 세상 누구보다 잘 안다고 생각했고 마음껏 미워했다. 어머니에게 이혼을 해서 이 상황에서 영원히 벗어나라고도 수없이 말했다. 그러나 어머니는 내가 이혼 얘기를 꺼내면 그냥 웃고 넘기는 경우가 많았다. 나부터도 어머니의 이혼과 독립이 가능한 일이라고 여겨 말한 것은 아니지만, 실제 장애 여성인 어머니로서는 지금 여기가 아닌 다른 대안적 관계 혹은 다른 삶의 가능성은 어차피 현실 불가능한 꿈에 불과했다. 그렇게 어머니는 벗어날 수 없는 고통스런 상황을 견디면서 아버지는 장애 때문에 어쩔 수 없다는 식으로 말하곤 했다. 들을 수도 없고 말할 수도 없는 사람인데 어쩌겠냐는 것이다. 그런 말을 들으면 나는 분노하면서도 마음 한편에서는 아버지를 이 모든 불행을 초래한 단 한 명의 명백한 '가해자'로 여길 수 없다는 걸 수긍할 수밖에 없었다.

소리 없는 '반짝이는' 세계와 만나다

'공감' 활동을 중단하고 외국에 나가 장시간 머물기도 하고 앞으로의 진로를 두고 이런저런 일을 탐색도 하며 시간을 보냈다. 그러다가 2015년 어느 봄날 다큐멘터리 영화 〈반짝이는 박수 소리〉와 운명적으로 만났다. 농인 부모 밑에서 자란 청인 감독이 자신의 이야기를 담았다는 줄거리만 보고 나는 단박에 영화관으로 향했다. 영화는 내게 매우 충격적 감각을 선사했다. 영화 초반부 다정하게 수어를 사용하는 감독의 부모님 모습이 나오는 장면에서부터 나는 이유 모를 복받치는 감정에 울기 시작했고, 영화가 끝날 즈음엔 얼굴이 눈물과 콧물로 범벅이 되어 있었다. 강렬한 경험을 하고 나서 내 몸을 소용돌이치게 한 그것의 실체가 무엇인지 궁금해졌다. 내 안에서 이름을 붙이지 못한 채 방향을 잃고 흩어져 있던 문제들이 내 살갗 위로 일제히 올라오는 것 같았다. 그게 무엇인지 찾아내고 싶었다. 이름을 붙이고 싶었다. 나는 곧바로 난생처음 들어본 '코다'에 관해 정보를 찾았고, 이제 막 생겨난 한국의 코다 모임이 있다는 것을 알아내 무작정 연락을 취했다. 그렇게 나는 지금껏 한 번도 경험해보지 못하고 단절되어 온 미지의 세계, 즉 농세계와 비로소 만나게 되었다.

영화 〈반짝이는 박수 소리〉는 청인 코다 감독이 부모 모두의 들리지 않는 세상을 설명하기 위해 투쟁해 온 개인의 역사이자, 소리의 세계와 침묵의 세계가 부딪쳐 만들어내는 아름다움의 서사이다. 그리고 '퀴어한' 아름다움이다. 농인 부부의 가족 안에서 들리지 않고 말하지 않는 것은 결함이나 수치가 되지 않는다. 그것은 다른 능력이며 모든 것이 그러하듯 평범한 차이다.

영화에서는 농인 부부의 결혼식 장면이 나온다. 주례사가 수어로 전달되고 하객들은 흥과 기쁨을 수어로 교환한다. 다른 장면에선 지역 농사회에 모인 농인들이 수어로 정보를 나누고 음식을 교환하며 사람 사는 정을 나눈다. 농인 부부는 노래방에서 아무렇지 않게 노래를 부른다. 뒤에서 누가 불러도 들리지 않아 반응이 없으면 전등 스위치를 껐다 켜서 인기척을 느끼게 하면 된다. 소리가 없어도 너무나 반짝이는 가족의 모습은 '정상적인' 몸, 즉 들리는 사람만을 표준으로 상정한 이 세상을 낯설게 보게 했다. '농문화'가 가진 엄청난 힘이었다.

그러나 농세계의 능력과 평범함은 사회의 '정상성'에 의해 열등함의 꼬리표가 붙고 그 일상은 위험한 줄타기의 연속이다. 농인 부부의 자식인 감독은 수어로 옹알이를 시작했다. 그리고 아주 어린 시절부터 언제나 부모의 장애에 관해 대신 설명해야 했다. 비장애인은, 청인은 자신을 설명할 필요가 없다. 그들의 몸에 맞추어 만들어진 환경은 그들이 굳이 스스로를 끊임없이 설명하지 않아도 되도록 보조해준다. 예를 들어 스마트폰으로 화상 통화가 가능해지기 전까지 일반적으로 사용된 전통적 전화기는 철저히 청인의 몸에 맞추어진 의사소통 보조 기술이었다. 그러나 비장애인, 청인이 기술을 통해 삶의 '보조'를 받고 있다는 사실은 너무 당연해서 인식조차 되지 않는다. 그런가 하면 어떤 사람들에게는 실존 그 자체부터가 질문과 해명의 대상이다. '농인이 어떻게 애를 키우지?', '농인이 어떻게 일을 하지?', '농인이 어떻게 복잡한 의사소통을 하지?' 부모가 모두 농인이고 농문화 속에 살면서 동시에 들리는 세상과의 경계에서 계속 무언가를 질문받고 설명해야 했던 코다 감독은 어느 날 큰 일탈을 결심한다. 장애인 부모의 자녀에게 기대되는 착한 딸의 길, 누구나 당연하게 행복이라고 여기는 길을 거부하기로 결정한다. 그러나 그것은 도망이 아니라 자신을 감싸고 있는 잘못된 것들, 그리고 부모님의 "드넓은 침묵"이라는 실존에 대해 자기 스스로 질문하고 답을 찾기 위한 절박한 선택이었다.

영화는 마찬가지로 드넓은 침묵 속에 있으면서 남들과 소통하지 못하는 내 아버지를 대신해 내게 똑똑히 말해주고 있었다. 아버지도 '사람'이라고. 살려고 힘껏 노력하고 있다고. 의사소통과 언어에서 배제되어 이 사회의 상식과 규범이 무엇인지 제대로 알지 못하는 것이라고. 아버지 스스로도 자신이 누구이며 왜 이런 삶을 살게 됐는지 이해하지 못할 때가 많다고. 그리고 나를 향해서도 수많은 질문이 이어졌다. 나는 왜 그토록 아버지의 세계를 알려 하지 않고 외면했나. 어머니와 아버지가 집에서 사용하는 홈사인과 농인의 언어인 수어를 나는 왜 여태 진지하게 배우려 시도해보지 않았나. 아버지의 데프 보이스는 왜 그렇게 수치스럽기만 했나. 아버지의 직업은 무엇 때문에 그토록 떳떳하지 못하고 항상 '회사원'이라는 이름 뒤에 숨겨야 했나……

영화를 보는 내내 주인공 아버지의 모습과 삶은 내 아버지의 모습과 겹쳤다. 소리가 없는 농인들의 세계는 시간, 공간, 가정환경의 차이를 넘어 서로 연결되어 있었다. 그리고 영화 속 아버지의 얼굴 표정과 손짓, 행동 하나하나가 스크린 너머로 전달하고 있는 한 가지 분명한 메시지, 자식을 너무나 사랑하고 있다는 소리 없는 메시지는, 내 아버지도 당신만의 방식으로 나를 무척 사랑하고 있는 거라고 내게 '말'해주고 있었다. 나는 쏟아지는 눈물을 참을 수 없었다.

아버지의 어떤 진실

언어와 의사소통이라는 기준에 의해 인간에서 실격당하는 일은 역사적이고 사회적인 환경과 함께 '가족' 안에서도 일어났고,

나는 거기에 의도치 않게 가담했다. 그런 폭력을 인식하지도 못한 채로. 그만큼 소리 없는 세계와 소리의 세계는 철저히 단절되었다. 하지만 그 단절을 인식한 순간 내 몸은 소용돌이쳤다. 나는 그토록 강렬한 경험을 한 이후 평생 시도해보지 않은 일들을 실행에 옮겼다. 아버지를 알고자 노력하는 것이었다. 그즈음 아버지 역시 과거와 달리 변하고 있다는 것이 확연히 눈에 띄었다. 할머니에게 적대적이며 어머니와 할머니 모두에게 폭력을 일삼던 태도는 어디로 가고 두 사람에게 친절하고 순종적인 사람이 되어 가고 있었다. 나이가 드니 이제 자기 어머니를 헤아릴 줄 알게 된 거라고(아버지는 할머니에게 평생 지독하리만치 적대적이었다), 어머니는 비꼬는 건지 두둔하는 건지 아리송한 말로 아버지를 대변했다.

정말로 아버지는 나이가 들어 가고 있었다. 흰머리가 제법 늘었고 어렸을 적엔 커 보이던 몸집이 이제는 왜소해 보였다. 등은 구부정하게 휘었고 손가락이 잘려 나간 손은 매우 거칠고 부어서 평생 해온 육체노동의 무게를 고스란히 느끼게 했다. 아버지가 출퇴근할 때 사계절 내내 입는 거의 비슷한 유형의 옷(통 큰 면바지, 작업용 조끼, 잠바 등), 운동화, 모자는 누가 봐도 육체노동자의 계급을 나타내고 있었다. 아버지에게는 소중한 직장이고 당신 스스로 직장이 있다는 것에 평생 자부심을 느끼고 살아왔지만, 다른 많은 빈곤 노동자들이 그러하듯 나의 아버지 같은 존재는 이 세상에서 너무나 하찮게 여겨진다는 사실을 나는 잘 알고 있다.

나는 더는 아버지를 자식에게까지 하찮은 존재가 되게 하지는 말자고 생각했다. 아버지와 나, 소리 없는 세계와 소리의 세계의 커다란 단절을 인식한 나는 그 단절의 시간을 찾을 수 있는 길이라면 모든 노력을 다해 가보고 싶었다. 내 아버지에 관해서는, 그리고 그의 소리 없는 세계에 대해서만큼은 이제껏 고집스럽게 침묵을 지켜 왔지만 이제 침묵하지 않겠다고, 적극적으로 그 세계를 찾아 나아가겠다고 생각했다. 갑자기 여러 생각이 들자 나는 조바심마저 났다.

내 첫 번째 시도는 코다 모임에 찾아간 것이다. 코다들과 처음 만난 날의 그 긴장은 잊을 수가 없다. 나는 몸 둘 바를 몰라 누가 시키지 않았는데도 어쩌다 여기에 오게 됐는지 구구절절 설명했다. 그 얘기를 듣던 〈반짝이는 박수 소리〉의 감독 보라는 "무슨 면접시험 보러 오셨어요?"라며 나를 놀렸다. 그도 그럴 것이 모임에 앉아 있던 코다들은 모두 부모 양쪽이 다 농인이었고, 그래서 농문화와 수어가 삶의 일부인 사람들이었다. 그들은 자신들의 농부모에 대해 수도 없이 많은 이야기를 할 수 있을 테지만 나는 그렇지 않았다. 나는 적어도 농인 아버지에 대해서만큼은 너무나도 무지한 사람인 채로 그 자리에 있었다. 그러나 그들과 이야기를 나누자 각자 농문화와 농부모를 둘러싸고 느끼는 감정과 삶의 결이 모두 다르다는 것을 차차 감지할 수 있었다. 〈반짝이는 박수 소리〉에서의 삶과 나의 삶이 다르듯, 농문화에 소속된 그들 역시 서로가 또 다른 삶의 이야기를 간직하고 있다는 것이 느껴졌다. 그들의 더 내밀한 이야기가 몹시 궁금하기도 하고, 코다 안에서 나라는 존재를 어떻게 생각하고 설명해 나가야 할지 고민이 많아졌다.

내가 참여한 첫 코다 모임 장소는 우연히 아버지의 직장인 유명 백화점 근처였다. 내친김에 모임을 파한 후 아버지 직장에 찾아가기로 미리 계획을 세웠다. 아버지의 용역 회사는 부도를 밥 먹듯이 내서 회사 이름이 벌써 여러 차례 바뀌었고, 월급도 제때 나오지 않아 가족 모두를 속 끓게 하는 경우가 많았다. 그나마 아버지를 대신해 어머니가 매번 새로 바뀌는 작업반장과 통화를 해 이런저런 사정을 말하고 부탁을 해서 고비를 넘긴 적이 여러 번이었다. 어머니는 (누가 됐든) 작업반장을 언제고 한번 직접 만나 인사라도 해야 마음이 놓이겠다고 말했지만, 막상 행동으로 옮기지는 못하고 있었다. 그런데 코다 모임에 처음 가게 된 그날 나는 선뜻 어머니를 대신해 작업반장을 찾아가겠다고 말했고 당연히 어머니도 내 의사를 반겼다. 아주 어릴 적부터 아버지가 술에 취하면 언제나 데프 보이스를 내며 자랑스럽게 손에 들곤 했던 우수 직원 표창장과 ○○백화점 출입증의 실체, 그토록 자랑스러워하는 당신의 직장을 평생 처음 방문하게 된 것이 은근히 설레기도 했다.

백화점 근처 편의점에서 박카스 한 상자를 샀다. 작업반장에게 전화를 걸어 위치를 물어봤다. 백화점 1층의 화려한 매장들을 지나쳐 가까스로 찾아간 곳은 지하 주차장 구석에 있는 창고였다. 때는 초여름이었지만 창고 문을 지나 안으로 들어가니 후끈

한 열기와 함께 악취가 났고, 컨베이어 벨트 주위에 노동자들이 서서 각종 폐기물과 쓰레기를 분류하는 모습이 눈에 들어왔다. 미지근한 에어컨 바람이 간신히 나오긴 했지만 너무나 습한 데다 폐기물로 인한 악취와 탁한 공기 속에서 노동자들은 마스크나 위생 장비도 없이 웃통을 거의 벗다시피 한 채 일하고 있었다. 용역 업체 파견 하청 노동자라도 명색이 유명 백화점인데 이 정도로 노동 공간이 초라할 줄은 전혀 생각지 못한 터라 발걸음도 마음도 금세 무거워지는 건 어쩔 수 없었다.

그렇지만 나는 밝게 웃으며 아버지의 동료들과 인사했다. 딸이 자신의 노동 공간에 난생처음 와 있다는 것을 알아챈 아버지의 표정은 의외로 굉장히 담담했다. 그렇게 자랑스럽게 ○○백화점 출입증과 함께 내세우던 자신의 소중한 직장에 딸이 처음 방문했는데, 아버지는 전혀 자랑스러운 표정이 아니었다. 내게 짧게 왔냐는 눈짓을 보내고는 엉거주춤 어쩌지 못하고 어색한 몸짓을 보이자 작업반장이란 분이 다가와 딸이 사 왔다며 아버지에게 박카스를 내밀면서 손짓과 음성으로 이런저런 말을 건넸다. 아버지는 그제야 엷게 웃어 보였다. 5분 남짓 짧은 시간을 보내고 나는 작업반장에게 "아버지 잘 부탁드립니다." 인사를 건넨 후 창고를 나와 다시 넓은 지하 주차장을 향해 갔다. 아버지는 창고 문 앞까지 나를 따라 나와 손으로 "잘 가."라고 말하고 다시 들어갔다. 아버지의 딸 노릇을 비로소 해보았다는 생각에 가슴이 벅차면서도, 아버지의 어떤 진실을 (이제야) 목격한 충격에 휩싸여 한층 복잡한 마음이 되었다. 하지만 어머니에게는 아무 말도 하지 않았다.

이제는 결코 과거로 돌아갈 수 없다는 것을

그 이후 나는 수어 교실에 등록하고, 농인들의 행사에도 참석하고, 농인과 코다에 관한 책과 영화를 보면서 그야말로 농과 관련한 모든 것을 섭렵하고자 했다. 수어를 하지 않는 아버지지만 혹시 그 옛날 농학교에서 잠깐이라도 사용해본 적이 있었을 법한 수어의 기억을 되살린다면 아버지와 수어 대화도 가능할지 모른다고 생각했다. 또한 이참에 농문화에 완전히 들어가 그들의 일원이 되겠다는 내 포부에 비춰봐도 수어는 필수적이었다. 처음 수어 교실에 가니 농인 강사가 수업을 했다. 다른 외국어 교육처럼 '원어민' 교육 서비스였다. 합리적이라 생각했다. 수어를 배우기 시작하고 얼마 지나 나는 아버지에게 평생 처음으로 홈사인이 아닌 정식 수어를 할 수 있는지 질문했다. 갑작스럽고 뜬금없는 나의 질문에 아버지도 당황했는지 여러 번 다시 되묻다가 웃으면서 고개를 저어 모른다고 했다. 하긴 아버지가 10대에 설사 수어를 유창하게 구사했다고 한들 그동안의 세월과 삶의 방식으로 인해 완전히 잊어버린 것이 오히려 당연했다. 내 마음이 너무 앞서 있었다. 아버지와 수어를 사용할 가능성이 전혀 없다는 것을 깨닫고 나서 얼마 후 나는 수어 학습을 중단했다.

그즈음 대표적인 농단체인 '한국농아인협회' 행사에도 처음으로 참석했다. '한국농아인협회'는 오랜 역사를 지닌만큼 많은 지부와 회원을 거느린 조직인데, 실제 가보니 정말 어마어마한 규모의 농인들이 그곳에 있었다. 청년들부터 노령층까지 세대를 아울러 '농인'이라는 정체성과 '농문화'에 소속된 이들의 모습과 행사 하나하나, 그 모든 것이 그렇게 활기차고 부러울 수 없었다. '이런 세계를 여태 모르고 살았다니' 하는 마음으로 다소간의 소외감을 느끼며 그들을 지켜보았다. 행사장에서는 당연히 사적인 대화뿐 아니라 공식 프로그램까지 모든 소통이 수어로 이루어졌다. 외국인 초청 연사가 발표할 때는 서너 명의 통역사가 외국어 또는 외국 수어를 한국수어와 한국어로 동시통역했다. 그런 엄청난 통역 체계는 난생처음이라 나는 넋을 놓고 보면서 연신 감탄했다. 그곳에서는 청인이자 수어를 모르는 나야말로 '소수자', '낙오자'일 수밖에 없었다.

코다 모임을 통해 이전에는 몰랐던 코다와 농인에 관한 소설, 방송 프로그램, 영화를 많이 접했는데, 특히 코다 작가 마이런 얼버그의 자전적 회고록 《아버지의 손》은 영화 〈반짝이는 박수 소리〉 이후 다시 한번 내 몸에 소용돌이를 일으켰다. 1930년대 미국에서 출생한 얼버그는, 가난한 이민 가정 출신에 가족들 중 유일한 농인이었던 자신의 부모 이야기를 아름답게 회고한다. 특히 그가 아버지와 수어로 소통하는 장면 묘사는 마치 영화를 보는 것처럼 생생했다. 얼버그는 농인 부모가 소리 없는 세계에서 자신의 실존을 어떻게 묘사했는지, 청인 세계의 무엇을 궁금해하고 무엇을 이해하기 어려워했는지, 그들이 고수한 가치가 무엇인지 등을 자세히 써 내려갔다. 나는 그렇게 부모의 역사를 생생하게 간직하고 있는 작가가 대단하면서도 부럽다고 생각했다. 나도 아버지가 자신의 실존을 어떻게 그리는지, 아버지의 가치와 궁금증이 무엇인지, 아버지 혼자만 기억하는 과거의 경험은 무엇인지 알 수 있을까? 내가 아버지에게 점차 다가가려 노력한다면 아버지도 언젠가 그런 자신의 이야기를 내게 들려줄 수 있을까? 그리고 나는 그런 아버지의 이야기를 제대로 이해할 수 있을까?

《아버지의 손》은 주인공의 유년 시절 이후 갑자기 부모의 죽음을 이야기하면서 끝을 맺는다. 생각해보니 이러한 급격한 단절은 사실 소리 없는 세계와 소리의 세계 사이의 균열이었다. 얼버그는 태어나서 유년기와 10대 시절을 농인 부모와 함께 소리 없는 세계의 일원으로 보내다가, 성인이 돼 집을 떠나면서 자연스럽게 그 세계와 단절되었다. 이후 청인인 얼버그의 삶은 의도하지 않았어도 소리의 세계로만 채워진 것이 분명했다. 사회에서 농인의 세계는 청인의 세계와 철저히 분리되어 있으며, 농인들은 완벽한 타자이기 때문이다. 그러다 보니 농부모와 함께한 삶을 그린 이 책은 작가의 유년기와 10대 시절의 이야기로만 채워진 채 갑자기 끝을 맺을 수밖에 없었다. 책의 형식상 이와 같은 시간의 급격한 단절은, 작가가 코다로서 농인과 청인 세계를 오가면서 경험해야 했던 두 세계의 철저한 분리를 고스란히 반영한다. 그리고 그 사이에서 그에게 오롯이 각인되었을 혼란, 슬픔, 회한을 반영한다. 부모의 죽음은 또한 실제로 작가에게 자신의 일부였던 또 하나의 세계, 즉 소리 없는 세계와의 영원한 이별을 의미하기도 한다. 책의 갑작스런 결말과 그 의미를 생각하며 나는 한참을 먹먹한 마음으로 목 놓아 울었다.

나와 아버지 역시 아마 그럴 거라 생각했다. 아니, 어쩌면 나는 영원히 아버지에 대해 거의 아무것도 모른 채 아버지, 그의 소리 없는 세계와 영원한 이별을 맞게 될 수도 있다. 내가 아직 거의 접해보지 못한 세계와의 이별이란 것도 가능할까. 그러나 내게는 아직 시간이 남아 있다. 그렇게 믿고 싶다. 내가 잃어버린, 아니 잃어버린 줄도 모르고 있었던 시간을 되찾고 싶다. 이미 지나버린 그 시간의 흔적들은 온전하지 않고, 오직 파편의 형태로 흩어져 있을 것이다. 아무리 움켜쥐려고 발버둥쳐봐도 잘 잡히지 않을 수도 있다. 그렇게 해서 결국 파편과 혼란 속에서 더 상처받을지도 모른다. 하지만 나는 분명히 느끼고 있다. 소리 없는 세계, 그 반짝임을 뒤늦게나마 인식하면서 내 몸은 변화했고 더는 예전의 내가 아니라는 것을. 이제는 결코 과거로 돌아갈 수 없다는 것을. 그리고 어쩌면 어질러진 파편들을 하나하나 모아 나가는 앞으로의 일이 나의 아버지, 그리고 다른 농인들과 코다들, 그들의 침묵되고 아직 이야기되지 못한 삶들을 연결하면서 전혀 다른, 새로운 시간을 만들어낼 수 있으리라는 것을.

수많은 차이가
엮여 우리가 된다

2017년 내가 코다 모임에서 활동을 시작한 지 얼마 지나지 않아 우리에게 뜻밖의 소식이 전해졌다. '코다 인터내셔널'이 주최하는 콘퍼런스에 참가 제의를 받은 것이다. 캐나다 밴쿠버에서 콘퍼런스가 개최되는데, 본 행사에 참가하기 위한 여비가 지원되는 조건이었다.

'코다 인터내셔널'은 오랜 시간 북미와 일부 유럽 국가들 출신의 백인들이 주된 구성원으로 활동해 왔기에 지역적이고 인종적인 획일성을 벗어나지 못했다. 이러한 경향은 내부 비판과 성찰의 대상이 되었고, 점차 더 넓은 세계의 다양한 코다들을('인종적' 다양성은 가장 중요한 요소이다) 조직해 '인터내셔널'의 진정한 의미를 실천하고자 아프리카, 아시아, 유럽 전역에서 코다들을 적극 초청하고 있었다. 현화와 나는 흔쾌히 참가하기로 결정했다. 이 여정이 '코다'라는 새롭게 찾은 내 존재의 한 부분을 충분히 경험하고 탐색해볼 수 있는 시간이 되어줄 거라 기대했다.

우리를 초청해준 미국 코다들은 본격적인 콘퍼런스 일정에 앞서 4박 5일의 자동차 여행도 같이 제안했다. 미국 남부 로스앤젤레스에서부터 북쪽으로 이동하면서 각 지역의 코다들을 만나거나 함께 캐나다 밴쿠버로 이동한다는 구상이었다. 자동차 여행에는 북미에서 온 다섯 명의 코다와 홍콩 코다 그리고 내가 참여했다. 나처럼 올해 콘퍼런스에 처음 참여하는 홍콩 코다는 그 전해 한국에서 초청해 만난 신디였다. 아쉽게도 현화는 콘퍼런스 일정도 빠듯하게 낼 수 있는 상황이어서 나만 자동차 여행에 가기로 했다. 마침 7월이었고 대학원 박사 과정 1년을 보내고 첫 여름방학을 맞이한 때였다.

나의 수어 이름, J - ☼

나는 로스앤젤레스 일정을 건너뛰고 곧장 샌프란시스코로 날아가 일행에 합류했다. 내가 도착했을 때 일행은 이미 샌프란시스코 교외 한 농인 문화 센터에 방문 중이었다. 센터에서는 마침 은퇴한 고령의 농인들이 주축이 돼 그림을 그리고 음식도 나누어 먹는 행사를 진행하고 있었다. 샌프란시스코에 살고 있는 한 코다는 우리가 센터를 방문한 것을 알고 며칠 후면 코다 콘퍼런스에서 만나게 될 테지만 자신의 농인 어머니를 모시고 우리를 만나러 와주었다. 농인 어머니와 코다 딸, 그렇게 모녀가 코다들에게 둘러싸여 다정하게 수어로 대화하는 모습을 보니 그저 좋았다. 그 모녀는 흑인 여성이었고 어머니의 연배로 보아 농인이라는 것에 더해 미국 사회의 혹독한 인종 차별을 겪어 왔을 것이 분명했다. 그런 생각을 하니 세월이 묻어나는 어머니 얼굴의 주름과 처음 보는 모든 이들에게 다정하기만 한 태도가 더 각별하게 느껴졌다. 자연스럽게 내 아버지 생각이 나면서 혼자 잠시 생각에 잠기기도 했다. 우리 일행은 그 코다 가족과 저녁 식사를 한 후 인근 지역에 사는 또 다른 코다의 집에 초청받아 긴 이야기를 나누다가 잠자리에 들었다. 이렇게 나는 먼 타국 땅에 도착한 첫날부터 코다와 농인의 세계에 온전히 젖어들 수 있었다.

샌프란시스코에서 또 다른 중요한 방문지는 사장부터 요리사, 직원들 모두가 농인들로 이루어진 피자 레스토랑 '모짜리아(Mozzeria)'였다. 그곳은 농인 공동체에 일자리를 제공하는 것을 레스토랑 운영의 중요한 목표로 삼고 있었다. 모짜리아의 외관은 샌프란시스코의 여느 평범한 레스토랑과 차이가 없었지만, 안에 들어가자마자 모든 직원들이 수어로 소통하는 이색적인 모습이 펼쳐졌다. 청인 직원도 없는 것은 아니었지만 그들도 수어 사용이 능숙한 거 같았다. 피자를 맛있게 먹고 있는 동안 우리 일행과 만나기 위해 속속 코다들과 농인들이 레스토랑으로 찾아왔고, 대화는 수어와 음성언어가 뒤섞여 점점 더 풍부해졌다. 나는 비록 수어 대화는 전혀 이해할 수 없었지만 이토록 이색적인 농 문화를 경험하고 있다는 것만으로도 신이 났다. 게다가 농인 요리사가 만든 열 가지 종류가 넘는 피자의 맛을 하나하나 음미해 볼 수 있었으니 더 무엇을 바라겠는가.

샌프란시스코 다음 도착지 오리건주에서는 한산한 교외 휴양지에서 휴가를 보내고 있던 코다 커플을 만나 숲 속 바비큐 파티를 열었다. 인근에 사는 다른 코다가 캐나다 콘퍼런스에 참여하기 위해 합류했고 우리 일행은 여덟 명으로 늘어났다. 그다음 도착지 시애틀에서는 그 지역에 사는 코다들, 그 파트너들과 같이 밥을 먹고 주변을 산책하며 다정한 시간을 보내고 헤어졌다.

자동차 여행을 하는 우리를 환대해준 미국의 코다들은 자기들끼리 오랜 시간 코다 콘퍼런스나 수어 통역 일을 통해 종종 만나고 교류하는 사이였다. 그런데도 가는 곳마다 인근에 살면 우리 일행을 만나러 오고, 만나면 끝없이 이야기를 나누며 기꺼이 시간을 함께 보내는 일이 어떻게 가능한 건지 이해할 수 없었다. 처음엔 내가 모르는 북미 특유의 친목 문화인가보다 생각했다. 하지만 차츰 이유를 알 것 같았다.

그들은 대부분 태어나자마자 소리 없는 세계에 소속된 청인들이다. 그리고 일평생 소리 없는 세계의 비밀을 혼자 간직하고 살았을 것이다. 소리의 세상은 소리 없는 세계의 비밀이 무엇인지 궁금해하거나 존중하려 들지 않는다. 그래서 그들 각자는 자신이 가진 그 비밀이 부끄럽다고 생각하거나 홀로 비밀의 세계의 문을 여는 문지기가 되는 일이 힘에 부친다고 느낄 때가 많았을 것이다. 그러나 동시에 그들은 그 비밀이 간직한 반짝임, 특히 자신의 존재를 향한 무한한 사랑을 잘 알고 있었을 것이다. 그들은 서로의 역사를 구구절절 말하지 않아도 너무나 잘 알고 있다. 그래서 이렇게 한 번씩 짧게 만나서 서로의 마음을 알아주고 든든

한 지지자로서 서로를 확인하는 순간은 무엇과도 비교할 수 없는 위로가 될 것이다. 이런 위로는 코다들이 아니면 어디서도 받을 수 없는 매우 값진 것이다. 또한 이것이 '코다 인터내셔널'이 존재하는 하나의 중요한 이유일 터이다.

4박 5일의 자동차 여행을 이어 나가는 동안 차 안, 숙소, 길 위에서 우리의 대화는 끝없이 이어졌다. 농인 부모의 이야기, 나라와 지역마다 다른 농문화 이야기, 그리고 각자 다른 삶의 이야기……. 나 역시 수어를 하지 못하고 농문화에 소속되지 않은 나와 부모님의 이야기를 그들과 나누었다. 국적, 문화, 피부색, 세대가 모두 다르지만 공통적인 농부모에 관한 내밀한 이야기를 나누며 우리 모두는 종종 우울해지기도 했다. 하지만 그러다가도 차 안에서 누군가 신나는 음악을 틀면 모두 들썩이며 노래를 따라 부르고, 몇몇은 노래 가사를 수어로 표현하는 퍼포먼스를 보여주기도 했다.

나는 여행 중에 수어 이름을 선물로 받았다. 그들도 내가 아는 한국의 코다들도 수어 이름이 있다. 이름을 수어로 나타내려면 한글 자음과 모음(또는 영어의 알파벳)을 수어 지문자로 일일이 번역해야 하기 때문에 매우 길고 불편하다. 그래서 농사회 내에서는 보통 수어로 부르기 쉬운 이름을 별도로 만든다. 수어 이름은 서로 잘 알고 친근한 가족이나 모임 내에서 이름의 주인을 잘 나타내는 특징을 포착해 짓는데, 이는 결국 이름의 주인에 대한 공동체의 사랑과 관심의 표현이다. 나는 수어 이름이 있는 한국 코다들을 보며 부럽다는 생각을 늘 품어 왔다. 그런 내 마음을 알

앗을까? 우리 일행의 최고 연장자 마리가 자동차 여행 중 어느 날 내게 수어 이름을 지어주겠다고 나섰다. 내 한글 이름 '지성'의 첫 글자 '지읒(ㅈ)'에 해당하는 영어 알파벳 '제이(J)'와 미국수어로 '태양'이(내 이름 마지막 글자 '성'은 영어권 사람들에게 '선Sun'으로 발음되었다) 결합해 나의 또 다른 이름이 탄생했다.

나의 수어 이름: J - ☼

나는 마리가 만들어준 내 수어 이름이 무조건 마음에 들었다. 처음 그 이름을 보는 순간 내 운명처럼 여겨졌다. 유일하게 나를 지칭하는 나만의 이름, 수어 이름으로 너무나 완벽해 보였다.

자동차 여행은 내게 농문화와 코다의 세계를 더 강렬하게 체감할 수 있게 해주었다. 외국의 코다들과 꼬박 함께한 4박 5일 동안 나는 코다만이 체화하고 있는 독특한 몸의 양식이 있음을 알게 되었다. 그들 모두 음성언어로 말할 수 있었고 우리 중에 농인이 있는 것도 아니지만 마치 농인이 우리와 함께 있는 것처럼 말하는 내내 수어를 했다. 노래를 부를 때도 수어를 했다. 한국 코다들도 말을 할 때 손짓과 표정이 매우 풍부했다. 누군가는 이를 코다의 몸에 밴 습관이라고 할지 모르겠다. 내게는 코다 몸의 독특한 양식 혹은 몸 그 자체로 보인다.

인간의 몸은 온전히 '자연적인' 생물학적 유기체가 아니라 온갖 사회와 문화, 기술의 체현이다. 특히 성별 이분법과 성차별, 계급 차별, 인종 차별은 매일 매순간 우리 몸을 규제하고 침투해 들어가 특정한 몸과 몸의 동작을 만들어낸다. 단지 그것들이 눈에 보이지 않게 오랜 시간 퇴적되었거나 너무 당연하게 여기는 관행이 되어 왔기 때문에 우리가 인식하지 못할 뿐이다. 마찬가지로 음성 중심 사회는 코다에게 소리의 세계와 수어의 세계를 잇는 매개 역할을 매순간 하지 않을 수 없도록 강제함으로써 농인도 청인도 아닌 바로 '코다의 몸'을 만들어낸 것이 아닐까?

"당신에게는 홈사인이 있어요!"

우리 일행은 캐나다 국경을 넘어 콘퍼런스가 열리는 밴쿠버 해안가 근처의 한 리조트에 도착했다. 본격적인 콘퍼런스 일정보다 하루 먼저 도착한 우리는 이미 도착했거나 속속 도착하는 사람들을 맞이했다. 한국이었으면 '할머니', '할아버지' 호칭도 어색하지 않을 높은 연령대의 코다부터 20대의 청년 세대까지 세대, 인종, 국적, 젠더를 초월해 정말 대규모의 사람들이 하나둘 모여 어느새 리조트 전체가 코다들의 세상이 되었다.

한국을 떠난 지 엿새 째 되는 날 현화도 드디어 캐나다로 날아왔고, 현화와 나는 콘퍼런스에서 매우 특별한 한국계 코다도 만났다. 이전부터 다른 외국 코다들에게 익히 들어 알고 있던 수경은 한국계 미국인이자 혼혈인 코다였다. 수경은 현재 미국 코다 모임의 열렬한 지지자이자 활동가이자 한 대학에서 수어 통역을 가르치는 교수라고 했다. 또한 나처럼 부모님 중 한 분, 어머니만 농인이고(수경의 아버지는 청인이자 백인 남성이다), 미국에서 나고 자랐지만 한국수어를 사용하는 어머니와 살면서 '한국수어'를 모어로 익혔다고 했다. 대부분의 코다가 최소 두 개의 언어를 구사하지만, 수경은 한국수어, 영어, (서툴지만) 한국어, 미국수어, 이렇게 네 언어를 구사할 수 있었다. 인종과 국적, 장애를 넘나드는 삶의 궤적이 온전히 그의 몸에 체현되어 있었다. 수경은 현화와 내가 콘퍼런스에 처음 참여한다는 걸 미리 알고 있던 터라, 우리를 보자마자 알고 있는 한국어 단어들을 섞어 가며 매우 반갑게 맞아주었다. 한국인 어머니에 대한 이야기보따리도 마음껏 풀어냈다. 수경에게는 한국 농인 어머니 이야기를 한국 코다들과 나눈다는 것 자체만으로 이색적이었을 것이다. 현화와 나는 콘퍼런스 내내 수경을 마치 오래전부터 알아 온 것처럼 친근하게 느끼며 많은 대화를 나누었다.

본격적인 콘퍼런스가 시작되자 다른 언어와 문화권에 사는 수백 명의 코다들이 한눈에 들어왔다. 그곳에 나도 '코다'의 일원으로 함께하고 있다는 것이 믿기지 않았다. 3박 4일의 완전히 새로운 세계가 눈앞에 펼쳐져 있었다.

내 수어 이름은 J - ☆입니다. 나는 대한민국에서 왔습니다. 아버지는 농인이고 어머니는 지체 장애인입니다. 아버지는 어린 시절 당시 사회 상황 탓에 농학교에 다닐 수 없었고 그래서 아버지와 가족들은 수어를 사용하지 못합니다. 대신 가족들은 간단한 홈사인을 사용합니다. 나는 아직 수어와 농문화를 잘 모르지만, 그것들을 이제 막 배우면서 빠져들고 있습니다. 이번에 자동차 여행

을 같이 하면서 코다들은 수어로 소통하기를 매우 좋아한다는 것
도 알았습니다. 말도 무척 많지만 말이죠. 이번 콘퍼런스 참여를
통해 농문화를 배우고 경험해보고 싶습니다.

첫 모임의 내 첫 소개가 끝나자 한 코다가 말했다. "당신에게
는 홈사인이 있어요. 홈사인을 사용하면 되지요." 난생처음 한
국에서 코다들과 만났을 때 내가 무척 긴장한 이유는 과연 내가
'진짜' 코다인가 하는 문제였다. 부모님 중 아버지만 농인이고 그
나마도 수어를 사용하지 않아 대화할 수 없고, 그래서 농인인 아
버지에 대해 거의 모르는 나는 코다가 아닐지도 모른다고 생각
했다. 그러다 보니 다른 코다들 앞에서 마치 죄인이라도 된 것
같은 당혹스러운 감정마저 느꼈다. 다른 코다들과 그들의 부모
를 보면서 과연 나와 내 아버지는 누구인지 질문해야 했다.
 하지만 그 자리에서 나를 처음 보고 내 소개를 들은 많은 사
람들은 나와 내 부모님이 누구이고 왜 수어를 구사하지 못하는
지, 부모 자식 간 소통은 어떻게 어느 정도 수준으로 할 수 있는
지 아무도 캐묻지 않았다. "아버지가 수어를 하지 못하면 어떻게
대화해요?", "당신은 왜 수어를 배우려 하지 않았어요?" 내가 몹
시 두려워한 예상 질문은 나오지 않았다. 그 대신 내가 한 번도
'언어'라고 생각해본 적 없는, 우리 집 식구만 사용하는 홈사인도
부끄럽지 않은 하나의 언어라고 나를 일깨워주었다.

그래도 괜찮아

코다인터내셔널콘퍼런스는 농인 부모의 청인 자녀 혹은 청인 가족이 독특한 유산과 문화적 정체성을 함께 공유하고 나누는 데 목적이 있다. 비록 초창기에는 현재만큼의 규모나 다양성을 지니지 못했지만 코다들은 수많은 차이에도 불구하고 자신들의 삶의 경험이 충격적일 정도로 서로 유사하다는 것을 발견할 수 있었다. 그래서 콘퍼런스 동안 코다만의 경험을 충분히 나누고 공감하는 것은 필수적이고 의례적인 부분이 되었지만, 그렇다고 방식까지도 동일한 것은 아니었다. 콘퍼런스는 다양한 소모임을 구성해 코다들 각자가 자신의 삶의 개별성 속에서 코다라는 공통분모가 어떻게 경험되고 동시에 확장될 수 있는지 풍부하게 나눌 수 있도록 했다.

	오전		오후	
A	밀레니엄 세대	수어를 사용하지 않는 코다	파트너가 코다인 코다	직업이 농과 관련 없는 코다
B	외동 코다	부모 한 명은 농인, 한 명은 코다인 코다	파트너가 농인인 코다	남성이라면 누구나
C	엑스 세대	여성이라면 누구나		직업이 농과 관련된 코다
D	가족 중 유일한 청인 코다	형제자매와 함께 참가한 코다	파트너가 청인인 코다	슬픔과 상실을 겪은 코다
E	50세 이상 코다	성 소수자 코다		영성

콘퍼런스 중 어느 하루 동안 진행된 소모임 일정표다. 이외에도 '고령의 부모가 있는 코다', '청력을 잃은 코다', '다문화 코다'를 비롯해 무수히 많은 경험과 삶의 조건을 가진 코다들을 위해서 다채로운 모임들이 매일 열렸다. 콘퍼런스는 다양성과 차이를 완전히 평등하게 취급하고자 노력했고, 더 나아가 코다가 사회와 관계 속에서 변화의 주체로서 자신의 위치를 더욱 확고히 할수 있는 자원이라고 높이 평가했다.

낮 동안의 공식 모임이 종료되면 늦은 밤부터는 '병원 방'에서 또 다른 마법의 세계가 펼쳐졌다. '병원 방'에는 많은 사람들이 모였다. 분위기가 무르익으면 한 사람씩 앞에 나와 부모님 이야기를 들려주었는데, 처음에는 코다의 다양한 삶의 경험을 나눈다는 점에서 콘퍼런스의 여느 프로그램과 차이가 없는 것처럼 보였지만 한 명씩 무대로 나오자 '병원 방'만의 치유가 펼쳐졌다. 연사들은 모두 이야기를 시작하기에 앞서 이렇게 포문을 열었다. "우리 부모님은 농인이야." 그러자 청중들은 일제히 "우" 소리를 내며 야유를 보냈다. 코다들은 사람들에게 자신의 부모님이 농인이라고 말을 하면 조롱에서부터 당황, 연민, 놀람 등 갖가지 반응을 만나는데, 그 같은 반응을 전유해 과장되게 비틀어 코다만이 즐길 수 있는 유머로 승화시킨 것이었다. 너무 기발하고 통쾌한 아이디어라고 생각했고, 나 역시 자연스럽게 "우"하며 더 큰 소리로 야유를 보내고 한바탕 웃었다.

'병원 방'에서 가장 인상 깊었던 부분은 코다들이 자신의 부모가 내는 데프 보이스를 능숙하게 흉내 내며 이야기를 더 풍부하게 진행하는 것이었다. 많은 청인들이 농인들은 전혀 소리를 낼 수 없다고 잘못 생각하는데, 실제 농인들에게 데프 보이스는 수어만큼 일상적인 표현의 도구다. 농인들은 종종 청인들이 사용하는 음성언어로 의사소통을 시도하기도 하고(이 경우 보통 농인들은 모음의 소리를 낸다), 전달하려는 수어의 의미에 보조적으로 느낌을 입히기 위해서 데프 보이스를 낸다. 하지만 데프 보이스는 농인들 특유의 자연스런 의사소통의 도구로 인식되기보다 (청인의 발음에 비해) 부정확하고 '어눌한' 느낌 때문에 '바보', '모자란 인간'이라는 낙인과 혐오의 핑계가 됐다. 모든 코다들이 부모나 가족과 함께 그런 낙인과 편견을 겪어 왔지만, 이 공간에서만큼은 데프 보이스를 누가 더 그럴 듯하게 잘 낼 수 있는지 마치 경쟁이라도 하듯 흉내 내고 열광했다. 하지만 그 공간에 있는 모두는 코다이기에 이 웃음의 양가성과 진정한 의미를 알고 즐길 수 있었다. 그들이 내는 데프 보이스는 단지 재미만을 위한 것이 아니라 유년 시절부터 평생 간직해 온 수치심과 사랑, 미움 같은 복합적 감정이 응집된 것이었다. 그래서 '병원 방'에서 내내 터져 나오는 웃음도 결코 가볍거나 단순하지 않았다. 나는 데프 보이스가 코다들에게 발휘하는 이런 마술적 힘에 매료될 수밖에 없었다. 또 이 장소의 이름이 '병원 방', 즉 아픈 곳을 치유하는 곳이라는 것이 무척이나 절묘하게 느껴졌다.

불완전함으로써 완벽한 사람들

콘퍼런스 내내 농세계와 성 정체성, 인종, 민족 등 다채로운 문화가 자연스럽게 어우러져 힘을 발휘하는 모습도 무척 인상 깊었다. 이곳에 온 (특히 북미나 유럽에 거주하는) 많은 코다들이 성 소수자/퀴어라는 또 다른 이름으로 자신을 정체화하고 있었고, 그들은 백발의 노인부터 20대 젊은이까지 다양했다. '병원방'에서 자신을 게이라고 소개한 한 백인 미국인 남성은, 열네 살에 처음으로 농인 부모에게 커밍아웃을 한 이야기를 들려주었다. 당시에는 레즈비언, 게이, 트랜스젠더를 비롯해 성 소수자를 지칭하는 미국수어 표현이 아직 없던 터라, 그는 '성관계'를 표현하는 수어 표현의 주체만 남성과 남성으로 바꾸어 부모에게 설명을 시도했다고 한다. 수어에도 이성애 중심의 사회적 정상성이 고스란히 작동해, '성관계'의 수어 표현이 이성 간의 행위에만 한정되었던 것이다. 그의 농부모는 즉각 아들이 전달하려는 바를 알아챘고, 열네 살 아들에게 수어로 이렇게 질문했다고 한다.

"넌 왜 자지를 좋아하니? 왜 보지를 좋아하지 않니?"

북미의 농사회에서는 많은 성 소수자들이 자신을 드러내고 조직화하는 노력을 지속해 왔고, 이러한 정치적 변화에 따라 성 소수자와 관련된 수어 표현들이 자연스럽게 새로 생겨났다. 모든 언어는 그것이 만들어져 사용되는 시대나 정치적 상황을 고스란히 반영하기에 '게이'의 원래 수어 표현은 다소 경멸적 뉘앙스를 띤다고 한다. 하지만 농사회 안에서 활동해 온 성 소수자들은 그것을 거부하고 새로운 대안적 수어 표현을 사용했다. 최근에는 농인 트랜스젠더들이 조직화되면서 '트랜스젠더'와 그 삶을 포착할 수 있는 수어의 부족 문제를 인식해 자신들만의 수어 표현을 만들어내기도 했다. 그렇게 '트랜스젠더'를 지칭하기 위해 만들어진 미국수어는 가슴 앞에 한 손으로 꽃 모양을 그리는 동작을 취하는데, 이는 '나 자신의 모든 부분을 받아들이기'를 뜻한다.*

인간의 정체성 범주 또는 존재 양식과 언어, 이 둘의 관계는 결코 단순하거나 단일하지 않다. '게이', '레즈비언', '퀴어' 등의 단어는 주로 서구 영어권 백인 (그리고 비장애인) 문화에서 비롯돼 오늘날의 모습을 갖추었으며, 따라서 그 기준에서 '게이', '레즈비언', '퀴어'의 '존재'를 상상할 때 비서구/비백인/장애인 등 무수히 다양한 문화와 집단에 놓인 그 존재들과 언어의 다기한 상황은 비가시화될 수밖에 없다. 농인 사회와 수어의 경우가 그 단적인 예다.

코다이자 트랜스젠더 퀴어로서 삶을 살고 있는 마테오루이즈 (MateoLuis)는 콘퍼런스 기간 내게 가장 깊은 인상을 남긴 사람이다. 그는 자신을 동성애자 여성으로 정체화했다가 이후 트랜스남성으로 정체화하며 의료적 전환을 했다. 코다이자 트랜스젠더 퀴어라는 조합은 그 자체만으로 그의 존재와 삶의 궤적의 복잡다단함을 짐작하게 했다. 게다가 그는 쿠바에서 미국으로 이

---

* Mel Chen, *Animacies: Biopolitics, Racial Mattering, and Queer Affect*, Duke U.P., 2012.

민한 이민자 가정의 일원이기도 했다. 간단히 설명할 수 없는 복잡한 결들로 겹치고 중첩된 그의 삶의 역사는 콘퍼런스 기간 내내 밤새 들어도 모자랄 정도였다. 그가 담당을 맡은 소모임 이름은 "당신의 코다 렌즈를 형성하는 것은 무엇입니까?"였다. 나는 주저하지 않고 그 모임에 참여했다. 그는 그 자리에서 '코다'라는 이름으로 콘퍼런스에 모인 '우리'의 정체성을 고정된 당연한 범주로 생각하거나 더는 질문할 것이 없는 것으로 치부할 수 있을지에 대해 도전적인 질문을 던졌다.

부모 중 한쪽이나 모두가 농인인 이들에게서 태어난 자녀라는 것은 코다를 설명하고 정체화하는 가장 강력한 정의다. 하지만 동시에 무척이나 왜소한 정의이기도 하다. 각자가 걷는 여러 삶의 궤적 중 어디까지가 '코다'로서 겪은 부분이고 어디까지가 그 외의 것에서 비롯된 것인지 명확하게 구분 지을 수도 없다. 코다 콘퍼런스가 주로 북미에 살고 있는 백인 이성애자들에 의해 주도되었던 시기에는 이러한 질문이 필요 없었을지 모른다. 그들은 공통의 억압으로 비장애/음성언어 중심 사회를 핵심 의제로 삼아 논의하면 되었을 것이다. 하지만 마테오루이즈 같은 수많은 다양한 코다들의 존재는 서서히 이 당연한 전제에 균열을 내기 시작했다. 남미 이민자 가족의 일원으로서 마테오루이즈에게 영어는 제3언어였을 뿐이다. 다른 모든 코다들처럼 그 역시 수어를 제1언어로 습득했지만 그에게 수어와 음성언어 모두 모어는 영어가 아닌 쿠바어였다. 그는 쿠바수어, 쿠바어, 영어, 미국수어까지 네 언어를 구사해야 했다(이러한 상황은 한국계 미국인 코다 수경도 마찬가지였다). 그의 언어적, 민족적 소수자로서 정체성은 코다라는 정체성과 합치되고, 이 두 경험은 코다와 이민자 어느 한쪽으로만 수렴되지 않는 복잡한 실존과 삶의 궤적을 만들어냈다. 더욱이 그는 사회적으로 여성으로 길러졌으나 남성으로 전환하는 과정을 통과해 왔고, 여전히 중첩되고 끝없이 유동하는 '되기' 과정을 거치고 있다. 그래서 그는 코다 콘퍼런스에 오랜 기간 참여하면서 '코다 렌즈'가 무엇으로부터 형성되는지 근본적 질문을 스스로에게 던져야만 했을 것이다.

마테오루이즈는 '교차성(intersectionality)'이라는 화두를 모임의 중심 주제로 꺼냈다. '교차성'은 서구 사회로 (대부분 노예 상태로) 이주해 온 흑인 여성들의 삶과 목소리를 통해 최초로 사유되고 담론화되었다. 그것은 '여성'으로도 그렇다고 '흑인'으로도 온전히 설명할 수 없는 삶의 경험을 말하기 위한 흑인 여성들의 실존적 투쟁이다. 현재 교차성은 의미가 확장돼 인종뿐 아니라 계급이나 성 정체성, 장애, 나이 등 수많은 차이들이 '여성'이라는 집단 안에서 실제로 단일하지 않은 '여성'의 실존과 경험을 만들어내고 있음을 인식하고, 페미니즘의 의제를 끊임없이 바꾸고 확장하는 데 중요한 이론이자 실천 개념으로 자리 잡고 있다.

마테오루이즈 역시 코다 안의 무한히 많은 차이와 억압이 서로 중첩되고 교차되어 어떻게 코다 렌즈를 구축하는지 성찰해볼 것을 촉구하기 위해 '교차성' 개념을 빌려 왔다. 인종, 젠더, 계급, 언어, 문화, 나이, 민족, 교육, 성 정체성, 이민 지위, 정신 건강, 종교, 수어 사용 여부, 다언어 구사자인지 여부, 부모가 음성언어 사용 농인인지 여부나 문화적 농인인지 여부(이는 농인이 어떤 피부색이나 문화에 속했는지, 농학교에서 수학했는지 아니면 일반학교에서 수학했는지 등에 따라 무수히 갈린다), 농부모의 유일한 청인 자식인지 여부……. 같은 코다 안에서도 차이와 다양성은 끝없이 이어질 수 있는 것이다. 그 모임에 함께한 사람들은 자신의 경험을 통해 실제로 교차성이 얼마나 코다의 삶, 실존 그 자체에 중요한지 이야기했다. 모임 내내 이야기를 들으며 나는 가슴이 벅차올랐다. 이런 사람들과 함께 '코다'인 내가 자랑스러웠다.

마테오루이즈는 그해 콘퍼런스의 막을 내리는 마무리 행사의 대표 연사를 맡았다. 작년에는 수경이 그 역할을 했다고 들었는데, 아시아계 코다로서는 최초로 대표 연설을 했다고 한다. '코다 인터내셔널'이 다양성과 차이를 긍정하고 표명하는 공동체로 거듭나고자 하는 노력의 하나였다. 그는 연설을 시작하며 말했다. "나의 유색인 자매들, 그리고 유색인 형제들은 자리에서 일어나주세요." 이에 사람들의 환호와 박수를 받으며 모든 유색인 참여자들이 자리에서 일어섰다. 나도 주저하지 않고 당당하게 함께 일어섰다. 박수와 함성 속에서 '유색인' 코다로서 내가 그리고 같이 서 있는 모두가 자랑스러웠다. 마테오루이즈는 그 자리에 모인 수백 명의 코다들 중에서, 그리고 다양한 정체성 중에서 다름 아닌 '유색인'으로서 함께 이 자리를 만들어주고 지켜준 형제자매들에게 감사하다고 가장 먼저 인사했다. 그는 마지막 연설에서도 내내 교차성과 다름에 대해 숙고하도록 우리를 안내했다.

나는 한국에서 코다들과 함께 이와 같은 다양성과 다름을 어떻게 버리고 실천해 나갈 수 있을지 생각하며 그의 연설을 곱씹었다.

　나는 코다를 사랑합니다. 나는 코다를 증오합니다. 나는 열일곱 살에 집을 나가 덴버의 길거리에서 노숙자가 되었습니다. 나는 침례교와 가톨릭 전통 속에서 자랐고, 아버지는 교회 집사였습니다. 친구가 게이 잡지를 내게 주었는데, 아버지가 그 잡지를 발견하고 교회에 가져갔습니다. 자살에 대해 조사해보니, 성 소수자의 자살률은 네 배 더 높더군요. 나는 쿠바에서 태어난 농인 남성인 아버지를 이해시키려 애썼습니다. 하지만 아버지는 이해하지 못했죠. 그렇게 해서 집을 나와 덴버로 갔던 겁니다.
　열아홉 살 때 덴버에서 미시간으로 가는 버스를 탔습니다. 미시간에서 코다 콘퍼런스가 열렸거든요. 나는 그때 완전히 지쳐 있었습니다. 그런데 어렵게 참가한 콘퍼런스에서 나는 여기에 내 자리가 없다고 느꼈습니다. 물론 많은 아름다운 공통적 삶의 이야기들을 들었지만 나는 거의 동일시할 수 없었습니다. 나는 콘퍼런스 마지막 순서에 앞에 나가서 모든 사람에게 내 감정을 털어놨습니다. 화가 나 있는 나를 표출해도 안전하다고 믿었지만 결국 그것은 '부적절한 반응'이 되어버렸습니다. 그 이후 나는 9년 동안 콘퍼런스에서 멀어져버렸습니다.
　나는 이번에 '교차성'에 대해 이야기하면서 이런 지점을 공유하려 했습니다. 우리에게는 수많은 다양한 이야기가 있습니다. 이번

한 주 내내 우리는 서로 이야기하기 위해 노력했습니다. 저도 노력했습니다. 그리고 우리가 무엇이 필요한지 상대방에게 물어야 한다는 것을 배웠습니다. 당신 이야기를 듣지 않고 당신이 무엇을 필요로 하는지 나는 추측할 수 없습니다. 대화가 시작되면 그것은 힘이 됩니다.

당신 스스로에게 그리고 서로에게 좋은 사람이 되어줍시다. 우리는 완벽하게 불완전합니다. 우리는 변화합니다. 나는 그런 진화를 보는 데 흥미를 느낍니다. 불완전함으로써 완벽한 그런 동료가 서로에게 되어줍시다. 고통 속에 있어 어떻게 해야 할지 모르는 우리 안의 그들에게 우리 스스로는 가장 절실한 존재입니다.

서로에게 가장 절실한, 불완전함으로써 완벽한 사람들. 끊임없이 변화하는 사람들. 그게 우리다. 그게 코다다. 우리는 진화할 것이다. 나도 그럴 것이다.

어떤 의존,
어떤 돌봄

우리나라에는 흔히 '장애인 활동 보조(장애인 활동 지원)'로 불리는 제도가 존재하지만, 우리 부모님은 그 제도의 수혜자가 될수 없다. 보통 청각 장애는 비언어적 부분에서 보조가 전혀 필요치 않은 장애라고 생각한다. 또 현 규정은 장애인 등급 2급까지만 보조받을 자격을 주는데 어머니는 3급이기에 수혜 대상에서 제외됐다. 1급이건 3급이건 두 다리로 보행할 수 없고 목발이나 휠체어 같은 보장구 없이는 거동하기 어려워 일상생활의 중대한 제약이 있는 것은 동일한 조건인데도, 3급 판정을 받은 어머니에게는 자격조차 주어지지 않는다.* 몸의 제약이 얼마만큼인지 판단하고 어떤 도움이 필요한지 결정하는 주체는 직접 서비스를

---

* 장애인 인권 운동의 오랜 투쟁을 통해 2019년 장애인 등급제는 폐지됐다. 그러나 정부의 예산 문제와 구체적 제도 개선을 비롯해 많은 과제가 산적해 있으며, 어머니가 활동 보조 제도의 수혜 대상이 아닌 것은 여전히 변함없다.

수혜받아야 하는 장애인 당사자여야 하지 않을까. 그러나 아버지와 어머니 같은 장애인들에게 장애 분류와 등급을 매기고 보조받을 자격의 유무를 결정하는 것은 오로지 비장애인 관료들이다.

부모님은 지금까지 누군가의 보조를 받기를 기대하기는커녕 가족을 돌보고 밥벌이 노동을 해서 남을 돌보는 게 더 익숙한 삶을 살았다. 하지만 상황은 세월과 함께 바뀌었다. 예순을 넘긴 두 분은 이제 노인 장애인이다. 아버지는 예나 지금이나 변함없이 의사소통이나 정보 접근에서 가장 큰 제약을 경험하고 있다. 농인을 위한 거의 유일한 지원 정책인 수어 통역 서비스는 아버지처럼 수어를 사용하지 않는 농인에게는 무용지물일 수밖에 없다. 그런데 알고 보면 비단 수어 통역뿐 아니라 다른 방식으로 의사소통 '활동'의 보조를 필요로 하는 사람은 많다. 수어를 사용하지 않는 농인, 시각 장애나 발달 장애를 가진 사람들, 치매 노인과 유아, 외국인 노동자와 다문화 가정의 성원, 난민 등 많은 사람에게 의사소통이나 정보 접근은 생존을 위한 가장 필수적인 활동이다. 그들에게 의사소통 보조는 그야 말로 스물네 시간, 모든 순간 필요한 것이다.

어머니는 보행을 하지 못해 몸의 균형 유지에 필요한 최소한의 신체 움직임이나 운동을 거의 할 수 없는 데다 장사를 하느라 제대로 된 식습관마저 지키지 못한 탓인지 이미 오래전부터 고혈압과 당뇨라는 만성 질환까지 앓고 있다. 빈대떡 장사를 그만두고 '은퇴'를 결심한 것은, 더는 어머니의 체력과 몸이 그 노동을 감당할 수 없는 상황에 이르렀기 때문이었다. 하지만 아무리 '성한' 곳이 한 군데도 없는 몸이어도 일상을 살아가기 위해 의식주와 관련한 모든 노동까지 그만둘 수는 없다. 게다가 어머니는 아버지의 의사소통을 옆에서 늘 보조해야 하는 청인 '아내'이고, 아흔이 넘은 고령의 시어머니를 돌보는 '며느리'이다. 요리나 빨래, 청소, 짐 옮기기를 비롯해 집 안에서도 목발을 짚은 채 대부분 서서 해야 하는 일상의 많은 일들이 이미 어머니의 신체 조건상 불가능하거나 심한 무리를 주고 있다. 그런 어머니가 활동 보조 서비스를 통해 하루에 단 몇 시간만이라도 일상생활의 보조를 받을 자격이 없다고 하는 것은 너무 가혹하지 않은가.

어떤 의존이 지원과 보조를 누릴 수 있는 자격을 갖추게 하는 것일까. 아니, 더 근본적으로 우리는 무엇을 '의존'이라고 생각할까? '의존'에 대한 생각은 사실 매우 정치적이라고 많은 사람들이 이야기한다. 의존의 남성 중심성과 비장애인 중심성을 많은 페미니스트들과 장애인들이 지적해 왔다. 예를 들어 비장애인 성인 남성들에 맞게 구획된 세상에서 그들의 의존은 당연한 것이고 '의존'이라는 인식조차 없다. 하지만 이런 구조는 노인, 장애인, 아픈 사람, 아동과 아동을 돌보는 여성을 비롯해 많은 사람들을 '약자'로 만들어 그들에게 '특수한' 존재, '의존적' 존재, '세금 도둑'이라는 식으로 낙인을 찍는다. 또한 남성이 가족(이라 쓰고 '여성'이라 읽는다)의 노동에 의존하는 것은 그들의 당연한 권리로 여겨지는데, 이때 여성들의 '보조' 역할은 너무나 자연스럽고 당연해서(돌봄이 여성의 타고난 '본성'이라고까지 말한다) 아무런 사회적 지위나 공적 보상이 주어지지 않는다. 그러나 결혼하지 않는 여성은 더 혹독한 사회적 대가를 치르도록 사회가 구획되었기에, 평생 무급 노동 계약(불공정 계약)을 유지해야 하더라도 결혼하는 것이 그나마 더 낫다는 현실적 계산을 하는 경우는 또 얼마나 많은가.

국민기초생활보장법의 '부양 의무자' 기준은 또 어떤가. 그것은 혈연과 혼인으로 이루어진 '정상 가족' 내의 의존과 돌봄을 '자연스런' 행위라고 강제하는 것을 넘어 아예 '의무'라고 못 박고 있다. 그것은 가족 간의 돌봄이 자연의 순리라는 고정관념을 재반복하고 강화하며 동시에 빈곤하고 취약한 장애인이나 노인을 돌보아야 할 사회의 의무를 가족에게 떠넘기는 술책이다. 어떤 이들이 아무리 사회적으로 취약한 위치에 놓여 가족이 부양하기 어렵다고 해도, 국가에 '의존'하지 말고 가족이 각자 알아서 부양하라는 뜻이니 말이다. 이 때문에 도리어 가족이 강제로 해체되거나 당사자인 부양 의무자가 스스로 목숨을 끊음으로써 부양 능력이 없음을 증명하는 사태까지, 그 폐해가 끊임없이 드러나고 있다.

결국 의존과 돌봄의 문제는 우리 사회의 '정상성', '가족주의'와 깊게 얽혀 있다. 이성애자, 비장애인, 경제력 있는 사람(남성), 자국민을 비롯해 이 사회가 '정상적', '생산적' 인구로 구획 지은 사람들만이 오직 '정상 가족'의 울타리 안에서 돌봄을 받을 자격과 권리를 지닌다. 이 사회는 모든 돌봄의 의무를 '정상 가족'에 떠넘기기 때문에 '정상 가족'에서 벗어나 가족의 돌봄조차 기대할 수 없는 사람들에게는 그나마 아무런 사회적 안전망이 없다. 사회적으로 사랑과 헌신으로 포장되는 가족의 돌봄이 실상은 오직 특정한 형태의 가족 안에서만 넘칠 정도로 수행되어야 하고, 일정한 틀을 벗어난 많은 존재들에게는 애초에 가족을 유지하거나 의존할 권리조차 없기에 많은 사람들이 돌봄 없이 아프거나 죽어간다. 만약 가족의 돌봄과 사랑이 그토록 귀중하다면 왜 특정한 존재나 가족의 형태에만 한정되어야 하는가. 오히려 더 많은 존재들이 다양한 가족을 형성해 돌봄과 사랑을 더 많이 나누고 분배할 수 있도록 해야 하는 것이 이치에 맞지 않을까.

'퀴어한' 삶

성인이자 부모님의 직계 혈족이며 결혼해 다른 가족을 꾸리지 않은 오빠와 내가 바로 그와 같은 '부양 의무'를 떠맡고 있는 사람들이다. 하지만 애초에 부모님과 우리 가족을 '정상'이 아니라며 사회 주변부로 내몰았다가 이제 와 우리 남매에게 돌봄의 의무를 일방적으로 지우는 것은 아무리 생각해도 억울하다. 부모님을 '의존적'이고 '취약한' 존재로 만든 건 이 사회지 우리가 아니다. 물론 어려서부터 오빠도 나도 각자 나름대로 '정상적' 삶, 모두가 '행복'이라고 말하는 그런 삶에 도달해 사회의 기대에 부응해야 한다고 생각했다. 실제 오빠는 고등학교를 졸업하고 바로 돈을 벌기 위해 각종 취업 전선에 뛰어들었다. 어렸을 적부터 비장애인 장손으로서 오빠는 가족들에게서 장애인 부모를 부양

해야 한다는 기대를 받을 수밖에 없었다. 가족들은 오빠와 딸인 나를 다르게 대우했고, 나는 그것에 분노하면서도 정작 오빠와 직접 이야기해본 적은 없었다. 어쩌면 아직 어렸던 우리 남매가 나누기엔 너무 버거운 대화였을 것이다.

우리 남매는 너무 달랐다. 조용한 오빠와 활발한 나. 학교생활과 공부에 흥미를 느끼지 못한 오빠와 학교에서 반장도 하고 공부도 잘했던 나. 심지어 오빠는 듀스나 메탈리카, 스키드로, 모틀리크루를 좋아했지만 나는 서태지와 아이들, 뉴키즈온더블록, 머라이어 캐리를 좋아했을 정도로 우린 색깔이 달랐다(그래도 퀸, 신해철, 이승환은 둘 다 좋아해 같이 즐겨 들었다). 고등학교만 졸업하고 별다른 '스펙'이 없는 오빠가 직장에서 겪는 여러 어려움이나 군대 생활 이야기는 어머니에게서 종종 전해 들었다. 오빠는 장손이니 빨리 결혼해서 대를 이어야 한다는 할머니의 성화에 중매결혼을 했다. 그러나 오빠의 결혼 생활은 오래가지 못하고 끝났다. 나는 그토록 자신의 주장 없이 과묵하고 순종적인 오빠가 답답하다고 생각한 적도 많았다.

오빠는 나와 같은 코다지만 코다 정체성도 없다. 코다 남매로서 우리의 공통점은 거의 없다. 하지만 내가 대학원에 진학해 원하는 공부를 지속하고 인권 활동을 하며 이 사회의 '정상성', '행복'의 공식 따위 아랑곳하지 않고 살 수 있는 것은 오빠라는 버팀목이 존재하기 때문임을 안다. 둘째이자 딸인 나는 장남 아들의 존재 뒤에 숨어 있는 것인지 모른다. 하지만 동시에 여자/딸/손녀로서 내가 지나온 삶은 오빠와 달리 '정상적' 틀에서 내 의지와 상관없이 이미 벗어나 있었다. 제삿날 나는 아무 필요가 없어도 오빠는 꼭 있어야 했던 순간. 남자인 손자는 부엌에 들어오면 안 된다며 할머니가 내 등을 떠밀던 순간. 내가 초등학교 등굣길에 경험한 성폭력이 어머니와 나 모두 외부에 알리지 못하는 두 모녀만의 비밀이 되어야 했던 순간. 내 현재 삶은 내가 선택한 것이기도 하지만 동시에 유일한 선택지였는지도 모른다. 애초에 사회의 정상적 틀에서 끊임없이 밀려난 존재. 그렇다면 그 기준에 맞추려고 시늉하는 것이 아니라 오히려 더 철저히 그것에서 벗어나고 깨지자, 그렇게 나는 결심한 것인지 모른다.

나의 '발칙한' 생각과 '퀴어한' 삶을 이제 어머니가 (그리고 아마도 오빠까지) 인정하고 받아들이고 있다는 것을 나는 알고 있다. 어머니는 딸자식이 결혼해서 남편과 자식의 울타리 안에서 그저 좀 더 '편안한' 삶을 살기를 늘 바랐고 지금도 그렇다. 결혼이나 직장 문제를 두고 어머니와 나는 말다툼도 여러 번 했다. 하지만 어머니는 고집스럽게 변하지 않는 내 태도 때문인지 언젠가부터 "혼자 사는 게 제일 속 편하지.", "우리 딸 장해." 이런 표현도 하기 시작했다.

나는 어머니에게 가족이 아니면 다 상관없는 남이고 결혼하지 않으면 아무 쓸모없는 게 아니라는 걸, 오히려 결혼 외부에 더 풍부하고 의지할 수 있는 관계가 많고, 그들의 삶과 우리 가족의 삶이 긴밀하게 함께 연결되어 있다는 것을 증명해 보이고자 노력했다. '공감'에서 만난 많은 장애 여성 동료들의 이야기를 어머니에게 들려주고, 장애 여성들이 근무하는 사무실에 어머니를 직접 초대하기도 했다. '공감'이 어머니와 같은 장애 여성들의 인권과 평등을 위해 어떤 일을 하는지, 내가 그 안에서 어떤 일을 하는지 이야기하고 신문 기사를 스크랩해서 보여주기도 했다.

사무실의 동료들과 친구들은 언제나 어머니에게 딸이나 동생 같은 온정을 보내주고 있다. 어머니가 빈대떡 장사를 할 적에, 명절은 대목이라 일손이 항상 모자라 나도 장사를 거들어야만 했다. 그때 내 여자 친구도 종종 나와 함께 어머니 일손을 거들었다. 명절마다 굳이 길음시장까지 와서 어머니의 빈대떡을 한 아름 사가는 사무실 동료들도 있었다. '공감' 대표이자 장애 여성인 배복주 언니는 나와 우리 가족에게 몇 번 큰 사건이 일어나 나 혼자 힘으로는 감당할 수 없어 쩔쩔맬 때마다 가장 의지할 수 있는 사람이었다. 언니는 어떤 '가족'도 할 수 없는 큰 도움을 주어 우리 가족은 위기를 극복할 수 있었다.

몇 해 전 어머니와 함께 제주도로 첫 '효도 여행'을 갈 수 있었던 것은 여자 친구 덕분이었다. 어머니의 이동 문제 때문에 관광지로 여행을 가는 것은 나 혼자만 마음먹는다고 되는 일이 아니었다. 오빠도 일 때문에 시간을 낼 수 없었고 당시는 장롱면허라서 나도 운전을 할 엄두를 못 냈다. 어머니가 가고 싶어 했던 제주도를 그림의 떡인 양 생각하던 차에 상황을 잘 알고 있던 여자 친구는 제주도에서 운전기사 역할을 해주기로 했고, 그렇게 우리 모녀와 친구, 세 여자는 제주도 여행을 갈 수 있었다. 어머니의 60년 인생의(어머니의 예순을 기념한 여행이기도 했다) 첫 비행 경험이자 첫 제주도 방문이었다. 여행에서 돌아온 후 친구는 어머니를 '엄마'라고 부르기 시작했다. 어머니도 특별한 음식을 하거나 김장을 하면 친구에게 음식을 나누어주라고 나를 재촉한다.

어머니는 지금까지 내가 선택하고 걸어온 삶을 인정하고 묵묵히 지켜봐주고 있다. 결혼하지 않고 비혼의 삶을 고집하는 문제에서부터 집회에 나가고, 연구를 하고, 정치적 삶을 살고 있는 것 모두를 어머니에게 인정받을 수 있다는 것만으로 나는 일종의 특권을 누리는 거라고 생각한다. 하지만 노년에 접어들면서 어머니는 생각이 복잡해지고 있다. 장애인인 며느리라도 없으면 스물네 시간 돌봄을 제공해줄 사람이 아무도 없는 아흔 살 넘은 시어머니와 같이 살면서 어머니 역시 자신과 남편의 의존 문제를 고민하지 않을 수 없을 것이다. 이 세상에 가족 말고는 아무도 의지할 수 없고 믿을 수도 없는 현실이 아직까지는 무겁게 어머니의 삶을 짓누르고 있으니 말이다. 딱히 경제적으로 안정되지 않은 두 자식은 결혼도 하지 않았고 앞으로도 하지 않을 것 같다. 부양 의무자 기준이나 장애인 등급제의 서슬 퍼런 제도적 현실은 마지막 순간에 의지할 사회적 돌봄 같은 것 따위는 아예 바랄 수도 없게 만든다. 정말 이대로라면 지금의 할머니처럼 가족, 피붙이 말고는 아무도 상관하지 않고 혼자 남겨질 자신의 (그리고 아버지의) 미래는 불 보듯 뻔한 일 같을 것이다.

각자의 생존법

편리한 문자 입력 기능을 갖춘 스마트폰이 나온 후 어머니는 간단한 문자 메시지를 쓸 수 있게 됐다. 어머니가 글쓰기가 서툴러서 나는 어머니의 문자 메시지를 받을 때마다 암호를 해독하듯 그 의미를 해석해야 한다. 그래도 나는 어머니의 최근 이런 변화가 신기하기만 하다. 사실 스마트폰과 온갖 편리한 매체가 넘치는 세상에서 문자 메시지조차 받거나 보낼 줄 모르는 어머니에게 화를 내고 짜증을 표출한 적이 많았다. 휴대폰 문자뿐이 아니다. 각종 우편 안내문의 파악, 은행의 입출금 기계 사용을 혼자 하기 어려워 번번이 타인에게 의지해야만 하는 어머니가 안타까우면서도 답답하고 화가 솟구치는 것은 어쩔 도리가 없었다.

아버지는 삶의 소외와 분노를 늘 언제나 자기 곁에 가까이 있는 유일한 가족, 어머니에게 (그리고 종종 할머니에게) 다양한 방식으로 표출했다. 아버지의 폭력은 누구도 명확히 규명할 수도 없었고 말릴 수도 없었다. 아버지의 폭력을 멈춘 것은 세월이었다. 노년기에 접어든 최근에야 아버지는 백팔십도 다른 사람이 되었다. 어쨌거나 아버지의 폭력을 보며 오랜 시간 분노를 키운 나 역시 아버지처럼 어머니에게 분노를 쏟았다. 어머니는 '들을 수 없는' 아버지를 대신해 나의 비명을 들어야 했다.

어떻게 해도 바뀔 수 없는 부모님과 집의 상황, 스스로 감정을 통제하지 못하는 나 자신의 모습에 분노와 절망은 점점 더 커져 갔다. '피해자들'은 있지만 '가해자'는 누구인지 혹은 무엇인지 모를 상황의 반복, 그리하여 이름조차 붙이지 못하는 일상을 발판으로 삼아 분노와 우울함의 감정은 거대하게 자라났다. 나의 감정이었지만 일단 자라난 감정에 나는 너무나 무력하게 지배

당했다. 나는 부모님과 가족, 나의 상황을 어떻게 생각하고 언어화해야 하는지에 대해 무지하고 무능했다. 오히려 장애 차별이나 여성 차별을 분석하고 언어화하는 일이 쉬워 보였다. 이런 말 못할 고민을 옆에서 본 여자 친구는 내게 심리 상담을 받아보길 권유했다. 하지만 그것 역시 내게는 큰 도움이 되지 않아서 몇 번 해보고 중단하고 말았다.

결국 알게 된 것은 장애 여성인 어머니의 고통이 내 분노의 원천이라는 점이었다. 어머니가 아니라 어머니의 고통이 분노의 원천이었지만 나는 어머니에게 끊임없이 분노를 표출했다. 어머니의 고통스런 삶이 마치 어머니의 잘못이기라도 한 것처럼. 지금에 와서야 생각하게 된 것이지만, 인권 활동과 연구를 하기 이전에 먼저 나는 어머니와 내 삶에 함께하는 그 고통을 (벗어나지는 못하더라도) 살펴보고 넘으려는 노력을 했어야 했고 그러기 위해 필요한 내 힘을 기르려는 노력을 했어야 했다.

7년여간 지속한 '공감'에서의 활동을 중단하고 나서 이전에 하지 못한 일들을 하나둘 시도하기 시작한 것은 내 힘을 기르는 데 중요한 토대가 되었다. 그중 하나가 운명적으로 이루어진 코다와의 만남이다. 코다와 만나며 접한 농문화와 소리 없는 세계의 다채로운 이야기들은 나와 내 부모를 비춰줄 수 있는, 내게 꼭 맞는 거울이 되어주었다. 여성학과 대학원 박사 과정은 도망치는 심정으로 일단 들어간 것이었지만 페미니스트들의 책에서 재발견한 삶의 지혜와 통찰이 결국 나를 살렸다고 말할 수 있다. 다양한 모순과 억압의 중첩 속에서 많은 페미니스트들이 사회적 상황은 물론 자기 자신과 싸움을 하며 삶을 헤쳐 나간 이야기와 언어에서 나 자신에게 대입할 수 있는 공통의 언어를 찾아낼 수 있었다. 그런 언어들을 발견하는 순간마다 나는 너무 기뻐서 한 자 한 자 노트에 받아 적거나 포스트잇에 적어 벽에 붙여 두고 반복적으로 되새겼다.

바쁘다는 핑계로 해보지 못한 스포츠 영역에도 발을 내밀었다. 아마추어 복싱, 배드민턴, 수영을 비롯해 내 생활 반경 안에서 뜻이 맞고 편안한 사람들과 함께 운동할 수 있는 기회가 있으면 뭐든지 시도해보았다. 내 몸동작 하나하나에 집중하는 시간을 가져보는 일은 나 자신을 돌보는 데 유용했다. 그러면서 차츰 한 발 떨어져 있던 인권 활동을 다시 시작했다. '공감'은 물론이고 성 소수자 운동 현장에도 나갔다. 인권 활동을 통해 만나고 함께하는 사람들은 책과 달리 내 눈앞에서 살아 숨 쉬는 스승이자 언제나 든든한 버팀목이 되어주는 사람들이다.

고통이 사라지지는 않는다 해도, 이런 시도들은 내가 고통을 들여다보고 인식하고 언어화할 수 있는 기회를 주었고, 또 그렇게 해서 힘을 얻었다. 여전히 분노가 치밀어 오르는 순간에 늘 통제력을 발휘하지는 못하지만, 이제는 그 감정을 응시하고 분노가 아닌 다른 방식으로 표출하려고 노력할 수 있는 정도의 여유가 생겼다. 엘리베이터 앞에 있는 휠체어에 탄 어머니와 나를 투명 인간 취급하고 빨리 가려고 문을 닫아버리는 사람들, 큰마음 먹고 어머니와 나들이라도 나가는 날이면 어김없이 우리를 막아

서서 '그렇게 집에나 있지 왜 나왔어?'라고 조롱하는 것 같은 물리적 장벽들, 노인과 장애인에게 한없이 불친절하고 어려운 온갖 관공서 안내 우편물과 기계들…… 아마 그것들은 결코 사라지지 않을 것이므로 나는 어느 정도 분노와 짜증스러움을 삶의 한 부분으로 받아들여야 할 것이다.

최근에는 어머니와 좀 더 편하게 외출할 수 있는 수단이 내게 생겼다. 친척에게서 낡은 중고차를 넘겨받은 것이다. 이제는 직접 차를 몰아 어머니의 이동을 보조할 수 있으니 마음의 부담이 훨씬 줄었다. 그러나 어머니에게 가장 필수적인 생존법은 뭐니 뭐니 해도 사람과의 관계다. 어머니는 은행 보안관 직원들과 안면을 튼 뒤로는 아예 그분들에게 입출금 기계 사용을 의존해 볼일을 해결한다. 개인정보 누출 위험 때문에 나는 질색했지만, 어머니는 "그럼 급한데 어떡해?", "보안관이 아주 믿음직스러운 청년이야."라고 대답해 할 말이 없어지게 한다.

휴대폰 사용이 막힐 때는 전동 스쿠터를 타고 안면 있는 동네 휴대폰 대리점 직원들에게 직접 찾아가 사용법을 물어보고 문제를 해결한다. 아파트 주민들, 아파트 환경미화 직원, 경비원들까지 주변 이웃들은 자주 어머니에게 도움을 주고 음식을 나누어 먹으며 왕래한다. 예전에 '빈대떡 사장' 시절 어머니를 도와주던 많은 이웃 상인들은 급속도로 빠르게 추진된 재개발과 전통 시장의 몰락 속에서 하나둘 떠났고, 어머니도 장사를 하지 않은 뒤로는 관계가 많이 끊겼다. 그래도 여전히 이동하지 못하는 어머니 대신해 멀리서도 방문해주고 있다. 그리하여 어머니의 집은 서울 천지 어느 아파트 단지에서도 볼 수 없을 것 같은 전통 마을의 분위기를 풍기고 있다. 장애 여성인 어머니에게 이웃들은 자원이면서 동시에 자유롭게 이동할 수 없는 어머니가 곁을 줄 수 있는 유일한 사람들이다. 따라서 항상 관계 자체를 돌보려는 어머니의 몸에 밴 태도와 노력은 불완전하지만 가장 필수적인 '생존법'이다.

돌아가야 할
집

    어머니는 집에서도 항시 문을 열어놓고 이웃들이 드나들게 하고, 아파트 복도를 다 점거해 가며 이웃들과 함께 대식구 김장을 담그고, 아파트 앞 화단이나 나무, 화초를 정성을 다해 가꾸고 아낀다. 어릴 적 시골에서 흙과 나무와 하나가 돼 살아온 어머니는 그런 시골스러운 생활 방식을 평생 버리지 않았다. 그것들은 어머니를 어릴 적 소녀처럼 생기 넘치게 한다. 동네 재개발 후 어머니의 생활 환경이 아파트로 바뀌어도 어머니는 시멘트 담과 바닥 사이에서 힘겹게 피어나는 이름 모를 꽃들과 풀들에 늘 관심을 가지고 직접 보고 만지기를 좋아했다. 종종 외갓집에 갈 일이 있으면 어머니는 김매기, 고구마나 감자 캐기 같은 농사일에 푹 빠져들곤 한다. 장애 때문에 홀로 서거나 흙 위에 쭈그려 앉을 수 없기에 아예 신발과 양말을 벗어 던지고 흙바닥에 털썩 앉아 일을 한다. 한번은 고구마 수확 철에 어머니와 함께 시골 외갓집에 갔는데, 온종일 땅에서 금이라도 캐내는 것처럼 그렇게 마냥 기뻐하던 어머니의 모습을 나는 내내 넋 놓고 바라봤다. 땅 위의 흙과 살을 접촉하고 거기서 기쁨을 누리는 어머니는 흙의 일부가 된 것처럼 보였다.

몇 년 전 어머니는 오빠와 내게 자연과 가까운 환경으로 이사 가겠다는 포부를 밝혔다. 마침 외가 식구들이 시골집 인근에 집이 나왔다고 알려주었는데, 살던 주인이 먼 지역으로 이사를 가면서 급하게 내놓은 집이라고 했다. 어머니는 반색했다.

주택에서 아파트로 바뀌었을 뿐 아버지와 어머니는 서울에 온 뒤로 한동네를 벗어나지 못하고 살고 있다. 그동안 동네에는 재개발 붐이 일어나 옛 집들 자리에 고층 아파트가 들어서고, 시장 터는 대폭 축소돼 높은 아파트 단지 아래 엉거주춤 남게 되었다. 오랜 시간 왕래하고 살던 많은 원주민들이 동네를 떠났고 길음 시장에서 장사를 하던 상인들도 거의 대부분 떠나갔다. 지근거리에 살던 할머니 역시 재개발 때문에 김밥 장사를 하던 오래된 집을 팔아야만 했다. 집 판 돈이 넉넉하지는 않았으나 당시에 이웃 동네에서 조그만 집 하나를 얻을 정도는 되었을 것이다. 하지만 이제 나이가 들고 쇠약해진 할머니는 당신 혼자 낯선 곳에 터전을 잡을 엄두가 나지 않았던 거 같다. 할머니는 결국 장남, 맏며느리에게 손을 뻗었다. 그리고 세 식구는 원래 동네에서 큰 도로 하나만 건너면 되는 곳에 있는 30평대 새 아파트로 전세를 얻어 이사했다.

할머니와 부모님 두 세대가 평생 모은 돈을 전부 합쳐도 아파트 한 채의 전세 보증금 밖에 안된다는 현실이 씁쓸하기는 했지만, 아파트라는 곳에 처음 살게 된 식구들은 그 편리한 시설에 매료되었다. 이사 직후 나는 어머니에게 장애인용 전동 스쿠터를 장만해주었다. 당시에는 어머니가 빈대떡 장사를 계속하고 있었고 집에서 시장까지 좀 멀어진 데다 큰 횡단보도를 건너려면 어머니의 목발 보행으로는 위험했기 때문이다. 마침 아파트 단지가 평지 차도 바로 옆에 있어 어머니가 스쿠터를 타고 시장 일터까지 이동하기에 딱 안성맞춤이었다.

하지만 아파트 생활의 불편함은 금세 드러났다. 그 집은 지체 장애인인 어머니와 고령의 할머니에게 편리한 입지 조건을 가진 대신 도로의 자동차 소음과 매연 때문에 창문을 열 수 없는 날이 많았다. 아무리 편리한 시설을 갖추고 있다고 한들 사시사철 창문조차 내 마음대로 열 수 없는 탁한 공기와 소음은 부모님과 할머니 모두에게 괴로운 일이었다. 내가 독립해 살고 있는 아파트는 높은 지대에 자리 잡고 있어 1년 내내 공기가 비교적 쾌적하고 주변은 조용하다. 하지만 이런 입지 조건은 지체 장애를 가진 어머니와 고령으로 거동이 불편한 할머니처럼 대중교통 이용이 불편한 사람들에게는 접근성이 매우 떨어진다. 이렇게 도시는 점점 더 어떤 몸들에게는 곁을 내주지 않는 공간으로 변해 가고 있었다.

그 아파트에서 식구들의 괴로움은 그리 오래가지 않았다. 다행인지 불행인지 아파트 주인은 2년 만에 전세 보증금을 1억이나 올렸다. 부모님에게는 그만한 돈도 없었지만 그 집에서 사는 게 정나미가 떨어진 참이었다. 때마침 원래 살던 동네에서 진행된 재개발 아파트가 완공되고, 일반 아파트 전세 보증금보다는 저렴한 가격으로 원주민 세대에게 소규모 임대 아파트 입주 기회가 주어졌다. 임대 아파트라 해도 여전히 값은 비싸고 평수는 좁기 때문에 '원주민'들 대다수가 그나마도 돌아오지 못했다. 그래도 부모님과 할머니 세 식구는 미련 없이 이사를 해 지금까지 살고 있다.

어머니는 홀로 대중교통을 이용해 동네 밖으로 이동해본 적이 없다. 휠체어를 타고 대중교통을 이용해 어디든지 이동하는 내 장애인 활동가 동료들에게도 여전히 대중교통 이용은 언제나 위험과 심리적 부담이 따르는 것이다. 하물며 어머니가 혼자서 대중교통을 이용해 외출하는 것은 꿈꾸기조차 어려운 일이다. 전동 스쿠터를 이용한 지도 이제 제법 오랜 세월이 흘렀지만 단지 보장구만 문제가 아니다. 어려서부터 평생 이동의 경험을 심각하게 제한당해 온 사람들에게 지리적, 공간적 감각이나 이동의 공포는 그렇지 않은 사람들로서는 가늠할 수 없는 것이다.

미국 노예제 시절의 흑인들, 남아프리카공화국 아파르트헤이트 체제의 흑인들은 지배자인 백인들에게서 심각한 이동 통제를 당해 왔기 때문에 아무리 도망가려고 해도 지리적 감각이 없어서 도망칠 상상도 하지 못하거나 도망을 시도했다가 이내 백인들에게 다시 붙들렸으며, 일상에서 장거리 이동을 할 때 어려움을 겪었다고 한다. 나는 어머니와 그런 흑인 노예들이 같은 처지라고 생각했다. 지체 장애인인 어머니 역시 아무리 이동 보장구를 갖추고 이동의 자유가 있다 해도 지리적 감각과 두려움으로 인해 자유로운 외출을 꿈꿀 수 없었으니 말이다. 그래서 어머니에게는 대중교통과 시멘트로 포장된 도로가 지천인 도시 공간이 삶의 기반으로서나 물리적 접근성에서나 더 낫다고는 할 수 없었다.

결혼 전까지 농촌에서 흙과 함께 생활해 온 어머니는 예순을 넘긴 나이가 되어 그 공간으로 돌아가기를 꿈꾸고 있었다. 어머니는 남은 생애를 조금 더 자신의 의지대로 보내고 싶어 했고, 그 이상적인 장소는 어머니가 시집 가기 전까지 살아온 고향 동네, 즉 흙과 땅과 거기서 무한정 자라나는 풀, 꽃, 나무가 함께하는 곳이라 여겼다. 나는 그런 어머니의 희망을 무조건 지지해주고 싶었다. 어머니에게도 원하는 것, 꿈이 생겼다는 것 자체만으로도 너무나 기쁜 일이었다.

하지만 아버지는 서울에서 아직 직장을 다니고 있고, 일을 그만두더라도 어머니와 달리 어릴 적 농촌에서 좋은 추억도 없었기 때문에 아버지의 마음을 얻는 것이 가장 시급한 문제였다. 그래서 내가 직접 아버지를 모시고 시골에 매물로 나온 집을 보러 가보았다. 내게는 아버지의 마음을 움직일 자신이 있었다. 어차피 이 도시에서 아버지도 어머니처럼 외딴 섬이기는 마찬가지니 시골집을 좋게 생각하지 않을까 하는 기대가 있기도 했다.

아버지가 선뜻 집 보러 가는 데 동의했기 때문에 나의 기대는 한층 높아졌다. 부모님이 시골집에서 행복을 누리고, 내가 일주일에 한 번씩 부모님을 방문하러 가는 행복한 상상이 머릿속에서 급하게 피어났다. 도착한 집은 빨간색 벽돌과 낮은 담벼락, 조그만 마당이 있었는데, 마치 어릴 적 그림 동화책에서나 보았을 것 같은 그런 아기자기한 집이었다. 게다가 주변에는 온통 논밭이 펼쳐져 있고, 서울에서는 이제 거의 볼 수 없는 마당 있는 집들이 드문드문 있었다. 근처에는 공터도 넉넉했다. 어머니가 그 공간에서 그토록 좋아하는 꽃과 방울토마토, 고추, 상추 등을 심으면 딱 안성맞춤이겠다 싶어 마냥 흐뭇했다. 마당에서 집으로 들어가는 입구와 집 내부 화장실 입구에 턱이 있었지만(그런 물리적 장벽들은 얼마든지 개조할 수 있는 것이다) 그것을 제외하면 햇볕이 가득 드는 거실을 비롯해 집 내부는 아늑해 보였다.

그런데 아버지는 어찌된 일인지 일관되게 무표정한 얼굴로 집 안팎을 둘러보는 둥 마는 둥 했다. 아버지는 집이 마음에 들지 않는 모양이었다. 나는 아버지의 마음이 움직일 만한 정보들을 종이에 글자로 쓰고 그림까지 그리며 설득을 시도했다. 그렇게 몇 분이나 흘렀을까. 처음부터 끝까지 무표정한 아버지를 보고 결국 나는 지쳐 나가떨어졌다. 조건이 마음에 들지 않는 것인지, 내 설명을 충분히 이해할 수 없는 건지, 문제의 원인이 무엇인지조차 나는 감을 잡지 못했다. 일상에서 간단한 소통과 달리 이런 많은 정보를 전달해야 하는 임무를 감히 맡겠다고 나선 것부터가 애초에 욕심이었다고 결론을 내렸고, 결국 아버지와의 소통 문제는 어머니에게로 돌아갔다.

이후 어머니의 설득에도 불구하고 아버지는 끝내 이사에 동의하지 않았다. 아버지에게는 지금 현재 다니는 직장이 너무 중요해서 서울을 벗어나는 일은 아예 생각조차 하려 하지 않는 것 같다고 어머니는 말했다. 아버지에게 그곳은 지금 사는 곳과 너무나 다르고 낯선 환경일지도 모른다. 어쩌면 자신이 가장 원하지 않는 자신의 상태, 즉 직장이 없어 일을 하지 못하는 그런 상황이 다른 생각을 아예 밀어내는 것일지도 모른다. 아버지의 마음을 돌아보며 나는 아버지가 '미래'를 '계획'하거나 '꿈'을 갖는다는 것에 대한 관념이 없을지도 모르겠다고 생각했다. 그런 것은 미래와 꿈이 있는 사람, 그것을 가질 수 있는 사람들의 것이다. 평생 그런 것들로부터 밀려난 존재인 아버지에게 현재 직장, 자신이 어딘가 소속돼 일을 할 수 있고 임금을 받을 수 있는 그곳이 아닌 다른 곳은 아예 꿈꿀 수 없는 게 아닐까.

아버지 때문에 어머니는 결국 그 집과 귀촌의 꿈을 단념해야 했다. 그런데 생각지도 못한 반전이 찾아왔다. 오빠가 자신의 적금을 깨고 외삼촌에게 모자란 돈을 빌려 그 집을 산 것이다. 짧은 결혼 생활을 정리하고 오빠는 내내 혼자 살며 휴일도 없이 살인적인 노동 시간과 모욕을 참고 버티며 직장을 다녔다. 결혼하지 않은 30~40대 남성은 사회에서 또 다른 '비정상'이어서 채용 때부터 각종 차별을 받기도 한다. 오빠는 인턴, 비정규직, 정규직은 물론 갖가지 업종을 전전하며 20여 년을 악착같이 일했다. 그런 오빠가 적금을 과감하게 깬 것이다. 오빠는 언젠가 부모님과 함께 살 것이고, 부모님과 함께 자신이 돌아가야 할 집으로 잠정적으로 그 집을 선택했다고 했다. 아버지도 언젠가 직장을 그만두게 되면 자연히 따라올 것이라고도 했다. 어려서부터 부모님

부양에 대한 유무형의 기대를 받아 왔고 그래서 방황의 시기를 보내기도 했던 오빠지만 단지 세상이 부과하는 의무가 이런 결정을 이끈 것은 결코 아니었다. 그것은 그냥 오빠의 진심이었다. 사회의 '정상적' 기준에 부합하지 않는 이들을 업신여기고 '비정상'이라며 손가락질을 서슴지 않는 이 사회를 겪으며 자신의 삶과 부모님의 삶이 겹쳐 보였을 것이다. 비정상이고 하찮은 존재들로, 서로 떨어져 외롭지 않고 함께 의존하고 돌보는 공동체로, 그렇게 부모님과 언젠가 함께 살겠다는 오빠의 진심.

우리는 '정상성'의 세계에서 오래전에 탈락했지만 '비정상'인 서로를 그대로 인정하고 의존하고 돌보는 공동체로 아마 살아가게 될 것이다. 그런 우리들의 삶의 형태도 여전히 '가족'이라고 부를 수 있을까. 어떻게 불리든 상관없다. 하지만 그런 우리에게도, 지금 현재를 견디고 희망을 품을 수 있을 만한 무언가 하나쯤은 필요하다. '비정상'인 우리에게도 이 세상에 지치고 상처받고 힘들 때 쉬기 위해 돌아가야 할 집 하나쯤은 있어야 한다.

깨닫게 된 것들을
온전히 보존하기 위해

내 삶의 한 갈래는 내가 깨닫게 된 것들을
온전히 보존하려는 투쟁이었습니다.
— 오드리 로드, 《시스터 아웃사이더》

어디로 향할 것인가

나는 나의 장애인 부모에 대해 잘 알지 못한 채 인생 대부분을
살아왔다. 부모님은 스스로 자신들의 과거 삶을 말하지 않았다.
장애인인 부모의 역사와 삶은 자식인 내게 철저히 단절되었고 금
기시되었다. 성인이 될 무렵까지 장애인의 가족으로서 나는 내
고통을 누가 알까만을 생각했지, 정작 당사자인 부모님이 얼마
나 고통스러운지 헤아리려는 노력조차 하지 않았다.

　내 부모와 가족은 내가 '정상적인' 사람으로 사회에 살아가기
위해 은폐되어야 했다. 하지만 그러면 그럴수록 내 마음과 몸은
정반대로 향했다. 아니 '이끌렸다'고 표현하는 게 정확할 것이다.
그렇게 나는 '공감'에서 인권 운동 활동가로 일하게 되었다. 그것
은 과거에 내가 꿈꾸던 미래는 결코 아니었다.

일단 시작하고 나니 내 부모와 함께한 삶의 경험은 내게 자원이 되었다. 나는 드러나는 현상이 전부가 아니라는 것을 늘 생각했고, 내가 만난 장애 여성들이 보여주는 침묵에서 더 많은 메시지를 발견해낼 수 있었다.

하지만 다른 한편으로 부모님의 삶은 언제나 감당하기 어려운 숙제 같았다. 나와 가장 친밀하고 평생을 함께했지만 그들은 너무나 '타자'였다. 한국에서 장애인 관련 담론과 법, 정책은 짧은 시간 동안 빠르게 변화했다. 하지만 나는 궁금했다. 이렇게 빠른 속도로 진행된 법과 제도의 변화가 진정 변화시킨 것은 무엇인가? 장애인 인권 투쟁에서 흔히 소환되곤 하는 극단적 폭력과 소외, 빈곤 등으로 점철된 장애인의 현실은 사회적 가시성을 얻고 빠른 법적 변화를 추동해내는 자원이 되어 왔다. 그러나 장애인들을 극단적 폭력과 빈곤의 피해자로만 정형화할 때, 그들을 문화적으로나 일상적으로 타자로 만드는 좀 더 복잡한 현실은 종종 간과된다. 결국 내 문제는 이 사회에서 장애인이 놓인 타자로서의 위치였다.

'도가니 사태'가 한창 사회적 파장을 불러일으켰을 때 나는 이런 문제의식을 신문 지면에 표출했다. 우리 사회에서 장애인이 실제 어떤 위치에 있고, 사회가 이 사태에 보이는 뜨거운 반응이 어떤 의미인지 묻고 싶었다. '나'와 '타자'를 나누는 보이지 않는 경계에 관해 이야기하고 싶었다.

현장에서 장애인 성폭력 사건을 지원해 온 필자는 '도가니 사태'를 지켜보며 복잡한 심정이다. 〈도가니〉는 주인공 인호의 시선을 따라간다. 인호라는 대리자의 시점은 인화학교 사건 피해자들의 처절한 일상에 접근하는 데 완충지대 역할을 한다. 열악한 환경에 놓인 장애 아동의 현실은 대리자의 눈으로만 일부 '보인다'. 우리는 '엄청난 사건'을 보고, 분노하고, 일정 정도 거리를 두고서 사건 해결에 참여함으로써 위안을 얻는다. 영화가 높은 공감을 불러일으키는 이유다.

인호는 '보호자들'이 오히려 장애 아동의 인권을 유린하는 상황을 발견하고, 또 다른 '보호자'로서 사건을 해결하는 인물이다. '힘없는 장애인'과 '보호자'라는 구도는 너무나 자연스럽다. 이것이 우리가 의심해야 할 시선이다. 장애인은 시설에서 '보호를 받는' 입장이나 사건 해결의 '대리를 받는' 입장에 놓인다. 그런데 장애인을 보호하고 대리하는 것이 누구를 위한, 누구에 의한 선택인가.

영화에서 사건 해결은 두 가지 차원, 즉 현실 법 제도에서 장애 아동이 성폭력 피해를 인정받는가와 불의를 저지른 가해자가 처벌을 받는가에 집중된다. 그러나 어린 나이부터 시설에서 자신의 유일한 '보호자'에게 인권유린을 당하며 가장 기본적인 '상식'의 경험을 박탈당해 온 이들에게 법 제도 틀 안에서 피해를 인정받는 것이 가장 중요한 문제일까? 이는 기존 법 제도라는 '상식'과 '정상성'에 기대 안전하게 살아온 이들의 시선이자 욕망이 아닐까? 실제 우리 사회에서 장애인의 현실은 어떤가?

장애아를 출산한 많은 부모들이 양육을 포기한다. 입양도 잘되지 않는다. 수많은 무연고 장애아가 장애인 시설에 수용된다. 장애 여성의 출산을 막아야 한다며 많은 보호자들이 불임 시술을 종용한다. 장애 아동·청소년이 학교나 또래 집단에서 '왕따'나 폭력을 경험하고 그 후유증으로 정신 질환까지 앓는 경우가 비일비재하다. 교육이나 노동의 기회를 비롯한 기본적 사회 관계망을 갖기 힘든 많은 장애 여성은 가정이나 시설, 지역에서 가족(보호자)이나 이웃에게 지속적으로 (성)폭력에 노출된다. 사회적 '상식'의 기준을 의심하지 않는 많은 사람들은 지금까지 이런 현실을 사실상 암묵적으로 용인해 왔다. 그러면서 동시에 '정상'과 '비정상'의 구분을 더욱 공고하게 만들며 '정상' 사회의 안전함을 지켜 왔다.

지금 우리가 '분노'하거나 '위안'하는 것의 실체는 무엇인지, '도가니 사태'의 의미는 무엇인지, 우리 스스로에게 먼저 질문해야 할 때다. '그들'과 나의 거리를 좁히고 직면할 때 〈도가니〉를 넘어설 수 있다.(〈한겨레〉, "장애 아동 처절한 현실, 직접 보라", 2011년 9월 30일.)

내가 겪은 경험과 내 몸과 감정의 파고는 지금의 나를 과거, 역사로 향하게 하고 그에 관한 연구를 추동했다. 나는 대학원 박사 과정에 입학해 내 실존의 문제이자 인권 활동을 통해 키워 온 문제의식을 심화해 연구를 하고 있다. 나는 알고 싶다. 법과 제도의 변화에도 여전히 '타자'이자 사회 '최하층'으로 머물고 끊임없이 '존재 이유'를 심문당하는 장애인의 실존은 어떻게 형성되었는가? 왜 내 아버지와 어머니는 다른 코다들의 부모와 달리 언어와 과거를 잃어버린 채 삶을 살게 되었는가? 이런 차이는 어디서 비롯되었는가?

　단절된 역사를 찾아가는 과정에서 나는 최근에야 내 부모의 삶이 결국 커다란 역사와 함께 형성되었음을 깨달았다. 그 커다란 역사를 도도히 흐르는 '정상성'과 권력에 의해 내 부모의 역사는 침묵 속에서 사라졌다는 것을 깨우치고 있다. 따라서 부모의 역사를, 장애인의 역사를 알고자 하는 지금의 욕망은 내게 매우 근원적인 문제, 즉 스스로 언어가 없고 과거가 지워진 존재에게서 어떻게 역사를 찾아내 글을 쓰는 것이 가능한가 하는 질문을 반복해서 던지게 한다. 지워지고 아무 흔적도 남아 있지 않으며 스스로는 물론이고 다른 누구도 언급하려 하지 않는 것, 그래서 내가 결코 인식할 수도 없는 것에서 무엇을 가져올 수 있단 말인가?

　하지만 이런 질문을 반복할수록 오히려 나는 과거를 더 쫓아가고 싶다. 그것은 단순히 과거에 대한 집착이 아니라 정상성에 의해 통치되는 이 세계의 정동적이고 문화적인 무의식을 찾아내고 싶은 욕망이지 않을까.

　"개인적인 것이 정치적인 것이다."라는 말은 내게도 더없이 소중하다. 페미니즘과 퀴어 이론은 오늘날 '개인적인 것'의 중요성을 감정과 정동의 영역까지 확장하고 있다. 개인의 일상적 삶과 정동을 이론화하고 그것들이 이 사회를 변화시키는 자원임을 주목하도록 촉구하는 것이다. 그동안 남성 중심의 정치나 사회 운동은 법과 제도 같은 '공적인' 것만큼 개인의 감정과 삶에 대해 관심을 기울이지 않았다. 그러나 우리가 매일 살고 있는 일상과 그 속에서 더 '사적인' 것쯤으로 치부되는 정동은 비정치적이거나 사소하지 않다. 일상과 감정에서부터 우리는 정치화되고 변화를 추동할 수 있다. 나는 장애인 가족과 일상의 문제, 분노나 우울 같은 감정은 그저 남에게 말할 수 없는 나만의 '치부' 같은 것이라고 오랜 시간 생각했다. 하지만 그것들 때문에 나는 정치화될 수 있었고, 수치심과 두려움, 분노의 감정을 선사한 과거를 해부하려는 의지를 추동할 수 있었다. 비록 사회는 내가 알고자 하는 이들의 언어를 빼앗고, 그들을 기억하지 않으려 하지만 바로 그 언어 없음과 망각은 언어적인 것을 넘어 정동적으로 나를 어딘가로 향하게 하고 있다. 그렇게 나는 언어 없이 지워진 이들의 "유물"이자 "흔적"이다.*

잘못된 삶

장애인의 존재 이유에 대한 사회적 의심은 애초에 태어나는 것 자체가 '손해', '잘못된 삶'이라는 강력한 전제에서 기인한다. 2000년대 중반 무렵 '공감' 활동을 시작하면서 내가 제일 먼저 관심을 가진 문제는 장애 여성의 성과 재생산이다. 여성 운동에서 '재생산권'은 몸과 섹슈얼리티, 보건 의료, (여성) 시민권 등을 둘러싸고 가장 폭넓고 깊이 있게 논의되어 온 개념이다. 활동 초

---

* Saidiya Hartman, *Lose your mother: A journey along the Atlantic slave route*, Farra, Straus and Giroux, 2007.

기에 나는 한국 형법이 여성의 낙태를 명백히 죄라고 규제하면서
도 '우생학적' 이유(태아와 부모 모두 여기에 해당할 수 있다)를 비
롯해 몇 가지 경우를 예외로 두는 데 의문을 품었다.** 모든 여성
에게 명목상이나마 낙태는 금지인데, 왜 어떤 이들에게는 반대로
허용하겠다는 것일까. 이런 질문은 장애인 부모의 재생산을 통해
이 세상에 존재하게 된 나의 출생 자체를 의심해야 하는 문제이
기도 했다. 도대체 나는 어떻게 이 세상에 존재할 수 있게 된 것
인가.

　우리는 소수 인종, 장애인, 동성애자를 말살하려 한 '비상사태'
는 파시스트나 나치 정권에서 일어나는 예외적 사건이라고 흔히
생각한다. 하지만 '공감'에서 만나는 많은 장애 여성들은 시설 수
용, 자궁 적출, 강제 불임, 강제 피임 같은 비인간적인 상황에 일
상적으로 놓인다. 그들에게는 일상 자체가 '비상사태'지만 이는
사회적으로 철저히 비가시화되어 있다. 게다가 한국 사회는 여성
운동과 여성 관련 법 제도에서 제법 많은 진보를 이루었지만, 여
전히 여성의 낙태를 국가가 전면 금지하면서도 장애 여성을 비롯
한 '소수' 여성의 낙태는 허용하는 복잡하고 모순적인 상황을 어
떻게 바라볼 것인가 하는 문제는 많은 논의가 이루어지지 않은
상태다.

　장애 여성의 성과 재생산 문제는 억압적 법 규정이나 획일적

** 2019년 4월 11일 헌법재판소에서는 형법 낙태죄 조항(제269조 1항, 제270조 1항)
에 관해 헌법불일치 결정을 내렸다. 현 낙태죄 처벌 조항은 2020년 12월 31일까지
개정되어야 하며 이후에는 효력을 상실한다.

사회 인식에도 불구하고 일상에서는 훨씬 맥락이 복잡하다. 내 어머니처럼 일부 장애 여성들에게 결혼, 임신, 출산, 양육 과정은 '장애에도 불구하고' 여성 역할과 '정상성'을 수행하는 데 핵심이 된다. 이런 장애 여성에게는 특히 '비장애' 자녀 출산을 통한 '정상성' 수행이 더욱 강력한 의무로 부과되는데, 오늘날 뛰어난 산전 검사 기술이 그 의무를 거의 완벽하게 보조해주고 있다. 결국 그들에게 '우생학적' 낙태는 오히려 더 절박한 선택이 되는 모순적 상황이 펼쳐진다.

한편 다른 장애 여성들은 법 규정에 따라 '우생학적으로' 수용 시설이나 집에 격리되어 성과 재생산, 즉 삶 전체를 박탈당해야 한다. 재생산 금지는 삶의 금지, 곧 '죽음'을 의미한다. '공감' 활동에서 만난 많은 장애 여성들에게는 '삶'이라는 말 안에 죽음과 폭력이 모순적으로 나란히 배치되어 있었다. 장애 여성들이 수용 시설이나 지역 사회에서 성적 행위(성폭력 또는 합의된 성관계)를 하거나 임신하는 것이 이 사회를 위협하고 그들의 가족을 위험에 빠뜨리는 '사건'이 되는 것을 수도 없이 지켜봐야 했다. 따라서 장애 여성에게 성과 재생산 권리란 법에서 우생학 조항 한 문장을 없애고 말고 할 단순한 문제가 아니다. 임신이나 출산, 성폭력이나 성관계 같은 일종의 '사건'에만 한정된 문제도 아니다. 결국 인간됨이나 삶에 있어서의 차등, 가치 있는 삶과 그렇지 않다고 여기는 삶이 어떻게 한 사회 안에 분할되고 배치되는지 근본적으로 성찰해보아야 한다.

하지만 이런 문제를 고민하며 활동하는 동안 내가 정작 싸워야 한 것은 '외로움'이라는 감정이었다. '장애'와 '여성'의 조합이 만들어내는 몸과 성, 재생산을 둘러싼 풍부한 통찰은 '정체성' 중심의 단일 운동들(장애인 운동, 여성 운동)과 부딪치는 과정에서 부차화되고 사소화되어야 했기 때문이다. 장애인 운동에서 장애인은 '남성'으로만 대표돼 여성 장애인의 성과 재생산 권리는 '여성'의 문제로만 여겨져 시설 인권 침해나 이동권의 제약 등 가시적인 '사건'들에 비해 관심의 대상이 되지 못했다. 반대로 여성 운동의 경우 가부장적이고 성차별적인 사회에서 '여성'의 재생산권 확보는 핵심 문제로 논의되지만 장애 여성이라는 '소수자' 문제나 우생학은 '여성'의 의제가 되지 못했다.

그런데 2010년 한국 여성 재생산권 운동의 변화가 일어났다. 저출산 위기론이 대두하면서, 낙태죄에도 불구하고 여성들이 비교적 손쉽게 임신 중단 의료 시술에 접근할 수 있던 기존 분위기가 백팔십도 달라진 것이다. 여성의 성과 임신과 출산에 대한 통제와 개입이 명백하게 드러난 상황은 당연히 여성들을 결집하게 했다. 하지만 여성 운동이 어떻게 현실에 개입해야 할지는 의견이 갈렸다. 한쪽에서는 임신 중지를 예외적으로 허용하는 법률(모자보건법) 조항이 지나치게 협소하기 때문에 허용 사유를 넓히는 방식의 법 개정을 목표로 삼아 활동을 벌였다. (당시만 해도 형법상 낙태죄 폐지는 어느 누구도 선뜻 말하지 못하는 불가능한 목표였다.) 그러나 '공감'은 모자보건법의 '우생학적' 허용 사유를 그대로 두는 법 개정에는 동의할 수 없었다.

이후 '공감'은 여성, 장애인, 성 소수자를 비롯한 '소수자' 인권 운동 단체들과 함께 '성과재생산포럼'(이하 '포럼')이라는 연대를 꾸렸다. '포럼'은 당장의 시급한 법 개정에 앞서 더 근본적인 문제, 즉 성과 재생산을 둘러싼 여성들의 '다른' 경험을 공론화하고 근본적인 대응 방향을 모색해 나가는 것을 목표로 삼았다. 그리고 이것을 통해 '저출산 위기' 속에 등장한 국가 시책과 사회적 관심을 강력히 비판하고 동시에 한국 재생산권 운동의 패러다임 자체를 근본적으로 다시 확립할 수 있다고 보았다. 장애 여성들은 물론 대다수의 '소수자'들이 우리 사회에서 성과 재생산에 대한 사회적 통제와 무관심에 놓여 온 상황에서, 그리고 국가와 사회가 앞장서 생명의 위계를 세우고 특정 인구의 재생산을 체계적으로 금지해 온 상황에서, 현재의 '저출산'을 '위기'라고 부르짖는 것이 얼마나 기만적인지 묻고자 했다.

　'포럼'은 대대적 인구 통제와 다양한 인권 침해의 역사로 가득한 현실에서 '재생산 권리'는 단순히 낙태의 '허용' 범위를 넓힌다거나, 서구 사회처럼 출산에 대한 여성 개개인의 '선택권'을 보장하라는 요구로 수렴될 수 없다고 보았다. 근본적으로는 인구에 대한 국가의 선별적 허용과 통제 그 자체를 문제 삼는 것에서 출발해, 성과 재생산을 둘러싼 '처벌', '금지' 일변도의 시각에서 '보장'과 '권리'의 관점으로 전환을 이끌어내야 한다고 보았다. 우리의 이런 고민과 논의의 첫 결과물로 2018년 《배틀그라운드: 낙태죄를 둘러싼 성과 재생산의 정치》가 출간되었다.

　'포럼'이 주축이 된 낙태죄 폐지 운동은 형법상 낙태죄 조항의 폐지 그리고 가족계획과 인구 통제의 도구였던 모자보건법의 전면 개정을 기본 방향으로 정하고 활동을 전개했다. 그리고 얼마 전 역사적인 헌법재판소의 낙태죄 헌법불합치 판결을 이끌어냈다. 그러나 우리 앞에는 여러 과제가 산적해 있다. '처벌'과 '금지'가 아닌 '보장'과 '권리'로 성과 재생산 권리의 관점을 실질적으로 전환해낸다는 것은, 결국 우리가 처음부터 제기해 온 근본 문제, 즉 누구도 차별받지 않고 평등하게 그 권리를 보장받을 토대를 사회에서 만드는 것이다. 그동안 침묵되고 비인간화의 폭력의 대상이 되어 온 '타자'들과 그들의 역사를 우리 '곁'으로 불러내는 것이다. 낙태죄 폐지는 '끝이 아니라 시작'이다.

침묵에 맞선 투쟁

나는 장애인 운동을 통해 페미니즘 운동을 몸으로 배웠다. 장애 여성의 삶, '정상성'에 대한 고민은 페미니즘의 발견으로 자연스럽게 이어졌다. 나는 설명하지 못했거나 설명할 수 있을 거라고 상상하지 못했던 많은 것들의 언어를 페미니즘에서 발견했다. 언어를 찾아내자 그것들이 잘못된 구조의 결과이고, 결코 나의 개인적인 문제가 아님을 알 수 있었다. 페미니즘은 이렇게 침묵되고 언어가 되지 못한 것들을 발견해내는 끊임없는 움직임 즉 '운동'이라고 배웠다. 나는 지금까지 그 배움을 장애인 운동, 성과 재생산 권리 운동은 물론 내 개인적인 삶의 경험과 연결하고 확장하는 데 관심을 가져 왔다. '교차성'과 '불능'의 정치라는 화두를 고민하며 글을 쓰게 된 것도 그 때문이다.

　서구 사회에서 '장애' 개념은 오랜 시간 백인/중산층/남성의 입장에서 사고되었다. 그런 장애 개념으로 구성된 장애인 운동은 더 특권적인 이들의 경험을 중심으로 삼아 다른 차원의 사회적 경험과의 교차를 삭제했다. 실제 현실에서 인종, 젠더/섹슈얼리티, 장애가 작동하는 다층적이고 복잡한 양식은 단일한 정체성 혹은 단일한 범주의 경계를 허문다. 오늘날의 세계는 성차별주의, 자본주의, 인종주의의 동시적 역사로 점철되었다. 교차성은 이렇게 권력이 상호 교차적으로 작동한다는 것을 일깨우는 말이다.

　'비정상'이자 '불능'이라는 수식어는 장애인이라는 정체성 집단에 언제나 따라붙는 편견이자 꼬리표다. 그러나 권력의 교차적 작동이 식민지, 전쟁, 빈곤과 보건 의료 체계의 부재, 성차별, 인종주의, 지구화된 자본주의의 중층적 폭력 속에서 무수하게 '불능', '비정상'이 '되는' 몸들을 만들어 왔다는 것을 인식하면, 장애인의 몸은 과연 어떤 몸인가라는 질문을 하게 된다. 우리는 법적으로 '장애인'의 특정 유형이나 정도를 상상하는 데 익숙하다. 하지만 젠더 불평등과 젠더 폭력은 여성을 '불능'이자 '비정상'으로 만든다. 인종주의는 비백인 유색인들을, 이분법적 젠더 규범성과 이성애 중심주의는 성 소수자를 불능, 비정상으로 만든다. 하지만 이런 종류의 불능과 비정상성은 눈에 띄지 않기 때문에 인식되지 못하고 그들의 고통 역시 침묵된다. 이 때문에 유색인 퀴어 페미니스트이자 장애학자인 재스비어 푸아(Jasbir Puar)

는 장애와 비장애를 이분법적으로 구획하는 고정된 인식이 장애
인도 비장애인도 아닌 '여분'의 몸들을 만들어낸다고 꼬집었다.*
젠더, 계급, 인종, 민족 등 차이를 지닌 수많은 타자의 몸은 비록
'장애인'은 아니지만 그렇다고 해서 '비장애인'으로 환원될 수 없
는 '비정상'과 '불능'이다.

결국 장애인 운동이 가장 예민하게 인식해 온 것처럼 몸의 취
약성과 불능은 자연적 상태가 아닌 매우 정치적인 것이다. 하지
만 그런 몸의 취약성과 불능은 장애인에게만 해당되는 것이 아니
다. 특권적인 개인과 집단에게는 '안전'할 권리가 당연시되지만,
특권이 없는 대부분의 사람들에게는 '고통'과 '취약함', '불능'이
일상이 된다. 따라서 장애인의 몸을 '소유'하지 않았지만 그렇다
고 해서 규범적 '비장애인'도 될 수 없는 인구, '취약성', '불능'을
강요당하는 존재를 '장애'와 전혀 무관하다고 볼 수 없다.

'교차성'과 '불능'의 정치는 단지 법률상 '장애인'으로 귀속되
는 사람들만이 아니라 식민지, 군사 점령과 전쟁, 근대화 과정
의 폭력 속에서 우리 사회 많은 집단에 편재할 수밖에 없는 불능
과 취약성을 규명하려는 시도다. 나는 '불능'의 인구가 우리 역사
속에서 어떤 이름들로 호명되었는지, 그들이 어떤 삶을 살았는
지 추적하고 그들의 존재에 언어를 불어넣는 데 관심이 있다. 그
들은 오늘날의 이분법적 정체성 범주로는 결코 포착되지 않는다.
예를 들어 역사 속에서 발견되는 '불구자', '혼혈아', '토막민', '변

* Jasbir Puar, *The right to maim: Debility, capacity, disability*, Duke U.P.,
2017.

태', '걸인', '불량 소년 소녀', '부랑인/부랑아', '고아', '매춘부', '미혼모'라는 이름들은 오늘날 우리에게 익숙한 정체성 범주를 부여받지 않았으며, 기껏해야 '취약 인구' 정도로 분류되거나 많은 경우 범죄자나 열등한 인구로 분류된다. 나는 신문 지면이나 다른 기록물 속에서 그들과 만날 때마다 그들의 언어, 목소리가 무엇이었을지 상상한다. 자신의 언어, 목소리를 빼앗기고 침묵당한 그들이 어떤 이야기를 건네고 있을지 상상하면서, 역시 언어와 역사가 지워진 내 부모의 삶의 궤적을 역으로 비춰보곤 한다. 그러다 보면 어느 순간 그들은 지금 내 '곁'에 있는 사람들, 나와 결코 다르지 않은 일상을 살고 있는 사람들의 하나로 생동감 있게 살아나는 것만 같다.

나는 이제 안다. 교차성과 불능의 정치는 나에게 없는 것을 애써 감춰서 '정상성'의 대열에 합류하지 않겠다는 의지를 필요로 한다는 것을. 단일한 정체성의 언어로 포착되지 않는, 복잡한 권력 작동 속에서 존재하는 '불능'의 타자들을 재발견하는 것은 '정상성'의 세계에 안전하게 숨어 있던 '나'부터 폭로해야 하는 작업이다. 그렇기에 그것은 매우 두렵고 혼란스러운 작업이기도 하다.

그러나 유색인 퀴어 페미니스트 사라 아메드가 통찰한 것처럼 주체로서 우리는 부서지고 깨짐으로써 비로소 다른 파편들과 모일 수 있다.* 이 가능성은 내게 큰 용기와 위안을 준다. 부서지고 깨졌기에 여기저기 파편으로 흩어진 탈-주체로서 우리는 새롭게 연결될 수 있다. 나 역시 지금까지 그랬듯이 앞으로도 끊임없이 부서지고 깨지는 과정을 거쳐 다른 것들과 연결될 것이다. 장애 여성, 코다, 성 소수자, 비정규직 노동자, 청소년, 이주민, 부랑인, 입양인과 마주하고 연결될 수 있던 것처럼. 그들과 나 모두는 역사 속에서 죽고 스러져 간 이들의 '유물'이자 '흔적'이다. 따라서 지금 여기 일상에서 매 순간 깨지고 연결되려는 노력, 침묵과 망각으로부터 함께 저항하려는 노력은 내 부모의 역사를, 고통과 침묵을 강요당한 자들의 말해지지 않은 역사를 지금 여기로 불러낼 하나의 방법이라고 믿는다.

* 사라 아메드, 《페미니스트로 살아가기》, 이경미 옮김, 동녘, 2017.

사이의 세계에서
완전한 '나'

수 경   이 삭 슨

조각보 같은
나의 삶

아주 어릴 때부터 나는 내가 다르다는 것을 알았다. 그래서 나는 불편했다. 마치 젖은 수영복을 입은 채로 너무 오래 앉아 있는 것 같았다. 내 앞에 놓인 현실이 때로는 너무 버겁다고 느꼈다.

그러나 세계의 용광로 같은 미국 땅에서 태어나고 자란 한국계 미국인 코다로서 내 어린 시절을 돌아보니, 내가 그렇게 다른 사람이 아닐 수도 있다는 생각이 든다. 이민자들로 가득한 이 나라에서, 자식들이 부모의 희망과 꿈을 위해 살아가야 하는 이곳에서, 우리는 '사이에' 끼어 있다. 고향 땅과 새로운 땅 사이에, 조상의 유산과 새로운 유산 사이에, 어머니의 언어와 사회의 언어 사이에, 외국인으로서 겪은 경험과 새로운 국민으로서 겪는 경험 사이에, 그렇게 사이에 낀 존재.

이 글은 '사이에서' 살아온 내 삶의 이야기다.

어느 사랑 이야기

어머니가 기억하는 부모님의 사랑 이야기는 이렇다.

1970년대 어머니는 여러 미군 기지에서 노점상을 했다. 노점은 당시에는 인기 있는 생계 수단이었다. 어머니를 비롯한 상인들은 물건을 판매하는 소매 공간을 임대했다. 그들 중에는 한국의 풍경 그림이나 서예 작품을 파는 사람들도 있었고, 어머니처럼 한국 전통 기념품을 파는 사람들도 있었다. 상인이었던 어머니는 군 기지와 하사관 클럽(NCO Club)에 드나들 수 있는 출입증이 있었다. 하사관은 주로 군대의 관리직이나 장교의 명령을 수행하는 하급 군인이다. 당시의 하사관 클럽을 그려보면, 갓 입대한 평범한 미군들이 하루의 힘든 일을 마친 후 즐길 거리를 찾아 북적이는, 활기찬 분위기가 가득한 그런 곳이 아니었을까?

하사관이었던 내 아버지는 영어 말고도 이미 독일어와 중국어에 능통했다. 그런 아버지에게 대한민국은 군인으로서 20대의 대부분을 보내게 될 곳이었다. '리젠츠(Regents)'라는 밴드에서 (1960년대 후반 미국 북서부 태평양 연안Pacific Northwest에서 꽤 이름을 날렸다) 활동하다가 군대에 입대하느라 그만두었지만, 음악에 대한 아버지의 사랑은 여전했다. 아버지는 어느 곳에 배치되든 기타를 가져갔는데 한국도 예외는 아니었다. 아버지는 연주를 계속할 생각이었고, 다만 이번에는 오산 하사관 클럽의 밴드와 함께였다.

어느 날 아버지는 의정부 미군 기지 주변 상점에서 다른 상인들과 수다를 떨며 일하고 있는 어머니를 보았다. 두 분은 어떤 언어도 공유하지 않았지만(아버지가 아직 한국어를 배우기 전이었다), 무언가 신비스러운 힘이 서로를 유혹했다. 젊은 한국 여성의 아름다움에 끌린 아버지는 중국어를 써서 어머니에게 보여주었다.

"같이 춤출래요?"

어머니는 한자를 써서 대답했다.

"좋아요."

어머니는 가게 문을 닫고 춤을 추러 갔다. 같이 춤을 추고 난 후 아버지는 어머니에게 데이트 신청을 했다.

그들 사이에는 공통점이 거의 없었지만 두 사람은 교제를 시작했다. 한번은 어머니가 아버지가 있는 막사에 방문했다가 아버지가 기타를 친다는 사실을 알게 됐다. 어머니는 아버지에게 물었다.

"음악을 연주해줄까요?"

아버지는 어머니가 기타를 연주하자 깜짝 놀랐다. 아름답고 젊은 여성 상인이자, 춤추기를 좋아하고, 한자를 알며, 심지어 기타를 연주할 수 있다니! 이 여자는 또 뭘 할 수 있을까?

아버지는 매주 어머니에게 편지를 쓰고 또 썼다. 영어를 몰랐던 어머니는 친구에게 편지를 번역해 달라고 부탁했다. 아버지가 자신에게 푹 빠져 있다고 생각한 어머니는 아버지 집으로 이사했다. 그런데 그해 말 아버지는 미국 전출 명령을 받았다.

미국으로 돌아간 아버지는 어머니에게 기념품 장사를 하지 말라고 했다. 어머니가 돈이 필요하다고 하자 아버지는 어머니를 책임지겠다는 약속을 하러 한국에 다시 오기도 했다. 아버지가 약속을 지킬지, 자신과의 결혼을 심각하게 생각하는지 확신할 수 없던 어머니는 약속의 징표로 아버지에게 1년간 매달 돈을 보내 달라고 요구했다. 어머니는 아버지가 거짓말하거나 진실하지 않다면 다시는 보지 않겠다고 못박았다. 아버지는 동의했다.

아버지는 미국에서 근무하는 동안 매일 어머니에게 편지를 썼다. 편지 하나하나를 읽을 때마다 어머니는 '이 남자는 분명 거짓말을 하고 있는 거야. 진지하게 생각하는 게 아닐 거야.'라고 생각했다. 하지만 편지를 번역해주는 친구는 정반대로 "이 남자는 진지한 사람이야."라고 말했다. 그러다 아버지가 다른 사람과 만나 불행한 결혼 생활을 하고 있다는 사실을 안 어머니는 아버지에게 자기 때문에 이혼하지 말라고 편지를 썼다. 하지만 아버지는 이혼을 하겠다고 고집했고 어머니는 이혼 기록을 증거로 달라고 요구했다. 아버지는 이혼 절차가 끝나자 편지로 어머니에게 청혼했다. 어머니는 대답했다.

"좋아요, 좋아요, 좋아요!"

다음 해 어머니는 미국으로 이주할 준비를 하며 시간을 보냈다. 친구들을 만나 밥을 먹으면서 자신의 상황을 이야기했고 친구들은 부러워했다. 심지어 몇몇 친구들은 자신들도 미군과 결혼하겠다고 상대를 찾아 나서기까지 했다. 그렇게 친구들과 작별 인사를 나누는 동안 어머니와 가족들은 미군에게 조사를 받으며 자신들이 스파이가 아니라는 것을 증명해야 했다. 마침내 어머니

에게 미국 비자와 편도 비행기 표가 나왔다. 시애틀-터코마 국
제공항에 발을 내디뎠을 때, 어머니는 이제껏 본 그 어떤 꽃보다
크고 빨간 장미꽃 부케를 들고서 자기에게 손을 흔드는 아버지
를 보았다.

아버지와 차를 타고 가면서 어머니는 미국 공기가 한국과 다
르다고 느꼈다. 먼저 할머니를 만난 뒤 두 사람은 터코마의 새
보금자리로 향했다. 그곳에는 어머니가 도착하기 몇 달 전 아버
지에게 보낸 옷가지와 짐이 있었다. 새집은 깔끔하게 장식돼 있
었고 어머니의 짐 역시 가지런히 정리되어 있었다. 어머니는 놀
라면서도 기뻤다. 짧은 낮잠을 자고 난 후 그들은 미국에서의 첫
데이트를 하러 밖으로 나갔다. 얼마 지나지 않아 어머니는 임신
했고 내가 태어났다.

나의 미국인 아버지

나의 아버지 칼 크리스티 이삭슨(Carl Christy Isakson)은 1947
년 미국 워싱턴에서 태어났다. 셋째이자 막내 아들이었던 아버지
는 바로 위 형제보다 열여덟 살이나 차이가 나서 마치 외동자식
처럼 자랐다. 훗날 아버지는 자신이 남자다움에 얽매이지 않았으
며, 무엇이든 아들을 능가하려고 했던 할아버지와 승부를 겨루
는 데 관심이 없었다고 말해주었다. 그 대신 아버지는 음악, 철
학, 불교, 다른 언어와 문화에 끌렸다고 했다. 아버지는 1960년
대에 밴드 '리젠츠'에 들어가 기타와 서브 보컬을 맡았다. 미국

북서부 태평양 연안은 유명한 밴드와 음악가들을 배출한 지역으로 유명한데, 아버지는 잠깐 동안 그러한 창조적 흐름에 몸을 담았다. 대학에서 잠시 철학을 공부하다 학교를 그만두었고 군 입대를 위해 밴드 활동도 그만두었다. 입대 직후 아버지는 언어에 대한 자신의 적성을 발견하고 군대 정보 부서에서 일하기 위해 독일어, 중국어, 한국어를 공부했다. 그리고 이 언어 공부가 결국 아버지를 대한민국으로 이끌었고 그곳에서 어머니를 만나게 되었다.

나의 농인 어머니

나의 어머니 오손자는 1945년 서울에서 태어났다. 중산층 집안의 셋째였다. 어머니는 어렸을 적 겪은 한국전쟁을 기억한다. 울면서 할머니 손을 꼭 잡고 바닥에 널린 시체들을 지나 지하 대피소로 피신했던 전쟁의 끔찍한 기억을 내게 이야기해주었다. 위험을 피하기 위해 어머니와 이모는 광주 농촌에 있는 할머니의 친척집으로 보내졌다.

여기까지는 전 세계 이주민과 전쟁 피난민에게 낯설지 않은 이야기일 테지만, 이야기의 차이를 만드는 것은 어머니가 농인으로 태어났다는 사실이다. 광주로의 피난은 어머니를 전쟁에서 안전하게 지켜주었지만 당시 전국에서 서울 단 한 곳에만 있던 농학교와는 멀어지게 했다. 다른 아이들은 어느 학교라도 갈 수 있었지만, 어머니에게는 다른 선택지가 없었다. 교육의 유일한 기회가 있는 곳은 전쟁터가 되어버렸다. 전쟁은 농인인 어머니에게 더 큰 영향을 끼쳤던 것이다.

전쟁이 끝나자마자 할머니는 어머니를 학교에 입학시켜야 한다고 생각했다. 어머니는 열한 살의 나이에 비로소 국립 서울농학교 4학년으로 입학해 난생처음 한국수어와 한국어를 배웠다. 보통 사람들은 제1언어의 습득 과정을 기억하지 못한다. 언어 습득은 숨을 쉬는 것처럼 자연스러운 과정이기 때문이다. 그러나 어머니는 우리 모두가 당연하게 생각하는 그것, 즉 종이 위의 글자가 뜻이 있다는 것을 발견한 순간을 기억한다. 인생에서 11년을 손짓과 몸짓, 홈사인만으로 의미를 이해하고 전달해야만 했던 삶은 어떤 것이었을까? 가족들과 생각과 느낌을 주고받고 안부를 묻고 나눌 수 있는 공통의 언어가 없는 채, 반쯤은 이해하고 반쯤은 오해하며 자욱한 안개 속에서 살아야 하는 삶은 어떤 것이었을까?

어머니가 어떻게 농인이 되었는지는 분명하지 않다. 어렸을 때는 이 문제를 생각해보지 않았다. 그러다 20대가 되어서야 나는 그 사정을 정확히 알고 싶어졌다. 언젠가 나와 어머니, 할머니, 이모가 함께 모여 이야기를 나눌 기회가 있었다. 캘리포니아의 한 호텔방에서 우리는 바닥에 동그랗게 둘러앉아 사촌이 오면 함께 해변에 나가려고 기다리고 있었다. 이런 순간에 항상 어머니는 할머니와 대화를 한다. 어머니는 주로 가족들이 어떻게 지내고 있는지 물어보는데, 이번에는 자신의 어린 시절을 물었다. 내가 어머니의 수어를 영어로 전달하면 이모가 한국어로 할머니에게 전달했다.

"나는 어떻게 농인이 되었어요?"

할머니는 잠깐 생각하더니 확실하게는 모른다고 답했다. 그리고 바로 이어 이렇게 말했다.

"그렇게 태어났어."

신이 그렇게 만들었다는 뜻인가? 그렇다면 어머니는 태어나서 단 한 번도 소리를 들어본 적이 없다는 말인가? 나는 할머니의 말이 무슨 뜻인지 혼란스러웠다. 우리가 할머니를 더 재촉하자 할머니의 이야기는 바뀌었다. 할머니는 어머니가 병에 걸려 고열에 시달리자 죽을 거라 생각해 하얀 천을 씌워 방 한구석에 밀어놓았다고 했다. 그런데 몇 시간 후 아이는 두 발로 일어났다! 할머니는 너무 오래전 일이라고 말했다. 65년이 넘는 세월 동안 어머니와 함께한 '농'의 원인이 우리 삶에서 어떤 차이를 만들어내는지 무심한 듯했다. 손녀인 내가 할머니보다 더 오랜 시간 어머니의 농과 함께 살아왔다는 걸 할머니는 알지 못했다. 나는 태어난 그날부터 매일 함께 살아왔다. 어머니의 농은 처음부터 내 삶에 주어진 현실이었다. 농의 원인을 아는 것은 내게 어떤 식으로든 차이를 만들 것이다.

농인 오케스트라의 꿈

농학교에 입학한 지 6년 후 어머니는 여전히 배움을 사랑했지만 나이 때문에 공교육을 받을 수 없었다. 여느 10대들처럼 열여덟 살 어머니에게 미래는 불확실했다. 어머니는 옷의 솔기를 정리하는 일을 해서 얼마간 돈을 벌 수 있었는데, 그 일을 하면서 만난 친구가 농인 오케스트라에 들어갈 수 있는 기회가 있다고 알려주었다. 얼마 후 어머니는 친구의 오케스트라 연습을 따라갔다. 어머니가 오케스트라에 관심을 보이자 지휘자는 악보 읽는 법과 도레미파솔 기본 음계 연주 같은 몇 가지 기본적인 것들을 가르쳐주었다. 그리고 그 자리에서 바로 입단 테스트를 받아 '한국농아연주단'의 단원이 되었다. 하지만 부모님의 허락이 필요했다. 때마침 연주단은 다음 공연이 예정되어 있었다. 할머니와 할아버지는 농인 오케스트라가 무엇인지조차 몰랐기 때문에 지휘자를 만나고 오케스트라 연주를 들어보기 위해 버스를 타고 시내로 나갔다. 농인 오케스트라의 연주를 듣고 할머니와 할아버지는 감동받았다. 부모님의 허락을 받은 어머니는 일본에서 첫 공연을 하기 위해 여섯 달 동안 연습을 했다.

'한국농아연주단'의 단원 열두 명은 모두 서울농학교 출신이었고 김흥신 지휘자의 지도를 받았다. 오케스트라 단원으로서 어머니는 탬버린, 기타, 실로폰, 피아노를 비롯해 여러 악기를 연주했다. 10년 동안 미군과 한국군, 국가 지도자와 고위 관리들을 위해 전국을 돌며 공연했고 일본에도 두 번 방문해 연주했다. 어머니는 오케스트라 단원으로 활동한 경험과 일본 여행 이야기를 모교인 서울농학교에서 발표하기도 했는데, 이 소식을 들은 어머니의 동기들은 부러워했다.

공연이 없을 때는 아르바이트로 재봉 일을 했고 이후 미군에게 기념품을 파는 노점상 일을 시작했다. 농인들은 안정된 일자리를 구할 수 없었기 때문에 미군을 상대로 장사를 하며 생계를 유지하는 일은 흔했다.

어머니는 오케스트라 단원으로 활동한 시간을 인생에서 최고의 순간으로 꼽는다. 음악에 대한 사랑과 음악이 선사한 자유는 이전에는 상상조차 하지 못한 삶을 살게 해주었다. 어머니는 농인 오케스트라가 청인들이 생각지도 못한 무언가가 '됨으로써', 무언가를 '함으로써' 대중의 마음을 사로잡았기에 노벨평화상을 받기를 희망했다고 말했다. 그렇지만 나는 그들을 본 사람들의 끌림과 과찬은 당대의 '감동 포르노(inspiration porn)'가 아닐까 하는 생각을 지울 수가 없다. 어머니 역시 이를 알고 있었을 거라 생각한다. 그들은 자신들에 대한 대중의 예상을 무너뜨렸다. 그들은 자신들에 대한 대중의 과소평가를 넘어섰다. 어머니는 그것에 만족했지만 노벨상은 받지 못해 아쉬웠다고 내게 반복해서 말했다. 게다가 10년이 흐르자 오케스트라 단원들은 30대가 되었고, 대부분이 미혼 농인 여성이었기에 혼기를 놓칠 거라는 부모들의 걱정을 들어야 했다. 그리하여 단원들은 하나둘 오케스트라를 떠났다.

지금도 어머니는 〈아리랑〉의 처음 몇 마디를 연주할 수 있다. 나는 자라는 동안 어머니가 오케스트라와 함께 여행한 가장 소중한 추억들을 떠올릴 때마다 앨범 속 사진들을 보며 어머니 인생 최고의 순간을 그려보곤 했다. 매번 어머니는 일본에 도착했을 때 받았던 융숭한 대접에 관해 이야기해주었다. 선물로 받은 기모노와 일본산 진주, 살면서 가장 맛있게 먹었던 초밥. 어머니의 예순 생일날 초밥집에서 깜짝 파티를 열기 위해 우리 가족은 당시 거주하던 알래스카에서 메릴랜드로 6,870킬로미터를 날아갔다. 8월 말 여름 저녁, 우리는 재즈 밴드 음악에 맞춰 몸을 흔들었다. 박자에 맞춰 흥얼거리는 어머니의 얼굴은 빛났다. 그것은 내 유년기의 소리였다. 어머니의 음성은 아름다웠다.

나의 오빠

처음으로 오빠를 만난 날을 기억한다. 오빠는 온통 논밭인 경기도 오산에서 미국의 우리 집으로 왔다. 오빠는 두꺼운 안경을 쓰고 있었고 검고 뻣뻣한 머리카락에 마른 체형이었으며 예의가 발랐다. 잠시도 가만있지 못하는 다섯 살 미국 아이였던 나는 곧장 오빠 옆에 앉아 영어 동화책을 읽어주기 시작했다. 다섯 살 아이에게 자신이 이해받지 못하는 상황이란 일어날 수 없었다. 그 나이에 나는 이미 영어, 한국어, 한국수어까지 세 언어를 배우는 중이었다(내가 네 살 때 우리 가족은 잠시 한국에서 살았기에 나는 한국어도 알고 있었다). 그렇다면 오빠라고 달라야 할까? 나는 그렇게 생각했던 거 같다.

어머니는 아버지를 만나기 전 한국인 농인 예술가와 첫 번째 결혼을 했다. 그 남자는 어머니에게 반해 계속 데이트를 신청했지만 어머니는 그가 가난하다는 점 때문에 만남을 주저했다. 어머니는 그 남자를 두고 할머니의 의견을 물었고 할머니는 그가 괜찮은 사람이고 원한다면 결혼을 해도 좋을 거 같다고 답했다. 얼마 지나지 않아 어머니는 오빠를 임신했고 그저 생각만 하던 결혼이 현실로 닥쳐왔다. 임신 3개월 무렵 할머니는 배가 불러와 임신 사실이 눈에 띄기 전에 어서 결혼하라고 어머니를 설득했다.

하지만 그들의 결혼 생활은 1년을 채 넘기지 못했다. 어머니는 첫 남편의 집안이 너무 가난한 데다 그에게서 어떤 전망도 찾지 못했다고 했다. 결국 두 사람은 이혼하기로 했고 오빠에 대한 공동 친권에 동의했다. 오빠는 친할머니가 돌보기로 했다. 그런데 어머니의 전남편이 오토바이 사고로 갑작스럽게 죽으면서 오빠는 열 살 때 어머니와 재회하게 되었다. 아버지는 처음부터 이런 날이 오리라는 걸 알고 있었다고 했지만 나는 전혀 몰랐다. 그리고 오빠를 만나 기뻤다.

전환점

어머니는 내게 말했다.

"나는 너를 한 번도 때린 적이 없어. 언제나 소중하게 조심스럽게 너를 길렀어. 어디에 머리를 부딪쳐 상처를 낸 적이 한 번도 없어. 너를 조심스럽게 키웠지. 네가 지금 훌륭하게 자라서 다행이야."

이 말을 수백 번도 넘게 들었다. 그리고 그때마다 고개를 끄덕였다. 모든 어머니가 자식을 사랑하는 것처럼 어머니는 나를 사랑했다. 어머니는 힘든 일을 하며 자기 몸을 희생했고, 자신을 평등한 인간으로 취급하지 않는 이 세상에서 계속 스스로 삶을 꾸리기 위해 꿈과 자존심을 희생해야 했다.

내가 다섯 살 때 부모님은 이혼했다. 이후 10대 초반 무렵 아버지는 나에게 자기를 대신해 어머니에게 아이를 잘 길렀다고 말해 달라고 부탁했다. 그 말의 의미를 안 것은, 내가 어른이 되어 아버지와 두 분의 결혼 생활에 관해 이야기를 나누고 나서다. 아버지는 어머니와 결혼한 후 얼마의 시간이 지나자 어머니가 자신과 다르다는 걸 알게 됐다고 말했다. 아버지가 정확하게 어떤 단어를 썼는지 기억나지는 않지만, 어머니의 어린 시절과 농에 관한 이야기였다. 나는 어머니가 처한 상황이 처음에는 몹시 안타까웠고 그다음에는 화가 났다. 그것은 복잡하게 얽힌 감정이었고 지금도 여전히 그렇다.

어머니는 이혼한 지 2년 만에 지금의 양아버지와 재혼했다(양아버지는 한국 농인이다). 어머니가 재혼하기 전 그 2년 동안 어머니와 오빠, 나, 우리 셋만의 삶을 기억한다. 한부모 가정의 가장이자 영어를 잘하지 못했던 어머니는 맥도널드에서 일주일에 40시간씩 일했다. 어머니는 가게에서 버리려고 내놓은 오래된 음식을 집에 가져왔다. 당시에 그 음식은 우리에게 특별한 선물이었지만 지금은 안다. 그것이 생존 수단이었음을.

그때 우리 세 식구는 캘리포니아 프리몬트에 있는 큰 아파트 단지에 살았다. 주변에 빌딩이 많이 모여 있는 곳이었고 근처에 철로가 놓여 있었다. 늦은 시간까지 내가 친구들과 노는 동안 어머니와 오빠는 내가 없어진 줄 알고 찾아다닌 적이 있다. 나는 둘의 걱정 따위는 전혀 아랑곳하지 않고 저녁 끼니를 거른 채 놀다 무심하게 집으로 돌아갔다. 어머니가 텔레비전에서 야구 경기를 보지 못하게 하자 있는 힘껏 소리를 질렀는데 신고받은 경찰이 우리 집 현관문 앞에 온 적도 있다. 그때 나는 경찰에게 어머니가 얼마나 불공평한지 하소연했다. 어머니가 지역 커뮤니티 컬리지에서 미국수어 통역을 통해 기초적인 영어와 수학 수업을 듣는 동안에는 학교 매점에 있던 주크박스에서 음악을 들으며 기다리곤 했다. 호기심에 차서 학교 근처 미션 피크(Mission Peak)를 내내 걸었던 기억도 있다.

그 시절 여기저기 흩어져 있는 기억들을 떠올릴 때면 내가 어머니에게 물려받은 특성이 무엇인지 깨닫게 된다. 맡은 일에 대한 높은 책임감, 강한 자립심, 개인을 가로막는 거대한 체계를 향한 분노. 나는 그렇게 자라났다.

집으로
가는 길

"너는 뭐지?"

나는 언제나 내가 다르다는 걸 알았다. 어떻게 다른지는 몰라도 그저 다른 모든 사람들과 같지 않다는 것을 알고 있었다. 미국 공립 학교에 막 입학한 여섯 살 때였다. 어머니와 함께 욕조에 앉아 수어로 말했다.

"이름을 바꾸고 싶어."

어머니의 눈빛은 부드러웠지만 이마는 주름이 패여 있었다. 어머니는 내게 물었다.

"왜?"

"학교 애들이 내 이름을 부르지 못해. 수경이라고 부르지 못해."

"네 이름은 정말 예쁜 이름이야. 바꾸지 마."

그러나 나는 이름을 수(Su)로 바꾸기로 결정했다. 미국에서 수(Sue)는 흔한 이름이었고 내 이름인 수(Su)와 완전히 똑같게 들렸다. 나는 미국 사회에 적응하기 위해 노력했고, 내 한국 이름을 숨겼다. 27년도 더 넘게.

미국에서 혼혈인을 보는 일은 그리 낯선 경험이 아니다. 미국이라는 나라는 유럽, 아시아, 아프리카 등지에서 이민 온 사람들로 가득한 곳이다. 열 살이 되기 전에는 언제나 같은 반 혼혈인 친구들에게 매료되었다. 그 친구들에게 부모님이 어디 출신인지 물어보면서 나는 그들 얼굴 하나하나의 특징을 알아내려고 노력했다. 초록색 아몬드 모양의 눈, 곱슬머리, 커피색 피부, 그런 조합들이 나를 매료했다. 나는 일본, 중국, 한국 같은 동아시아 출신 사람들의 특징을 익혀서 어머니와 그들의 국적을 알아맞히는 놀이를 하기도 했다.

내 어머니와 마찬가지로 미국 남성과 결혼한 어머니의 농인 친구들의 자녀들은 대부분 미국인보다는 한국인처럼 보였다. 긴 검정색 머리, 아름다운 갈색의 아몬드 모양 눈, 가냘픈 체격, 올리브색 피부. 반면에 나의 짙은 갈색 머리, 주근깨 있는 창백한 하얀 피부, 녹갈색 눈은 미국인에 가깝게 보였다. 사람들은 가까이서 내 아몬드 모양의 눈을 보고는 물었다.

"너는 뭐지?"

그 질문을 한 번도 적대적으로 받아들인 적이 없는데, 나 또한 혼혈인의 민족적 기원을 알아내는 것이 매력적이고 흥미로운 도전이라고 여겼기 때문이다.

어린 시절 몇 년간 우리 가족은 여름이면 한국으로 가 어머니가 다닌 한국 농교회에서 매년 주최하는 수련회에 참여했다. 나는 뜨겁고 습한 한국의 태양 아래서 다른 코다들과 함께 놀았다. 교외 농촌에서 열린 이 수련회를 나는 무척 좋아했다. 어둑한 밤에 맛본 신선한 포도와 수박은 얼마나 달콤했는지! 농인 부모들이 잠든 사이에 코다 아이들은 시끄럽게 떠들거나 슬쩍 밖으로 빠져나가 밤새 귀신 이야기를 하며 무서워했다. 교회 뒤 식당에서 공동 식사를 했고, 밥을 먹고 나서는 함께 어울려 공놀이를 하거나 물놀이를 하기 위해 강가로 내려갔다. 그렇게 한국에서 보낸 여름은 내 유년 시절의 최고의 기억이다. 지금 돌아보면 그 몇 년은 내가 한국인의 정체성과 한국수어와 한국어 능력을 발달시키는 데 중요한 역할을 했다.

그러나 이 달콤한 여름날도 내가 다르다는 강렬한 느낌을 지우지는 못했다. 검은 머리카락과 올리브색 피부로 가득한 사람들과 함께 독립기념관을 방문했을 때 나는 너무 눈에 띄었다. 어느 한국인 관광객 무리가 내게 사진을 같이 찍자고 요청한 것이 또렷이 기억난다. 그들은 우리 어머니가 큰 키의 창백한 피부를 가진 금발 머리 미국인이 아니라는 것을 알고는 놀랐다. 그렇기는커녕 155센티미터의 키에 농인이자 한국 여성이었다.

다섯 살 무렵 어머니와 음료수를 사러 작은 편의점에서 갔다. 우리는 유리 문이 달린 냉장고 앞에 쭈그리고 앉아 맨 아랫줄에 진열된 캔 음료들을 바라보았다. 그때 직원이 소리쳤다.

"쟤가 못 먹게 해!"

'쟤'가 나를 가리킨다는 것을 나는 즉각 알아챘다. 엄마는 그 남자의 목소리를 들을 수 없었기에 내가 엄마에게 수어로 말해주어야만 했다. 엄마에게 말하지 않았다가는 곤란한 상황에 처할 거라는 걸 직감했기 때문이다. 그것이 엄마가 들을 수 없는 농인이라는 것을 내가 자각한 최초의 분명한 기억이다.

이때부터 나는 '언어 전달자'로서 수많은 사건에 관여했다. 일상적인 대화 통역에서부터 병원 예약과 심지어 직장 면접까지. 아이였던 내게 이런 일들은 일상적으로 일어났지만 한 번도 그 일들에 대해 깊이 생각해보지 않았다.

어머니와 양아버지는 '내가 들을 수 있기 때문에' 똑똑하다고 생각했다. 나는 '들을 수 있는 사람'이라 그들이 접할 수 없는 정보에 접근할 수 있었기 때문이다. 두 분은 내가 '들을 수 있는 사람'이기 때문에 내가 이해할 수 없거나 알지 못하는 것들에 대해서도 질문했다. 내가 '너무 잘했기' 때문에 부모님은 자신들의 농인 친구들이 부탁하는 통역까지 내게 요구하곤 했다. 어린 나는 내가 가족들에게 유용한 사람이라는 사실이 기뻤다. 똑똑한 사람처럼 보이는 걸 즐겼다. 그러나 성장하면서 나는 내가 청인 친구들은 아무도 짊어지지 않는 일들을 감당해 왔음을 알게 되었다. 그러자 화가 났다. 그 후 어머니와 양아버지의 통역 요구를 거절하기 시작했다. 양아버지는 내가 답을 알 거라 기대해 어머니에게 시켜 내게 질문을 하고는 원하는 답을 얻지 못하면 어머니에게 화를 내고 그것이 정당하다고 여겼다. 그리하여 열여덟 살에 내가 원한 것은 그저 이 의무에서 해방되는 것뿐이었다. 그리고 그렇게 했다.

나를 찾는 과정

열여덟 살에 집을 나와 나는 스스로 '들리는' 삶이라고 부른 삶을 살았다. 스물세 살에 결혼을 했고 다른 사람들처럼 생활하고 일하면서 나의 농가족과 떨어져 나만의 삶을 구축하겠노라 마음먹었다. 그러나 집을 떠난 지 8년이 지나자 나는 날개가 부러져 새장에 갇힌 새가 된 것 같았다. 나는 갇혀 있었다. 나는 처음으로 혼자라고 느꼈고 이혼을 하려고 마음먹었다. 어쩌다 여기까지 왔는지 모르는 채, 다만 이 모든 것을 변화시킬 수 있는 것은 나 자신뿐이라고 결론 내렸다. 스물일곱 살, 나는 남편을 떠났다.

친한 농인 친구가 권하기도 했고 부수입을 벌려는 마음에 수어 통역 아르바이트를 구하러 나섰다. 그때 수어 통역사를 위한 전국 콘퍼런스에 참가했는데, 거기서 나처럼 부모가 농인인 한 발표자를 만났다. 나는 그에게 다가가 나도 농인 부모가 있다며 나를 소개했다. 그는 충격적이게도 이렇게 답했다.

"네. 그래서요?"

어떻게 반응해야 좋을지 몰랐다. 그렇게 나를 소개해서 내가 기대한 것이 무엇인지, 바란 것이 무엇인지 나도 알지 못했다. 내가 당황해하며 가만히 있자 그 발표자가 내게 물었다.

"코다 콘퍼런스에 가본 적이 있나요?"

"아니요. 그게 뭔가요?"

"그건 당신이나 나같이 부모가 농인인 사람들을 위한 콘퍼런스예요. 이번 여름에 콜로라도 스프링스에서 열려요. 거기 한번 가보세요."

그해 여름 나는 그가 알려준 코다 콘퍼런스에 참여했다. 그리고 그곳에서 나는 사랑에 빠졌다. 계속해서 사랑에 빠졌다. 내가 만난 모든 코다에게. 남자, 여자, 그들 각각에게. 코다들은 마냥 행복해했다. 미소짓고, 포옹하고, 함박웃음을 터트리고, 데프 보이스로 소리를 질렀다. 내겐 그 모든 일이 새로웠고 특별했다. 나는 그들의 기쁨에 물들었고 내가 만나는 모든 이들에게 그 기쁨을 다시 나누어주었다. 행복을 느끼며 그곳에서 그들과 함께하는 데 감사했다.

코다 정체성

2009년 여름 내 생애 첫 코다 콘퍼런스에 참가하기 위해 콜로라도 스프링스에 도착하던 때가 기억난다. 나처럼 알래스카에서 온 다른 코다와 아는 사이였는데, 그는 친절하게도 나를 자신의 룸메이트로 맞아주었다. 콘퍼런스가 시작되고, 나는 등록 배지와 콘퍼런스 기념 가방을 받고, 올해의 앨범 사진을 찍고, 신입 참가자 모임에 참석하고, 버디를 소개받았다. 콘퍼런스가 아직 시작되기 전이었는데도 나는 이미 울고 있었다. 그것은 콘퍼런스 내

내 되풀이될 주제였다. 우는 나. 나는 슬퍼서가 아니라 해방감에 울었다. 이야기를 나눈 모든 사람들에게서 나의 일부를 발견할 수 있었다. 좋은 점, 나쁜 점, 추한 점. 그 모두가 농인 부모 밑에서 성장하면서 내가 경험한 일부였으며 이전에는 누구에게도 말하지 못한 것이었다. 나는 인정받는다고 느꼈다. 나 자신으로 보인다고 느꼈다. 말하지 않아도 이해받는다고 느꼈다. 콘퍼런스 마지막 날 새로운 참가자들에게 소감을 말할 기회가 주어졌을 때, 나는 농인의 자녀로서 내가 겪어 온 많은 것을 이해하는 3백여 명의 새 가족을 바라보았다.

나는 코다 콘퍼런스에 푹 빠져버렸다! 해마다 나는 코다 콘퍼런스 참가를 고대했다. 매년 바뀌는 콘퍼런스 장소로 여행을 가서 새로운 사람을 만나고 나 자신을 찾는 일에 깊이를 더하는 것이 좋았다. 그저 모든 것이 좋았다! 2009년부터 10년 동안 매해 콘퍼런스에 참가해 다양한 소모임에서 활동하고 많은 코다와 깊은 이야기를 나누면서 나는 코다 정체성과 경험의 다양한 부분들을 탐구할 수 있었다.

내 삶의 여정에 중심이 되어준 '코다 인터내셔널'에 도움이 되고자 나는 다양한 방식으로 자원 활동을 했다. 버디, 소모임 진행자, 사진 담당자, 수어 통역사, 위원회 임원, 콘퍼런스 발표자, 밀리 브러더 장학금 공동 의장 등등. 텍사스 오스틴에서 열린 2016년 콘퍼런스에서는 폐막 기조연설을 제안받았다. 아시아계 코다가 기조연설을 한 것은 '코다 인터내셔널' 30년 역사에서 처음 있는 일이었다. 연단에 올라 내 어머니의 이야기와 코다로서 내 삶의 여정을 나눈 경험, 코다의 다양성을 고려해 앞으로 콘퍼런스가 더 국제적으로 열린 공간이 될 수 있도록 촉구한 경험은 내게 영광이었다.

캐나다의 밴쿠버에서 개최된 지난 2017년 콘퍼런스에서는 나의 한국인, 농인, 코다 세상이 만났다. 처음으로 한국 코다들이 참여한 것이다. 나는 그들과 코다 콘퍼런스를 공유할 수 있었다! 당시 느낌을 나는 이렇게 기록했다.

지난 9년간 콘퍼런스에 참가했지만 이번에 처음으로 내 모어인 한국수어를 사용해 코다로서 경험을 나눌 수 있었다. 내게는 최고의 경험이었다. 현화와 지성이 참가한 데 감사한다. 나는 어머니의 환대를 베풀 수 있었고, 그로 인해 무한히 자랑스러우면서도 동시에 겸손할 수 있었다. 내 마음은 노래를 부르고 있다. 코다로서 한국에 돌아가는 내 꿈은 무사히 이루어질 수 있으리라. 자신들의 첫 코다 콘퍼런스 경험에 나를 받아들여 준 것에 대해 현화와 지성에게 감사한다. 결코 잊지 않을 것이며 다시 만날 수 있기를 바란다!

끝나지 않고 계속 펼쳐지는

지금 나의 동반자이자 같은 코다인 제프리는 내가 만난 연인들 중에 유일하게 나를 완전한 이름으로 부른 사람이다. 수경. 최소한 그는 노력했다. 그는 그걸 고집했다.

이상하다고 생각했다. 왜 이토록 노력을 하는 거지?

이제껏 나를 온전히 '볼' 수 있는 사람과 만나지 못했다. 사는 동안 맺어 온 모든 관계에서 나는 부분적으로만 나였다. 청인으로서 나. 그러나 거의 전부일 수도 있는 나머지의 나는 이전 연인들에겐 보이지 않는 듯했다. 그러나 제프리는 달랐다. 그는 코다로서의 나를 보았다. 한국인으로서의 나를 보았다. 청인으로서의 나를 보았다. 그리고 '농인'으로서의 나를 보았다. 그는 기독교 방식으로 양육된 나를 이해했다. 나의 사회적, 경제적 상황을 이해했다. 그러니까 지금의 나를 만든 많은 것을 이해했다. 그를 만나기 전까지 누구도 나를 이처럼 이해한다고 느끼지 못했다.

내 이름을 온전히 부르는 것과 같은 사소한 행위는 여섯 살 이후 세상과 분리된 나의 일부를 드러냈다. 그는 내가 한국인일 수 있는 공간을 내주었다. 솔직히 그것은 처음에는 나로서도 드러내고 싶지도 채우고 싶지도 않은 공간이었다. 가족이 없는 집 밖에서 한국인이라는 것이 무슨 의미가 있었겠는가?

연애 초기 어머니의 생일날 우리는 어머니와 함께 저녁식사를 하기로 했다. 언제나 새로운 도전을 즐기는 어머니는 인도 음식을 처음으로 먹어보자고 했다. 나 역시 인도 음식에 대해 잘 몰랐기에 새로운 경험이 될 것 같아 좋다고 했다.

식당에서 제프리는 메뉴판을 살펴보며 어머니에게 수어로 취향을 물어도 보고 제안도 하며 하나하나 안내해주었다. 그것은 내가 수도 없이 해온 역할이었다. 두 사람의 원활한 의사소통에 감탄하면서 어머니가 내 연인과 쉬이 어울리는 모습을 지켜보았다. 이런 상황은 이전에는 한 번도 경험하지 못한 것이었다.

웨이터가 어머니와 제프리 쪽으로 다가왔다.

"주문하시겠습니까?"

둘은 올려다보지 않았다. 나는 불안해지기 시작했다. 웨이터는 다시 물어보았다.

"주문하시겠습니까?"

제프리와 어머니는 계속해서 메뉴에 대해 상의했다. 청인 웨이터를 회유해야 한다는 의무감 같은 것이 나를 짓누르기 시작했다. 고개를 들자 웨이터가 내 눈을 바라보고 내 쪽으로 다가왔다.

"메뉴를 고르는 데 시간이 더 걸릴 거 같아요."

내가 재빨리 대답했다. 곁눈질로 제프리를 보니 여전히 어머니와 메뉴를 상의하면서 힘 있게 수어로 말했다.

"무시해."

나는 놀라서 더는 아무 말을 하지 않았다. 웨이터는 자리를 떴다.

순간 내가 무엇을 느껴야 할지 몰랐다. 속으로 생각했다.

'웨이터에게 무례한 짓이었나?' '제프리가 꼭 그랬어야 했을까?'

그러다가 제프리는 공간을 만들고 있는 거라는 걸 깨달았다. 나의 어머니를 위한 공간. 생일을 맞이한 나의 한국 농인 어머니는 처음으로 인도 음식에 도전하고 있었고, 메뉴판을 이해하지 못하는 상태였다. 제프리는 이 모든 것을 감안해 공간을 만들어낸 것이다.

제프리는 내 어머니를 존중하고 있었다. 나는 조금 부끄러웠다. 이전에 나는 그처럼 어머니를 위한 공간을 내어줌으로써 존중한 적이 없었다. 그는 용감했다. 제프리는 나처럼 청인 세계의 규범을 따라야 할 의무를 느끼지 않았다. 그렇게 제프리는 어머니를 존중했다. 나는 그와 사랑에 빠졌다.

인도 음식점에서의 모험 이후로 우리의 관계는 내가 상상도 해보지 못한 아름다운 모습으로 자라났다. 제프리와 나는 2019년 7월 첫 아이 할시온 아름(한국어 '아름다운'에서 따온 이름이다)을 갖게 됐다.

코다의 축복

제프리와 만나면서 나는 SNS에 '코다의 축복(#codabliss)'이라는 해시태그를 걸어 열렬히 우리 사랑에 관해 언급했다. 모든 관계에는 도전이 있기 마련이고 우리도 그랬다. 최근 '코다 인터내셔널' 소식지와 인터뷰하며 나는 코다 커플의 관계에 관해 말했다.

질문 코다 커플을 위해 관계 유지에 관한 조언을 해줄 수 있나요?

나 어떤 커플이든지 진실하라고 조언하고 싶어요. 당신이 원하는 방식으로 당신 자신이 되어야만 해요. 단순하게 들리지만 엄청난 용기가 필요한 일이죠.

우리 관계를 성공적으로 이끈 것이 무엇인지 떠올려보면 두말할 나위 없이 코다 정체성과 코다로서의 경험이라고 말할 수 있다. 그것은 연애 초기에는 분명하고도 유일한 진실이었지만, 시간이 지날수록 우리의 교차적 정체성 그 자체가 복잡하고 미묘한 방식으로 드러났다. 하지만 중요한 것은 진실성이었다. 코다 정체성을 상대방의 일부로 여기면서 그 사람의 존재를 온전히 인식하고 이해하려는 진실된 노력. 제프리와 함께하면서 나는 농과 청, 한국의 유산과 미국의 유산, 양쪽 세계 모두와 화해할 수 있었다.

질문 코다 연인의 가장 큰 장점은 무엇인가요?

나 그는 내 '모든' 걸 이해해요. 그건 엄청나게 중요해요. 전에는 깨닫지 못한 '나'라는 사람의 유산에 자신감과 자긍심을 갖게 되었죠. 가족과의 관계도 풍성해져요. 둘 다 자신의 가족과 비슷한 관계를 경험했기 때문이죠. 그것은 내 삶의 깊이와 폭을 넓혀주었고 내가 삶에 만족감을 더 느낄 수 있게 해주었죠. 나는 완전해졌어요.

제프리 온전히 이해받는다는 건 엄청난 만족감을 주죠. 우리 두 사람이 집에서 벗어나 농과 청의 공간들을 편안하게 탐색할 수 있어서 좋아요. 그렇지만 우리가 집으로 돌아올 때는 언제나 코다가 '우리의' 중심이에요.

우리 집에서 우리 부모님들이 처음 만난 날, 나는 어느 때보다 긴장했다. 물론 나는 제프리의 부모님이 우리 가족을 어떻게 생각할지는 내가 통제할 수는 없는 일이라는 걸 알고 있었다. 과거에 내 어머니와 양아버지는 언어 장벽 때문에 내 연인의 부모와 관계를 맺지 않았다. 그러나 이번에는 다를 것이었다.

제프리의 농인 부모님 수전과 게리를 만나자 어머니와 양아버지는 활짝 미소를 내보이며 서양식으로 머리를 끄덕여 인사했다. 어머니는 손에 아시아산 배 한 상자를 보이며 제프리 부모님에게 수어로 "당신을 위해서"라고 말했다. 제프리의 부모님은 미소를 지으며 고마움을 표현했다.

수전과 게리는 선물을 주는 행위의 문화적 중요성을 이해하지 못했지만 제프리는 확실히 알았다. 제프리는 중국에서 3년간 살며 아시아 문화를 어느 정도 알고 있었기 때문이다. 제프리는 자신의 부모에게 선물을 주는 문화의 의미를 설명했고, 아시아산 배에 관해서도 설명했다.

곧이어 우리는 저녁을 먹으러 나갔다. 부모님들의 대화가 이어지기 시작하자 제프리와 나는 서로를 바라보며 멈춰 섰다. 우리는 눈으로 이렇게 말하고 있었다.

'이 일이 정말로 벌어지고 있는 거야?'

나의 부모님이 나에게 소중한 누군가의 부모와 이토록 막힘없이 의사소통하는 것은 처음 겪는 일이었다. 대화를 통역으로 중개하지 않는 일도 처음이었다. 그것은 새롭고 신선하면서도 불안한 경험이었다.

한가로운 저녁식사가 끝나고, 우리는 집으로 돌아와 휴식을 취하며 좀 더 이야기를 나누었다. 게리와 내 어머니는 나와 제프리에게 등을 돌린 채 우리에 대해 이야기를 했다. 그러다 그들은 뒤돌아 우리를 쳐다보고 손가락질을 하며 웃었다.

'청인들도 이런 경험을 하겠지?'

제프리와 나는 서로 이런 생각을 하며 눈빛을 교환했다. 우리에게는 이 모든 것이 새로웠다.

나는 부엌에서 어머니가 선물로 사온 배 몇 개를 씻었다. 거실에서는 손이 서로 부딪치는 소리가 났다. 집에 온 손님들은 대화에 열중하고 있었다. 배 두 개와 칼을 접시에 담아 거실에 앉아 있는 우리의 가족들에게 다가갔다. 손의 소리가 점점 더 커졌다. 가장자리에 앉아 배를 깎고 잘라, 몇 개의 배 조각들 위에 이쑤시개를 꽂았다. 어릴 적 내내 보아 온 어머니가 손님들을 환대하던 방식이었다. 나는 그 방식대로 그들을 환대했다.

사이를 이해하는 것

코다라는 정체성은 어느 정도는 환경을 통해 형성된다고 할 수 있다. 부모의 농은 그들을 사회에서 분리한다. 그런 부모들에게서 농문화와 수어를 배우고 더불어 음성언어 세계에서 성장하는 아이들은 두 세계 '사이를' 횡단한다. 어떤 이들은 코다가 어디에도 완전히 속하지 않는다고 말하고, 다른 이들은 양쪽 모두에 속한다고 말한다. 어쩌면 둘 다이면서 둘 다 아니다.

2013년 코다 콘퍼런스 마지막 날이었다. 나는 오랫동안 별거

한 남편과 전화 통화를 하다 충격을 받아 비틀거리며 제프리에게 조용하게 말했다.

"남편이 이혼을 원해"

그건 내가 줄곧 원한 것이었다. 그러나 막상 남편도 원한다고 말하자 충격을 받았다. 무서웠다.

"어디 조용한 데 가서 식사나 할까?"

제프리가 제안했다. 콘퍼런스 마지막 날 시끌벅적한 저녁 파티 자리에 있고 싶지 않아 그와 함께 나갔다. 우리는 마주보고 앉아 여느 날처럼 결혼, 관계, 코다임에 관해 진지하게 대화를 나누었다. 제프리와 나는 자연스럽게 수어와 음성언어를 섞어 말했다. 순간적인 충격에서 벗어나자 나는 그에게 말했다.

"당신은 수어할 때 아름다워."

"아무도 그런 말 해준 적이 없는데."

제프리의 눈은 놀라움에 살짝 커졌다.

"사실이야."

그가 자신의 마음을 표현하는 방식과 그 마음이 그의 손에서 흘러 나와 나를 끌어당기는 데는 특별한 뭔가가 있었다.

그날 밤 나는 많은 이야기를 펼쳤다. 청인과 연인 관계를 맺는다는 것. 그 관계 안에 농인 부모를 포함하려고 할 때면 마주해야 했던 문제들. 남편이 나에 관해 아주 작은 부분, 즉 청인으로서의 부분만 알고, 농사회 안에서 내 정체성과 삶을 모르는 것 같던 느낌. 스스로 이룬 정체성 개발. 청과 농 사이 공간에 끼인 느낌. 코다가 청인의 세계와 농인의 세계에 발을 딛지 않고 자신만의 고유한 공간을 확보할 수 있는 방법. 소수자 언어에 대한 억압에 저항하기 위해 자신의 아이들에게 수어를 전수하려는 의도적 선택. 농부모가 겪는 체계적 억압과 코다가 대리자로서 느끼는 트라우마. 농세계에서 음성으로 말하는 특권을 사용할 때 드러나는 정치성. 우리는 언제 어디서나 이런 대화를 나누었고, 그 이야기들은 나의 생각, 직업, 삶의 방식에 영향을 끼쳤다

지금껏 이 모든 이야기에서 내가 이해하게 된 것은 코다로서 우리의 정체성과 경험이 여러 겹으로 복잡하며, 우리 부모, 그들의 가족, 사회가 영향을 끼친다는 것이다. 우리 자신을 더 잘 이해하는 것은 그 분리, 곧 그 사이의 공간을 인식하고 받아들여야 한다는 것이다.

우리의 공간을
만들어내기 위해

초보 코다 통역사 시절

과거에 나는 통역사가 되기를 바란 적이 없었다. 많은 코다들처럼 성인이 되자마자 '정상적인' 들리는 삶을 살겠다는 마음으로 농인 사회를 떠났다. 그러다 2009년 여름, 청인의 직업 세계를 떠나 통역사를 하기로, 많은 코다들이 말하는 것처럼 '가족 사업'을 하기로 마음먹었을 때 나 스스로도 놀랐다.

9년 간 일한 직장인으로서의 안정성을 버리고 프리랜서 수어 통역사라는 불안정한 일을 시작하기 위해 나는 용기를 냈다. 의료보험, 치아보험, 휴가 수당, 퇴직 급여를 뒤로하고 나 스스로 사장이 되어야 했다. 자유로웠지만 안정적이지 못한 삶을 감당해야 했다.

오랜 시간 나는 부모님과 부모님의 친구들을 위해 통역을 했다. 어린 시절에는 종종 "넌 참 수어를 잘하는구나! 통역사가 될 만해!"라는 말을 들었다. 나는 그런 관심을 받으면서 내가 유능한 사람이 된 것 같아 행복했다. 그러나 나는 이 일이 얼마나 어려운지에 대한 이해가 전혀 없었다. 명확성은 둘째 치고, 내 능력이 어느 정도인지조차 감이 없었다. 나는 내가 만난 농인 의뢰인과 통역사 동료들의 평가에 기대 내 기술을 입증하려고 했다. 너무나 초보자다운 생각이었다. 어디를 가든지 내게는 칭찬이 따라왔다. 의뢰인들은 내 이름을 물었다. 동료들은 나의 타고난 수어 기술을 감탄하며 바라보았다. 어려운 일은 없었다. 사람들과 상호작용할 때마다 작동하는 권력의 복잡한 관계를 이해하지 못한 채로 초보자의 자신감에 차서 통역 에이전시가 주선해 주는 일을 맡았다. 동료가 특정 상황에서 내가 왜 그렇게 통역을 했는지 물어보면 나는 이렇게 답했다.

"모르겠어요. 그냥 그렇게 했어요."

그때 나는 정말 순진했고 자만했다.

통역사로 3년간 일한 후 2011년 국가 공인 통역사 자격증(National Interpreter Certification)을 취득했다. 그리고 다시 2년을 더 일하자 나는 더 많은 것을 갈망하게 됐다. 그리하여 나는 갤러뎃대학의 통역 멘토 1년 과정에 지원했고, 합격했다. 당시에는 농인을 위한 전 세계 유일의 인문과학 대학인 갤러뎃대학에 관해 알지 못했다. 내 어머니는 농인이자 이민자라는 더 소수자의 위치에 있었기 때문에 미국 농인 시민들을 위한 교육과 문화적 전통의 '특권'을 누릴 수 없었다. 그래서 나 역시 갤러뎃대학의 전통을 알지 못했던 것이다. 그런 내가 한국계 미국인 코다 통역사로서 미국 농인 세계로의 여행을 그렇게 시작했다.

구성원, 지지자, 전문가

갤러뎃대학에서 1년간 통역 멘토 과정을 마치고 알래스카로 돌아왔을 때, 나는 많이 변해 있었다. 우선 알래스카 농사회의 권익을 옹호하기 위한 활동에 더 깊이 참여했다. 이때 겪은 한 사건은 결코 잊지 못할 것이다.

당시 나는 내가 속한 통역 에이전시를 통해 한 회의의 통역을 의뢰받았는데, 마침 그 회의에서 내가 이사회 임원으로 활동하던 농인 협회의 안건을 논의하게 되었다. 회의 대표는 협회의 대표가 참석하도록 요청했지만 그 대표는 나올 수 없는 상황이었다. 내 농인 의뢰인은 내가 이사회 임원이라는 걸 알자 협회의 대표 역할을 맡아줄 수 있을지 물었다. 의뢰인의 요구에 우리 팀 통역사들이 괜찮다고 말했고, 나는 간단한 안건 항목들을 처리하기 위해 협회의 대표 역할을 맡았다. 그러나 다음 날 통역 에이전시는 내가 비윤리적 행위를 했다고 질책했다.

그 상황은 내가 어려운 위치에 있다는 걸 자각하게 했다. 나는 소규모 농사회 안에서 구성원, 통역사, 지지자로 다중의 역할을 맡았던 것이다. 내 안의 코다는 내가 속한 농사회를 지원하기 원했다. 내 안의 통역사는 윤리적 행동에 관한 통역 팀과 의뢰인의 판단을 따르기 원했다. 내 안의 지지자는 그 농인 협회의 프로젝트가 잘 되기 원했다.

농인 의뢰인과 통역 에이전시는 무엇이 윤리적인지에 관해 다른 관점을 취했다. 내 의뢰인은 내 결정에 문제의 소지가 없다고 여겼다. 하지만 통역 에이전시는 내 결정이 윤리적이지 않다고 평가했다. 이런 상황은 흔하게 일어났지만 통역사이자 지지자이자 농사회 일원으로서 코다의 역할은 공식으로 논의되지 않았다.

최근 5년간 수어 통역 분야에서는 권력, 특권, 압력의 문제에 관한 인식이 높아져 왔다. 특히 북미에서는 청인 대 농인의 맥락 뿐 아니라 백인 대 흑인, 백인 대 소수 인종 같은 인종적 맥락까지 저변을 넓혀 논의가 이루어지고 있다. 그러나 코다와 농인의 맥락은 비교적 불명확하고 복잡하다.

2017년 '수어통역사등록기관(Registry of Interpreters for the Deaf)'의 콘퍼런스에서는 '권력, 특권, 압력'에 대한 분과가 열렸다. 한 농인 통역사는 자신의 경험을 들어 청각 능력을 특권으로 사용한 코다의 사례를 발표했다. 한 소규모 실무단에 청인들과 농인들 그리고 코다 한 명이 구성원으로 참여했는데, 그 코다가 수어가 아닌 음성언어로 말해서 농인들이 통역을 강제로 이용할 수밖에 없었다는 이야기였다. 그는 이 일이 청각 능력이 특권으로 사용된 사례라고 강조했다.

그 발표를 들으며 내가 느낀 감정을 생생하게 기억한다. 나는 복부를 강타당하는 것 같았다. 숨을 쉴 수 없었다. 즉시 내가 농인들과 함께 있을 때 수어 대신 음성언어를 사용한 모든 순간이 떠올랐다. 어린 시절 듣고 말하는 내 능력은 그토록 칭찬을 받았지만, 성인이자 통역 전문가로서 지금 내가 가진 음성언어 능력은 더는 농사회에서 환영받지 못하는 것이었다. 언제 이렇게 바뀌었을까? 어떻게 행동하는 것이 옳은 것일까? 자라면서 내 능력이 특권이라고 생각하거나 들은 적이 없는데 어떻게 내가 그것을 알 수 있었겠는가? 발표자가 청중을 향해 질문이나 논평을 요청했을 때 나는 다리를 덜덜 떨면서도 스스로 무대 앞으로 나갔다. 내가 어떤 말을 했는지 거의 기억나지 않는다. 다만 심장이 요동치고 아드레날린이 솟구쳤던 기억만 남아 있다. 나는 개인적으로 공격받은 것 같았다.

그 이후 오랜 시간 나는 제프리와 함께 이에 관해 토론하며 이 문제를 이해하려고 했다. 그리고 내 어린 시절 경험과 농인 이민자로서 내 어머니의 삶에서 멀리 떨어져, 청인으로서 나의 특권을 살펴볼 수 있는 관점을 길렀다. 제프리와 나는 그 발표자를 집에 초대해 코다와 농인의 관계에서 발생하는 권력, 특권, 압력 등의 쟁점을 토론하기도 했다. 그 만남을 통해 우리는 모두 잠시나마 만족감을 느꼈다. 하지만 아직 다루지 못한 많은 문제들이 남아 있다는 걸 우리 모두는 알고 있었다.

내부의 변화를 위해

2012년 '수어통역사등록기관'은 코다 통역사에게 이사회의 한 자리를 부여할 수 있도록 정관을 개정하기 위한 투표를 실시했다. 미국 전역에 있는 기관 구성원들이 투표에 참여했는데, 개정

안 통과를 위해 필요한 3분의 2 이상의 찬성표를 얻지 못했다. 단지 61퍼센트만 찬성을 표시했다. 39퍼센트의 투표자는 개정안에 반대했다.

39퍼센트는 누구일까, 나는 궁금했다. 왜 그들은 농인 부모의 자녀인 코다 통역사를 반대할까? 그들은 수어 원어민이자 농문화와 청문화를 두루 경험하는 코다가 통역 분야에 기여하는 가치를 인정하지 않는 것일까? 내게는 그렇다는 것이 명확해 보였다. 나는 다른 코다들과 이 문제를 토론하며, 코다 통역사들이 통역 분야에 기여한 바를 사람들이 인식하고 이해할 수 있도록 뭔가 해야만 한다고 결론 내렸다.

수어 통역 분야에서 대부분의 통역사들은 수어를 제2언어로 배운 청인이다. 수어를 모어로 사용하는 통역사들은 상대적으로 극소수에 불과하다. 청각 장애는 발생 확률이 낮은 장애라서 수어를 모어로 쓰는 농인이나 코다가 적을 수밖에 없다. 북미에서 처음으로 수어 통역을 맡은 이들은 농인, 성인 코다, 농사회나 지역 교회에서 신임받는 청인 동료들이었다. 이후 통역사 교육이 고등 교육으로 제도화되자 수어가 모어가 아닌 사람들이 이 분야에 대거 유입되기 시작했다. 수어를 제2언어로 배운 '전문 통역사'들은 농인 통역사와 코다 통역사의 수를 훌쩍 뛰어넘었으며, 수어와 통역 교육 과정에서 교육자의 위치에 서게 됐다.

내가 아는 많은 코다들은 통역사 교육 프로그램에 참여하지 않는다. 그들은 다른 청인 동료들보다 실전 통역 경험이 많은 데다 종종 유창한 수어 실력을 지녔는데, 통역사 교육 과정이 이런 특징들을 고려해 구성되지 않는다고 느끼기 때문이다. 그러나 그들은 통역사 교육 프로그램에 참여하지 않음으로써 비코다 통역사들이 습득하는 언어의 역사적, 이론적 지식을 배울 기회를 놓친다. 그들은 실용적 경험이 교실의 교육보다 더 가치 있다고 여겼다. 그러다 보니 코다 통역사들이 공식 교육이 부족해서 덜 윤리적이고 덜 전문적이며 지식이 부족하다는 인식이 생기게 됐다.

해결책이 필요했다. 그래서 학교로 돌아가기로 마음먹었다. 나는 웨스턴오리건 주립 대학에서 교수법을 중심 주제로 삼아 통역학을 연구했다. 나는 교육자가 코다를 교육하는 방식과 학생들이 학우이자 동료로서 코다를 인식하는 방식을 바꿀 수 있다면, 내부에서 변화를 이끌어낼 수 있다고 생각했다.

나는 교육 과정에서 코다가 겪는 문제에 초점을 맞춰 석사 논문을 작성했다. 왜 많은 코다들이 통역사 교육 과정이 자신에게 적합하지 않다고 여기는지 더 잘 이해하고 싶었다. 어느 연구에 따르면, 코다들은 자신이 수준 높은 통역 전문성을 지녔기 때문에 교육 과정을 밟을 필요가 없다고 여겼지만, 다른 이들은 코다들도 전문성에 상관없이 교육을 받아야 한다고 생각했다.* 코다들은 일률적인 통역 교육 프로그램이 짜증나고 지루하다고 느꼈고 언어 수업이나 문화 수업을 비롯해 전문 과정을 듣고 싶어 했다. 그들은 비코다 동료들과 다른 욕구를 지닌 것이다.

---

* 통역사 지망 코다들의 경험에 관해서는 다음 논문에 자세히 설명되어 있다. Amy Williamson, "Heritage learner to professional interpreter: who are deaf-parented interpreters and how do they achieve professional status?", MA, Western Oregon University, 2015.

이에 나는 유산 언어 학습자(heritage language learner)를 연구하기 시작했다. 유산 언어란 가정에서 사용하는 소수 언어이자 지속적 발전을 위한 어떤 사회적 지원도 제공되지 않는 언어를 가리킨다. 이것은 미국 이민자 가정에서 흔하게 볼 수 있는데, 그들이 사용하는 모국어가 유산 언어라고 할 수 있다. 이민자 가정의 아이들은 다수 언어인 영어 능력을 개발하면서 동시에 자신들의 유산 언어 능력도 다양한 수준으로 발달시킨다. 그러나 유산 언어는 종종 집 밖에서는 인정받을 수 없기에 그들의 유산 언어 능력은 저하될 가능성이 높다.

유산 언어로서 스페인어 구사자가 스페인어 수업을 들으면 그들은 유산 언어 학습자라 불린다. 유산 언어 학습자들은 또래보다 말하기 능력이 더 앞선 채로 수업에 참여한다. 그러나 읽거나 쓰는 방법을 모르는 경우가 많다. 더욱이 유산 언어에 대한 그들의 능력은 천차만별이다. 그러므로 유산 언어 학습자들은 반 편성 조사를 거쳐야 하며 그들의 특수한 욕구에 부합할 수 있는 특화된 수업을 받아야 한다.

유산 언어, 유산 언어 학습자 개념은 코다가 통역사 교육 과정을 밟을 때 생겨나는 여러 쟁점을 잘 보여준다. 나는 유산 언어, 유산 언어 학습자 틀을 코다의 통역 교육에 적용했는데, 우선 코다를 위한 반 편성 설문을 구성하는 데 차용했다. 그리고 유산 언어 능력에 영향을 미친다고 알려진 다섯 가지 요인을 분석해 코다의 상황에 적용했다. 나는 반 편성 설문을 통해 통역사 교육 프로그램 교수들이 코다 학생들을 더 잘 이해해서 이전보다 더 많은 코다들이 교육 프로그램에 참여할 수 있도록 독려하기를 바랐다.

교수로서 통역사 교육 프로그램에 참여하면서, 유산 언어 학습자로서 코다에게 맞추어지지 않은 교육 과정이 그들에게 끼치는 영향을 직접 보았다. 학기 초 반 편성 조사 결과에 관해 고민하던 코다 학생들이 나를 찾아왔다. 그들은 자신들이 실제보다 더 나은 실력을 지녔다고 느끼고 있었다. 한 학생이 이렇게 물었다.

"저는 이미 어휘를 알아요. 이 수업은 빠져도 되지 않나요?"

특히 코다 학생들은 통역을 위해 단지 어휘만 많이 아는 것이 아니라 언어에 관해 배워야 한다는 것을 이해하지 못했다. 그들은 기초 언어 수업을 받지 않았기 때문에 문법이 정확하지 않고 문화적 맥락도 놓치고 있었다. 나는 그들이 통역사 교육 프로그램에 계속 참여할 수 있도록 고급 언어 과정에 등록하는 것을 허락했다. 수어 능력 시험에서 학생들이 점수를 잘 받을 수 있도록 구성한 과정이었다. 몇 주가 지나자 그 학생들은 수업에서 뒤처지기 시작했다. 한 학생이 이렇게 말했다.

"그 교수님은 제가 한 번도 배운 적 없는 걸 알 거라고 생각해요. 방법을 모르는데 어떻게 과제를 수행할 수 있나요? 그 교수님은 제 코다 지위를 이용해 저를 공격하는 것 같아요!"

불행하게도 이런 경험은 유산 언어로 수어를 사용하는 코다들에게 흔하다. 교수는 코다 학생들이 고급 과정 수업에 배치되었기 때문에 문법, 문화뿐 아니라 언어의 유창함까지 갖추고 있다고 생각한다. 그러나 학생이 코다가 아니라면 학생의 지식과 언어 능력의 차이를 알아내기 위해 본격적인 교육에 앞서 적절한 평가를 한다. 나는 학생이 불평한 그 교수를 만났다. 그리고 그 학생이 일반 언어에 대한 이해가 수어 능력에 비해 상당히 뒤떨어지며, 보통의 미국수어가 아니라 영어대응수어(Signed Exact English, 한국어대응수어처럼 영어 문법을 그대로 따르며 미국수어 단어로 표현하는 체계)를 사용한다고 알려주었다. 그러자 교수는 놀랐다. 그 코다 학생에 관한 정보는 그의 언어 실력에 영향을 끼치는 것들이었다. 만약 그 교수가 알아보려고만 했다면 더 일찍 발견할 수 있는 것들이었다.

한편 코다 학생들은 어려서부터 수어 능력이 필요한 일에 지원하라는 격려를 받는 데다 동급생들보다 수어 실력이 탁월하기 때문에 스스로 언어 능력을 과대평가하기도 한다. 그러나 그들은 수어의 학문 세계를 접한 뒤 자신감이 떨어져 고통받고 교육 프로그램을 떠나는 경우가 많다. 결국 코다를 가르치는 교수, 코다를 부추기는 코다의 동료 그리고 코다 자신 모두가 코다에 관한 이해를 재확립해야 한다.

전문가로서 지지하기

농인 동료들보다 더 특권을 가진 사람으로서 그들과 한 공간에서 같이 일한다는 것은 쉽지 않은 일이다. 교수로 일한 지 2년째 되던 해 나는 농인 동료와 함께 전문성 강화 콘퍼런스에서 공동 발표를 맡았다. 내가 소속된 학교의 선임자들과 동료들을 청중으로 하는 내 첫 발표였다. 나는 연대의 표시로 수어로 발표하기로 했다. 동료들을 위해 경기장을 평준화하기로 선택한 것이다. 그리고 발표를 들을 청인들을 위해 미국수어를 영어로 통역해주는 수어 통역사를 배치했다. 그러나 결과는 재앙이었다. 음성 통역이 엉망이었다.

나는 이후 학과장을 만난 자리에서 통역 서비스에 대해 문제를 제기했다.

"그 발표는 당신의 말처럼 들리지 않더군요."

학과장이 말했다.

"알아요! 제 발표를 보셨잖아요? 그 음성 통역보다는 훨씬 더 논리정연했다고요."

그날 나는 음성 통역이 어떻게 하면 잘못될 수 있는지 아주 정확한 예를 보았다. 내 사례는 통역의 수준이 직장 내 농인 전문가들에게 끼치는 영향을 정확히 보여주는 근거가 되었다. 농인들은 언제나 통역을 받아야 하는 위치에 놓이는데, 이런 낮은 수준의 통역은 결국 농인들의 전문성 향상을 저해하는 요소다. 다행히 학과장은 내 우려를 깊이 새겼고 그 이후로 직장 내 통역 서비스의 대해 훨씬 더 신경 쓰기 시작했으며, 학장에게 안정적인 통역 환경을 조성하기 위해 직원 통역사를 고용하자고 요청하기에 이르렀다.

이제 나는 내 상황을 활용해 농인 동료들을 지지할 수 있다. 하지만 그런 행동이 내게도 이로울 수도 있다는 것을 인지함으로써 전문가이자 지지자로서 내 역할에 태만하지 않으리라.

내가 통역사가 되기로 결심한 것은 내 마음과 더 가까운 일을 하고 싶었기 때문이다. 그러나 나는 알지 못했다. 이 길을 가면서 나 자신에 관해 이렇게 많이 배우게 되리라는 것을. 시간이 지날 수록 이 일은 나를 키워준 농사회에 보답하는 것을 훨씬 뛰어넘 는 일이라는 것을 깨닫고 있다. 언젠가 나 대신 내 노부모의 말을 통역해줄 코다 통역사들의 발전을 위해 나는 최선을 다하고 있다.

더는 나 자신이 불완전하다고 생각하지 않는다. 살면서 줄곧 내가 완전한 청인도, 완전히 농인도, 완전한 미국인도, 완전한 한국인도 아니라고 생각했다. 이제 나는 스스로를 혼성적이며, 무언가 새롭고, 그 자체로 완전한 사람으로 인식한다. 나는 문화와 언어를 횡단하는 경험을 통해 독특한 정체성을 형성하고 있다. 나는 농문화 안에서 풍요롭다. 한국 문화 안에서 풍요롭다. 나는 '혼종(hybrid)'이다. 더는 나 자신이 '사이에' 끼어 살고 있다고 여기지 않는다. 나는 나 자신의 세계에 거주하고 있다. 나는 한국계 미국인 코다다. 나는 완전하다.

여전히 우리는 코다입니다

2014년 말 '코다 코리아'가 만들어진 후, 코다를 말할 수 있는 자리가 늘어나는 것이 마냥 기뻤다. 우리는 그곳에서 코다, 농인, 청인들을 만나 코다가 누구인지, 어떤 경험을 하는지, 우리가 하고 싶은 일이 무엇인지 나누었다. 사람들은 코다의 이야기에 놀라기도 하고 공감하기도 하며 '코다 코리아'를 응원해주었다. 얼마나 많이 '코다'를 말했을까. 많은 사람들을 만났지만 대체로 그런 자리는 일회성 특강이어서 나의 이야기는 그대로 사라져버렸다. 이대로는 안 될 것 같았다. 강의를 의뢰받으면 연속적인 프로그램을 구성해줄 것을 제안하고, 대상에 맞는 강의를 하기 위해 농부모와 코다 아동을 분리하여 이야기를 나눌 수 있도록 해줄 것을 요청하며 변화를 모색했다.

여러 자리에서 기꺼이 우리의 이야기를 나누었다. 그런데 어느 순간부터 코다 강의를 하고 싶지 않다는 연락들을 받게 됐다. 여러 코다들이 그런 자리에서 이야기를 하는 것이 점점 더 힘들다고 했다.

코다를 말하기 위해 자신의 경험을 어느 정도 드러내는 것은 불가피한 일인데, 묻어 두었던 자신의 기억을 꺼내 이야기를 하고 나면 그 시절의 아픔이 떠올라 한동안 괴롭게 지낸다는 것이었다. 이런 경험이 반복되니 일상을 유지하기 어려워 이제는 자신에게 집중하는 시간을 갖겠다는 것이었다. 그들의 말처럼 매번 새로운 사람들 앞에서 상처를 드러내는 것은 쉽지 않은 일이었다. 우리는 그저 소모되고, 지쳐 가고 있었다.

그때 책을 쓰게 됐다. 같은 이야기만 반복하다가 끝낼 수는 없다는 생각에 우리의 이야기를 기록하기로 했다. 누군가 우리의 이야기를 읽는다면 사적인 경험을 이야기하는 것부터가 아닌 그다음 단계부터 시작할 수 있을 터였다. 그리고 우리보다 앞선 코다들의 이야기를 우리가 알았다면 지금은 다른 삶을 살고 있지 않을까 하는 마음도 있었다. 때로는 희미하고 때로는 선명한 기억들을 엮으며 이 땅 위에 존재하지 않는 언어를 기록했다. 하지만 글을 쓰는 일은 단순히 글자를 적는 것 그 이상의 과정이었다. 다시 생각하고 싶지 않은 기억을 수면 위로 올리는 것, 그것을 마주하되 왜곡하지 않는 것, 사건을 기록하고 적절한 해석을 더하며 엮어 가는 것, 그리고 내가 얼마나 글쓰기에 자질이 없는지를 확인하는 것. 서로의 독려가 없었다면 금세 포기했을지도 모를 일이다. 쉽지 않았지만 그 시간들 덕에 그 시절의 나에게 손을 내밀어 '괜찮다'고 말할 수 있었다. 지금도 누군가를 기다리는

'보이지 않는' 코다들에게 이 책이 괜찮다고, 너의 존재가 틀리지 않다고, 같이 걸어가는 우리가 있다고 말해줄 수 있다면 더 바랄 게 없겠다. 우리가 느끼는 외로움과 불안이 개인의 나약함에서 오는 것이 아니라 이 사회가 작동하는 원리에 의한 것이라는 사실을 말하고 싶다. 끝없이 말하고 부딪치며 우리는 서로 연결되고 맺어질 것이다.

책은 완성됐지만 우리의 이야기는 계속되고 있다. 코다로서 인생의 주요 단계를 거치는 것은 삶의 풍요로움을 더할 것이다. 그러나 그만큼 아픔이 따르리라는 것도 알고 있다. 가령 농가정에서는 대체로 한 명의 코다가 통역사를 비롯해 가장의 역할까지 하는데, 그 코다는 성인이 되어 독립할 때가 되면 농부모를 버리고 떠난다는 비난 앞에 주저하게 된다. 그 역할이 다른 형제자매에게 넘겨져 갈등의 요인이 되기도 한다. 또한 부모에게서 독립해 다른 형태의 가족을 이루며 살 때 나의 부모는 어떻게 이해되고 연결될 수 있을 것인가도 고민의 지점이다. 부모님의 노년 또한 그렇다. 점점 더 늙어 가는 부모님을 돌봐줄 사회적 지원 체계는 전무하다. 모든 노인 복지 서비스는 청인들이 제공하고 그들은 수어를 할 줄 모른다. 따라서 사각지대에 놓여 있는 농인은 노년의 무료함을 달래거나, 제2의 삶을 찾는 데 도움을 받을 수 없다. 게다가 병이 들어 요양 시설을 이용해야 한다면 상황은 더 심각해진다. 종일 있어야 하는 요양원에서 모두가 청인이고 농인 혼자 방치되어 누구와도 대화를 할 수 없다면······. 그런 곳에 농부모를 모셔둘 수 있을까. 다른 선택지가 없다면 나는 어떻게 해야 할까.

여전히 농인과 코다에 대한 부정적 인식이 만연한 이 사회에서 코다이기에 겪게 될 이런 상황들을 상상하면 덜컥 겁이 난다. 부디 답을 찾아갈 수 있도록 관련 논의들이 시작되길 바란다. 조금 더 욕심을 내보자면 코다뿐만 아니라 다양한 사람들에게 우리의 이야기가 닿아, 또 다른 언어로 해석되고 말해지길 바란다. 이 책이 많은 사람들에게 '정상성'과 '틀'에 대해 끝없는 질문을 던져 우리의 이야기가 우리만의 이야기가 되지 않기를 기대한다. 그렇게 우리가 함께 살아가길 소망한다.

2019년 11월
이현화

우리는 코다입니다 — 소리의 세계와 침묵의 세계 사이에서

2019년 11월 27일 초판 1쇄 발행
2020년 12월 1일 초판 2쇄 발행

- 지은이 ──────── 이길보라, 이현화, 황지성
- 펴낸이 ──────── 한예원
- 편집 ──────── 이승희, 윤슬기, 양경아, 유리슬아
- 본문 조판 ──── 성인기획
- 펴낸곳 교양인
       우 04020 서울 마포구 포은로 29 202호
       전화 : 02)2266-2776 팩스 : 02)2266-2771
       e-mail : gyoyangin@naver.com
       출판등록 : 2003년 10월 13일 제2003-0060

* 잘못 만들어진 책은 바꾸어드립니다.
* 값은 뒤표지에 있습니다.

이 도서의 국립중앙도서관 출판예정도서목록(CIP)은 서지정보유통지원시스템 홈페이지(http://seoji.nl.go.kr)와 국가자료종합목록시스템(http://www.nl.go.kr/kolisnet)에서 이용하실 수 있습니다.(CIP제어번호: CIP2019046561)

이 도서는 한국출판문화산업진흥원의 '2019년 우수출판콘텐츠 제작 지원' 사업 선정작입니다.